Tanja Fellhaus

Excalibur

Herausgegeben von
Melissa Andersson
und
Gerd Rottenecker

Die Chroniken von Amarid

Band 1: Der Fluch des Magiers
Band 2: Der Kristall der Macht
Band 3: Das dunkle Herz von Lon-Ser
Band 4: Die Retterin des Landes
Band 5: Der Adlerweise
Band 6: Der Frieden von Lon-Tobyn

Über den Autor:

David B. Coe wurde in New York geboren. Er studierte Geschichte und lebt heute mit seiner Frau und seiner Tochter in Tennessee.

David B. Coe

DIE CHRONIKEN VON AMARID IV

Die Retterin des Landes

Aus dem Amerikanischen
von Regina Winter

Knaur

Die amerikanische Originalausgabe erschien 1999 unter dem Titel
The Outlanders – Part Two bei Tor Books, New York.

Besuchen Sie uns im Internet:
www.knaur.de
www.knaur-fantasy.de

Deutsche Erstausgabe 2002

Redaktion: Alexander Groß
Umschlaggestaltung: ZERO Werbeagentur, München
Umschlagabbildung: Attila Boros,
Agentur Thomas Schlück, Garbsen
Die Landkarten wurden unter Verwendung einer Vorlage
von Elissa Mitchell gezeichnet.
Satz: Ventura Publisher im Verlag
Druck und Bindung: Nørhaven Paperback A/S
Printed in Denmark
ISBN 3-426-70232-0

2 4 5 3 1

Dem Andenken an meine Eltern,
Sylvia W. Coe (1922–1995)
und Jacques Coe jr. (1919–1997) gewidmet.
Sie haben mich gelehrt zu lieben, mich zum Träumen
ermutigt und mir erlaubt, der Mann zu werden,
der ich bin.

KARTEN

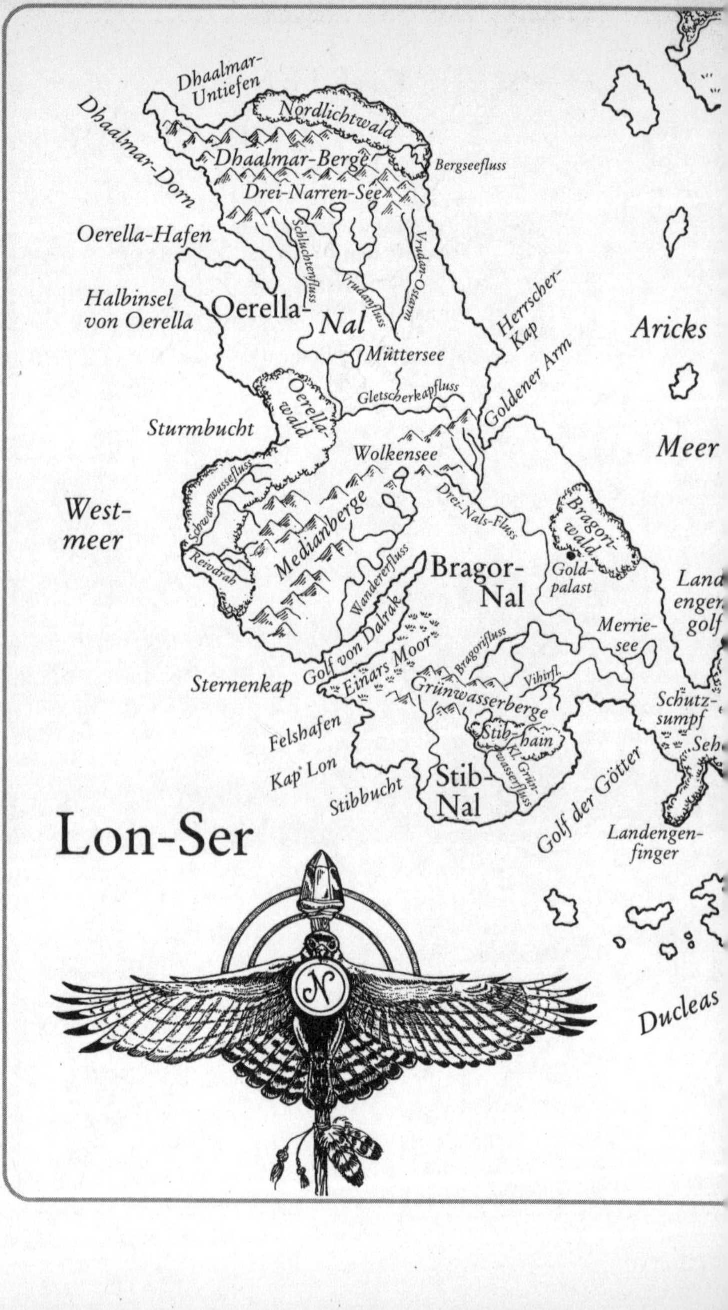

Dhaalmar-Untiefen
Nordlichtwald
Dhaalmar-Dorn
Dhaalmar-Berge
Bergseefluss
Drei-Narren-See
Oerella-Hafen
Schluchtenfluss
Vrudanfluss
Vrudan-Ostarm
Halbinsel von Oerella
Oerella-Nal
Herrscher-Kap
Aricks
Müttersee
Goldener Arm
Gletscherkapfluss
Oerella-wald
Sturmbucht
Meer
Wolkensee
Schwarzwasserfluss
Drei-Nals-Fluss
Bragori-wald
West-meer
Medianberge
Reivdrah
Wandererfluss
Bragor-Nal
Gold-palast
Land-enger-golf
Merrie-see
Golf von Dalrak
Bragorifluss
Einars Moor
Sternenkap
Vihirfl.
Grünwasserberge
Schutz-sumpf
Felshafen
Stib-hain
Kl. Grün-wasserfluss
Kap Lon
Stibbucht
Stib-Nal
Golf der Götter
Landengen-finger
Lon-Ser
Ducleas

Tobyn-Ser
Aborij
Meerenge von Aborij
Leoras Wald
Bergseefluss
Taima
Brisalli
Greenbough
Dacia-See
Parnesheimberge
Larian-Fl.
Falkenfinderwald
Amarid
Accalia
Kleiner Fluss
Nord-ebene
Prannai
Vier Fälle
Oberes Horn
Nordbucht
Dhaalisminfluss
Tobyns Wald
Halcya
Seeberge
Wald-nebel-see
Flußdreieck-Traverse
Aricks Zorn
Südbucht
Saphirfluss
Lastri
Smaragdhügel
Phelans Dorn
Dünen-see
Kaera
Wildflut
Unteres Horn
Sern
Große Wüste
Tobyns Ebene
Wasserbogen
Langer Fluss
Moriandralfl.
Südsumpf
Lon-Tobyn-Landenge
Ducleas Tränen
Feuergrassee
Therons Hain
Schattenwald
Flusshafen
Halsschmuck
Golf von Creyllon
Sägeblatt
Südarchipel
Ceryllhöhle
Ceryllon

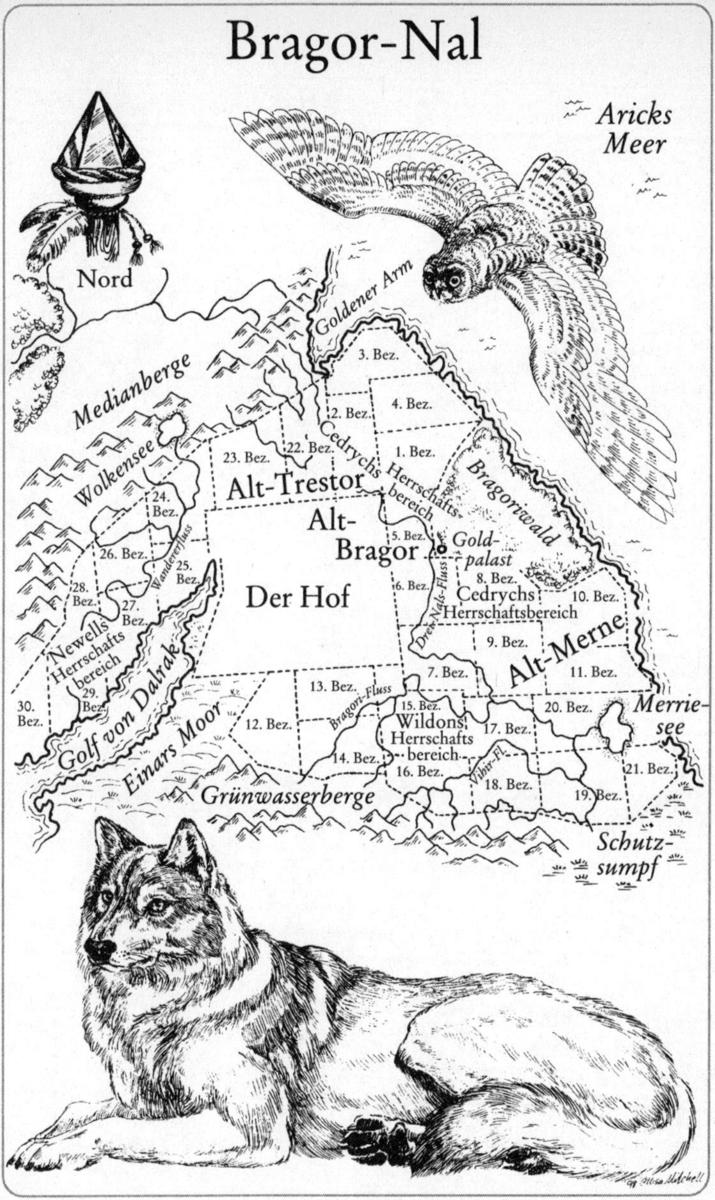
Bragor-Nal
Aricks
Meer
Nord
Goldener Arm
Medianberge
Wolkensee
3. Bez.
4. Bez.
2. Bez.
1. Bez.
22. Bez.
23. Bez.
Cedrychs
Herrschafts-
bereich
Bragoriwald
Alt-Trestor
Alt-
Bragor
24.
Bez.
5. Bez.
Gold-
palast
26. Bez.
25.
Bez.
Wandererfluss
8. Bez.
Cedrychs
Herrschaftsbereich
10. Bez.
28.
Bez.
27.
Bez.
Der Hof
6. Bez.
Drei-Nals-Fluss
9. Bez.
Alt-Merne
Newells
Herrschafts
bereich
Golf von Dalrak
7. Bez.
11. Bez.
29.
Bez.
13. Bez.
30.
Bez.
Einars Moor
12. Bez.
Bragort-Fluss
15. Bez.
Wildons
Herrschafts
bereich
17. Bez.
20. Bez.
Merrie-
see
14. Bez.
16. Bez.
Vibir-Fl.
18. Bez.
19. Bez.
21. Bez.
Grünwasserberge
Schutz-
sumpf

EINLEITUNG
Das Land der Falkenmagie

Vor langer Zeit entdeckte der Magier Amarid das Geheimnis des Landes Tobyn-Ser: Auserwählte erhalten dort besondere Fähigkeiten, wenn sich ein Vogel – ein Falke oder eine Eule – telepathisch mit ihnen verbindet. Magier und Vogel sind so lange aneinander »gebunden«, bis der Vogel stirbt. Zusätzliche Konzentration erhält die Magie durch den Ceryll. Sobald ein Magier einen dieser zunächst farblosen Kristalle berührt, beginnt er, in einer allein auf seinen neuen Besitzer abgestimmten Farbe zu leuchten. Die meisten Magier tragen ihren Ceryll auf einem Stab, den sie auch als Wanderstab benutzen.

Amarid machte sich auf die Suche nach anderen Männern und Frauen, denen die Götter diese besondere Begabung verliehen haben. Zusammen mit seinem besten Freund Theron gründete er den Orden der Magier und Meister, der tausend Jahre später in einer inzwischen nach Amarid benannten Stadt in der Großen Halle seine alljährlichen Versammlungen abhält. Oberhaupt des Ordens ist ein Eulenmeister, der von den Mitgliedern gewählt wird.
Theron war der Erste, der sich an eine Eule band. Nach einiger Zeit aber kam es zu Rivalitäten zwischen den beiden ehemaligen Freunden, die damit endeten, dass Theron der vom jungen Orden gegen ihn verhängten Todesstrafe zuvorkam und sich das Leben nahm. Dabei belegte er alle Magier, die zu einem Zeitpunkt sterben, zu dem sie gerade

nicht an einen tierischen Begleiter gebunden sind, mit einem Fluch: Sie sind für immer dazu verurteilt, als »Unbehauste« am Ort ihrer ersten Bindung zu spuken.

Die Ordensmitglieder Amarids folgen Gesetzen, die besagen, dass ein Magier in erster Linie dem Volk von Tobyn-Ser dienen soll: Wunden und Krankheiten heilen, Streitigkeiten schlichten, das Land in Kriegszeiten vor Feinden beschützen. Magier lassen sich entweder in einer Gemeinde nieder, oder sie durchwandern das Land und bieten ihre Hilfe an, wo sie gebraucht wird. Zu erkennen sind sie an ihren waldgrünen Umhängen, den Vögeln auf ihrer Schulter und den Stäben mit dem bunt leuchtenden Ceryll.

Was bisher geschah

Der junge Jaryd wird von seinem Onkel, dem Eulenmeister Baden, in die Stadt Amarid gebracht, nachdem der Meister die magische Begabung seines Neffen entdeckt hat. Jaryd bindet sich an seinen ersten Falken, nimmt an seiner ersten Ordensversammlung teil und erfährt, dass er sein Leben als Magier in einer Zeit der Krise begonnen hat: Berichte von abtrünnigen Magiern, die den Menschen Schaden zufügen, statt ihnen zu helfen, häufen sich. Baden hat den Geist des Ersten Eulenmeisters im Verdacht, hinter diesen Vorfällen zu stecken.

Jaryd, Baden, die Eulenweise Jessamyn und ein paar andere Magier machen sich daher auf die Reise zu Therons Hain, dem verwunschenen Ort, an dem der Geist immer noch spuken soll. Sie ahnen nicht, dass der Verräter mitten unter ihnen ist: Eulenmeister Sartol will dem Volk von Tobyn-Ser nicht mehr dienen, sondern es beherrschen. Verbündete findet er in einer Gruppe von als Magier verkleideten Fremden, auf die er zufällig stößt. Diese Fremden kommen aus dem Nachbarland Lon-Ser, einer technologisch hoch entwickelten Zivilisation. Sie wurden ausgesandt, um den Orden in Misskredit zu bringen, das Vertrauensverhältnis zwischen der Bevölkerung und ihren Beschützern zu zerstören und somit eine zukünftige Eroberung Tobyn-Sers zu ermöglichen.

An Therons Hain angekommen, will Sartol seine Gefährten umbringen und dem Geist Therons die Schuld dafür geben. Fast gelingt sein teuflischer Plan, doch im letzten Moment können Jaryd und die junge Magierin Alayna sich in den

Hain retten. Dank ihrer Aufrichtigkeit gelingt es ihnen, den Geist des verbitterten Ersten Meisters auf ihre Seite zu ziehen.
Schließlich können die Ordensmagier den Verräter in ihrer Mitte entlarven. Der Versuch, die Fremden mit Hilfe der unbehausten Geister gefangen zu nehmen, misslingt allerdings aufgrund der Einmischung Sartols, der vor seinem Tod bewusst seine Eule umbringt und so freiwillig zum Unbehausten wird. Nur mit Mühe können sich die Magier und der unbehauste Geist des Wolfsmeisters Phelan, eines legendären Kriegshelden, gegen die Fremden verteidigen und sie bis auf einen Mann töten. Als Eulenmeister Baden den Gefangenen verhört, wird ihm klar, dass die Gefahr noch nicht gebannt ist. Lon-Ser hat seine natürlichen Ressourcen weitgehend vernichtet: Das Land ist extrem übervölkert, Luft und Wasser sind verschmutzt. Baden und seine Freunde glauben, dass es nur eine Frage der Zeit ist, bis ein neuer Angriff aus Lon-Ser erfolgen wird.
Der Orden kann sich allerdings über Jahre hinweg nicht dazu durchringen, etwas gegen diese potentielle Gefahr zu unternehmen. Viele Magier und ein Großteil der Bevölkerung drängen, Baram, den Gefangenen aus Lon-Ser, endlich hinzurichten. Baden und seine Freunde hingegen sprechen sich dafür aus, Gesandte nach Lon-Ser zu schicken, und Baram soll ihnen als Führer in diesem vollkommen fremden Land dienen.
Als der Orden diesbezügliche Vorschläge immer wieder abschmettert, handelt Orris schließlich auf eigene Faust, befreit Baram aus dem Gefängnis und macht sich mit ihm auf den langen Weg nach Lon-Ser. Leider begreift er erst zu spät, dass Baram in der Gefangenschaft den Verstand

verloren hat. Nur mit großer Mühe gelingt es Orris, den Stadtstaat Bragor-Nal zu erreichen, wo Baram schließlich flieht – und Orris in der vollkommen fremden Umgebung allein zurücklässt.
Inzwischen plant Cedrych, einer der Oberlords von Bragor-Nal, einen erneuten Schlag gegen Tobyn-Ser, der von einer Söldnertruppe ausgeführt werden soll. Er hat vor, sich mit der Eroberung des Nachbarlandes einen Namen zu machen und so schließlich zum Herrscher des mächtigsten Stadtstaats in Lon-Ser aufzusteigen. Als Kommandantin der Söldnertruppe wählt er Melyor aus, eine Frau, die sich durch ihren Mut und ihre Fähigkeiten als Kämpferin hervorgetan hat.
Was Cedrych nicht ahnt, ist, dass Melyor von den Gildriiten abstammt, Nachfahren von Schülern Therons, die nach dem Tod des in Ungnade gefallenen Ersten Meisters ins Exil nach Lon-Ser gegangen sind. Diese Gildriiten wurden in den gewaltorientierten Stadtstaaten bald wegen ihre Fähigkeiten, in die Zukunft zu sehen, brutal verfolgt und haben sich in den Untergrund oder in abgelegene Bergdörfer zurückgezogen.
In einem dieser Dörfer hat Gwilym, Erbe des Stabs und des Cerylls eines der vor tausend Jahren nach Lon-Ser geflohenen Magier, eine Vision von einem Falkenmagier, der nach Lon-Ser kommen und allen Gildriiten helfen wird. Gwilym ist kein Kämpfer, und er ist nicht mehr der Jüngste, aber er weiß, dass dieser Falkenmagier in Gefahr ist, und er macht sich auf eine lange Reise quer durchs Land, um ihn zu retten. Dabei wird er vom Netzwerk, der Untergrundorganisation der Gildriiten, unterstützt.
Melyor hat ebenfalls eine Vision von Orris, und zunächst

sieht sie in ihm nur eine Gefährdung ihrer eigenen ehrgeizigen Pläne, denn der Magier könnte sie als Gildriitin entlarven. Ein Anschlag ihres Freundes und Leibwächters Jibb auf Orris misslingt dank Gwilyms Einmischung, und Cedrych erfährt von der Anwesenheit eines Falkenmagiers in Bragor-Nal. Er schickt ausgerechnet Melyor, um Orris in seinen Palast zu holen, denn er will den Magier aushorchen und die Informationen, die dieser ihm geben kann, für seine dunklen Pläne nutzen ...

1

Der erste Angriff der Fremden auf Tobyn-Ser fand vor etwas mehr als fünf Jahren in einem Dorf namens Valani am Unteren Horn statt. Wie bei den meisten frühen Vorfällen wirkte damals alles noch recht harmlos – ein paar Häuser wurden leicht beschädigt, ein paar Fischernetze zerschnitten und zwei kleine Boote angezündet. Aber obwohl man daraus nicht auf die Schrecken schließen konnte, die später folgen sollten, stellt dieser relativ geringfügige Vandalismus doch den Beginn unseres seltsamen Konfliktes mit dem Volk von Lon-Ser dar. Im Lauf des Jahres wurden die Angriffe heftiger. Etwa ein halbes Jahr nach Valani wurden in Waldesruh in Tobyns Wald die ersten Häuser vollkommen zerstört. Sechs Monate danach waren im Dorf Sern ein Mann und sein Kind die ersten von unserem Volk, die seit vierhundert Jahren durch die Hände von Eindringlingen sterben sollten. Nur ein paar Wochen später wurde in Taima ein gesamter Marktplatz dem Erdboden gleichgemacht, und mit den brutalen Angriffen auf Kaera und Wasserbogen erreichte die Kampagne der Fremden schließlich ihren schrecklichen Höhepunkt.

Zum Glück stellte Wasserbogen auch das Ende der Angriffe dar – es lässt sich kaum sagen, wie vernichtend die nächsten Vorfälle gewesen wären, obwohl man sich nur schwer noch Schlimmeres vorstellen kann. Dennoch, obwohl die Angriffe vor über vier Jahren ein Ende fanden, sind die Narben in unserem Land frisch und schmerzhaft geblieben ... Am Ende bleibt es uns überlassen, ob wir unsere Trauer und unseren Zorn zu positiven Kräften wandeln

können, die uns helfen, Dinge zu verändern und wachsamer zu werden, oder ob wir einfach nur zulassen, dass diese Gefühle schwären und zu etwas ebenso Finsterem werden wie die Gewalt, die sie hervorrufen hat.
Aus Kapitel zwei des »Berichts von Eulenmeister Baden über seine Verhöre des Ausländers Baram«, vorgelegt auf der 1014. Versammlung des Ordens der Magier und Meister, im Frühjahr des Gottesjahres 4625.

Der Ruf musste irgendwann im Lauf der Nacht oder am frühen Morgen erfolgt sein. Baden, der lange geschlafen hatte, wusste nur, dass sein Ceryll noch stetig geleuchtet hatte, als er nach seinem abendlichen »Gespräch« mit den anderen ins Gasthaus zurückgekehrt war, und als er am nächsten Morgen erwachte, hatte der orangefarbene Kristall mit jenem gleichmäßigen Blinken begonnen, das für die Aufforderung an alle Magier stand, nach Amarid zu kommen. Sonel hatte den Rufstein benutzt, um eine außerordentliche Versammlung des Ordens einzuberufen. Etwas musste geschehen sein. Wie immer in diesen Tagen musste Baden sofort an Orris denken. Der Falkenmagier war inzwischen sicher längst in Lon-Ser eingetroffen – immer vorausgesetzt, dass er noch lebte. Baden schüttelte den Kopf; solche Sorgen halfen ihm nicht. Besonders jetzt nicht, da er eine lange Reise vor sich hatte.
Der Eulenmeister wusch sich rasch und zog sich an, und nachdem er seine wenigen Besitztümer eingepackt hatte, rief er Golivas auf seine Schulter und verließ das kleine, gemütliche Zimmer, das in den vergangenen Monaten sein Zuhause gewesen war. Er ging in die Küche, wo Peritte, die grauhaarige Wirtin, die seit dem Herbst jeden Tag sein

Zimmer sauber gemacht und ihm Frühstück aufgetischt hatte, schon mit ihrem Tagwerk begonnen hatte. Sie stand an dem großen Holzofen und rührte in einem Topf mit lecker duftendem Eintopf.

»Guten Morgen, Eulenmeister«, sagte sie mit zahnlosem Grinsen. »Möchtest du ...« Dann hielt sie inne, und ihre Miene wurde ernst, denn sie hatte seinen Ceryll gesehen. »Sieht so aus, als würdest du uns verlassen.«

»Leider ja«, erwiderte Baden, der plötzlich von einer schlechten Vorahnung befallen wurde. *Was hatte Sonels Ruf zu bedeuten?*

Die Frau warf ihm einen wissenden Blick zu. »Es sind doch hoffentlich nicht wieder diese Fremden?«, fragte sie.

Der Eulenmeister schüttelte den Kopf und zwang sich zu einem Lächeln. »Ich bin sicher, dass es nicht darum geht«, sagte er.

»Gut so«, verkündete Peritte. »Wenn du mich fragst, dann hätte man diesen Mann schon lange hinrichten sollen. Wer war es überhaupt, der ihn so unbedingt am Leben erhalten wollte? Das bringt doch andere Verbrecher nur auf die Idee, ihn befreien zu wollen.«

»Ich sollte mich auf den Weg machen.« Baden ignorierte ihre Bemerkung einfach. »Ich möchte dir für deine Gastfreundschaft danken und dich fragen, ob du vielleicht jemanden kennst, der mir ein Pferd verkaufen würde.«

Sie sah ihn stirnrunzelnd an und schnalzte mit der Zunge. »Du magst vielleicht nicht meiner Meinung sein, Eulenmeister«, verkündete sie säuerlich, »aber ich bin nicht die Einzige hier, die so denkt. Es war einfach dumm, diesen Fremden nicht hinzurichten.«

»Ein Pferd, Peritte?«, fragte er wieder.

Sie zuckte die Achseln. »Vielleicht hat Colton der Schmied eins«, sagte sie schließlich. »Aber das wird sicher kein Tier sein, dem du viel zumuten kannst.«

»Das wäre schon in Ordnung«, erwiderte der Eulenmeister. »Danke, Peritte.«

Sie nickte. »Wenn du willst, kannst du etwas zu essen mitnehmen«, sagte sie und wandte sich wieder dem Herd zu. »Auf dem Tisch liegt süßes Brot, und in der Vorratskammer findest du Trockenobst und Rauchfleisch.«

Baden lächelte. »Das ist nett von dir, danke.«

Rasch packte er Obst und Fleisch in die beiden Lederbeutel, die er in den Taschen seines Umhangs trug, und füllte mit Perittes Erlaubnis auch einen Weinschlauch. Dann griff er nach einem großen Stück von dem weichen, süßen Brot, das die Wirtin ihm angeboten hatte, biss sofort hinein und eilte kauend die Hauptstraße entlang zu Coltons Schmiede.

Der Schmied selbst hatte kein Pferd für ihn, aber er schickte Baden zu einem Bauern, der mehrere alte Ackergäule zu verkaufen hatte. Der Eulenmeister fand bald einen grauweißen Wallach mit einer königlichen schwarzen Mähne, der aussah, als wäre er kräftig genug, um ihn quer durch Tobyn-Ser zu tragen. Er würde nicht sonderlich schnell vorankommen, aber zu Pferd immer noch rascher sein als zu Fuß. Der Bauer bot Baden auch einen geflickten, aber brauchbaren Sattel an, den der Eulenmeister ebenfalls gerne annahm. Im Austausch dafür setzte Baden seine Magie ein, um mehrere Holzzäune zu reparieren und eine Brandwunde zu heilen, die der Bauer sich zwei Tage zuvor zugezogen hatte. Es schien ein gerechter Tausch zu sein, und Baden machte sich nach kaum mehr als einer Stunde auf den Weg.

Bevor er allerdings in Richtung Amarid aufbrach, kehrte er noch einmal zu dem felsigen Strand zurück, von wo aus er sich so oft im Geist mit seinen Freunden verbunden hatte, um ein schützendes Netz vor der Küste zu errichten. Dichter Nebel hing über der See und verdunkelte den Himmel, aber die Luft war ziemlich warm und brachte ein zögerndes Versprechen von Frühling mit. Vor zwei Wochen hatte es endlich aufgehört zu regnen, und die dicken Knospen der Ahornbäume und Eichen, die nahe der Küste wuchsen, begannen sich bereits zu öffnen. Baden ritt fast bis zur Wasserlinie, stieg ab und setzte sich auf einen Felsvorsprung. Und wie schon so oft zuvor tastete er mit seinem Bewusstsein nach Norden und nach Süden, zum Oberen Horn, wo sich Mered im vergangenen Sommer niedergelassen hatte, und nach Jaryds und Alaynas Heim in der Südbucht. Wie er schon angenommen hatte, war im Norden niemand mehr zu finden; Mered hatte sich bereits auf den Weg nach Amarid gemacht. Jaryd jedoch war noch im Süden.

Wartest du noch auf Alayna?, fragte der Eulenmeister seinen Neffen.

Ja, sendete der junge Magier. *Sie sollte bis morgen Abend hier sein. Wir machen uns dann am nächsten Morgen auf den Weg. Aber es fällt mir schwer zu warten. Jedes Mal, wenn ich meinen Ceryll ansehe, habe ich das Gefühl, ich müsste mich aufs Pferd schwingen und losreiten.*

Baden grinste. Es kam ihm immer noch seltsam vor, dass Jaryd inzwischen ganz selbstverständlich davon sprach, quer durchs Land zu reiten. Bei seiner ersten Versammlung vor beinahe fünf Jahren hatte sein Neffe mehr Angst davor gehabt, in den Sattel zu steigen, als vor der Aussicht, dem unbehausten Geist Therons gegenüberzutreten. *Ein oder*

zwei Tage werden nicht viel ausmachen, sagte Baden. *Ich bin sicher, dass ihr vor mir eintreffen werdet.*
Gehst du zu Fuß?, fragte Jaryd.
Nein, ich werde reiten, aber mit dem Pferd ist nicht viel Staat zu machen.
Pass bloß auf, dass Trahn dich nicht so reden hört, meinte Jaryd. Baden spürte das Lachen des jungen Mannes. *Er wird behaupten, dass du einfach nur undankbar bist.*
Er wird noch viel Schlimmeres behaupten, erwiderte Baden. Jaryds Gedanken wurden wieder ernst. *Hast du irgendeine Ahnung, was passiert ist, Baden?*
Nein. Ich nehme an, dass Sonel versuchen wird, sich mit mir in Verbindung zu setzen. Deshalb bin ich zur Küste zurückgekehrt – hier sucht sie für gewöhnlich nach mir.
Ich denke, es geht um Orris, sagte Jaryd. *Wahrscheinlich hat jemand herausgefunden, dass er Baram aus dem Gefängnis geholt hat.*
Baden zuckte die Achseln. *Mag sein. Wahrscheinlich. Sehr wahrscheinlich*, gab er resigniert zu. *Wir werden es bald genug herausfinden.* Der Eulenmeister seufzte tief. Wenn sein Neffe Recht hatte, dann würde diese Versammlung noch schlimmer werden als die letzten. Kein angenehmer Gedanke. *Ich wünsche euch beiden eine gute Reise, Jaryd*, übermittelte Baden schließlich.
Ich dir ebenfalls, Baden. Bis bald.
Dann war Jaryd aus seinem Geist verschwunden, und Baden war wieder allein in dem dünner werdenden Nebel an Aricks Meer. Es wurde langsam heller, je mehr sich die Sonne durch die Wolken kämpfte. Der Nachmittag würde warm werden. Baden blieb weiter auf dem Felsvorsprung sitzen und lauschte den Wellen, die an den Strand rausch-

ten. Er betrachtete seinen Ceryll und wartete auf das Zeichen, von dem er wusste, dass es früher oder später kommen würde: das Flackern von Sonels grünem Licht in all dem blinkenden Orange. Er brauchte nicht lange zu warten.
Ich habe schon damit gerechnet, von dir zu hören, übermittelte er, als er die Verbindung zu ihr hergestellt hatte. Für jemanden, der nie gerne mittels des *Ceryll-Var* kommuniziert hatte, weil es einfach zu anstrengend für ihn und seinen Vogel war, hatte Baden diese Technik in den letzten paar Jahren häufig verwendet.
Das dachte ich mir schon, erwiderte sie. Ihre Gedanken fühlten sich reserviert und distanziert an, wie sie es seit dieser Nacht im Spätherbst immer gewesen waren, in der er ihr erzählt hatte, dass Orris mit Baram nach Lon-Ser gegangen war. Es tat immer noch weh, dass sie sich so kühl gab. Ihre Intimität fehlte ihm ebenso, wie ihm Anla vor seiner Bindung an Golivas gefehlt hatte. *Ich hätte mich eher mit dir in Verbindung gesetzt*, fuhr sie fort, *aber Erland war den größten Teil des Morgens hier. Er ist erst vor ein paar Minuten gegangen.*
Ist er der Grund dafür, dass du die Versammlung einberufst?
Das könnte man sagen, ja, antwortete sie. *Vor zwei Tagen hat er versucht, eine Mahnwache vor dem Gefängnis zu organisieren, als Protest dagegen, dass Baram immer noch nicht hingerichtet wurde. Als die Wärter ihm sagten, dass Baram überhaupt nicht mehr dort ist, kam er zu mir und wollte wissen, wieso ich erlaubt hatte, den Fremden wieder zur Großen Halle zu bringen.*
Jaryd hat also Recht gehabt, dachte Baden. *Hast du ihm die Wahrheit gesagt?*, fragte er.

Sonel zögerte.

Schon gut, sendete Baden. *An deiner Stelle hätte ich es getan.*

Ich habe versucht, ihn so lange wir möglich zu täuschen, gestand sie schließlich. *Aber er bestand darauf, Baram zu sehen. »Ich will diesem Schlächter in die Augen sehen«, sagte er wieder und wieder. Am Ende musste ich es ihm einfach sagen; mir blieb keine andere Wahl.*

Baden versuchte, sich die Szene vorzustellen, aber es gelang ihm einfach nicht. *Wie hat er reagiert?*, wollte er mit echter Neugier wissen.

Er war sprachlos, antwortete Sonel. *Wahrscheinlich zum ersten Mal in seinem Leben!*

Baden lachte, und er spürte Sonels Lachen. Es war der angenehmste, unbeschwerteste Augenblick, den sie seit Monaten miteinander erlebt hatten. Baden registrierte die Ironie, die darin lag, dass das ausgerechnet angesichts solcher Probleme geschah.

Sobald er sich allerdings von seinem Schock erholt hatte, wandte sich Sonel wieder der ernsten Wirklichkeit zu, *hatte er ziemlich viel zu sagen. Er hat in aller Form verlangt, dass ich eine Versammlung einberufe, damit der Orden entscheiden kann, ob man so etwas zulassen dürfe. Er will Orris des Verrats anklagen und ihn verhaften und vor Gericht stellen lassen, falls er je nach Tobyn-Ser zurückkehren sollte. Und er sprach auch davon, dass man unbedingt Orris' Mitverschwörer finden müsse.*

Verschwörer!, wiederholte Baden. *Hat er tatsächlich dieses Wort benutzt?*

Ja, sendete die Eulenweise. *Er sagte, er verdächtige Orris »der Verschwörung mit anderen, um sich den ausdrück-*

lichen Wünschen des Ordens zu widersetzen und das Land zu verraten.« Und er machte keinen Hehl daraus, dass er die Todesstrafe fordern will.

Baden schüttelte den Kopf. Ja, das war eine Gelegenheit, auf die Erland schon seit fünf Jahren gewartet hatte.

Er hat deinen Namen nicht genannt, Baden, sagte Sonel, als hätte sie seine Gedanken erraten, *aber ich bin sicher, dass er dich verdächtigt.*

Oh, davon bin ich überzeugt, sendete der Eulenmeister zurück. *Um ehrlich zu sein, mache ich mir mehr Sorgen um Jaryd als um mich.*

Um Jaryd? Warum?

Er war derjenige, der mir gesagt hat, dass Orris weg ist. Sie haben miteinander gesprochen, bevor Orris Baram aus dem Gefängnis geholt hat. Wieder schüttelte Baden den Kopf. *Jaryd wird nicht zögern, Orris zu verteidigen, und er wird bei einer Konfrontation mit Erland nicht nachgeben. Dafür ist er seinem Vater zu ähnlich.*

Und seinem Onkel, fügte Sonel sanft hinzu.

Baden grinste. *Ja, und seinem Onkel.*

Sie schwiegen einen Augenblick. Dann sendete Sonel: *Nun, es ermüdet uns beide nur, diese Verbindung aufrechtzuerhalten, und du hast noch einen langen Weg vor dir.*

Ja, stimmte Baden ihr zu. *Aber es war schön, mit dir zu reden. Du hast mir gefehlt.*

Du mir auch, gestand die Eulenweise nach kurzem Schweigen *Pass auf dich auf, Baden. Und komm so schnell wie möglich her. Bitte.*

Wieder lächelte er. *Ganz bestimmt.*

Sie brachen die Verbindung ab, und wieder fand sich Baden allein hoch über der Brandung. Er war müde von

den Gesprächen mit Jaryd und Sonel, so kurz sie auch gewesen waren. Ich werde alt, dachte er, kam ungelenk auf die Beine und stieg auf das genügsame Bauernpferd.
Sie kamen an diesem ersten Tag nicht sonderlich weit. Baden war erschöpft, und er und sein Reittier brauchten eine Weile, um einen Rhythmus zu finden, der ihnen beiden behagte. In den nächsten Tagen jedoch, schon in den Ausläufern der Seeberge und dann im Gebirgszug selbst, wurden sie erheblich schneller. Sie kamen im Bergland verhältnismäßig gut zurecht, obwohl nicht nur die Gipfel verschneit waren, sondern auch die Hochweiden darunter, und nach nur zwei Wochen erreichten sie bereits die Smaragdhügel.
Sie brauchten mehrere weitere Tage bis zum Tal des Saphirflusses. Der Frühling hatte die Hügel noch nicht erreicht, obwohl sie selbst im Winter von bedrückender Schönheit waren. Die Bäume der dichten Wälder standen laublos und grau wie Skelette da, die nackten Äste zum Himmel gereckt. Dasselbe traf auch auf Tobyns Wald zu, aber in den neun Tagen, die Baden brauchte, um ihn zu durchqueren, wurde die Luft deutlich wärmer, und die Knospen an den Gottesbäumen begannen zu schwellen.
Dieser erste Teil seiner Reise verlief wie gewohnt. Er begegnete nur wenigen Menschen, und alle, die er traf, waren reserviert, aber höflich, wie die meisten Bewohner von Tobyn-Ser seit den Angriffen der Fremden. Er mied Dörfer und kleine Städte – etwas, was er früher nie getan hätte, wie er mit Bedauern feststellte – und er aß, was ihm der Wald und Golivas lieferten. Seine Tage vergingen still und ein wenig einsam, und abends saß er nachdenklich am Feuer.

Aber am letzten Abend in Tobyns Wald sollte sich das alles ändern. Er hatte spät an diesem Nachmittag die Ausläufer der Parnesheimberge erreicht und sein Lager aufgeschlagen, weil er den Wallach nicht noch weiter quälen wollte. Nun wurde es langsam dunkel, und er saß am Feuer und aß einen Hasen, den seine Eule ihm gebracht hatte, als er aus dem Augenwinkel eine seltsame Unregelmäßigkeit in dem rhythmischen Blinken seines Cerylls bemerkte. Es war nur einen Sekundenbruchteil zu sehen, so dass er schon glaubte, er hätte es sich nur eingebildet. Das Holz, das er zum Verbrennen gefunden hatte, knisterte und brannte ziemlich hell, weil es trocken war. Es hätte gut sein können, dass er es nur mit einer Reflexion dieses Feuerlichts zu tun hatte. Aber gerade, als er die ganze Sache schon abtun wollte, sah er es wieder.

Und er riss ungläubig die Augen auf. In dem orangenfarbenen Blitzen war sehr schwach, aber unmissverständlich das kurze Aufflackern einer anderen Farbe zu sehen: Orris' Bernsteingelb. Baden konnte sich kaum vorstellen, wie ungeheuer es den Falkenmagier anstrengen musste, sein Bewusstsein den ganzen Weg über Aricks Meer und durch halb Tobyn-Ser auszustrecken, um nach Badens Ceryll zu suchen. Als Baden am Strand gesessen hatte, hatte Sonel ihn aus Amarid erreicht, das dreihundert Meilen nordöstlich lag, und sie hatte gewusst, wo sie nach ihm suchen sollte. Und dennoch hatte ihre Verbindung ungeheure Anstrengung gekostet. Wenn Orris tatsächlich in Lon-Ser war, war er mindestens siebenhundert Meilen entfernt, und er hatte nicht einmal gewusst, wo Baden sich aufhielt. Es war erstaunlich, dass er ihn überhaupt gefunden hatte.

Baden streckte sofort sein Bewusstsein nach Westen aus

und bereitete sich darauf vor, dass es ungemein schwierig sein würde, den Falkenmagier seinerseits zu finden. Er war überrascht, als er Orris beinahe sofort entdeckte, als befände sich der Falkenmagier direkt oberhalb der Baumwipfel und wartete auf ihn.

Orris! Bei den Göttern! Geht es dir gut?

Ja, antwortete der Magier, und die Antwort war etwas verzerrt von der Anstrengung der Kommunikation. Sie würden nicht lange miteinander sprechen können. Baden ließ mehr Macht in die Verbindung fließen und gestattete Orris damit, sich etwas weniger anzustrengen. *Danke,* sendete der Falkenmagier einen Augenblick später erleichtert.

Bist du in Lon-Ser?, fragte Baden.

Ja, ich bin in Bragor-Nal.

Ist Baram noch bei dir?

Nein, sandte der Magier. Er schien zu lachen, obwohl Baden auch eine gewisse Bitterkeit spürte. *Unsere Wege haben sich getrennt, sobald wir im Nal eingetroffen waren.*

Du bist also allein?

Eigentlich nicht. Ich habe mich mit einer Gruppe von Leuten angefreundet, die offenbar eine sehr alte Verbindung zum Orden haben.

Die Gildriiten? Du hast sie gefunden? Das hatte ich gehofft.

Orris' Staunen wurde in seinen Gedanken deutlich. *Du wusstest von ihnen?*

Hast du denn meinen Bericht nicht gelesen?, wollte Baden verärgert wissen.

Nur einen Teil, gestand der Magier.

Baden schüttelte den Kopf.

Ich kann mir genau vorstellen, wie du jetzt aussiehst, Baden.

Gut. Dann brauche ich ja nichts zu sagen.
Wieder lachte Orris. *Also gut,* fuhr er fort. *Einer von ihnen hat mir jedenfalls das Leben gerettet, und er hat mich zu den anderen gebracht. Sie führen mich durchs Nal, aber sie sprechen unsere Sprache nicht, und Baram hat mir ihre nie beigebracht.*
Es war schwierig mit ihm. Das war keine Frage, sondern eine Feststellung.
Ja, aber das ist jetzt nicht wichtig. Das kann warten, bis ich nach Tobyn-Ser zurückkehre. Wieder spürte Baden, wie sehr Orris sich anstrengen musste. Er selbst war ebenfalls erschöpft. *Ich habe mich mit dir in Verbindung gesetzt, weil ich Informationen brauche.*
Selbstverständlich, sendete Baden. *Frag einfach.*
Hat Baram bei euren Gesprächen jemals einen Mann namens Cedrych erwähnt?
Baden dachte lange nach und ging die Erinnerungen an seine Verhöre mit dem Fremden durch. Der Name kam ihm nicht bekannt vor. *Nein,* antwortete er schließlich. *Zumindest kann ich mich nicht erinnern. Er sprach oft von einem Mann namens Calbyr, aber das war der Anführer der Gruppe, die nach Tobyn-Ser gekommen ist. Er erwähnte ein paar andere Namen aus seiner Zeit in Lon-Ser.* Er hielt inne. *Ich weiß, dass Calbyr ein so genannter Nal-Lord war,* begann er dann wieder, *und dass er einem Oberlord unterstand, der seinerseits vom Herrscher Befehle entgegennahm. Hilft das irgendwie?*
Kann schon sein, erwiderte Orris, aber er war eindeutig enttäuscht von Badens Antwort. *Ich weiß nicht, was für einen Titel dieser Cedrych hat.*
Wie hast du ihn kennen gelernt?

Noch gar nicht. Eine Frau, die anscheinend für ihn arbeitet, hat sich mit mir in Verbindung gesetzt. Sie ist der einzige Mensch hier, den ich bisher getroffen habe, der unsere Sprache beherrscht.

Baden spürte, wie sich ihm die Nackenhaare sträubten. *Wie heißt sie?*, fragte er und versuchte, nicht zu zeigen, wie unruhig er geworden war.

Melyor.

Der Eulenmeister schüttelte den Kopf. Auch dieser Name war ihm nicht vertraut. *Woher wusste sie, wo sie dich finden konnte?*

Gute Frage. Sie hat sich wohl irgendwie mit diesen Gildriiten in Verbindung gesetzt. Sie haben sie zu mir gebracht. Sie behauptet, irgendwie mit ihnen zu tun zu haben. Aber sie trauen ihr eindeutig nicht über den Weg.

Traust du ihr?

Baden spürte Orris' Unsicherheit. Er konnte beinahe sehen, wie der große, kräftige Mann die Schultern zuckte. *Ich weiß es nicht. Deshalb habe ich mich mit dir in Verbindung gesetzt. Sie sagte, dieser Cedrych interessiere sich schon seit langem für Tobyn-Ser und seine Zauberer, insbesondere, wie sie meinte, für unsere Macht und unsere Vögel.*

Baden erschauderte erneut, obwohl er die Wärme des Feuers auf dem Gesicht spüren konnte. *Was glaubst du, was sie damit gemeint hat?*, fragte er und versuchte abermals, seine Angst zu verbergen.

Schwer zu sagen, aber ich habe ebenso reagiert wie du gerade: Als wüsste ich genau, dass es dieser Mann war, der die Fremden nach Tobyn-Ser geschickt hat.

Du sagst, du bist ihm noch nicht begegnet, sendete Baden. *Heißt das, dass du es tun willst?*

Ich soll ihn morgen treffen, antwortete Orris.

Baden stieß einen leisen Pfiff aus. *Wenn er tatsächlich derjenige war, der Baram und seine Freunde geschickt hat, wird er keine Skrupel haben, dich umzubringen. Vielleicht hat er deshalb diese Frau geschickt, um dich zu suchen.*

Das weiß ich, entgegnete Orris. Baden spürte, dass der Magier grinste. Er fragte sich manchmal, ob Orris es genoss, in Gefahr zu sein. *Ich glaube allerdings nicht, dass ich wirklich eine Wahl habe. Es ist ganz ähnlich wie damals, als du dich dafür ausgesprochen hast, eine Delegation zu Therons Hain zu schicken: Es ist etwas so Unvermeidliches daran, dass es das Risiko überwiegt. Wenn er derjenige ist, der die Fremden geschickt hat, dann werde ich mich früher oder später ohnehin mit ihm auseinander setzen müssen. Und wenn er es nicht war, kennt er vielleicht den Verantwortlichen. Melyor beherrscht unsere Sprache, und da es außer ihr offenbar niemand tut, denke ich, sie ist meine beste Hoffnung, etwas über unsere Feinde zu erfahren. Die Gildriiten waren freundlich zu mir, aber solange ich nicht mit ihnen kommunizieren kann, werden sie mir nicht viel weiterhelfen können.*

Baden seufzte. *Das klingt vernünftig, obwohl ich mich verpflichtet fühle, dich daran zu erinnern, dass du dich damals gegen die Delegation zu Therons Hain ausgesprochen hast, und du hattest Recht. Ich hoffe, deine Begegnung mit Cedrych verläuft besser.*

Das hoffe ich auch.

Baden spürte, wie ihre Verbindung schwächer wurde. Er ermüdete rasch, und Orris musste sich noch mehr anstrengen als er. *Kann ich sonst noch etwas für dich tun, Orris?*

Nein. Sag den anderen bitte, dass ich an sie denke. Habt ihr mit Hilfe des Netzes irgendetwas entdecken können?
Nein.
Orris schien etwas in Badens Tonfall zu spüren. *Sonst alles in Ordnung?*
Baden zögerte, wenn auch nur für einen Augenblick.
Was ist los, Baden? Dann erinnerte er sich offenbar an etwas. *Als ich endlich im Geist deinen Ceryll fand, schien er zu blinken. Ist Sonel etwas zugestoßen?*
Sonel geht es gut. Aber es gibt tatsächlich Probleme. Es war besser, ganz offen zu sein. *Erland hat mittlerweile erfahren, was du getan hast, und er hat verlangt, dass Sonel eine Versammlung einberuft. Er ist überzeugt, dass du Teil einer Verschwörung warst, und er will dich des Verrats anklangen.*
Orris schwieg lange Zeit, und als er endlich antwortete, überraschte er Baden mit der Richtung, die seine Gedanken eingeschlagen hatten. *Du wirst Jaryd verteidigen müssen, Baden. Du und die anderen. Er wird zugeben, dass er gesehen hat, wie ich ging, und er wird sich nicht dafür entschuldigen, dass er mich einfach gehen ließ.*
Trotz allem musste Baden lächeln. *Ich weiß. Ich habe Sonel bereits dasselbe gesagt. Mach dir keine Sorgen, wir kümmern uns um ihn.*
Pass auch auf dich selbst auf. Erland wird dich noch eifriger verfolgen als mich oder Jaryd. Die Verbindung war sehr schwach geworden. Orris' Stimme im Geist des Eulenmeisters schien nun aus sehr großer Ferne zu kommen.
Danke, das werde ich tun. Arick behüte dich, Orris. Komm bald zu uns zurück.
Warum?, sendete Orris mit charakteristischem Sarkasmus. *Damit ich wieder mal als Verräter angeklagt werden darf?*

Dann war die Verbindung abgebrochen. Baden öffnete die Augen. Das Licht des Feuers kam ihm extrem grell vor, und ihm war schwindlig vor Erschöpfung. Er warf einen Blick zu der weißen Eule auf seiner Schulter und kraulte ihr lächelnd das Kinn. Er spürte Golivas' Müdigkeit ebenso sehr wie seine eigene.

»Danke«, sagte er, und selbst in seinen Ohren klang seine Stimme dünn. Er blieb noch ein paar Minuten sitzen, fühlte sich aber immer noch schwindlig. Er war ernstlich versucht, aufs Pferd zu steigen und sofort nach Amarid weiterzureiten, aber er wusste, dass er sich ausruhen musste. Widerstrebend legte er sich neben das Feuer und spürte, dass er bald einschlafen würde. Er versprach sich, früh aufzuwachen, und dann würde er die Berge so schnell überqueren, wie das Bauernpferd konnte. Sie hatten immer noch einen weiten Weg vor sich, und plötzlich schien so viel auf dem Spiel zu stehen.

2

Wie ich schon an anderer Stelle dieses Berichts festgestellt habe, sind der Handel in Bragor-Nal und die hochwertigen Waren, die so sehr Teil dieses Handels sind, nichts, was sich mit unserer eigenen Erfahrung ermessen ließe, und das macht es schwierig, Worte zu finden, um sie zu beschreiben. Das wird nirgendwo deutlicher als bei der Landwirtschaft von Lon-Ser.

Lon-Sers Bauernland musste schon lange den riesigen Nals weichen. Dennoch müssen die Menschen selbstverständlich essen. Wenn man Baram glauben kann, kommen die Lebensmittel in Bragor-Nal aus einem großen Bereich der Stadt, der als »Der Hof« bekannt ist. Der Hof besteht aus mehreren riesigen Gebäuden, in denen sich Wälder, Getreidefelder, Viehweiden, Obstgärten, Weinberge und mehr befinden. Als Baram mir davon erzählte, dachte ich zunächst, er mache Witze. Wie können Gras, Bäume und Getreide innerhalb eines Hauses gedeihen, und das in Mengen, die genügen, um ein ganzes Volk zu ernähren? Wie können die Naturgewalten, die für erfolgreichen Ackerbau notwendig sind – Sonnenschein, Regen, angemessene Temperaturen – in einem Gebäude künstlich hergestellt werden? Leider hat der Unterschied zwischen unseren Sprachen Barams Antwort beinahe unverständlich gemacht. Er versicherte mir allerdings, dass es kein Witz war.

Aus Kapitel fünf des »Berichts von Eulenmeister Baden über seine Verhöre des Ausländers Baram«, vorgelegt auf der 1014. Versammlung des Ordens der Magier und Meister, im Frühjahr des Gottesjahres 4625.

Orris und Gwilym wurden früh wach und von einem Gildriiten zu einer nahen Gasse geführt, wo sie Melyor treffen sollten, die sie dann zu Cedrych bringen würde. Als Orris am oberen Ende einer schlecht beleuchteten Treppe darauf wartete, dass sie an die kleine Tür klopfte, merkte er, dass er immer noch ein wenig erschöpft von seinem Gespräch mit Baden am Vortag war. Nie hatte er mittels seines Kristalls mit jemandem gesprochen, der so weit entfernt war, und er hoffte auch, dass er so etwas nie wieder tun musste. Zum Glück schien sich Anizir vollkommen erholt zu haben.

Trotz seiner Enttäuschung darüber, dass Baden nichts von Melyor oder Cedrych wusste, hatte sich Orris durch ihr Gespräch auch seltsam getröstet gefühlt. Badens Reaktion auf Melyors Bemerkungen über Cedrych hatte seiner eigenen vollkommen entsprochen. Und obwohl die Angst, die er in den Gedanken des hageren Eulenmeisters gespürt hatte, seine eigenen Befürchtungen über das heutige Treffen bestätigte, wusste Orris nun auch, dass er selbst hier, weit entfernt von zu Hause und seinen Freunden, seinen Instinkten immer noch trauen konnte. Er hatte nichts weiter über Melyor oder Cedrych erfahren, aber zumindest war er seiner selbst wieder sicher.

Ein einzelnes Klopfen an der Tür ließ ihn zusammenzucken und sein Herz rasen. Gwilym, der das vielleicht spürte, legte ihm beruhigend eine Hand auf die Schulter, bevor er die Tür öffnete. Draußen stand Melyor in einer dunklen, weiten Hose und elfenbeinfarbenem Hemd, genau so, wie sie sie vor zwei Tagen gesehen hatten. Ihr bernsteinfarbenes Haar fiel ihr in Wellen auf die Schultern. Sie hatte eine Waffe an den Oberschenkel geschnallt.

Sie lächelte und sagte etwas zu Gwilym, der nickte. Dann wandte sie sich Orris zu. »Guten Morgen.«

»Guten Morgen«, erwiderte Orris und ging zusammen mit dem Steinträger in die Gasse hinaus.

Melyor zeigte auf einen der seltsamen Wagen, die Orris seit seiner Ankunft in Bragor-Nal immer wieder gesehen hatte. Der Wagen war groß und schwarz und gab ein tiefes Brummen von sich. Aus einer Seite drang ein ununterbrochener Strom übelriechenden grauen Qualms. »Kommt mit«, sagte die Frau mit ihrem seltsamen Akzent. »Cedrych wartet schon.«

Sie ging auf den Wagen zu und Gwilym folgte ihr.

Orris rührte sich nicht von der Stelle. »Wir gehen da rein?«, fragte er.

Melyor blieb stehen und sah ihn mit amüsierter Miene an. »Selbst auf der Höhe sind es über vierhundert Blocks. Dachtest du, wir laufen?«

Ein Block, erinnerte sich Orris an Badens Bericht, entsprach in etwa einer von Tobyn-Sers Meilen. Und das hieß, dass ... »Wie viele Tage wird es dauern?«

Melyor starrte ihn einen Augenblick an, dann brach sie in Gelächter aus. Gwilym fragte sie etwas, und nachdem er ihre Antwort gehört hatte, lachte er ebenfalls.

»Mit diesem Transporter«, erklärte Melyor nachdem sie endlich aufgehört hatte zu lachen, »sollten wir es in vier oder fünf Stunden schaffen.«

Orris schüttelte den Kopf. »Das ist unmöglich.«

Zum zweiten Mal winkte ihm Melyor, ihr zu folgen. »In Tobyn-Ser vielleicht. Aber nicht hier. Komm mit, und ich erkläre es dir.«

Zögernd ging der Magier auf das schwarze Ding zu.

»Das hier nennen wir einen Transporter«, sagte Melyor, öffnete eine Tür an der Seite des Dings und bedeutete Gwilym und Orris mit einer Geste einzusteigen. »Es erlaubt uns, große Strecken in kurzer Zeit zurückzulegen.«

»Aber vierhundert Blocks ...«

»Ich bin manchmal an einem einzigen Tag doppelt so weit gefahren.«

Orris blinzelte. Achthundert Blocks an einem Tag! Die Dinge, die in diesem Land hergestellt wurden, hatten vielleicht doch gewisse Vorteile. Er warf einen Blick auf den Transporter und konnte seine Bewunderung nicht ganz verbergen. »Das ist bemerkenswert«, sagte er leise.

Melyor bedachte ihn mit einem Lächeln, das sehr ehrlich wirkte. »Steig ein. Du wirst noch eine Menge bemerkenswerter Dinge zu sehen bekommen.«

Gwilym setzte sich auf einen der Sessel in der hinteren Hälfte des Transporters, und auf Drängen des Steinträgers setzte sich Orris nach vorn und zog die Tür zu. Weil die Decke des Transporters so niedrig war, sprang Anizir auf Orris' Bein und plusterte sich verteidigend auf. Melyor öffnete eine Tür auf der anderen Seite und ließ sich neben Orris nieder, hinter einem großen, halbrunden Griff. Sie drückte einen Hebel, der zwischen ihr und Orris am Boden befestigt war, und der Transporter begann sich rasch vorwärts zu bewegen, beinahe so, wie sich ein Kanu auf einem rasch dahinströmenden Fluss bewegt. Anizir grub ihre Krallen in Orris' Oberschenkel und gab dieses verängstigte, leise maunzende Geräusch von sich, das Orris in den vergangenen Tagen so oft von ihr gehört hatte.

»Ist mit dem Tier alles in Ordnung?«, fragte Melyor und sah den schiefergrauen Falken beunruhigt an.

»Es geht ihr gut«, antwortete Orris und beobachtete genau, was Melyor mit den Händen und, wie er bald erkannte, auch mit den Füßen machte. »Wie funktioniert das?«, fragte er schließlich.

»Meinst du, wieso fährt der Wagen, oder *wie* fährt man einen Transporter?«

Orris grinste. »Beides.«

»Es ist schwierig, das jemandem zu erklären, der nichts über unsere ...« Sie hielt inne und schien nach dem richtigen Wort zu suchen. Sie waren aus der Gasse in eine breite Hauptstraße abgebogen. »Unsere fortgeschrittenen Waren weiß«, sagte sie schließlich. »Der Transporter verbrennt Blöcke von Brennstoff, die eine Reihe von Mechanismen betreiben, die dafür sorgen, dass sich die Räder drehen.« Sie warf ihm einen Blick zu, dann bog sie in eine andere Straße ein. »Verstehst du?«

»Nicht wirklich, aber mach weiter.«

Sie zeigte auf den halb runden Hebel, den sie mit einer Hand hielt. »Damit kann ich den Transporter lenken. Ich benutze den Hebel zwischen uns, um zu bestimmen, ob der Transporter stehen oder fahren soll, und die Pedale hier, um das Tempo zu regeln – das rechte ist für vorwärts, das linke für rückwärts.«

Orris nickte, obwohl er vollkommen unsicher war. Ein Pferd kam ihm einfacher vor. Aber auch nur hundert Meilen in vier Stunden ...

»Was frisst es?«

Orris sah Melyor fragend an. »Wie bitte?«

»Dein Vogel. Was frisst das Tier?«

»Sie heißt Anizir«, sagte Orris. »Und sie ernährt sich überwiegend von anderen Vögeln: Enten, Wachteln, Fasane.

Seit wir hier sind, hat sie die grauweißen Tauben gefressen. Es scheinen die einzigen Vögel hier zu sein.«

»Anizir«, wiederholte Melyor. »Hübsch. Was bedeutet es?«

»Ich bin nicht sicher.«

»Ich verstehe. Hast du sie nach jemandem benannt, den du kennst?«

Orris schüttelte den Kopf. »Das hast du falsch verstanden. Ich habe ihr diesen Namen nicht gegeben.«

»Wer dann?«, fragte Melyor mit einem Seitenblick.

»Niemand.«

»Aber du hast doch gerade gesagt ...«

»Sie heißt Anizir, ja«, unterbrach Orris sie. »Aber niemand hat sie so genannt. Das ist einfach nur ihr Name.«

»Aber woher weißt du das, wenn du dem Tier den Namen nicht gegeben hast?«

Orris lächelte. »Sie hat es mir gesagt.«

Melyor lachte, und Orris sah sie freundlich an. Schließlich ließ ihre Heiterkeit nach. »Das war ein Witz, wie?«

»Nein«, erwiderte Orris immer noch lächelnd. »Ich bin nicht sonderlich gut, wenn es um Witze geht.«

»Willst du damit sagen, dass sie sprechen kann?«

Diesmal war es an Orris zu lachen. »Nein«, sagte er schließlich immer noch lachend. »Ein Magier und sein Vogel sind miteinander verbunden. Wir teilen unsere Gedanken.«

Melyor starrte ihn an, den Mund ein wenig geöffnet. »Wie kann das sein?«, fragte sie, bevor sie sich wieder nach vorn wandte.

»Das weiß ich nicht. Aber es ist seit Amarids Zeiten so.«

Melyor schüttelte den Kopf. »Amarid«, wiederholte sie mit ihrem seltsamen Akzent. »War das auch ein Vogel?«

»Nein. Ein Mensch. Ein wirklich großer Mann. Er war der

Erste, der sich an einen Falken band. Er hat die Magie entdeckt – so nennen wir unsere Macht.«

Sie schwieg einige Zeit, während sie den Transporter auf eine ziemlich steil ansteigende Rampe lenkte, die sie zu einer breiten weißen Straße führte, die über dem Nal zu schweben schien. Orris musste plötzlich daran denken, wie er mit Baram im großen Sumpf südlich des Nal gestanden und zu der großen Stadt geschaut hatte und wie ihm dieses dünne weiße Band aufgefallen war, das sich über die Stadt bog. Es sah so aus, als würde er bald nähere Bekanntschaft damit machen.

»Diese Straße nennen wir die Höhe«, sagte Melyor, als der Transporter wieder geradeaus fuhr und beschleunigte. »Sie gestattet uns, die Wachen drunten zu umgehen und direkter zu Cedrychs Herrschaftsbereich zu gelangen.«

Die Höhe war riesig. Sie war breit genug für zwanzig deutlich unterscheidbare Pfade, von denen jeweils zehn für Transporter gedacht waren, die in dieselbe Richtung fuhren. Und wie Orris bald begriff, war die Höhe nicht eine einzelne Straße, sondern eher ein Netz von Straßen, die sich über beinahe jeden Teil des Nal spannten und einander über- oder unterquerten. Er konnte sich kaum vorstellen, wie sich jemand so etwas auch nur ausdenken konnte. Vom Bauen ganz zu schweigen.

Und dann war da selbstverständlich das Nal selbst. Orris war von der Größe der Stadt überwältigt gewesen, seit er sich vor ein paar Tagen ihrer Mauer genähert hatte. Aber erst jetzt, als sie über die Höhe rasten, begann er wirklich zu begreifen, wie gewaltig diese Stadt war. Sie erstreckte sich unter ihnen in allen Richtungen bis zum Horizont wie ein Ozean oder ein Gebirgszug. Es sah aus, als hätte sie kein Ende, als gäbe es nichts mehr auf der Welt als die schreckliche Monotonie der identischen Gebäude in den identischen Mustern der Blöcke. Zugegeben, der Horizont wirkte hier näher, wegen des allgegenwärtigen braunen Dunstes, der die weiter entfernten Gebäude halb verbarg, aber das erhöhte die erschütternde Wirkung nur, die der Anblick auf Orris hatte. Plötzlich kam ihm seine Mission vollkommen hoffnungslos vor. Man konnte Menschen, die eine solche Stadt gebaut hatten, keine Vernunft beibringen. Sie hatten um des Nal willen alles aufgegeben, was ihr Land ihnen gegeben hatte. Tobyn-Ser würde ihnen nichts bedeuten. Und alle Magie auf der Welt würde nicht im Stande sein, gegen sie anzukommen. Orris fühlte sich auf einmal vollkommen elend.

Gwilym schien das irgendwie zu spüren. Der Steinträger beugte sich vor und legte dem Magier eine Hand auf die Schulter. Orris drehte sich zu ihm um und versuchte zu lächeln, aber er sah Gwilym an, dass es ihm wohl nicht gelungen war. Erst in diesem Augenblick begriff er so richtig, was Melyor zu ihm gesagt hatte. »Was sagtest du über unser Ziel?«, fragte der Magier die Frau.

»Cedrychs Herrschaftsbereich. Er beherrscht den Nordostteil des Nal.«

Orris kniff die Augen zusammen. »Wie lautet sein Titel?«

Melyor sah ihn neugierig an. »Weißt du so viel über unser Regierungssystem, dass sein Titel dir etwas sagen würde?«

Der Magier spürte, wie er errötete. Er hatte zu viel verraten. »Ich will nur wissen, wie ich ihn ansprechen soll«, sagte er. »Du hast an dem Tag, als wir uns kennen gelernt haben, angedeutet, dass er ein wichtiger Mann ist. Ich möchte ihn nicht gegen mich aufbringen.«

Melyor wandte sich wieder der Straße zu. »Nein, lieber

nicht«, sagte sie ebenso sehr zu sich selbst wie zu Orris. »Cedrych ist ein so genannter Oberlord«, sagte sie schließlich. »Einer von drei Oberlords in Bragor-Nal, und bei weitem der mächtigste.«
Ein Oberlord. Baden hatte erwähnt, dass der Mann, der Barams Bande von Eindringlingen angeführt hatte, der Untergebene eines Oberlords gewesen war. »Hast du auch einen Titel?«
»Ja. Ich bin ein Nal-Lord.«
»Ich hoffe, ich habe dich nicht beleidigt, indem ich dich mit Melyor angesprochen habe.«
»Nicht im Geringsten. Wie bezeichnet man dich in Tobyn-Ser?«
Orris zuckte die Achseln. »Ich bin einfach ein Falkenmagier. Manche Leute nennen uns Kinder Amarids. Aber die meisten benutzen einfach meinen Namen.«
Melyor nickte schweigend, und lange Zeit sagte niemand mehr etwas. Orris starrte aus dem großen Seitenfenster des Transporters auf die Gebäude hinaus und bemerkte erheitert die überraschten Mienen der Passagiere in den anderen Fahrzeugen, wenn sie ihn oder seinen Vogel erspähten. Nach einer Weile begann Gwilym laut zu schnarchen, und Orris und Melyor wechselten einen Blick und lächelten, schwiegen aber weiter. Kurze Zeit später allerdings entdeckte Orris in der Ferne eine abrupte Unterbrechung in der Monotonie der Gebäude. Wie eine Insel in einem Meer von Blöcken gab es dort eine Reihe großer Gebäude, die ganz aus Glas bestanden. Sie waren nicht höher als die anderen Nal-Häuser; tatsächlich schienen mehrere weitaus niedriger zu sein, aber sie waren viel breiter, und es schien sehr viele von ihnen zu geben.

»Was ist das da?«, flüsterte Orris und zeigte auf die Glasgebäude.

Ein dünnes Lächeln zuckte um Melyors Mundwinkel und verschwand dann wieder. »Wir nennen es den Hof«, sagte sie leise. »Dort züchten wir unser Getreide und unser Vieh.«

»In Gebäuden?«

Sie warf ihm einen raschen Blick zu. »Ja.« Sie beugte sich vor und bog ihren Rücken durch, als wäre er vom langen Sitzen steif. »Wir werden bald bei Cedrych sein. Unser Ziel liegt noch vor dem Hof.«

Orris nickte und spähte weiterhin zu den gläsernen Gebäuden. Weit hinter ihnen konnte er nun mit einiger Mühe einen Gebirgszug erkennen. Das Nal hat also doch ein Ende, dachte er.

Kaum eine halbe Stunde später lenkte Melyor den Transporter von der Höhe wieder hinunter in die Straßen des Nal. Nach einer Reihe von Abzweigungen blieb der Wagen vor einem hohen Gebäude aus Marmor und Glas stehen. Sofort eilten sechs hoch gewachsene, kräftige Männer, die ganz in Schwarz gekleidet waren und große Waffen an ihren Gürteln trugen, aus dem Gebäude auf den Transporter zu.

»Cedrychs Garde«, sagte Melyor leise.

Orris nickte. »Beeindruckend.«

»Sie sind nicht so gut, wie sie glauben«, erklärte sie verächtlich.

Orris sah sie neugierig an, aber er sagte nichts. Im nächsten Augenblick ging die Tür des Gebäudes ein zweites Mal auf, und weitere Gardisten kamen heraus, gefolgt von einem kahlköpfigen Mann, der neben diesen Männern beinahe zierlich wirkte. Er trug ein weites schwarzes Hemd und eine schwarze Hose und hatte wie Melyor eine Waffe an den

Oberschenkel geschnallt. Er bewegte sich mit einem deutlichen Hinken, aber in seinen Bewegungen lag eine Eleganz, die einen beinahe die Verletzung oder angeborene Behinderung vergessen ließ, die seinen Gang beeinträchtigte. Als er näher zum Transporter kam, sah Orris, das sein Gesicht auf der rechten Seite von tiefen Narben gezeichnet war und dass sich an der Stelle, wo das rechte Auge des Mannes hätte sein sollen, nur bleiche, verzogene Haut befand.

»Das ist Cedrych«, erklärte Melyor. Orris hörte die plötzliche Anspannung in ihrer Stimme und spürte, wie seine eigene Unruhe zurückkehrte.

Melyor öffnete die Tür und stieg aus dem Transporter. Orris folgte ihr.

»Guten Tag, Oberlord«, rief sie. Obwohl Orris Melyor noch nicht lange kannte, bemerkte er, wie gezwungen das Lächeln war, mit dem sie Cedrych bedachte.

»Hallo, Melyor«, entgegnete der kahlköpfige Mann mit freundlicher, klarer Stimme. Orris brauchte einen Moment, um zu begreifen, dass sie seine Sprache verwendeten.

»Falkenmagier Orris aus Tobyn-Ser«, sagte Melyor höflich, »das hier ist Cedrych i Vran, Oberlord des Ersten Herrschaftsbereichs von Bragor-Nal.«

Der Oberlord blieb vor Orris stehen und streckte eine kräftige, aber schlanke Hand aus. »Falkenmagier, es ist mir wirklich eine Ehre.« Er lächelte strahlend, und sein helles, blaues Auge glitzerte. »Darf ich dich mit Orris ansprechen?«

»Ja, Oberlord.«

»Mein Name ist Cedrych.« Dann wandte er sich Anizir zu. »Was für ein hinreißendes Geschöpf.« Er streckte einen Finger nach ihr aus, hielt dann aber inne. »Darf ich?«

Orris zuckte die Achseln. »Wenn sie nichts dagegen hat, stört es mich auch nicht.«

Anizir betrachtete den Oberlord misstrauisch, aber sie gestattete ihm, sie am Kinn zu kraulen.

»Danke«, sagte Cedrych. Er sah den Vogel wieder an. »Ich danke euch beiden.« Er wandte sich Gwilym zu, und obwohl Orris nicht verstand, was Cedrych sagte, war klar, dass der Oberlord den Steinträger mit derselben entwaffnenden Höflichkeit begrüßte, die er gerade gegenüber Orris an den Tag gelegt hatte.

»Ich freue mich darauf, bald vertraulich mit dir sprechen zu können«, sagte der Oberlord nun wieder zu dem Magier. Er beherrschte die Sprache von Tobyn-Ser sogar noch besser als Melyor. »Aber ich dachte, wir könnten mit einer kurzen Besichtigung des Nal beginnen.«

Orris nickte. »Das würde mir gefallen. Besonders interessiert mich der Hof.«

»Der Hof!«, erwiderte Cedrych ehrlich überrascht. »Was für eine wunderbare Idee! Melyor, würdest du uns bitte hinbringen?«

»Ja, Oberlord.«

Sie stiegen wieder in den Transporter. Orris setzte sich zu Gwilym nach hinten, und Cedrych nahm Orris' Platz vorne ein. Ein zweiter Transporter mit vier von Cedrychs Männern folgte ihrem Wagen, als Melyor sie durch die Straßen des Nal zum Hof fuhr. Es dauerte vielleicht eine halbe Stunde, bis sie den Zaun erreichten, der den Hof vom Rest des Nal trennte.

Der Eingang zum Hof wurde scharf bewacht von Männern in hellblauen Uniformen, die riesige Waffen trugen und mürrisch dreinschauten. Sie erkannten Cedrych jedoch sofort und winkten die beiden Transporter durch das schwer befestigte Tor. Dennoch blieben Orris und die anderen noch eine Weile im Transporter und fuhren langsam an den Gebäuden vorbei.

»Wie du an den Sicherheitsvorkehrungen des Herrschers erkennen kannst«, erklärte Cedrych, »ist der Hof der wichtigste und empfindlichste Teil von Bragor-Nal. Hier bauen wir unsere Lebensmittel an, unser Holz, hier züchten wir unser Vieh – alles, was wir zum Überleben brauchen.«

»Ich möchte wirklich gerne wissen, wie ihr das innerhalb von Gebäuden schafft«, sagte Orris, der wie gebannt aus dem Fenster starrte.

»Tatsächlich ist es gar nicht so schwierig. Nimm die nächste Straße rechts, Melyor«, wies Cedrych die junge Frau an. »Wir machen am ersten Waldhaus Halt.«

Melyor tat, was man ihr gesagt hatte, und brachte den Transporter vor einem riesigen runden Glasgebäude zum Stehen. Das Haus war sehr hoch, und Orris hätte seinen Durchmesser nicht abschätzen können.

»Wie groß ...?«, flüsterte der Magier.

»Ich glaube nicht, dass du unsere Maßeinheiten verstehst«, sagte Cedrych, »aber die Grundfläche ist etwa die von acht Blocks. Und es gibt Dutzende solcher Gebäude auf dem Hof.«

Orris war nicht sicher gewesen, was er erwarten sollte, aber nichts, was er sich hätte ausmalen können, hätte ihn auf das vorbereitet, was er dann im Gebäude sah. Es regnete, als sie hereinkamen. Nicht sonderlich heftig, es war eher ein Nieselregen. Wassertropfen fielen von den Blättern der Ahornbäume und Eichen, die über ihnen aufragten. Ein Specht trommelte in der Ferne, und ein Schwarm Häher flog laut schwatzend über sie hinweg, offenbar erschrocken über Anizirs Anwesenheit. Orris' Falke starrte die Vögel interessiert an, und sie übertrug Orris ein Bild, das die Häher nur noch mehr aufgeregt hätte, hätten sie es sehen können. *Nein, Liebes,* erwiderte er bedauernd. *Du darfst hier nicht jagen.*

Sie antwortete mit einem leisen Schrei.

»Was ist denn?«, fragte Cedrych mit einem Blick zu Anizir.

»Sie hat einfach Hunger«, antwortete Orris. »Ich werde sie jagen lassen, wenn wir wieder rauskommen.«

»Sie kann gerne hier jagen. Die anderen Falken tun das auch.«

»Es gibt hier noch mehr Falken?«, fragte der Magier verblüfft, spähte zu den Baumkronen hoch und wischte sich die Regentropfen von der Stirn.

»Falken, Eulen, Füchse, sogar ein paar Wildkatzen. Dieser Wald ist so lebendig wie ein Wald in Tobyn-Ser.«

Orris warf dem Oberlord einen scharfen Blick zu, aber der lächelte nur rätselhaft.

»Bitte«, drängte Cedrych. »Lass sie jagen. Ich würde sie gerne fliegen sehen; ich bin sicher, es ist ein großartiger Anblick.«

»Also gut«, meinte der Magier achselzuckend. Er übermittelte Anizir ein Bild, und der Falke flog auf und zerstreute die Häher sofort in alle Himmelsrichtungen. Dann verschwand Anizir zwischen den Bäumen. Alle starrten ihr einen Augenblick lang schweigend hinterher.

»Gehen wir weiter«, sagte Cedrych und wies auf einen Pfad, der tiefer in den Wald führte. »Es sollte nicht mehr lange regnen.«

Orris ging neben dem Oberlord, und Melyor und Gwilym folgten ihnen und unterhielten sich dabei leise in der Sprache von Lon-Ser. Lange Zeit schwiegen Orris und Cedrych.

Der Magier wusste, dass der kahlköpfige Mann ihn sehr aufmerksam beobachtete, aber Orris war zu erstaunt über alles, was er sah, als dass ihn das sonderlich interessiert hätte. Er war innerhalb eines Gebäudes und ging im Wald spazieren! Farne und Moose wuchsen am Waldboden, Eichen- und Ahornsetzlinge mischten sich mit Sassafras und Schneeball zu dichtem Unterholz, und die alten Bäume waren höher und gerader, als Orris es je für möglich gehalten hätte. Eichhörnchen tauchten hier und da zwischen den Zweigen auf, und Drosseln sangen im Verborgenen.

»Das hier könnte jeder beliebige Wald in Tobyn-Ser sein, oder?«, fragte Cedrych, als sie zu einem kleinen, rasch dahinfließenden Bach kamen.

»Warst du je in Tobyn-Ser?«, fragte Orris den Oberlord und sah ihn neugierig an. »Oder nimmst du das nur an?«

»Keins von beidem«, erwiderte Cedrych ungerührt. »Ich war nie dort, aber ich habe von Kaufleuten aus Abborij und von anderen viel über das Land gehört.«

Orris sah den Mann noch einen Moment länger an, bevor er sich wieder den Bäumen und den Büschen zuwandte, deren Blätter im leichten Regen glitzerten. Man konnte leicht vergessen, dass das hier kein wirklicher Wald war. Zu leicht.

»Ja, ich denke, es sieht aus wie Tobyn-Ser. War das denn geplant?«

»Nein, es soll aussehen wie einer der Wälder, die es einmal hier in Lon-Ser gab.«

»Und, tut es das?«

Cedrych richtete sich auf, die Lippen zu einer dünnen Linie zusammengekniffen. »Das weiß ich nicht«, sagte er schließlich. »Ich habe sie nie gesehen.«

Sie gingen schweigend weiter. Orris bemerkte, dass Melyor

und Gwilym aufgehört hatten, sich zu unterhalten. Er spürte, wie Anizir seinen Geist berührte, und einen Augenblick später hörte er ihren Flügelschlag. Sie landete auf seinem Arm und nahm ihre vertraute Position auf seiner Schulter ein, wo sie sich zu putzen begann. Ihr helles Brustgefieder war von winzigen Blutströpfchen befleckt, und ein kleines Fellbüschel klebte noch an ihrem gebogenen Schnabel.

»Sieht aus, als hätte sie Erfolg gehabt«, bemerkte Cedrych, ein kühles Lächeln auf den Lippen.

»Das denke ich auch«, sagte Orris.

Der Regen hörte abrupt auf, und plötzlich kam es Orris so vor, als würde die Sonne durch die Wolkendecke brechen. Wieder musste er sich erinnern, dass dies alles eine von Menschen geschaffene Illusion war. Der Magier zeigte zum Himmel. »Was passiert dort?«

Der Oberlord lächelte erneut. Diesmal wirkte es aufrichtiger. »Wie sieht es denn aus? Die Sonne kommt heraus, der Regen ist weitergezogen.«

»Aber das ist unmöglich.«

»Ach ja?«

Die beiden Männer starrten einander einige Zeit lang an. Und dann schloss Orris die Augen und übermittelte Anizir ein Bild. Sie flog wieder von seiner Schulter auf und kreiste einmal über ihnen, bevor sie hoch über die Baumwipfel hinausflog. Als sie weit oben war, vertiefte Orris ihre Verbindung, damit er durch ihre Augen sehen konnte. Und dabei erblickte er Dinge, die er nur vage verstand. Am anderen Ende des Gebäudes gab es einen gewaltigen runden Rahmen, der mit einem feinen Gitter überzogen war. Darin befand sich ein Gegenstand aus vier breiten Ruderblättern, die sich langsam drehten. Und über Anizir, an Ort und Stelle gehalten von hunderten von Metallfäden, die an der transparenten Decke des Gebäudes befestigt waren, hing ein Spalier aus polierten Metallröhren, aus denen immer noch Wasser tröpfelte. Über diesem metallenen Gitterwerk, das sich über den gesamten Wald spannte, gab es so helle Lichter, dass sie sich förmlich in Orris' Geist brannten, als Anizir zu ihnen aufblickte. Orris betrachtete diese seltsamen Dinge mit den Augen seiner Vertrauten, aber er konnte sich einfach nicht vorstellen, wie sie funktionierten oder was sie sonst noch tun konnten. Aber irgendwie wusste er, was sie waren, oder genauer, was sie sein sollten: Wind, Regen und Sonne.

Er rief Anizir zu sich zurück und öffnete wieder die Augen. »Bemerkenswert«, sagte er leise und schaute erst Cedrych und dann Melyor an.

Cedrych kniff sein Auge zusammen. »Du hast es gesehen?« fragte er, und in seiner Stimme schwang neben Staunen auch so etwas wie Angst mit.

»Ja.«

»Wie ist das möglich?«

Orris nickte zu Anizir hin, die auf seine Schulter zurückgeflogen war. »Mein Vogel und ich stehen in einer ganz besonderen Verbindung. Sie liest meine Gedanken, und ich lese die ihren. Und wenn ich zusätzliche Augen brauche, kann ich ihre benutzen.«

Der Oberlord nickte bedächtig. »Das ist ebenfalls bemerkenswert.«

»Diese Werkzeuge, die ich gesehen habe«, sagte Orris und zeigte nach oben. »Kann man damit auch Schnee machen?«

Cedrych brauchte einige Zeit für seine Antwort. Er schien sehr beschäftigt mit dem, was Orris ihm gesagt hatte.

»Schnee? Ja«, sagte er schließlich. »Wir können Schnee herstellen, Schneeregen, Hagel, Schneestürme, Gewitter. Hier in den Waldhäusern sorgen wir für wechselnde Jahreszeiten. Wir haben festgestellt, dass die Wälder auf diese Weise besser wachsen. Die meisten anderen Gebäude – für das Vieh, Getreide, Obst – haben eine gleichmäßig milde Temperatur.«
Sie gingen weiter, und der Weg führte sie immer noch vom Eingang des Gebäudes weg. Nach weiteren hundert Schritten hörte der Eichen- und Ahornbestand abrupt auf, und sie standen vor Zedern und Fichten. Das war der erste Hinweis, den Orris mit eigenen Augen gesehen hatte, dass sie sich nicht in einem natürlichen Wald befanden.
»Wir brauchen viele verschiedene Hölzer«, erklärte Cedrych beinahe entschuldigend, als hätte er Orris' Gedanken gelesen. »Wir können die Übergänge nicht immer so fließend gestalten, wie wir gerne möchten.«
Bald schon erreichten sie eine Weggabelung, und statt noch tiefer in den Wald zu gehen, kehrten sie zum Eingang des Gebäudes zurück. »Es gibt noch andere Dinge, die ich euch gerne zeigen möchte«, erklärte Cedrych.
Sie stiegen wieder in den Transporter und fuhren zu einem anderen Gebäude, das nur ein paar Minuten von dem Waldhaus entfernt war. Es bestand ebenfalls aus Glas und bedeckte ein riesiges Areal, aber es erhob sich nicht hoch in den schmutzig braunen Himmel, sondern war relativ niedrig, kaum höher als die Große Halle in Amarid. Drinnen sah Orris eine weite Fläche von Weizen, der in einem Wind wogte, der von mehreren der sich drehenden ruderblattähnlichen Gegenstände erzeugt wurde, die er schon in dem Haus für den Holzanbau gesehen hatte. Ein Metallspalier, ganz ähnlich dem in dem höheren Gebäude, hing darüber,

aber im Augenblick regnete es nicht, sondern helle Lichter schienen wie hunderte kleiner Sonnen auf das Getreide.

»Dieses Gebäude hat dreißig weitere Ebenen«, sagte der Oberlord. »Alle unter uns.«

»Und sie enthalten alle Getreidefelder?«

Cedrych zuckte die Achseln. »Wir müssen viele Menschen ernähren.«

Orris holte tief Luft und nickte. Es war gleichzeitig faszinierend, beeindruckend und beängstigend. Und dennoch beunruhigte den Magier nicht so sehr, was er sah, sondern mehr die Tatsache, dass man ihm gestattete, es zu sehen.

»Warum zeigst du mir das alles?«, fragte er Cedrych schließlich. »Aus allem, was ich bisher über Lon-Ser erfahren habe, kann ich nur schließen, dass ihr euch gewaltig anstrengt, um die Geheimnisse hinter all diesen Dingen, die ihr herstellt, zu bewahren. Und dennoch zeigst du mir, was nach deiner Aussage der wichtigste Teil von Bragor-Nal ist. Das verstehe ich nicht.«

Cedrych zuckte die Achseln. »Du bist mein Gast«, sagte er entwaffnend. »Wenn ich dein Land besuche, erwarte ich auch, dass du mir vorführst, was es dort Großartiges gibt.«

»Nein«, erwiderte Orris kopfschüttelnd. »Ich glaube dir nicht. Dahinter steckt noch viel mehr.«

Das freundliche Lächeln des Oberlords verschwand, und sein Blick wurde härter. »Warum bist du hier? Was führt dich nach Bragor-Nal?«

Weder Orris noch Cedrych hatten sich geregt, aber der Falkenmagier fühlte sich plötzlich, als hätten sie die Klingen gezogen und würden in Kampfstellung umeinander herumtänzeln. Er spürte, dass Melyor sie beobachtete und dabei den Atem anhielt. Selbst Gwilym schien intensiv

zuzuschauen, obwohl Orris wusste, dass der Steinträger kein Wort von dem verstand, was hier gesprochen wurde.
»Was hat das eine mit dem anderen zu tun?«, fragte Orris schließlich.
»Überhaupt nichts. Und alles. Bist du als Friedensbotschafter oder als Eroberer gekommen?«
Orris lachte. »Als Eroberer?«, fragte er ungläubig »Ich stehe allein gegen ein Land, das über Werkzeuge und Waffen verfügt, die ich nicht einmal begreifen kann, und in dem mehr Menschen leben, als ich mir je vorstellen könnte. Und du fragst mich, ob ich ein Eroberer bin?«
»Du magst ein einzelner Mann sein, Zauberer, aber ich habe gesehen, was du tun kannst, zusammen mit deinem Vogel.«
»Gesehen?«, fragte Orris misstrauisch. »Was hast du gesehen?«
Cedrych holte zwei Stücke Papier aus der Tasche und reichte sie Orris. Es schienen Miniaturgemälde zu sein, obwohl sie viel klarer und genauer waren als jedes Kunstwerk, das der Magier je gesehen hatte. Und sie zeigten so grauenhafte Dinge, dass Orris nur einmal kurz hinschaute, bevor er sie dem kahlköpfigen Mann zurückreichte.
»Diese Bilder zeigen, was von den beiden Männern übrig blieb, die du im Einundzwanzigsten Bezirk getötet hast«, sagte Cedrych anklagend. »Das ist doch sicher nicht das Werk eines Mannes, der Frieden sucht.«
»Sie haben mich angegriffen«, entgegnete Orris.
»Ich glaube dir, aber darum geht es nicht. Du sagst, du könntest die Dinge, die wir hier herstellen, nicht begreifen. Nun, wir wissen noch weniger über deine Macht.«
Orris bezweifelte, dass das der Wahrheit entsprach, aber er sagte nichts dazu.

»Um deine vorherige Frage zu beantworten«, fuhr Cedrych fort, »vielleicht zeige ich dir diese Dinge, damit du es als eine Geste des Vertrauens betrachtest und mir deinerseits von der Magie der Kinder Amarids erzählst.«

Orris warf Melyor einen scharfen Blick zu. Zuvor hatte sie so getan, als hätte sie nie von Amarid gehört. Aber wenn Cedrych vom Ersten Magier wusste, würde sie dann nicht auch Bescheid wissen? Orris erkannte die Antwort deutlich an der Art, wie sie den Blick abwandte und blass wurde. Und Cedrych sprach von Vertrauen?

»Mag sein«, meinte Orris kühl. »Was immer du vorhattest, ich habe genug gesehen. Gehen wir irgendwohin, wo wir uns unterhalten können.«

Als sie zu dem Gebäude zurückkehrten, vor dem Orris Cedrych kennen gelernt hatte, wurde es bereits dunkel. Diesmal blieben die Transporter allerdings nicht vor dem Gebäude stehen, sondern nahmen eine schmale Straße in eine Art Keller, in dem Dutzende weiterer Transporter standen. Sobald ihr Fahrzeug zum Stehen kam, näherten sich mehrere Gardisten und öffneten die Türen. Als Orris den Transporter verließ, Anizir auf seinem Arm und den Stab mit dem leuchtenden Kristall in den Händen, wich der Mann, der ihm am nächsten stand, mit weit aufgerissenen Augen zurück.

Cedrych gab einen Befehl in der Sprache von Lon-Ser, und der Mann zuckte zusammen und lief dunkelrot an.

»Hier entlang«, rief der Oberlord und zeigte auf eine kleine Kammer. Eskortiert von zwei Wachen betraten er, Melyor, Gwilym und Orris den Raum, der größer wirkte, als er tatsächlich war, weil die Rückwand aus einem Spiegel bestand. Die Seitenwände waren aus dunklem, poliertem

Holz und hatten elegante Messingverzierungen. Als alle in der Kammer waren, berührte einer der Gardisten einen rot leuchtenden Kreis auf einer Messingplatte an der Wand. Sofort erschien aus den Seitenwänden eine Tür und schob sich wie von unsichtbarer Hand gelenkt zu. Einen Augenblick später spürte Orris, wie sein Magen tiefer sackte, als die Kammer sich nach oben zu bewegen begann. Er und Gwilym wechselten einen beunruhigten Blick.

»Wir nennen es einen Heber«, erklärte Cedrych, während die Kammer weiterkletterte. »Diese Einrichtung gestattet uns, die oberen Stockwerke zu erreichen, ohne dass wir Treppen steigen müssen.«

Nach ein paar Sekunden blieb der Heber stehen, und Orris' Magen bewegte sich mit einem unangenehmen Ruck wieder nach oben. »Das ist ein bisschen verwirrend«, sagte er, als die Tür aufglitt.

Sie verließen den Heber, und Cedrych führte sie einen langen Flur entlang auf eine weitere seltsam aussehende Kammer zu, die ein weiterer Heber hätte sein können, aber Orris spürte, dass sie einem finstereren Zweck diente. Cedrych sprach kurz mit einem der Gardisten, die vor dem seltsamen Ding Wache hielten, und winkte Melyor dann hinein.

»Der Steinträger wird draußen bleiben müssen«, erklärte der Oberlord, als Orris die Kammer betrat.

»Warum?«

Cedrych zögerte. »Wir werden vielleicht über ziemlich ... delikate Angelegenheiten sprechen. Es kommt mir nur angemessen vor, dass wir das unter uns tun.«

»Aber Melyor ...«

»Melyor hat vielleicht wichtige Dinge zu unserem Gespräch beizutragen.«

Orris schüttelte den Kopf. »Das ist lächerlich. Er versteht nicht einmal meine Sprache.«
Cedrych lächelte dünn. »Dennoch muss ich darauf bestehen.«
Orris schnaubte. »Na gut«, sagte er gereizt. »Dann erkläre es ihm.«
Cedrych wandte sich Gwilym zu und sagte etwas. Orris sah, dass der Steinträger immer unruhiger wurde, und als Cedrych fertig war, wandte sich der rundliche Mann Orris zu und begann, schnell und ein wenig verzweifelt in der Sprache von Lon-Ser auf ihn einzureden.
Orris sah Melyor an, die alles von der anderen Seite der Kammer aus beobachtet hatte. »Was sagt er?«, fragte er sie.
Sie schluckte und kam zurück auf ihre Seite. Sie warf Cedrych einen raschen Blick zu, und der Oberlord nickte. »Er macht sich Sorgen um deine und seine Sicherheit. Er sagt, er traut dem Oberlord nicht und dass ihr beiden sofort gehen solltet.«
Orris sah den Steinträger an und bedachte ihn mit einem, wie er hoffte, selbstsicheren Lächeln. »Schon gut.« Er zeigte auf Anizir. »Uns wird nichts passieren. Wir können schon auf uns aufpassen.« Er schaute Melyor an. »Sag ihm das.«
Sie sah abermals den Oberlord an. »Frag ihn nicht erst!«, fauchte Orris, bevor Cedrych ihr anzeigen konnte, was sie tun sollte. »Sag Gwilym einfach nur, was ich gesagt habe.«
Sie redete mit dem Steinträger, und Orris konnte nur annehmen, dass sie seine Botschaft tatsächlich übermittelt hatte.
Dann sah der Magier Cedrych an. »Jetzt bist du dran. Sag diesem Uniformierten da, dass er den Steinträger gut behandeln soll. Ich bin kein Eroberer, aber wenn Gwilym

irgendetwas zustößt, werde ich dieses Gebäude dem Erdboden gleichmachen, und euch alle mit. Hast du das verstanden?«

Cedrych sah ihn forschend an, und dann nickte er zum zweiten Mal. Ohne Orris aus den Augen zu lassen, gab der Oberlord seinen Gardisten einen Befehl.

Als er fertig war, legte Orris seine Hand auf Gwilyms Schulter. »Ist das in Ordnung?«, fragte er. Melyor übersetzte, und nach einem Moment des Nachdenkens nickte der Steinträger widerstrebend.

Der Magier lächelte. »Gut.« Er drückte kurz die Schulter des rundlichen Mannes. »Ich bin bereit«, sagte er dann zu Cedrych.

Wieder bedeutete Cedrych Melyor und Orris, durch die Kammer zu gehen, und als sie das getan hatten, drückte er eine Tür auf und führte sie weiter. Die Tür zu Cedrychs Zuhause führte in ein Zimmer, das Orris für den Wohnraum hielt. Der hellgraue Bodenbelag und die perfekt dazu passenden Möbel waren makellos und sahen teuer aus, aber Orris bemerkte das nur am Rande. Er ging sofort auf das riesige Fenster auf der anderen Seite des Zimmers zu. Von hier aus konnte man offenbar das gesamte Nal sehen, dessen Gebäude und Straßen so hell beleuchtet waren, dass es Orris einen Schwindel erregenden Augenblick so vorkam, als stünde die Welt auf dem Kopf und Leoras Sterne glitzerten zu seinen Füßen.

Im nächsten Augenblick war das Gefühl verschwunden, und Melyor stand neben ihm und nahm den Blick ebenfalls in sich auf.

»Das ist so ziemlich die beste Aussicht auf das Nal, die ich je hatte«, sagte sie leise.

Orris nickte, aber er schwieg.
»Das Essen kommt gleich«, rief der Oberlord ihnen vom anderen Ende des Zimmers zu. »Möchtest du inzwischen ein Glas Wein, Orris?«
»Ja, gerne«, erwiderte der Magier über die Schulter hinweg.
»Es tut mir Leid, dass ich heute früh nicht ehrlich war«, sagte Melyor im Flüsterton. Orris fragte sich, ob sie tatsächlich nicht wollte, dass Cedrych sie hörte, oder ob es Teil eines weiteren Tricks war.
»Du hattest also tatsächlich schon von Amarid gehört.« Es war keine Frage, sondern eine Feststellung.
»Ja.«
»Warum hast du dann so getan, als wäre das nicht der Fall?«
»Ich weiß es nicht. Ich denke ...« Sie brach ab, schüttelte den Kopf. »Ich weiß es nicht«, sagte sie abermals.
Orris sah sie an. Sie beobachtete ihn, und in ihren hübschen grünen Augen stand eine verlockende Verwundbarkeit. Ich bin hier allein mit zwei Fremden, dachte er in diesem Augenblick, und ich weiß wirklich nicht, wer von beiden gefährlicher ist. »Ich wünschte, ich wüsste, ob ich dir glauben kann«, sagte er, wandte sich ab und ging wieder in die Mitte des Zimmers.
Cedrych wartete dort mit einem Glas Weißwein auf ihn. »Setzt dich bitte«, sagte der Oberlord und reichte ihm den Wein. Orris nickte zum Dank und ließ sich in einem großen, bequemen Sessel nieder. Cedrych setzte sich auf eine Couch, die auf der anderen Seite des niedrigen Glastischs stand, und Melyor entschied sich für einen weiteren Sessel, der genau so aussah wie der, in dem Orris Platz genommen hatte.

Der Magier trank einen Schluck von dem Wein, der sich als leicht und trocken und, wie er zugeben musste, sehr gut erwies.
»Schmeckt er dir?«, fragte Cedrych.
»Ja, er ist hervorragend.«
Der Oberlord grinste. »Das meiste, was unsere Keltereien produzieren, ist furchtbar, aber ein paar leisten recht gute Arbeit. Und es gibt eine«, fügte er hinzu und wies mit seiner schlanken Hand auf sein eigenes Glas, »die wirklich hervorragende Weine liefert. Jedes Jahr am Lontag schicke ich dem Herrscher ein Dutzend Flaschen.«
»Was kannst du mir über den Herrscher erzählen?«, fragte Orris in der Hoffnung, lässig zu klingen.
»Durell?«, fragte Cedrych achselzuckend. »Er ist ein anständiger Mann und ein fähiger Anführer.«
»Das klingt nicht gerade begeistert.«
Cedrych sah ihn längere Zeit mit seinem einzelnen Auge an. »Wenn du erwartest, dass ich behaupte, er sei der weiseste und stärkste Herrscher, den das Nal je hatte«, erklärte er mit überraschender Offenheit, »dann kann ich das leider nicht tun. Er tut seine Pflicht – sogar ziemlich gut – und er hat bisher keine Fehler gemacht, die Bragor-Nals Stellung in Lon-Ser schaden könnten. Im Augenblick dient das den Zwecken von uns Oberlords. Aber ich möchte keine Vorhersagen darüber machen, wie lange er im Amt bleiben wird.«
Orris nippte erneut an seinem Wein. »Bist du derjenige, der über die Dauer seiner Amtszeit entscheiden wird?«
»Das kann passieren«, antwortete Cedrych, lächelte undurchschaubar und trank ebenfalls einen Schluck.
Die drei saßen einige Zeit schweigend da und sahen einan-

der nur aus dem Augenwinkel an, bis schließlich Cedrychs Gardisten mit dem Essen kamen und sie in ein großes Esszimmer gingen. Wie das Wohnzimmer hatte auch dieser Raum einen silbergrauen Teppich von einer Wand zur anderen und ein riesiges Fenster mit einer wunderbaren Aussicht auf das Nal. Tisch und Stühle waren aus dunklem, fein gemasertem Holz. Anizir setzte sich auf die Rückenlehne eines leeren Stuhls neben Orris, schloss sofort die Augen und schlief ein.

Die Mahlzeit bestand aus Braten, einem angenehmen, wenn auch leicht bitter schmeckenden Salat, den Orris nicht kannte, und gedämpftem Wurzelgemüse, das ihn an die Bergwurzeln erinnerte, die in Tobyn-Ser häufig gegessen wurden.

»Nun erzähle mir, Orris«, sagte Cedrych, »da wir jetzt wieder höflich miteinander sprechen, wieso du nach Bragor-Nal gekommen bist.«

Orris hatte gerade eine Gabel zum Mund gehoben, aber er hielt inne und legte die Gabel auf den Teller zurück. Anizir spürte wohl seine plötzliche Anspannung, wachte auf und flatterte auf seine Schulter zurück. »Ich bin als Botschafter meines Volkes hier«, begann er vorsichtig, »und ich suche Antworten auf einige Fragen, die wir bezüglich gewisser Vorfälle in Tobyn-Ser haben.«

Cedrych nickte nachdenklich. »Ich verstehe. Vielleicht können Melyor und ich dir helfen.«

Orris zwang sich zu einem Lächeln. »Das ist freundlich von euch, aber ich möchte diese Fragen dem Herrscherrat vorlegen.«

Der Oberlord sprach kurz mit Melyor in ihrer Sprache. Orris, der sie beobachtete und nicht begriff, was zwischen ihnen ausgetauscht wurde, verstand plötzlich, wieso der Oberlord darauf bestanden hatte, dass Gwilym nicht mit hereinkam. Nach ein paar Sekunden sah Cedrych Orris wieder an. »Der Rat hat immer sehr viel zu tun. Es würde Wochen, vielleicht sogar Monate dauern, bis du eine Audienz erhältst.«

»Das verstehe ich«, erwiderte Orris. Und dann, einem Impuls folgend, den er selbst nicht so recht begriff, fügte er hinzu: »Aber das Oberhaupt meines Ordens hat bereits mit dem Rat über diese Angelegenheit in Briefkontakt gestanden. Ich denke schon, dass die Herrscher Zeit finden werden, mich zu empfangen.«

Cedrych hörte auf zu kauen und schluckte das, was er im Mund hatte, schnell herunter. »Könntest du das noch einmal wiederholen?«

»Das Oberhaupt des Ordens der Magier und Meister hat an euren Rat geschrieben und eine Antwort erhalten. Daher erwarte ich, dass die Herrscher mit mir sprechen werden, wenn ich mich ihnen vorstelle.« Orris bluffte selbstverständlich. Der Brief des Herrscherrats war eindeutig abweisend gewesen, aber er setzte darauf, dass Cedrych das nicht wusste.

»Weißt du genau, um was es in dem Briefwechsel ging?«, fragte der Oberlord mit unverhohlener Neugier.

Orris lächelte. »Selbstverständlich.«

Cedrych starrte ihn einen Moment lang erwartungsvoll an, und als er schließlich begriff, dass Orris ihm nicht einfach verraten würde, was er wissen wollte, lief er rot an, und sein Blick wurde eisig. »Du solltest wissen, Zauberer«, erklärte der Oberlord eindeutig verärgert, »dass ich nicht gerne Spielchen spiele.«

»Im Gegenteil, Cedrych«, entgegnete Orris, der spürte, dass er nun die Oberhand hatte, »nach allem, was ich bisher gesehen habe, würde ich annehmen, dass du sehr gerne spielst. Es ist das Verlieren, was dir nicht behagt.« Cedrych warf ihm einen Seitenblick zu, und Orris gestattete sich ein dünnes Lächeln. »Wir haben ein Glücksspiel in Tobyn-Ser, das wir Ren-Drah nennen. Darin geht es vor allem darum, den Gegner glauben zu machen, dass man bessere Karten hat, als es tatsächlich der Fall ist. Ich nehme an, du wärst sehr gut bei diesem Spiel.«

»Du beherrschst dieses Spiel also?«

»Ja. Sehr gut sogar.« Der Magier warf Melyor einen Blick zu und stellte fest, dass sie ihn ansah und ein Lächeln um ihre Mundwinkel zuckte.

Cedrych hatte das offenbar ebenfalls bemerkt. »Geh nach draußen, Melyor«, befahl er kalt. »Ich möchte mit Orris allein sprechen.«

Melyor stand auf, aber sie beobachtete weiterhin den Magier, und so etwas wie Sorge schlich sich in ihren Blick. Wieder war Orris unsicher, ob er sich darauf verlassen konnte, ihre Reaktionen richtig zu deuten.

Aber erneut schien Cedrych die Reaktion ebenfalls bemerkt zu haben. »Sofort, Melyor«, sagte er streng.

Sie drehte sich um und ging, und ein paar Sekunden später hörte Orris, wie die Tür zu Cedrychs Wohnung geöffnet und wieder geschlossen wurde. Der Oberlord starrte noch eine Weile den Stuhl an, auf dem die Frau gesessen hatte. »Du hast sie anscheinend beeindruckt«, sagte er schließlich, und man konnte ihm deutlich anhören, dass ihm das überhaupt nicht zusagte. Er warf Orris einen Blick zu. »Vielleicht ist das ja umgekehrt genauso?« Orris schwieg, und der kahlköpfige Mann grinste. »Kein Grund zur Verlegenheit«, sagte er herablassend. »Du bist zweifellos nicht der Erste. Aber bevor du etwas Dummes tust, möchtest du vielleicht wissen, wer die Männer geschickt hat, die dir neulich aufgelauert haben.«

Orris spürte, wie sich sein Magen zusammenzog. Er legte die Gabel auf den Teller.

Cedrychs Lächeln wurde intensiver. »Du bist also hier, um mit dem Herrscherrat zu sprechen«, fuhr er aalglatt fort. »Vielleicht möchtest du um Frieden bitten?«

»Vielleicht«, antwortete Orris und versuchte, seine Gedanken an dem vorbeizuzwingen, was Cedrych zuvor gesagt hatte. *Du möchtest vielleicht wissen, wer die Männer geschickt hat, die dir neulich aufgelauert haben* ... Melyor?

»Und was, wenn sie dir nicht helfen können?«

Orris starrte ihn begriffsstutzig an.

»Ah«, sagte Cedrych, »daran hattest du also noch gar nicht gedacht. Du nimmst an, dass der Rat dir helfen kann, weil er die höchste offizielle Autorität des Landes darstellt.« Er schüttelte den Kopf. »Lon-Ser ist ein großes Land, Orris; ein solches Land lässt sich nicht leicht von einer einzelnen Stelle aus beherrschen. Der Rat kontrolliert nicht alles, was hier geschieht. Manchmal wissen seine Mitglieder nicht einmal, was wirklich los ist.« Er hielt inne, aß ein Stück Fleisch und spülte es mit Wein hinunter. »Das magst du vielleicht nicht verstehen, da du aus einem Land kommst, wo Menschen, die nicht dem Orden angehören, nicht die Macht oder den Einfluss haben, auf ihre Welt einzuwirken. Aber hier braucht man kein Herrscher zu sein, um Macht und Mittel zu haben.«

Der Falkenmagier hob das Glas und freute sich zu sehen,

dass seine Hand noch vollkommen ruhig war. »Du scheinst viel über meine Welt zu wissen, Cedrych«, sagte er. »Warum eigentlich?«
Der Oberlord zuckte die Achseln. »Wie ich schon sagte, man braucht kein Herrscher zu sein, um über Möglichkeiten zu verfügen.«
»Ich habe nicht gefragt, *wie*, sondern warum.«
»Ja, ich weiß«, meinte Cedrych mit großem Genuss.
»Nun, wenn es stimmt, was du über die Herrscher sagst«, begann Orris nach kurzen Schweigen wieder, »was würdest du mir raten?«
Cedrych spreizte die Finger ein wenig. »Du hast mir so wenig darüber verraten, wieso du hier bist. Ich kann dir nur schwer sagen, wie du vorgehen solltest. Wenn du mir vielleicht mehr erzählen würdest ...«
Orris grinste und schüttelte den Kopf. »Ich glaube nicht. Dann versuche ich mein Glück lieber mit dem Herrscherrat.«
Cedrychs Gesicht schien zu Stein zu erstarren. »Das kannst du gerne tun«, sagte er durch zusammengebissene Zähne. »Aber vergiss nicht, dass Bragor-Nal ein gefährlicher Ort sein kann. Besonders für Fremde.«
Orris hob die Hand und kraulte sanft Anizirs Kinn, aber er wandte den Blick nicht von dem narbengezeichneten Gesicht des Oberlords ab. »Drohst du mir etwa, Cedrych?«
»Ich sage nur, bevor du ein Freundschaftsangebot abweist, solltest du über die Risiken nachdenken, und zwar nicht nur jene, die du selbst eingehst, sondern auch über mögliche Gefahren für alle, die von dir abhängen.« Orris brauchte einen Augenblick, um zu begreifen, dass der Oberlord von Gwilym sprach. Er zeigte mit dem Finger auf

das Herz des kahlköpfigen Mannes, als würde er seinen Stab auf ihn richten. »Wenn ihm irgendetwas zustößt ... ich schwöre in Aricks Namen, dann bringe ich dich um!«

»Ich weiß wirklich nicht, wieso du dich so aufregst, Orris. Und ich weiß auch nicht, von wem du sprichst. Ich sagte nur ...«

»Ich weiß genau, was du gesagt hast!«, erwiderte Orris, stand auf und griff nach seinem Stab, der an der Wand neben ihm lehnte. »Und ich sagte dir, wenn du auch nur versuchst, dem Steinträger etwas anzutun, werde ich dich umbringen! Es ist mir gleich, wenn ich dazu dieses Gebäude in Stücke zerlegen muss, ich werde dich umbringen!«

Der Magier drehte sich abrupt um und ging auf die Tür zu, aber bevor er sie erreichte, hörte er Cedrych lachen.

»Wenn du durch diese Tür da gehst, Zauberer, wirst du vollkommen allein sein. Niemand wird dir mehr helfen, und du wirst dich nirgendwo verstecken können, wo ich dich nicht finden kann.«

Orris blieb stehen, die Hand am Türgriff. »Du weißt wohl nicht so viel über Tobyn-Ser, wie du dachtest«, sagte er und war sich plötzlich Anizirs Krallen, die seine Schulter packten, sehr bewusst. »Ein Magier ist niemals allein.« Und damit öffnete er die Tür und ging.

3

Wie ich schon zuvor erklärte, beruht das Regierungssystem von Bragor-Nal auf dem systematischen Einsatz von Gewalt und der Angst, die sie bewirkt. Das Problem bei einem solchen System ist selbstverständlich, dass jene, die Gewalt anwenden, um Macht zu erlangen, ihren Status nur so lange genießen können, wie sie die Stärksten und Furchterregendsten bleiben. Ebenso, wie es immer noch eine weitere Welle gibt, die aus Ducleas Meer an den Strand rollt, wird es immer einen anderen geben, der mächtiger, tückischer oder geschickter mit einer Waffe ist. Das ist nur eine Frage der Zeit. Daher mag die Gewalt diesem System zwar eine gewisse Stabilität geben, droht aber auch ständig, alles ins Chaos zu stürzen. Dieses Paradox führt zu den beiden wichtigsten Wahrheiten im Nal. Die erste besagt: Vertraue niemandem. Und die zweite: Ganz egal, wie gut oder schlecht man heute dastehen mag, das Morgen ist vollkommen ungewiss.

Aus Kapitel fünf des »Berichts von Eulenmeister Baden über seine Verhöre des Ausländers Baram«, vorgelegt auf der 1014. Versammlung des Ordens der Magier und Meister, im Frühjahr des Gottesjahres 4625.

Cedrych blieb noch einige Zeit am Tisch sitzen. Er trank seinen Wein und aß die Bratenstücke und den Salat auf, die sich auf seinem Teller befanden. Erst dann erhob er sich und ging zu seinem Büro und dem Sprechschirm.

Er hatte gehofft, dass sein Tag mit dem Zauberer besser verlaufen würde, dass er mehr darüber erfahren würde, was

Orris und seine Kollegen über seine Initiative herausgefunden hatten, bevor er Orris umbringen ließ. Cedrych zuckte die Achseln. Manchmal verlief eben nicht alles nach Plan. Das änderte nichts an der Tatsache, dass der Zauberer sterben musste; tatsächlich wurde es dadurch noch wichtiger, ihn rasch töten zu lassen.

Er schaltete den Sprechschirm ein und wählte den Code, den er für solche Gelegenheiten benutzte. Nach ein paar Sekunden erschien das vertraute schmale Gesicht auf dem Schirm.

»Ja, Oberlord? Was kann ich für dich tun?«

»Es ist Zeit, Klinge«, sagte Cedrych zu dem Mann. »Ich will, dass es bald passiert, und diskret.«

»Selbstverständlich, Oberlord. Nur die beiden, wie wir vereinbart haben?«

Cedrych dachte einen Augenblick nach und rieb sich dabei mit der schlanken Hand über die Stirn. »Nein«, antwortete er schließlich. »Noch eine dritte Person. Eine Frau.«

Klinge nickte. »Sehr wohl. Das wird selbstverständlich mehr kosten.«

»Selbstverständlich.«

»Wie heißt die Frau?«

Cedrych holte tief Luft. Er wusste, er handelte übereilt. Das hier würde den Zeitplan für die Initiative um Monate zurückwerfen. Aber nach allem, was er heute gesehen hatte, hatte er keine andere Wahl. »Melyor i Lakin.«

Der Mann auf dem Schirm riss die hellen Augen auf. »Das wird teuer!«, sagte er.

»Ist mir egal«, sagte Cedrych. »Aber kümmere dich um alle drei.«

Der Attentäter stieß einen leisen Pfiff aus. »Ja, Oberlord.«

»Und vergiss nicht«, fügte Cedrych hinzu, »du wirst für

diese Aufgabe das doppelte Kontingent von Männern mitnehmen. Der Zauberer ist gefährlich.«

»Das hast du mir schon gesagt«, erwiderte Klinge säuerlich. »Um ehrlich zu sein, kann ich mir nicht vorstellen, dass ich acht Männer für ihn brauchen werde, aber da er mit Melyor unterwegs ist, werde ich tun, was du sagst.«

»Gut. Lass es mich wissen, wenn die Sache erledigt ist.« Cedrych drückte einen roten Knopf oben am Schirm, und das Gesicht des Attentäters verschwand. Der Oberlord blieb an seinem Schreibtisch; er musste sich noch mit einer weiteren Person in Verbindung setzen. Er drückte auf einen Block vor dem Schirm und klappte eine Liste aller Gesetzesbrecher in seinem Herrschaftsbereich und ihrer geheimen Kommunikationscodes auf. Er fuhr mit dem Finger an der Liste entlang, fand schließlich den Code, den er suchte, und drückte die entsprechenden Tasten.

Der Schirm piepte mehrmals, ohne dass jemand antwortete. Cedrych fluchte leise und streckte schon die Hand aus, um die Verbindung abzubrechen. Aber genau in diesem Augenblick erschien das Gesicht des Mannes auf dem Schirm. Er hatte dunkles, zerzaustes Haar, das ihm bis auf die Schultern fiel und zum Teil die blauen Augen verdeckte. Sein Kinn war kantig und unrasiert, und er hatte eine gerade, aristokratische Nase. Er war von der Taille aufwärts nackt, und Cedrych nahm an, dass sich irgendwo in seiner Wohnung ein Uestra-Mädchen befand.

»Oberlord!«, keuchte der Mann, als er Cedrychs Gesicht auf seinem Schirm sah. »Es tut mir Leid! Ich war ...« Er schluckte. »Was kann ich für dich tun?«

Trotz seiner Bedenken gegen das, was er da tat, musste Cedrych grinsen. »Guten Abend, Dob«, sagte er. »Störe ich?«

Der Gesetzesbrecher warf einen nervösen Blick über die Schulter. »Nein, Oberlord.« Er wandte sich wieder dem Schirm zu und zwang sich zu einem Lächeln. »Selbstverständlich nicht.«
»Gut. Ich muss mit dir über ein paar Dinge reden.«

Sie zitterte heftig, als sie die Wohnung des Oberlords verließ. Sie konnte kaum laufen. Als sie vorsichtig durch den Waffenprüfer ging, sah sie den Steinträger, der auf sie zueilte, die Brauen fragend hochgezogen, und sie versuchte mit zitternder Hand abzuwinken.
»Alles in Ordnung?«, fragte er nervös, als er vor ihr stand.
»Ja«, brachte sie mühsam heraus. »Alles in Ordnung.« Sie wandte sich ab. Sie wollte jetzt nicht reden.
»Aber der Zauberer!«, drängte er. »Er ist immer noch da drin! Er ist allein!«
»Es geht ihm gut!«, fauchte sie.
Gwilym starrte sie einen Augenblick lang an, und seine Wangen färbten sich rot. Schließlich drehte er sich abrupt um und ging davon.
Melyor holte tief Luft. Das hatte der Mann wirklich nicht verdient. Sie dachte kurz daran, ihm zu folgen und sich zu entschuldigen, aber sie blieb, wo sie war. Es gab nichts, was sie ihm sagen konnte. Sie hatte nicht einmal das Recht, ihm den Trost zu geben, den sie schon zu geben versucht hatte. Sie war nicht sicher, dass es dem Zauberer gut ging. Es war durchaus möglich, dass Cedrych sie weggeschickt hatte, weil er Orris persönlich umbringen wollte.
Aber im nächsten Augenblick schüttelte sie den Kopf. Orris, so hatte sie an diesem Tag begriffen, war durchaus in der Lage, auf sich aufzupassen. Und außerdem arbeitete

Cedrych nicht auf diese Weise. Sie schloss die Augen und hoffte, diese Erkenntnis würde sie beruhigen, aber sie wusste es besser. Sie zitterte nicht, weil sie Angst hatte, dass Orris sterben würde.

Und sie hatte auch keine Angst vor dem, was sie in Cedrychs Blick gesehen hatte, bevor er sie wegschickte, obwohl sie wusste, dass Angst in diesem Fall mehr als gerechtfertigt war. Er war wütend auf sie, wütend genug, sie umbringen zu lassen. Aber selbst das erklärte nicht ihren rasenden Pulsschlag und die Kälte, die durch ihre Adern lief.

Sie zitterte, weil sie in den kurzen Momenten, als sie in Cedrychs Wohnung gewesen war und zugehört hatte, wie der Oberlord und der Zauberer ihren kleinen Kampf der Worte führten, etwas so Verblüffendes begriffen hatte, etwas so Überwältigendes, dass sie fürchtete, ihr könnte übel werden. Und dennoch wusste sie, dass es wahr war, so sicher, wie ihr Name Melyor i Lakin lautete.

Sie wollte, dass der Zauberer Erfolg hatte. Wenn er Frieden wollte, dann wollte sie das auch. Wenn er hergekommen war, um ganz Bragor-Nal zu zerstören, dann würde sie ihm dabei helfen.

Sie verstand es selbst nicht. Sie hatte Jahre damit verbracht, sich den Wohlstand und die Macht zu wünschen, die die Tobyn-Ser-Initiative ihr bringen würde; sie hatte öfter, als ihr lieb war, ihr eigenes Leben aufs Spiel gesetzt und das Leben anderer genommen. Sie wollte eines Tages Oberlord sein, vielleicht sogar Herrscherin. Das war ihr Traum gewesen, ihr einziger Ehrgeiz in diesem Leben.

Aber als sie dort mit Orris und Cedrych am Tisch gesessen hatte, hatte sie die Erinnerung an einen anderen Traum beschäftigt. Sie und der Zauberer waren vom Schicksal dazu ausersehen, Verbündete zu sein. Sie hatte es in einer Vision gesehen. Seitdem hatte sie angenommen, dass etwas geschehen würde, das diese Allianz notwenig machen würde. Aber sie hätte nie geglaubt, dass sie sich freiwillig mit dem Magier zusammentun würde.

Ich bin ein Nal-Lord!, tobte sie lautlos gegen sich selbst. *Ich werde Tobyn-Ser erobern!*

Und wie zur Antwort hörte sie eine andere Stimme in ihrem Kopf, eine, die vielleicht von ihrer Mutter kam. *Du bist Gildriitin*, sagte diese Stimme. *Es wird Zeit, dass du das akzeptierst.*

Sie hatte ihre Visionen seit Jahren benutzt, um im Nal weiterzukommen, genau so, wie sie ihre Fähigkeiten mit einem Werfer oder einer Klinge eingesetzt hatte. Erst vor ein paar Tagen hatte sie ihre Abstammung genutzt, um sich das Vertrauen des Steinträgers zu erwerben. Und seit ihrer Begegnung mit Mink hatte sie ihr Geheimnis mit jedem ihrer Opfer geteilt, bevor sie gestorben waren. *Es akzeptieren?*, wollte sie widersprechen. *Ich akzeptiere es seit Jahren.*

Aber sie wusste, dass das nicht stimmte. Es war eine Sache, ihre Fähigkeiten zu benutzen. Aber als sie an diesem Abend gesehen hatte, mit welcher Leichtigkeit Orris die Fragen und Drohungen des Oberlords parierte, hatte sie sich so unerklärlich stolz gefühlt, als wäre sein Triumph auch der ihre. Indem er sich gegen Cedrych wehrte, indem er sich einfach weigerte, sich von diesem Mann einschüchtern zu lassen, der bisher jeden in Bragor-Nal eingeschüchtert hatte, führte Orris einen Schlag im Namen aller, in deren Adern Gildris Blut floss. Zum ersten Mal seit langer Zeit betrachtete sich Melyor nicht in erster Linie als Nal-Lord. Sie war Gildriitin, und sie wollte, dass Orris es wusste. Er sollte verstehen, dass sie in diesem Augenblick seine Sache zu ihrer gemacht hatte. Also hatte sie ihn angelächelt und gehofft, dass dieses Lächeln ihm alles mitteilen würde, was sie sagen wollte.

Sie war nicht sicher, ob Orris sie verstanden hatte. Cedrych war es eindeutig nicht entgangen. Und es schien ebenso klar, dass sie sich den Oberlord damit zum Feind gemacht hatte. Aber sie wusste auch noch etwas anderes: Orris war vielleicht der einzige in Bragor-Nal, der sie beschützen konnte.

Sie holte noch einmal Luft, und schließlich spürte sie, wie sie ruhiger wurde. Ihr Leben war soeben unendlich viel komplizierter geworden, aber sie hatte ihre Entscheidung getroffen, und auf seltsame Weise fühlte sie sich besser.

Sie ging zu Gwilym, der mit dem Rücken zu ihr dastand, den Blick auf seinen leuchtenden goldbraunen Stein gerichtet, und legte ihm die Hand auf den Arm.

»Es tut mir Leid, Steinträger«, sagte sie. »Ich wollte nicht so kurz angebunden sein.«

Er blickte von seinem Stein auf und sah sie schweigend an. Schließlich nickte er. »Schon gut.« Er schaute zu den Gardisten und dann an ihnen vorbei zu der Tür zu Cedrychs Wohnung. »Es ginge mir allerdings erheblich besser, wenn wir erst wieder draußen wären.«

»Mir auch«, flüsterte Melyor.

Er warf ihr einen neugierigen Blick zu, sagte aber nichts mehr, und so blieben sie einfach nebeneinander stehen und warteten auf Orris.

Der Zauberer kam schon bald darauf aus Cedrychs Wohnung und ging an den Gardisten vorbei, als wären sie nicht vorhanden, den Blick starr geradeaus gerichtet. Auf seiner Schulter saß sein Falke und sah sich hoheitsvoll im Flur um, als forderte er jeden heraus, sich ihnen zu nähern. Orris

sagte kein Wort, und er blieb auch nicht stehen, als er Melyor und den Steinträger erreichte, also folgten ihm die beiden wortlos zum Heber. Erst als die Tür zu war und die Kammer sich langsam senkte, brach Gwilym schließlich das angespannte Schweigen.
»Frag ihn, was passiert ist«, sagte er zu Melyor.
Sie hatte einige Zeit gebraucht, um sich an den seltsamen Dialekt des Steinträgers zu gewöhnen, aber inzwischen fiel es ihr leichter, ihn zu verstehen. »Frag ihn, was passiert ist!«, wiederholte Gwilym ungeduldig.
»Was sagt er?«, fragte Orris in Tobynmir.
»Er würde gerne wissen, was zwischen dir und Cedrych vorgefallen ist«, antwortete sie in seiner Sprache. »Und ich ebenfalls.«
Der Magier sah Gwilym an und lächelte beruhigend. »Sag ihm, der Oberlord und ich sind nicht sonderlich gut miteinander ausgekommen, und ich bezweifle, dass wir uns wiedersehen werden.«
Melyor presste einen Moment die Lippen zusammen. Sie wusste, dass Cedrych einen oft überraschte. Wenn er beschloss, dass er Orris wiedersehen wollte, würde der Zauberer kaum etwas tun können, um diese Begegnung zu vermeiden. Dennoch, sie übersetzte Gwilym, was der Zauberer gesagt hatte.
»Gut«, erklärte Gwilym anerkennend. »Ich hatte ein schlechtes Gefühl, was diesen Mann angeht.«
Als Melyor Orris erzählte, was Gwilym gesagt hatte, nickte der Zauberer zustimmend. »Ich auch.« Er sah Melyor einen Moment lang an und schien über etwas nachzudenken. »Frag ihn, ob er dir immer noch vertraut«, forderte er sie schließlich auf.

Melyor starrte ihn schweigend an. Sie hatte kurz davor gestanden, ihm von ihrem Traum zu erzählen. Sie wollte es unbedingt. *Wir werden Verbündete sein!,* wollte sie sagen. *Ich habe es in einer Vision gesehen!* Aber seine Worte hatten sie innerlich erstarren lassen. Sie stand davor, den gesamten Ehrgeiz ihres Lebens wegzuwerfen – soweit sie wusste, hatte sie das bereits getan. Wer wusste schon, was Cedrych mit ihr vorhatte? Und Orris wusste nicht einmal, ob er ihr trauen konnte? Ich bin ein Idiot, dachte sie. Und ich werde es noch schaffen, mich umbringen zu lassen, wenn ich so weitermache.

Der Heber hielt an und die Tür ging auf. Die drei verließen die Kammer und, eskortiert von mehreren Gardisten, das Gebäude. Melyors Transporter wartete am Fuß der Marmortreppe auf sie, und Cedrychs Männer öffneten die Türen. Gwilym stieg hinten ein, und Melyor und Orris setzten sich nach vorn.

»Frag ihn, ob er dir immer noch traut«, sagte Orris abermals, als Melyor den Transporter vorwärts lenkte.

Sie schüttelte den Kopf. »Nein. Ich bin nicht deine Dolmetscherin und nicht deine Dienerin. Frag ihn selbst.«

Orris lächelte grimmig. »Du hast wohl Angst vor der Antwort?«

Sie zischte einen Fluch in Bragori. »Der Zauberer will wissen, ob du mir immer noch traust«, sagte sie zornig und warf einen kurzen Blick über die Schulter zum Steinträger. »Ich habe das Gefühl, dass er es nicht mehr tut.«

Gwilym zögerte und schaute von Melyor zu Orris. »Sag ihm, ich bin nicht sicher«, antwortete er schließlich leise.

»Ihr seid beide Mistkerle«, rief sie. Sie spürte ein Ziehen in ihrem Herzen und verfluchte die Tränen, die ihr in die Augen stiegen.

»Was hat er gesagt?«, wollte Orris wissen.

»Er sagt, er ist sich nicht sicher«, gab sie zu und brachte den Transporter in einer Gasse vor einem Block zum Stehen. »Und das ist vollkommen in Ordnung. Raus mit euch. Es ist mir gleich, was aus euch wird.«

Orris blieb einfach sitzen, schwieg und sah sie abschätzend an.

»Los, raus hier!«, sagte sie wieder, diesmal lauter.

»Nicht, ehe ich ein paar Antworten erhalten habe«, erwiderte Orris kühl. »Warum hast du deine Männer geschickt, um mich zu überfallen?«

Melyor spürte, wie sie erstarrte, als hätte Orris ihr gerade eine Klinge an die Kehle gedrückt. »Er hat es dir gesagt!«, flüsterte sie.

»Eigentlich nicht«, sagte er. »Er hat nur Andeutungen gemacht. Bis jetzt wusste ich es nicht sicher.«

»Worüber redet ihr beiden da?«, fragte Gwilym.

»Warum hast du das getan?«, wollte Orris noch einmal wissen.

»Es war ein Fehler«, sagte sie, was vollkommen der Wahrheit entsprach, aber sie war nicht dumm genug zu glauben, dass er es verstehen würde.

»Weil deine Leute versagt haben?«

»Nein. Es war ein Fehler, weil ich versucht habe, etwas zu schützen, das es nicht mehr wert ist, geschützt zu werden.«

»Wie meinst du das?«, bohrte Orris weiter. »Was wolltest du schützen?«

»Was ist denn los?«, wollte Gwilym wissen und beugte sich vor.

Orris hob einen Finger und bedeutete damit dem Steinträger zu schweigen, aber er ließ Melyor nicht aus den Augen. »Sag es mir«, verlangte er.
Melyor holte tief Luft. Ich hätte es kommen sehen sollen, sagte sie sich. Ich hätte wissen sollen, dass es nicht so einfach sein würde. »Cedrych ist derjenige, der die Eindringlinge in dein Land geschickt hat. Als er nichts mehr von ihrem Anführer hörte, hat er eine zweite Truppe organisiert. Ich sollte sie anführen.«
»Wie bitte?«, zischte Orris, und reiner Hass stand in seinen dunklen Augen.
Sie starrte aus dem Fenster in die Gasse; sie konnte den Zauberer einfach nicht mehr ansehen. »Wenn wir Erfolg gehabt hätten, wäre ich vielleicht der nächste Oberlord geworden, vielleicht sogar Herrscherin«, erklärte sie leise. Sie leckte sich die Lippen, die sich plötzlich schrecklich trocken anfühlten. »Ich wusste, dass du gekommen warst, um Frieden zu schließen; das konnte ich nicht zulassen.«
»Also wolltest du mich umbringen lassen.«
Sie nickte. »Ja.«
Tiefes Schweigen senkte sich herab. Nach einiger Zeit räusperte sich Gwilym.
»Erkläre es ihm«, forderte der Zauberer. Aber er machte sich nicht die Mühe, sie anzusehen. »Alles.«
Sie nickte und berichtete dem Steinträger alles, was sie gerade zu Orris gesagt hatte. Als sie fertig war, lehnte sich der rundliche Mann langsam zurück und pfiff leise durch die Zähne. Er starrte durch das Seitenfenster hinaus.
Kurze Zeit später jedoch drehte er sich wieder zu ihr um. »Sag dem Zauberer, dass ich dir jetzt vertraue«, sagte er.

Melyor blinzelte und fragte sich, ob sie ihn richtig verstanden hatte.

Gwilym grinste. »Sag es ihm.«

»Du wirst es vielleicht nicht glauben«, erklärte sie mit einem Blick zu Orris, »aber Gwilym hat gerade gesagt, er vertraut mir jetzt.«

Orris drehte sich ruckartig zu dem Steinträger um, und Gwilym nickte.

»Sag ihm, wenn du solche Dinge zugegeben hast, können da eigentlich keine anderen Geheimnisse mehr sein.«

Melyor lächelte und wiederholte die Worte des Steinträgers in Tobynmir.

»Das ist nicht dumm«, gab Orris zu.

»Bedeutet das, dass du mir ebenfalls vertraust?«

Orris starrte wieder zur Straße hinaus. »Nein. Aber es bedeutet, dass ich dir noch eine Chance gebe.«

Melyor starrte ihn einige Zeit an, aber er wollte sie nicht anschauen. Schließlich nickte sie. »Also gut«, sagte sie, setzte den Transporter wieder in Bewegung und fuhr auf eine der Hauptstraßen hinaus. »Aber wir sollten sehen, dass wir weiterkommen. Cedrych wird uns verfolgen lassen.«

»Ich habe Neuigkeiten für dich, Dob«, sagte Cedrych, und das bewirkte, dass das Herz des Gesetzesbrechers ihm fest gegen die Rippen hämmerte. »Einige davon sind leider schlecht, andere recht gut.«

Dob versuchte zu schlucken, aber in seinem Mund war keine Spur von Feuchtigkeit. Er hätte beinahe aus Versehen seine eigene Zunge verschluckt. Wie lange hatte er auf ein Wort darüber gewartet, wer Savils Nachfolger als Nal-Lord des Zweiten werden sollte? Über ein halbes Jahr? Es kam ihm länger vor. Zunächst, direkt nach jener unglaublichen Nacht, als der Nal-Lord umgebracht wurde, waren es sechs gewesen, die um die Vorherrschaft kämpften. Aber bald schon waren nur noch zwei Bewerber übrig: Dob und ein drahtiger, dunkelhäutiger Mann namens Bowen.

Dob war Bowen vor Savils Tod vielleicht zwei- oder dreimal begegnet und hatte ihn sogar einmal kämpfen sehen. Er hatte nichts gegen den Mann, und er achtete ihn. Bowen war klug, und er war nicht schüchtern, wenn es darum ging, anderen seine Meinung zu sagen. Er war auch gut mit dem Messer und glich seinen Mangel an brutaler Kraft mit Schnelligkeit und Tücke aus. Der Kampf, den Dob gesehen hatte, war von Anfang an ungleich gewesen, trotz der Tatsache, dass Bowens Gegner größer und kräftiger gewesen war und eine erheblich bessere Reichweite gehabt hatte. Es war rasch zu Ende, und der größere Mann hatte tot in einer Blutlache gelegen.

Aber Dobs Respekt für seinen Rivalen hatte der Intensität, mit der er gegen Bowen kämpfte, keinen Abbruch getan. Wer von ihnen Nal-Lord werden würde, würde Status und Wohlstand erhalten, von denen nur die erfolgreichsten Gesetzesbrecher träumen konnten. Und daher sandten die Kontrahenten einen Attentäter nach dem anderen aus; sie schickten Männer ins Territorium des anderen, um dort Gefechte zu provozieren, und sie bestachen die anderen Gesetzesbrecher, die beim Kampf um die Vorherrschaft zurückgefallen waren, um ihre Unterstützung und ihre Leute zu gewinnen. Den gesamten Herbst und Winter und bis ins Frühjahr hinein war es nun so gegangen. Ein paarmal sah es so aus, als würde einer die Oberhand gewinnen, aber dann entglitt ihm der Vorteil wieder. Erst vor ein paar

Wochen hatte Dob sich eingeredet, er hätte gesiegt, aber eine Reihe von Rückschlägen, die ihren Höhepunkt in einer Nacht koordinierter Hinterhalte und Anschläge fanden, nach der elf seiner Männer tot waren, hatte ihn empfindlich geschwächt. In den letzten Tagen hatte er zurückgeschlagen und Bowen einigen Schaden zugefügt, aber er war gerade erst wieder dabei gleichzuziehen und noch nicht ganz dort angekommen.

All das ließ Cedrychs unerwartetes Auftauchen auf dem Sprechschirm noch beunruhigender werden.

»Wie du weißt, Dob«, sagte der Oberlord feierlich, »habe ich den Zweiten Bezirk gut im Auge behalten. Trotz eurer Exzesse habt ihr beiden, du und Bowen, euch als einfallsreich, zäh und mutig erwiesen, und das sind alles Qualitäten, die ich bei meinen Nal-Lords schätze. Jeder von euch würde den Posten gut ausfüllen, da bin ich sicher.«

Dob nickte aufmerksam und versuchte sich zusammenzunehmen. Aber er wusste genau, was jetzt kam. Oder zumindest glaubte er es zu wissen.

»Leider allerdings«, fuhr Cedrych fort, »habe ich entschieden, den Zweiten an Bowen zu geben. Ihr habt beide viele Männer verloren, und ich will keine weiteren Verluste sehen. Wenn ihr euren Konflikt fortsetzt, wäre das ... kontraproduktiv. Und im Augenblick würdest doch sicher auch du zugeben, dass Bowen dir um einiges voraus ist.«

»Nicht unbedingt!«, widersprach Dob. »Wenn du mir noch eine Woche Zeit gibst, Oberlord, bin ich sicher –«

»Ich bin ebenfalls sicher, Dob«, unterbrach ihn der einäugige Mann. »Aber ich will der Sache ein Ende machen. Und außerdem habe ich einen anderen Auftrag für dich im Sinn.«

Dob starrte skeptisch den Schirm an. »Einen anderen Auftrag?«, fragte er tonlos.
»Ja. Das sind die guten Nachrichten, die ich zuvor erwähnt habe.« Der Oberlord hielt inne und gestattete sich ein Lächeln. »Dob, wie würde es dir gefallen, Nal-Lord des Vierten zu werden?«
Dob schwieg längere Zeit. Er starrte einfach nur den Schirm an, als hätte Cedrych plötzlich angefangen, in einer fremden Sprache zu reden.
»Dob?«, fragte Cedrych schließlich. »Bist du noch da?«
»J-ja, Oberlord«, antwortete er. »Selbstverständlich.«
»Hast du eine Antwort für mich?«
»Der Vierte ist Melyors Bezirk.«
»Danke, Dob«, erwiderte der Oberlord gereizt. »Das hätte ich ohne deine Hilfe nie erfahren.«
»Tut mir Leid«, brachte der Gesetzesbrecher errötend heraus. »Ich habe nur ... ich habe gehört, dass ... ich habe gehört, dass Jibb sich jetzt um den Vierten kümmert.«
»Und das hast du von jemandem gehört, der verlässlicher ist als ich?«
Dob schloss die Augen und fuhr sich durch das dunkle, wirre Haar. »Nein, selbstverständlich nicht«, sagte er und öffnete die Augen wieder. »Tut mir Leid, Oberlord, ich bin einfach nur durcheinander.«
»Dazu besteht überhaupt kein Grund!«, sagte Cedrych ungeduldig. »Ich biete dir den Vierten Bezirk an. Willst du ihn haben oder nicht?«
Dob verstand immer noch nicht, was geschah, aber das schien im Augenblick unwesentlich zu sein. »Ja, selbstverständlich.«
»Gut«, sagte Cedrych in einem Tonfall, als täte es ihm schon

Leid, Dob auch nur gefragt zu haben. »Du musst deine Männer nun schnell zum Vierten schaffen. Du hast Recht, wenn du davon ausgehst, dass Melyor Jibb als ihren Stellvertreter eingesetzt hat, und er weiß noch nichts von der Veränderung, die ich vornehme.«

»Ich verstehe.«

»Tatsächlich, Dob?«, fragte Cedrych zweifelnd. »Verstehst du wirklich?«

»Ja, Oberlord!«, erwiderte er, und nun war ihm sein Zorn deutlich anzumerken. Sicher, das war Cedrych, mit dem er da sprach, aber er hatte immer noch so etwas wie Stolz. »Du sagst, dass Jibb meine Ankunft im Viertel als Überfall betrachten wird. Also werde ich entweder genug Feuerkraft aufbringen müssen, um ihn zu unterwerfen, oder ihn gleich als Erstes umbringen und in der darauf folgenden Verwirrung die Macht ergreifen.«

Cedrych lehnte sich zurück und lächelte. »Sehr gut, Dob. Genau das hatte ich gemeint.«

»Das Problem ist, dass ich im Moment nicht viele Männer habe. Dieser Kampf mit Bowen hat mich einiges gekostet.«

»Ja, Dob, ich weiß«, erwiderte Cedrych. Er griff nach ein paar Blättern Papier auf seinem Schreibtisch, als bereitete er sich schon auf seine nächsten Sprechschirm-Gespräche vor. »Ich schicke dir Männer, Waffen und Geld; mehr als genug von allem, damit du dich angemessen um die Sache kümmern kannst. War es das, was du hören wolltest?«

»Ja, Oberlord!«, sagte Dob. »Danke, Oberlord.«

»Ich erwarte, dass du dich beeilst, Dob«, sagte Cedrych, der nicht einmal mehr in den Schirm schaute. »Am besten gleich morgen. Keinesfalls später als übermorgen. Verstanden?«

»Ja, Oberlord.« Dob sah, wie Cedrych die Hand nach dem

Knopf ausstreckte, der ihre Verbindung unterbrechen würde. »Oberlord?«, sagte er, und Cedrych hielt in der Bewegung inne.
»Was ist, Dob?«, fragte Cedrych verärgert.
Der Gesetzesbrecher zögerte.
»Nun?«
Dob schüttelte den Kopf und versuchte zu lächeln. »Schon gut. Danke, Oberlord.«
Cedrych runzelte die Stirn und nickte. Einen Augenblick später verschwand sein narbengezeichnetes Gesicht von Dobs Schirm.
Der Gesetzesbrecher sackte gegen die Stuhllehne und holte erschaudernd Luft. Er hatte nie zuvor mit Cedrych gesprochen, aber andere hatten ihm schon berichtet, wie anstrengend es sein konnte. Nun verstand er, was sie gemeint hatten. Er war so erschöpft, als hätte er gerade einen langen Messerkampf hinter sich, und er blieb lange Zeit mit geschlossenen Augen sitzen und versuchte sich zu beruhigen. Schließlich öffnete er die Augen wieder. Es war ziemlich dunkel in der Wohnung; es gab nur das schwache Licht, das von Dobs Schirm ausging. Erst jetzt erinnerte sich Dob, dass er den Schirm nicht ausgeschaltet hatte. Aber er regte sich trotzdem nicht. Er starrte einfach nur den Schirm an und versuchte zu begreifen, was gerade geschehen war. Das Mädchen in seinem Bett – er hatte ihren Namen vergessen – hatte zweimal nach ihm gerufen, kurz nachdem er das Gespräch mit dem Oberlord beendet hatte, aber er hatte nicht reagiert. Wahrscheinlich war sie inzwischen eingeschlafen. Er hatte jedes Interesse an ihr verloren, sobald er Cedrychs Gesicht gesehen hatte.
Es entbehrte nicht einer gewissen Ironie, dass Cedrych ihm

Melyors Bezirk anbot, da sie diejenige gewesen war, die Savil getötet hatte. Dob gab sich immer noch die Schuld an Savils Tod. Es war Melyor gewesen, die an jenem Abend in der Bar gewesen war, da war er sicher. Sie hatte sich als Uestra verkleidet, Haarfarbe und Augenfarbe verändert, und sie hatte sich Kellyn genannt. Aber nun wusste er, dass es Melyor gewesen war. Dob und die anderen hatten gesehen, wie Kellyn und Savil zusammen weggegangen waren, und das war das letzte Mal gewesen, dass jemand Savil lebend gesehen hatte. Es war mittlerweile allgemein bekannt, dass Melyor ihn getötet hatte. Aber Dob war schon vor langer Zeit zu der Einsicht gekommen, dass Kellyn Melyor gewesen sein musste.

»Ich hätte sie umbringen sollen, als ich die Gelegenheit dazu hatte«, murmelte Dob leise, wie schon so oft in den vergangenen Monaten. Und wie jedes Mal zuvor lächelte er über seine Eitelkeit. *Als ich die Gelegenheit dazu hatte!* Welche Vermessenheit! Er sprach hier von Melyor i Lakin. Die Gelegenheit hatte nie bestanden. Er erinnerte sich immer noch an sein Entsetzen, als er ihren Dolch an seiner Hose gesehen hatte, und daran, wie gedemütigt er sich gefühlt hatte, als er sie vor aller Augen hatte loslassen müssen. Zu erfahren, dass es Melyor gewesen war und dass sie kurze Zeit später selbst Savil besiegt hatte, war willkommener Balsam für seinen verletzten Stolz gewesen. Aber es half nichts, um das Chaos zu mildern, das sie in dieser Nacht in sein Leben gebracht hatte.

Er hatte seitdem mit Bowen Krieg geführt. Und nun hatte er offenbar verloren. Cedrych, erkannte er plötzlich, hatte an diesem Abend sein Leben gerettet. Gesetzesbrecher, die lange Kämpfe um die Macht in einem Bezirk verloren,

überlebten die Stabilisierung der Verhältnisse selten. Das Nal war ein zu gefährlicher Ort, als dass Nal-Lords ihren Rivalen gegenüber Gnade zeigen konnten. Sobald Bowen von Cedrychs Entscheidung gehört hatte, würde er jemanden schicken, der sich um Dob und all seine Männer kümmerte. Dob hatte im Zweiten keine Zukunft. Tatsächlich war er nicht wirklich sicher, ob er im Vierten eine hatte. Selbst wenn es ihm gelingen sollte, Jibb umzubringen – und das würde nicht einfach sein, wenn man Jibbs wohlverdienten Ruf als furchterregendster Gesetzesbrecher in Cedrychs Herrschaftsbereich bedachte –, gab es mindestens ein halbes Dutzend andere im Vierten, die einen berechtigteren Anspruch auf den Bezirk hatten und die zweifellos etwas dagegen haben würden, dass ein Außenseiter die Herrschaft übernahm. Selbst mit den Männern und Mitteln, die Cedrych versprochen hatte, waren Dobs Überlebenschancen kaum besser als fünfzig Prozent.
Cedrych musste das gewusst haben; er musste begriffen haben, dass er den Vierten Bezirk in eine längere Periode des Durcheinanders und der Gewalt stürzte, wenn er Dob dorthin schickte. Dob zuckte die Achseln. Er verstand es nicht, aber das war auch nicht wichtig. Cedrych hatte ihm eine Chance gegeben, und so gefährlich es auch sein mochte, im Vierten gab es mehr für ihn zu gewinnen als im Zweiten.
Leider hatte er immer noch eine Angelegenheit hier im Zweiten offen. Er hatte daran gedacht, mit Cedrych darüber zu sprechen, als ihr Gespräch sich dem Ende näherte. Und dennoch, wahrscheinlich war es nicht wichtig genug, um Cedrych damit zu belästigen. Warum sollte der Oberlord sich darum scheren, dass Dob einen Verrückten in seltsamen Lumpen gefangen genommen hatte, der behauptete,

aus einem Gefängnis in Tobyn-Ser entkommen zu sein? Dob hätte nie daran gedacht, es Cedrych gegenüber zu erwähnen, aber der Mann redete immer wieder über einen Zauberer, der angeblich nach Bragor-Nal gekommen war, und obwohl Dob keinen Grund hatte, ihm zu glauben, hatte er aus verschiedenen Quellen gehört, dass sich Cedrych in den vergangenen Jahren sehr für die Zauberer aus Tobyn-Ser interessiert hatte. Vielleicht werde ich es erwähnen, wenn ich das nächste Mal mit dem Oberlord spreche, sagte sich Dob. Es ist sicher nicht eilig.

Er hörte ein Rascheln im Schlafzimmer, und einen Augenblick später stand die Uestra vor ihm, verschlafen und nackt, und ihr rotes Haar fiel ihr in wirren Locken bis zur Taille.

»Kommst du wieder ins Bett oder nicht?«, fragte sie gähnend. »Bezahlen musst du so oder so. Du zahlst für meine Zeit, ganz gleich, was du mit dem Rest von ihr machst oder nicht machst.« Sie zuckte die Achseln. »Tut mir Leid, Schatz. Das sind meine Regeln, und die gelten für jeden. Selbst wenn du Nal-Lord wärst, wäre es nicht anders.«

Dob lächelte und stand auf. Etwas rührte sich zwischen seinen Beinen.

Die Uestra stellte sich neben den Schreibtisch, nahm Dobs Arm mit der einen Hand und fuhr ihm mit der anderen über die Brust. »Komm schon«, lockte sie. »Ich mache mehr Spaß als irgendwas auf diesem dummen Schreibtisch da.«

»Kann schon sein«, sagte er mit einem Grinsen, streichelte ihre Brüste und versuchte sie zu küssen. Sie biss ihn in die Lippe, und dann versuchte sie kichernd, ihn zum Bett zu ziehen. Er folgte ihr, allerdings erst, nachdem er den Sprechschirm abgeschaltet hatte.

4

Wenn ich mir die Berichte ansehe, die ich von meinen Spionen über Tobyn-Ser erhalten habe, ist mir schmerzlich bewusst, wie alt diese Berichte sind und dass sie inzwischen längst überholt sein könnten. Ich bedaure, keine weiteren Informationen mehr gesammelt zu haben, nachdem Calbyr abgereist war, aber damals hielt ich es für eine notwendige Vorsichtsmaßnahme. Und um ehrlich zu sein, war ich überzeugt, dass Calbyr Erfolg haben würde.
Dennoch, bei allem, was ich in den vergangenen Jahren über Tobyn-Ser gelesen und gehört habe, klingt ein Thema immer wieder durch: Es ist ein Land, in dem sich die Dinge nur langsam verändern. Die Menschen und Institutionen unseres östlichen Nachbarlandes, eingeschlossen der Orden der Magier und Meister, sind an unzählige Traditionen gebunden und lassen sich daher nur widerstrebend auf Neues ein. Es ist nicht klar, ob sich das zu unserem Vorteil oder Nachteil auswirken wird, wenn es darum geht, das Vertrauen der Bevölkerung zum Orden zu untergraben, aber es lindert ein wenig meine Sorgen, was das Alter meiner Informationen angeht.
Aus dem Tagebuch von Cedrych i Vran, Oberlord des Ersten Herrschaftsbereichs von Bragor-Nal, Tag 2, Woche 3, im Frühjahr des Jahres 3060.

Jaryd und Alayna hatten Tobyn-Ser noch nie so schnell durchquert. Sie brauchten kaum sechs Wochen von ihrem Zuhause an der Küste der Südbucht zum Ostrand der Parnesheimberge. Noch ein Tag, dann würden sie in Amarid sein, und als sie nun zusammen an dem kleinen Feuer saßen und zu den Sternen emporschauten, fürchtete Jaryd, was sie dort erwarten würde. Er war immer noch überzeugt, dass Sonels unerwarteter Ruf zur Versammlung damit zu tun hatte, dass jemand erfahren hatte, was Orris getan hatte. Er hatte sogar eine Ahnung, wer es gewesen sein könnte, obwohl das kaum zählte. Bald schon würden alle im Orden es erfahren, und die Reaktion würde leidenschaftlich, vielleicht sogar gewalttätig ausfallen.

Er erinnerte sich noch lebhaft daran, wie die Magier, mit denen er im geistigen Netz verbunden war, reagiert hatten, als er ihnen endlich erklärt hatte, wieso Orris nicht mehr an dem schützenden Netz mitarbeitete, das sie über die Westküste des Landes gespannt hatten. Alayna und Baden hatten selbstverständlich schon Bescheid gewusst, und Trahn hatte mit seiner üblichen Gelassenheit reagiert. Aber die anderen waren erheblich weniger ruhig gewesen. Mered hatte sich schrecklich aufgeregt und beinahe seine Mitarbeit am Netz aufgekündigt, als er erfuhr, dass Jaryd, Alayna und Baden es von Anfang an gewusst und nicht versucht hatten, Orris aufzuhalten und ihn zu zwingen, Baram ins Gefängnis zurückzubringen.

Sich dem Orden mit diesem Netz zu widersetzen ist eine Sache!, hatte er zu ihnen allen mit so viel Zorn gesendet, dass er kaum zu verstehen gewesen war. *Aber Baram mitzunehmen ist etwas ganz anderes! Das kommt einem Verrat gefährlich nahe!*

Ich bin derselben Ansicht, hatte Ursel eingeworfen und sie damit alle überrascht. *Ich bin oft ähnlicher Ansicht wie Orris, und ich betrachte ihn als guten Freund. Aber was er diesmal getan hat, ist wirklich nicht zu entschuldigen.*

Selbst Radomil war wütend gewesen – etwas, was Jaryd noch nie erlebt hatte, und immerhin kannte er den kahlköpfigen Magier, der Jaryds Heimatdorf schon so lange diente, seit seiner Kindheit. *Ich weiß wirklich nicht, was Orris sich dabei gedacht hat! Was er getan hat, ist einfach falsch! Und um ehrlich zu sein, Jaryd und Baden, ich denke, ihr beide wart ebenfalls im Unrecht, wenn ihr nicht versucht habt, ihn aufzuhalten.*

Jaryd und sein Onkel hatten den größten Teil dieses Abends damit zugebracht, sich selbst und Orris zu verteidigen, und obwohl sie die anderen nicht überzeugen konnten, gelang es ihnen zumindest, das Netz zu retten. Alayna schwieg während der gesamten Diskussion, und erst später, als sie und Jaryd zusammen im Bett lagen, vertraute sie ihm an, dass auch sie ablehnte, was ihr Freund getan hatte. »Ich hoffe, es funktioniert«, hatte sie hastig hinzugefügt, »und so, wie ich Orris kenne, würde ich sagen, ihr, du und Baden, hättet ohnehin nichts tun können, um ihn aufzuhalten, aber ich denke, er ist wirklich zu weit gegangen, als er Baram mitgenommen hat.«

Jaryd hatte geschwiegen. Alaynas Bemerkungen und die von Mered, Ursel und Radomil, spiegelten seine eigenen geheimen Zweifel zu sehr, als dass er ihr hätte widersprechen können. Als er nun mehrere Monate später zusammen mit Alayna in den Bergen oberhalb von Amarid saß und zu den Sternen aufblickte, fürchtete er sich vor der kommenden Versammlung. Wenn schon Orris' engste Freunde so empfanden, wie würde der Rest der Magier und Meister reagieren? Orris hatte es sich dank seiner Barschheit und Arroganz in den vergangenen Jahren mit vielen verdorben. Besonders die älteren Eulenmeister mochten ihn überhaupt nicht. Indem er den Fremden mitgenommen hatte, hatte Orris ihnen vielleicht genau die Ausrede geliefert, die sie brauchten, um ihn aus dem Orden auszustoßen – oder noch Schlimmeres.

»Hörst du mir überhaupt zu?«, fragte Alayna und schubste ihn sachte mit dem Ellbogen.

»Nein«, antwortete Jaryd, beugte sich zu ihr und küsste sie auf den Scheitel. »Tut mir Leid. Was hast du gesagt?«

»Ist nicht wichtig. Ich hebe mir die wichtigen Dinge für die Zeiten auf, wenn wir uns im Geist verbunden haben. Dann weiß ich wenigstens, dass du zuhören musst.«

Jaryd lachte und griff nach Alaynas Hand. »Ich dachte gerade an Orris«, erklärte er nach kurzem Schweigen.

»Glaubst du immer noch, dass es bei der Versammlung um ihn geht?«, fragte sie mit einem Blick auf ihre Cerylle, die nebeneinander vor ihnen auf dem Boden lagen.

»Ja. Ich habe letzte Nacht wieder von ihm geträumt. Das ist jetzt das siebte Mal, seit wir von zu Hause weg sind.«

Alayna seufzte. »War es eine Vision?«

»Nein«, gab er zu. »Es war wie die anderen Träume.«

»Also wissen wir nichts mit Sicherheit.«

»Wahrscheinlich nicht«, sagte er. Sie hatte Recht. Keiner seiner Träume war eine Vision gewesen, also konnte er ihnen nicht viel Bedeutung zumessen. Aber obwohl nichts, was er gesehen hatte, wirklich prophetischer Natur gewesen war, kannte er sich und seine Macht zu gut, um diese Träume einfach als zufällige Bilder abzutun. Es würde bei dieser Versammlung um Orris gehen.

»Glaubst du, es geht ihm gut?«, fragte Alayna leise.

»Ich weiß es nicht«, erwiderte er. »Ich würde gerne ja sagen, aber ich weiß es einfach nicht. Er ist so weit weg, und es ist ein so fremdes Land.« Er holte tief Luft, und Alayna legte den Kopf an seine Schulter. »Wenn es überhaupt jemand nach Lon-Ser und zurück schaffen kann, dann Orris«, sagte er. »Er ist stärker und mutiger als alle, denen ich je begegnet bin.«

»Das stimmt«, sagte sie leise. »Ich hoffe nur, dass das dort drüben etwas zählt.«

Sie erwachten am nächsten Morgen, als der erste Schimmer des Tageslichts den Osthimmel berührte und der Gesang von Drosseln und Rotkehlchen aus dem Wald zu ihnen emporstieg. Sie standen schnell auf, aßen etwas und waren innerhalb einer halben Stunde wieder im Sattel und auf dem letzten Abschnitt ihrer langen Reise nach Amarid.

Gegen Mittag lenkten sie ihre Pferde durch den Falkenfinderwald und kamen ganz in die Nähe der Stelle, an der Jaryd sich fünf Jahre zuvor an Ishalla gebunden hatte. Die Bilder, die der graue Falke ihm übermittelte, machten deutlich, dass auch Ishalla ihr Zuhause erkannte. Sie segelte über ihm, betrachtete den Wald ausführlich, wirbelte und schoss durch die Luft, als wäre sie zu glücklich, nach Hause gekommen zu sein, um geradeaus fliegen zu können.

Jaryd war froh, seinen Vogel so glücklich zu sehen, aber es war ihm nicht möglich, ihr Entzücken zu teilen. Wieder einmal war sein Schlaf von Bildern von Orris und dem finsteren, fremden Land heimgesucht worden, zu dem der blonde Falkenmagier gereist war. Und mit jeder Meile, die er und Alayna an diesem Morgen zurücklegten, wuchsen Jaryds Bedenken wegen der Versammlung.

Aber erst, als er und Alayna die Stadt selbst erreichten, begriff er, wie ernst die Situation war. Der Himmel, der den ganzen Morgen klar gewesen war, bewölkte sich nun, und ein schneidender Wind pfiff an den Häusern und Läden des alten Stadtkerns entlang. Jaryd und Alayna hatten ihre Pferde im Stall eines Schmieds gelassen, der schon vor Jahren zugestimmt hatte, sich um ihre Pferde zu kümmern, wenn sie im Austausch dafür taten, was sie für ihn tun konnten – Heilen, Holz reparieren, und einmal, in einem besonders feuchten Sommer, hatten sie sogar geholfen, sein Schmiedefeuer zu entzünden –, und nun gingen sie durch die Straßen und Gassen zum Adlerhorst, dem Gasthaus, in dem sie immer übernachteten, wenn sie in der Stadt des Ersten Magiers waren. Kaum hatten sie das Gasthaus mit seinen vertrauten Gerüchen nach Braten, Pfeifenrauch und Wein betreten, wurden die beiden Magier auch schon von Trahn begrüßt, der allein an einem kleinen Tisch nahe der Tür gesessen hatte.

Die dunkelhäutige Magier lächelte, als er sie umarmte, aber das Lächeln erreichte nicht seine leuchtend grünen Augen. »Ich freue mich, euch beide zu sehen«, sagte er und legte eine Hand auf Jaryds, eine auf Alaynas Schulter. »Das Netz hilft ein wenig dagegen, euch zu sehr zu vermissen, wenn wir so weit voneinander entfernt sind, aber es ist kein Ersatz dafür, wirklich mit euch zusammen zu sein.«

Jaryd nickte und wechselte einen Blick mit Alayna. Sie kannten die Grenzen der geistigen Verbindung besser als alle anderen.

»Wir freuen uns auch, dich zu sehen, Trahn«, antwortete Alayna. »Und natürlich Reivlad«, fügte sie mit einem Blick zu dem kastanienbraunen Falken des Magiers hinzu.

Trahn kraulte nachdenklich das Kinn seines Vogels. »Ich

bin froh, dass sie ein letztes Mal mitkommen konnte«, sagte er leise. »Sie ist eine gute Vertraute.«

Jaryd sah seinen Freund fragend an. »Ist sie krank?«

»Nein. Sie ist einfach nur alt. Um ehrlich zu sein, gehe ich nicht davon aus, dass sie zu Mittsommer noch dabei sein wird.« Er schüttelte den Kopf. »Das ist das einzig Gute an dieser Sache: Reivlad und ich erleben noch eine letzte gemeinsame Versammlung.«

»Das einzig Gute?«, wiederholte Alayna. »Weißt du, wieso Sonel uns zusammengerufen hat?«

Trahn sah sich um, und seine Miene wurde ernst. »Ja«, sagte er schließlich. Er zeigte zum hinteren Teil der Gaststube. »Aber darüber sollten wir vertraulich sprechen.«

Die drei gingen auf einen leeren Tisch in einer abgelegenen Ecke des großen, trüb beleuchteten Raums zu, aber bevor sie weit gekommen waren, hörten sie die dröhnende Stimme von Maimun, dem Besitzer des Adlerhorstes, der hinter der Theke hervorgeeilt kam.

»Falkenmagier Jaryd! Falkenmagierin Alayna!«, rief er, breitete die kräftigen, haarigen Arme aus und strahlte. »Wie geht es denn meinen Lieblingsturteltäubchen? Turteltäubchen!«, sagte er ein zweites Mal und warf Trahn einen Blick zu, um die Reaktion des Mannes abzuschätzen. Er hatte diese Bemerkung schon oft gemacht.

»Uns geht es gut, Maimun, danke«, antwortete Jaryd. Tatsächlich hatte er Maimun trotz seiner überschäumenden Art ganz gern. Das war allerdings keine Ansicht, die Alayna teilte, ebenso wenig wie Baden. Tatsächlich war die Abneigung des Eulenmeisters gegen den Wirt bei jedem Aufenthalt im Alderhorst gewachsen.

»Ich habe schon ein Zimmer für euch vorbereitet«, fuhr

Maimun fort. »Das beste im Haus.« Er zwinkerte Alayna zu, die ihn mit einem dünnen Lächeln bedachte. »Wird sich Meister Baden euch anschließen?«
»Nicht in unserem Zimmer«, antwortete Jaryd, »aber ich nehme an, dass er hier wohnen wird, ja.«
Der Wirt lachte dröhnend und schlug Jaryd so fest auf den Rücken, dass der junge Magier beinahe vornübergefallen wäre und Ishalla die Flügel heben musste, um das Gleichgewicht auf seiner Schulter halten zu können.
»Wenn du nichts dagegen hast«, sagte Jaryd schließlich, nachdem Maimuns Gelächter abgeebbt war, »setzen wir uns jetzt, um ein paar vertrauliche Angelegenheiten zu besprechen. Könnten wir unser Essen an diesen Tisch dort hinten in der Ecke bekommen?«
Maimun nickte, wie immer eifrig bemüht, den Magiern, die seine Gäste waren, alles recht zu machen. »Selbstverständlich, Falkenmagier Jaryd«, sagte er. »Sofort.«
Er eilte davon, und die drei Magier gingen weiter zu dem leeren Tisch.
»Erland hat herausgefunden, dass Baram weg ist«, verkündete Trahn dann übergangslos, nachdem sie sich hingesetzt hatten.
Alayna verzog das Gesicht, und Jaryd stieß einen leisen Pfiff aus. »Ich hatte mir so etwas schon gedacht. Wie hat er es herausgefunden?«
»Er hat versucht, eine öffentliche Demonstration am Gefängnis zu organisieren.«
Alayna nickte. »Das passt zu ihm. Und was hat er jetzt vor? Will er Orris aus dem Orden ausstoßen?«
Trahn sah sie grimmig an. »Ich wünschte, das wäre alles.«
Der dunkelhäutige Mann schwieg, als die Kellnerin mit

einer Platte mit Braten, dunklem Brot und einer Schale Gemüse erschien. Eine zweite Kellnerin folgte mit drei Krügen Amari-Bier. Es dauerte einige Zeit, bis das gesamte Essen serviert war und die Frauen wieder gegangen waren.

»Erland will also mehr, als Orris aus dem Orden zu werfen?«, fragte Alayna, als sie wieder allein waren.

Trahn nickte. »Er will Orris als Verräter verurteilen lassen.«

»Als Verräter!«, fauchte Jaryd. Trahn warf ihm einen scharfen Blick zu, dann sah er sich um. Jaryd tat dasselbe, nachdem ihm bewusst geworden war, wie laut er gesprochen hatte. Maimun und eine der Kellnerinnen starrten in ihre Richtung, aber soweit Jaryd feststellen konnte, hatte sonst niemand hier seinen Ausbruch wahrgenommen. »Er kann doch nicht ernsthaft glauben, dass so etwas funktionieren wird!«, fuhr der junge Magier leiser fort. »Orris hat sich vielleicht einer Entscheidung des Ordens widersetzt, aber er tut, was er für das Beste für das Land hält.«

»Wir drei wissen das, und Baden und ein paar andere auch«, erwiderte Trahn. »Ich glaube sogar, dass auch Sonel es weiß, obwohl sie nicht in der Position ist, das öffentlich zugeben zu können.« Der Magier hielt inne und trank einen Schluck Bier. »Aber Erland und seine Verbündeten, ebenso wie Arslan und die seinen, sind eine ganz andere Sache. Sie sehen einfach nur, dass Orris Baram befreit hat, einen erwiesenen Feind des Landes. Und den Gesetzen entsprechend ist das Verrat.«

Alayna beugte sich vor. »Du meinst also, dass Arslan und Erland sich in dieser Sache einig sind?«

Trahn zuckte die Achseln. »Das kann ich nicht mit Sicherheit sagen«, erwiderte er zögernd. »Aber ich halte es durchaus für möglich.«

Jaryd stocherte zerstreut in seinem Essen herum und dachte nach. Wenn Erland, der Anführer der älteren Eulenmeister, und Arslan, einer der radikaleren jungen Falkenmagier, sich gegen Orris zusammentaten, war sein Freund in echter Gefahr.

»Es gibt noch etwas, das du uns verschwiegen hast, nicht wahr, Trahn?«, fragte Alayna und sah den dunkelhäutigen Magier forschend an.

Trahn zögerte einen Augenblick. »Es ist ebenfalls nichts, was ich sicher weiß«, gab er schließlich zu. »Ich habe nur Gerede in der Großen Halle gehört.«

»Worüber?«, bohrte Alayna nach.

»Offensichtlich glaubt Erland, dass Orris nur ein Teil einer größeren Verschwörung ist. Er hat erwähnt, dass Baden wahrscheinlich wusste, was Orris vorhatte, und er hat auch Andeutungen gemacht, die uns drei betreffen.«

Jaryd starrte seinen Freund ungläubig an. Vor fünf Jahren hatte man Baden, Trahn und Orris fälschlicherweise des Verrats angeklagt und vor das Gericht des Ordens gestellt. Aber das war eine vollkommen andere Situation gewesen. Ihr Ankläger, Sartol, war selbst ein Verräter gewesen, und seine Bezichtigungen waren Teil seines kunstvollen Plans, die Herrschaft über den Orden und schließlich über ganz Tobyn-Ser zu erlangen, indem er den Rufstein für sich nutzte.

Aber Jaryd wusste genau, dass es diesmal keine geheimnisvolle Verschwörung gab. Er hatte keinen Grund anzunehmen, dass Erland ähnliche Absichten wie Sartol hegte. Der Eulenmeister fürchtete tatsächlich, dass Orris und die anderen sich gegen den Orden verschworen hatten. Und das war in vielerlei Hinsicht erheblich beängstigender.

»Und was unternehmen wir nun?«, fragte Alayna angespannt und fuhr sich mit der Hand durch ihr dunkles Haar.
»Ich weiß es nicht«, antwortete Trahn. »Erland kann es kaum erwarten, dass die Versammlung beginnt, und er drängt die Eulenweise, sofort anzufangen. Sonel hat allerdings darauf bestanden, dass mindestens drei Viertel der Ordensmitglieder anwesend sein sollen, bevor die offiziellen Diskussionen beginnen. Das sollte uns beinahe eine Woche Zeit geben, um herauszufinden, was Erland vorhat.«
Jaryd schob den Teller weg. Plötzlich hatte er keinen Hunger mehr. »Hast du schon von Baden gehört?«, fragte er Trahn.
»Nein. Aber ich erwarte, dass er bald hier sein wird.«
»Das hoffe ich. Er hat kurz mit mir gesprochen, bevor Alayna und ich die Südbucht verließen. Er machte sich Gedanken wegen der Reise – er war nicht besonders begeistert von seinem Pferd.«
Trahn kicherte. »Das ist er doch nie.« Er riss ein Stück Brot ab und steckte es sich in den Mund. »Ich bin sicher, dass Baden ein paar Ideen hat, wie wir uns gegen Erlands Anklagen verteidigen können, wenn er tatsächlich welche erhebt. Das hoffe ich zumindest, denn ich selbst kenne mich mit solchen Dingen nicht aus. Aber in der Zwischenzeit schlage ich vor, bei allem vorsichtig zu sein, was wir sagen, selbst gegenüber Magiern, denen wir normalerweise vertrauen.«
Alayna und Jaryd nickten.
Alayna griff nach Jaryds Hand, als suche sie Trost, obwohl sie weiterhin Trahn ansah. »Hast du mit Ursel, Mered oder Radomil darüber gesprochen?«
»Nur mit Ursel«, sagte der dunkelhäutige Magier. »Mered

und Radomil waren nie sonderlich glücklich über das, was Orris getan hat. Ich hielt es für besser, sie nicht darauf anzusprechen.«

Jaryd schüttelte den Kopf. »Er ist kein Verräter«, sagte er leise. »Was er tut, verlangt großen Mut.«

»Das bedeutet nicht, dass es richtig ist«, erwiderte Trahn ebenfalls mit gesenkter Stimme.

Jaryd wich zurück, als hätte sein Freund ihn geschlagen. »Du auch?«, flüsterte er.

»Ich weiß nicht, wie ich darüber denke, Jaryd. Ich hatte meine Zweifel, seit du uns erzählt hast, wohin er gegangen ist.« Er schien noch mehr sagen zu wollen, aber dann hielt er inne. »Ich weiß es einfach nicht«, wiederholte er.

Jaryd schwieg – es gab nichts zu sagen. Die drei aßen schweigend weiter.

Baden traf drei Tage später im Adlerhorst ein und informierte die drei anderen sofort über sein verblüffendes Gespräch mit Orris.

»Er hat tatsächlich die Gildriiten gefunden?«, fragte Trahn staunend.

Jaryd schaute von Baden zu Trahn. »Wer sind diese Gildriiten?«

Sein Onkel runzelte die Stirn und schaute Alayna fragend an. Sie zuckte die Achseln.

»Hat denn keiner von euch meinen Bericht gelesen?«, wollte der Eulenmeister empört wissen.

Jaryd und Alayna wechselten einen Blick und versuchten beide, nicht zu lachen.

»Ich sollte euch eigentlich gar nichts mehr sagen«, knurrte Baden. »Ich sollte euch zwingen, ihn zu lesen.« Dann sah er

Trahn an, der den Blick abgewandt hatte und sich ein Grinsen verkniff. »Und du bist auch keine Hilfe. Ihr erinnert euch doch daran«, erklärte der Eulenmeister, nun wieder den jungen Leuten zugewandt, »dass nach Therons Tod eine kleine Gruppe von Therons Anhängern den Orden verließ?«

»Ja, und Amarid machte sich solche Sorgen, dass er das erste geistige Netz einrichtete, weil er einen Angriff von ihnen befürchtete«, warf Jaryd ein.

Baden nickte. »Und ihr Anführer hieß Gildri.«

»Aber ja!«, flüsterte Alayna. Sie hatte schon als kleines Mädchen und später als Schülerin Sartols die alten Texte studiert, die sich mit der Geschichte von Therons Fluch und Amarids Gesetzen beschäftigten. Das war einer der Gründe gewesen, wieso sie zu der Delegation zu Therons Hain gehört hatte. »Ich hätte mich an den Namen erinnern müssen.«

»Die Nachfahren von Gildri und seinen Anhängern leben immer noch in Lon-Ser«, fuhr Baden fort. »Baram erzählte, dass man sie oft als Orakel bezeichnet, was heißt, dass sie immer noch den Blick haben, wenn auch längst nicht mehr dieselbe Macht wie wir.«

»Und sie helfen Orris?«, fragte Jaryd.

Baden zuckte die Achseln. »So gut sie können. Sie beherrschen unsere Sprache ebenso wenig wie Orris die ihre, und sie sind lange Zeit verfolgt worden, daher haben sie keinen großen Einfluss in Lon-Ser. Aber sie gewähren ihm Zuflucht und geben ihm zu essen, und das ist besser als nichts.«

Alayna strich sich das Haar zurück. »Glaubst du, dass dieser Mann, nach dem er dich gefragt hat, ihm gefährlich werden könnte?«

»Cedrych? Ja, wahrscheinlich. Ich erinnere mich nicht an den Namen, aber ich habe einfach ein schlechtes Gefühl, was ihn angeht.«

»Offenbar geht es Orris genauso«, fügte Trahn hinzu, »sonst hätte er sich nicht mit dir in Verbindung gesetzt.«

»Du könntest Recht haben, aber er hatte ohnehin vor, Cedrych kennen zu lernen.« Der Eulenmeister rieb sich nervös das Kinn.

»Wir können nichts tun, um Orris in Lon-Ser zu helfen«, bemerkte Trahn. »Aber vielleicht bei seinen Schwierigkeiten hier.«

In den nächsten drei Tagen, während sie darauf warteten, dass der Rest der Magier in Amarid eintraf, verbrachten Jaryd, Alayna, Trahn und Baden viel Zeit in der Großen Halle und diskutieren mit anderen Magiern über die bevorstehende Versammlung. Und jeden Abend setzten sie sich im Adlerhorst zusammen und erzählten einander, was sie erfahren hatten.

Jaryd begriff bald, dass ihn die Ansichten der Versammelten nicht so interessierten wie seine Freunde, oder jedenfalls nicht sehr, wie die anderen glaubten, dass er sich dafür interessieren sollte. Nichts, was er bei diesen Gesprächen erfuhr, würde beeinflussen, wie er sich bei der Versammlung verhielt. Er würde nicht lügen und seine Ansichten nicht seinem Bedürfnis nach Schutz anpassen; er würde nicht abstreiten, dass er gesehen hatte, wie Orris aufgebrochen war, oder dass er bis zu einem gewissen Grad billigte, was der blonde Magier getan hatte. So viel war er Orris schuldig – das waren sie im Grunde alle, aber er und Baden waren offenbar die Einzigen, die das begriffen.

Tatsächlich, je öfter er hörte, wie Orris' Taten als Verrat

bezeichnet wurden, desto leidenschaftlicher verteidigte Jaryd den Magier. Mehrmals in diesen drei Tagen vor dem offiziellen Beginn der Versammlung fand Jaryd sich inmitten großer Gruppen von Magiern, jungen und alten, und verteidigte Orris heftiger, als er für möglich gehalten hatte, wenn man die Zweifel bedachte, die er selbst noch vor einiger Zeit gehabt hatte. Es war beinahe, als versuche ein Teil von ihm, stets widerspenstig zu sein, als reagiere er nur auf die Selbstgerechtigkeit so vieler seiner Kollegen.

Am dritten Tag informierte Sonel schließlich die Magier, dass die Versammlung am nächsten Morgen beginnen würde. Als Jaryd und Alayna an diesem Abend auf ihrem Bett in Adlerhorst saßen und darüber sprachen, was wohl in den nächsten Tagen zu erwarten wäre, verlieh Alayna ihrer Sorge wegen seiner wachsenden Streitlust und deren möglichen Folgen Ausdruck. »Wenn du so viele gegen dich aufbringst«, sagte sie gleichermaßen verärgert wie besorgt, »werden sie dich ebenso angreifen wie Orris!«

»Mag sein«, gab Jaryd gleichmütig zu, »aber irgendwer muss ihn schließlich verteidigen. Sonst machen wir es ihnen zu leicht.«

Sie kniff die Augen zusammen. »Zu leicht? Das verstehe ich nicht.«

Jaryd schüttelte den Kopf. »Ich kann es nicht anders erklären. Was Orris getan hat, war eine Reaktion auf die Selbstzufriedenheit des Ordens, oder?« Sie nickte. »Dann erlaubt ihnen die Verurteilung von Orris als Verräter nur, ihre Selbstzufriedenheit auch noch zu rechtfertigen. Wir sind alle dafür verantwortlich, dass Baram überhaupt hier war. Wir haben zugelassen, dass Sartols Plan so weit gedeihen konnte; wir alle haben den Fremden gestattet, so viel Schaden anzurichten. Unser Selbstzufriedenheit war daran beteiligt. Aber Orris versucht, wenigstens etwas Gutes daraus zu machen; indem er Baram benutzt, um die Herrscher von Lon-Ser zum Handeln zu bringen. Wenn Erland und die anderen Orris als Verräter bezeichnen, befreit sie das von der Verantwortung, etwas zu tun. Es gestattet ihnen vorzugeben, der Orden hätte keine Fehler gemacht, und Orris für seinen Mut auch noch zu bestrafen.« Er zuckte die Achseln. »Er ist mein Freund. Ich kann das nicht zulassen. Und ich werde nicht zulassen, dass sie sich hinter ihrer Trägheit und Feigheit verkriechen.«

Alayna starrte ihn lange Zeit an. Schließlich beugte sie sich vor und küsste ihn sanft auf die Lippen.

»Wofür war das denn?«, fragte Jaryd und lächelte.

Nun war es an ihr, die Achseln zu zucken. »Für deine Leidenschaft und deine Loyalität und deine Fähigkeit, Dinge auf eine Weise zu sehen, die anderen offenbar nicht möglich ist.«

»Heißt das, dass du ebenfalls meiner Ansicht bist?«

»Es bedeutet«, sagte sie und umarmte ihn, »dass ich dich liebe und dich mit all meiner Kraft verteidigen werde, selbst wenn ich nicht derselben Ansicht bin wie du.«

Am nächsten Morgen erwachten die beiden vom Läuten der Glocken der Großen Halle. Trahn und Baden warteten schon im Erdgeschoss des Gasthauses, und zusammen eilten die vier Magier zum Versammlungssaal. Sie waren unter den Letzten, die dort eintrafen, und kaum hatten sie ihre Plätze eingenommen, eröffnete Sonel die Versammlung auch schon. Es gab keine Zeremonien. Sie verkündete einfach nur, dass die Versammlung offiziell begonnen hatte, und bat Erland sofort, sein Anliegen vorzutragen.

»Wir sind auf deine Bitte hier, Eulenmeister«, sagte sie. »Vielleicht möchtest du erklären, warum.«

»Danke, Eulenweise«, begann der weißhaarige Magier, stand auf und fuhr sich über den kurz geschnittenen silbergrauen Bart. »Es tut mir Leid, dass ich die Bitte aussprechen musste, die die Weise erwähnte. Ich wäre lieber zu Hause und würde mich um meinen Garten und um die Menschen im Falkenfinderwald kümmern. Aber ich bin auf eine Sache aufmerksam geworden, die so verstörend ist, dass ich der Ansicht war, sie verlangte unsere sofortige Aufmerksamkeit.« Er hielt inne. »Unser Gefangener aus Lon-Ser ist verschwunden, und ich habe Grund anzunehmen, dass einer unserer Kollegen ihn befreit hat.«

Dieser Ankündigung folgten einige Gespräche im Flüsterton, aber wenn Erland Aufruhr erwartet hatte, wäre er von der Reaktion des Ordens enttäuscht gewesen. Inzwischen wussten alle Bescheid.

»Wie hast du entdeckt, dass Orris ihn befreit hat, Erland?«, wollte einer der jüngeren Magier wissen.

»Eine größere Gruppe von uns ist als Mahnwache zum Gefängnis gegangen, um unsere Unzufriedenheit über die Nachlässigkeit, die wir diesem kaltherzigen Mörder gegenüber gezeigt haben, zu demonstrieren.«

Alayna beugte sich zu Jaryd. »So viel also zu seinem Garten«, flüsterte sie.

Jaryd grinste, aber er wandte seine Aufmerksamkeit rasch wieder Erland zu.

»Als wir dort eintrafen, teilten uns die Wärter allerdings mit, man habe den Fremden wieder in die Große Halle gebracht, damit die Weise ihre Verhöre mit ihm fortsetzen konnte. Die Wärter sagen, es war Orris, der ihn abgeholt hat.« Erland ließ seinen Blick über die Versammelten schweifen. »Ich vermute, dass er den Fremden nach Lon-Ser gebracht hat, obwohl sich der Orden gegen diesen Plan ausgesprochen hat. Aber wie ich schon sagte, das ist nur eine Vermutung.« Er starrte Baden an. »Ich nehme allerdings an, dass andere in dieser Halle es uns mit Sicherheit sagen können.«

Der Zeitpunkt war gekommen, das wusste Jaryd. Baden würde alle Schuld auf sich nehmen, wenn Jaryd nicht als Erster sprach, und das konnte er nicht zulassen. Baden hatte Orris' Plan nicht einmal zugestimmt, zumindest am Anfang nicht.

»Ja, Erland«, gab Baden zu und erhob sich, um sich der Aufforderung des weißhaarigen Magiers zu stellen. »Ich weiß, wohin Orris den Fremden gebracht hat.«

»Nein, Baden!«, warf Jaryd ein.

»Schon gut, Jaryd«, erwiderte Baden. »Ich weiß, wo Orris ist, weil er sich mittels des *Ceryll-Var* vor kurzem mit mir in Verbindung gesetzt hat.«

Aber natürlich, erkannte Jaryd, als das schockierte Schweigen, das Badens Enthüllung gefolgt war, rasch einem Hagel von Fragen wich. Diese Herangehensweise bot vielleicht eine Möglichkeit, den Verschwörungsbezichtigungen zu entkommen. Er sah Erland an und bemerkte, dass der Eulenmeister sich nicht geregt hatte. Er starrte Baden an, als wäre er auf diese Worte vollkommen unvorbereitet gewesen. Und das war es zweifellos, worauf Baden gesetzt hatte.

»Wieso sollte er sich mit dir in Verbindung setzen?«, fragte Erland schließlich barsch und bewirkte damit abruptes Schweigen im Saal.

Alle Blicke ruhten auf Baden.
»Er ist gerade in Lon-Ser mit einem Mann in Kontakt gekommen, der vielleicht etwas mit den Angriffen der Fremden auf unser Land zu tun haben könnte«, erklärte der hagere Eulenmeister. »Er wollte wissen, ob ich den Namen dieses Mannes bei meinen Gesprächen mit Baram je gehört habe.«
»Und, hast du?«
»Leider nein.«
»Das heißt also«, schnaubte Erland verächtlich, »dass Orris seinen Geist übers Meer ausstreckt, damit er dir eine Frage stellen kann, auf die du keine Antwort hast, und du willst uns glauben machen, dass du nur deshalb von Orris' Plänen wusstest?« Er schüttelte den Kopf und fletschte die Zähne zu einem boshaften Grinsen. »Das kann ich mir nicht vorstellen.«
Badens helle Augen blitzten gefährlich, aber als er sprach, war seine Stimme überraschend ruhig. »Du hast spekuliert, dass jemand in der Halle weiß, wohin Orris den Fremden gebracht hat. Ich habe dir einfach nur erzählt, was ich von Orris selbst gehört habe. Was den Rest angeht, ist es mir egal, ob du mir glaubst oder nicht.«
»War der Fremde immer noch bei ihm, als du mit ihm gesprochen hast?«, fragte Arslan.
Baden zögerte, aber nur kurz. »Nein. Er hat nicht erklärt, was geschehen ist, aber ich nehme an, dass Baram sich davongestohlen hat, sobald sie Lon-Ser erreichten.«
»Aricks Faust!«, zischte Arslan. »Also ist er nun frei und wieder zu Hause!« Er schlug mit der Faust auf den Ratstisch. »Dafür wird Orris zahlen!«
Mehrere Magier erklärten lauthals ihre Zustimmung.

»Orris' Zeit wird schon noch kommen!«, rief Erland über den wachsenden Lärm hinweg. »Aber es gibt andere in diesem Saal, die es ebenso verdienen, bestraft zu werden!« Er fuhr zu Baden herum und zeigte anklagend auf ihn. »Und du bist der Erste, Baden!« Er grinste nun wieder, und seine Augen blitzten triumphierend. »Ich habe bisher eine wichtige Einzelheit meines Besuchs im Gefängnis nicht erwähnt«, sagte er, sah sich im Saal um und hob die Stimme, damit ihn auch wirklich alle hören konnten. »Einer der Wärter war überrascht, dass ich nicht wusste, dass der Fremde weg war. Es sieht so aus, als hätte Baden einen Tag, nachdem Orris den Gefangenen abgeholt hatte, selbst das Gefängnis aufgesucht. Diesem Wärter zufolge hat Baden behauptet, von der Anordnung gewusst zu haben, den Fremden wieder zur Großen Halle zu bringen.« Erneut warf er Baden einen wütenden Blick zu. Auch alle anderen starrten den hageren Eulenmeister nun an. »Hat der Wärter gelogen, Baden?«, fragte Erland spöttisch.

Baden holte tief Luft und schüttelte den Kopf. »Nein«, sagte er leise. »Ich habe ihm gesagt, dass ich es wusste.«

»Dann hast du gelogen!«, rief Jaryd und sprang auf. »Baden hat den Wärter angelogen, um Orris zu schützen. Er wusste nichts von Orris' Absichten.«

»Woher willst du das wissen?«, fragte Arslan skeptisch.

»Weil ich derjenige war, der Baden gesagt hat, was Orris getan hatte.«

Arslan sprang ebenfalls auf. »Du hast es *gewusst*?«

»Ja. Ich habe mit Orris gesprochen, bevor er aufgebrochen ist.«

»Und du hast nicht versucht, ihn aufzuhalten?«, wollte Erland wissen.

»Nein. Tatsächlich habe ich ihn ermutigt zu gehen.«

»Wie bitte?«, riefen Arslan und Erland gleichzeitig. Mehrere andere Magier sprangen ebenfalls auf und begannen, Jaryd anzuschreien, nannten ihn einen Verräter und Schlimmeres. Er schaute Alayna an, die ihn bereits ansah, mit einem leeren Ausdruck in den dunklen Augen.

»Warum hast du das getan, Jaryd?«, fragte Sonel. Ihre Worte durchdrangen den Lärm, obwohl sie nicht einmal laut gesprochen hatte. Sofort schwiegen die anderen.

Er konnte ihre Blicke auf sich spüren, aber er sah nur die Weise an. Sie beobachtete ihn ungemein interessiert und, wie er glaubte, mit dem Hauch eines Lächelns auf den Lippen, als wüsste sie bereits, was er sagen würde. »Als Alayna und ich mit Theron gesprochen haben, sagte er uns, der Orden würde sich anpassen müssen, wenn er diesen Feind besiegen wollte. Und er erklärte, wenn wir nicht bereit wären, über unsere Küsten hinwegzuschauen, wären wir zum Scheitern verurteilt. ›Die Welt hat sich verändert‹«, zitierte Jaryd und hörte die Worte des Eulenmeisters in seinem Kopf dröhnen, während er sie gleichfalls laut aussprach, »›selbst wenn das in Tobyn-Ser nicht der Fall ist. Wenn ihr diese Veränderungen ignoriert, bringt ihr euch nur in Gefahr.‹« Er hielt inne und ließ die Erinnerung an die Begegnung mit Theron über sich hinwegfluten wie einen Sommerregen. Es schien so lange her zu sein. »Ich glaube, Theron würde billigen, was Orris tut«, fuhr er dann fort. »Tatsächlich denke ich, das ist genau die Art von Aktion, die der Eulenmeister im Sinn hatte. Und das habe ich Orris auch gesagt, bevor er ging.«

Lange Zeit sagte niemand etwas, wie es immer geschah, wenn er oder Alayna von ihrer Begegnung mit Therons unbehaustem Geist sprachen. Selbst nach beinahe fünf Jahren schienen er und Alayna wegen dieser beiden Nächte im Hain und wegen des Stabs, den Jaryd von dem Eulenmeister als Zeichen seines guten Willens erhalten hatte, für die Magier immer noch etwas Besonderes zu sein. Jaryd hatte sich nie auf Theron berufen, nur um seine eigene Position zu verbessern oder um dem, was er sagte, mehr Gewicht zu verleihen. Aber nun war er zum ersten Mal erfreut, die Wirkung seiner Worte auf Erland, Arslan und die anderen zu sehen.

»Keiner von uns stellt die Weisheit des Eulenmeisters in Frage«, sagte Erland schließlich. »Und wir haben auch nicht vergessen, was wir dir und Alayna für das schuldig sind, was ihr bei eurer Begegnung mit ihm erreicht habt. Aber ich weigere mich anzunehmen, dass irgendetwas, was Theron euch gesagt hat, rechtfertigen könnte, was Orris getan hat – oder auch was du getan hast, als du ihn einfach gehen ließest. Du hast dich einer Entscheidung des Ordens widersetzt, was, wie wir alle wissen, Grund genug ist, um aus dieser Gemeinschaft ausgestoßen zu werden.«

»Wenn ich mich recht erinnere, Eulenweise«, rief Trahn, »gab es niemals eine offizielle Debatte und Abstimmung darüber, ob der Fremde nach Lon-Ser zurückgebracht werden sollte oder nicht. Die Diskussion wurde abgebrochen, bevor es zu einer Entscheidung kam. Es gab keine ausdrückliche Entscheidung des Ordens, gegen die man hätte verstoßen können.«

»Daran erinnere ich mich ebenfalls«, fügte Radomil hinzu.

»Das ist nur im allerwörtlichsten Sinne wahr!«, widersprach Arslan. »Die Weise hat die Debatte abgeschlossen, nachdem klar war, dass die Mehrheit von uns nie zulassen würde, dass der Fremde sein Gefängnis verlässt.«

»Nein, Trahn«, warf Erland ein und schüttelte ernst den Kopf. »Du kannst dich oder deine Freunde nicht mit einer Formalität freisprechen. Wir haben es hier mit einer viel ernsteren Angelegenheit zu tun als einfach nur mit Trotz gegen den Orden.« Er hob die Stimme und sah sich noch einmal in der Halle um. »Wie ich schon zuvor gesagt habe, um Orris werden wir uns kümmern, wenn und falls er zurückkehrt, aber es gibt andere hier, über deren Taten wir sprechen müssen. Wenn Orris uns verraten hat, dann haben jene, die ihm geholfen haben, dasselbe getan, selbst wenn das nichts weiter bedeutet, als zu begreifen, was er vorhatte, und ihn nicht aufzuhalten. Und genau das hat Baden getan – und offenbar, so weh es mir tut, das festzustellen, auch Jaryd.«

»Was willst du damit andeuten, Erland?«, fragte Trahn streng. »Dass Baden und Jaryd Verräter sind?«

Der Eulenmeister holte Luft und zupfte an seinem silbernen Bart. »Leider ja.«

»Das ist doch lächerlich!«, entgegnete Trahn. »Ich kenne niemanden, dem das Land mehr am Herzen liegt, als diese beiden!«

Erland nickte. »Ich habe eine solche Äußerung von dir erwartet, Trahn. Du und Baden, ihr seid sehr gute Freunde. Es fällt mir schwer zu glauben, dass er dir eine so wichtige Angelegenheit verschwiegen hat.«

»Ich nehme an, das bedeutet, dass du auch mich bei deiner Anklage mit einschließt, Erland«, sagte Alayna. Ihr zartes Gesicht war blass geworden, aber ihre Stimme war fest. »Wenn Trahns Freundschaft mit Baden ihn schuldig macht, dann gilt sicher auch dasselbe für meine Ehe mit Jaryd.«

»So ist es«, erklärte Erland sachlich.

»Und wo wird es aufhören?«, fragte Alayna. Sie zeigte auf die Frau, die neben ihr saß. »Neysa ist meine Freundin. Bedeutet das, dass sie ebenfalls schuldig ist? Ist jeder, der in dieser Angelegenheit anderer Meinung ist als du, ein Verräter, oder müssen sie außerdem auch Freunde von uns sein?«

»Ich habe noch kein Urteil abgegeben!«, fauchte der Eulenmeister.

»Du hast Jaryd und Baden des Verrats bezichtigt!«, erwiderte Alayna ebenso vehement.

»Sie haben zugegeben, dass sie Orris geholfen haben! Ich habe keinen Zweifel an ihrer Schuld! Was den Rest von euch angeht, so kann nur eine ausführliche Untersuchung feststellen, ob ihr ebenfalls schuldig seid.«

»Keiner hier ist ein Verräter!«, rief Jaryd. »Und das schließt Orris mit ein! Erkennt ihr das denn nicht? Er versucht, Tobyn-Ser zu retten und nicht das Land zu zerstören!« Er sah sich überall verzweifelt nach einem mitfühlenden Gesicht um. »Es könnte funktionieren«, fügte er beinahe flehentlich hinzu.

»Er hat bereits versagt!«, tobte Erland. »Wenn man Baden glauben darf, dann ist der Fremde weg! Er ist wieder frei! Er wird Orris nicht helfen können!«

Jaryd setzte zu einer Antwort an, aber es gab nicht viel, was er sagen konnte. Orris mochte immer noch Erfolg haben, aber Erland hatte Recht: Es würde ohne Barams Dazutun geschehen müssen. Es war kein Verrat, aber vielleicht war es ein Fehler gewesen, den Fremden zu befreien.

»Eulenmeister Erland«, meldete sich Sonel mit müder Stimme zu Wort, »wie sollen wir deiner Ansicht nach fortfahren? Du hast ein paar sehr ernste Anklagen ausgesprochen, und ich bin nicht vollkommen sicher, ob ich mit der Idee übereinstimme, dass Orris oder sonst jemand das Land verraten hat. Aber selbstverständlich geben dir die Regeln dieses Ordens das Recht, eine offizielle Ermittlung wegen solch wichtiger Angelegenheiten zu verlangen.«

»Eine Ermittlung genügt nicht!«, antwortete Erland. »Ich verlange, dass Jaryd und Baden offiziell des Verrats angeklagt werden!«

Trahn sprang auf. Er hatte die Fäuste geballt. »Du hast keinerlei Beweise für eine solche Anklage!«

»Sie geben zu, dass sie von Orris' Plänen wussten und ihn nicht aufgehalten haben! Jaryd behauptet sogar, ihn ermutigt zu haben! Das ist doch Beweis genug, oder?« Der Eulenmeister starrte Sonel trotzig an. »Du hast meine Forderung gehört, Eulenweise. Wirst du eine Verhandlung eröffnen?«

Sonel holte tief Luft. »Nein, Erland, das werde ich nicht.«

»Das musst du aber!«, tobte der weißhaarige Eulenmeister. »Sie haben einem Feind des Landes zu fliehen gestattet! Sie haben Tobyn-Ser verraten!«

»Du hast keine ausreichenden Beweise vorgelegt, um deine Anklagen zu untermauern!«, entgegnete Sonel. »Ehe du das nicht tust, gibt es keine Verhandlung.«

Erland schwieg einige Zeit. Sein normalerweise rosiges Gesicht war gefährlich dunkel geworden, und er atmete schwer. »Ich hatte gehofft, dass es nicht so weit kommen würde, Eulenweise«, sagte er schließlich verbittert. »Aber ich glaube nicht, dass du geeignet bist, eine solche Entscheidung zu treffen. Ich muss verlangen, dass du für den Rest der Diskussion von deinem Amt zurücktrittst und die Führung der Ersten Toinan überlässt.«

Sonel starrte ihn ungläubig an. »Wie bitte?«

Arslan schüttelte den Kopf. »Jetzt bist du zu weit gegangen, Erland.«

»Ach ja?«, fragte der Eulenmeister und starrte den rothaarigen jungen Magier an. »Sie hat uns allen gezeigt, dass sie in der Sache nicht objektiv sein kann. Und ich glaube, ich weiß auch, warum: Unsere Eulenweise hat ebenso großes Interesse wie Baden, die Wahrheit zu verheimlichen.«

»Wovon redest du da?«, fragte Radomil.

Erland grinste düster. »Die Weise war die Erste, die mir erzählt hat, was Orris getan hat. Ich würde gerne wissen, wie sie es erfahren hat.« Er wandte sich wieder Sonel zu. »Das scheint mir eine berechtigte Frage zu sein – eine unter vielen, die eine ausführliche Ermittlung der Angelegenheit klären sollte.«

»Nun wissen wir, worauf du aus bist, Erland«, sagte Baden mit eisiger Miene. »Das hier ist nichts weiter als ein Versuch, Macht an dich zu reißen. Die Weise hat nichts falsch gemacht, und das weißt du auch!«

»Woher wusste sie es dann?« Erland spie jedes Wort förmlich aus. Er warf Sonel einen scharfen Blick zu. »Hat Orris es zunächst mit dir besprochen, Eulenweise, oder war es etwas, was du im Bett erfahren hast?«

Sonel sprang abrupt auf. Ihr Stuhl fiel hinter ihr um, und ihre Eule flog auf. Ihr Gesicht war rot vor Zorn. »Wie kannst du es wagen?«, zischte sie. Sie sah sich am Tisch um, und ihre grünen Augen blitzten wütend. »Das ist also aus uns geworden!«, erklärte sie verbittert. »Misstrauen wir einander so sehr, dass jeder ein Feind und jede Information eine Waffe ist?«

Einige Zeit sagte niemand etwas, und alle Magier im Saal schienen Sonels zornigem Blick auszuweichen.

»Erland hat sich danebenbenommen, Weise«, sagte Arslan schließlich. »Aber ich muss zugeben, dass ich seine Bedenken teile. Wenn du von Orris' Taten wusstest, haben wir ein Recht darauf zu erfahren, wie du darüber informiert wurdest und warum du es für dich behalten hast. Solange diese Fragen unbeantwortet bleiben, wäre es angemessener, wenn die Erste Toinan den Vorsitz bei dieser Diskussion übernimmt.«

Sonel stand wie erstarrt neben ihrem umgekippten Stuhl. Sie sah einen Magier nach dem anderen an. »Also gut«, sagte sie schließlich mühsam beherrscht. »Ich werde zugunsten von Toinan zurücktreten.«

Sie wandte sich der Ersten zu und nickte. Toinan erwiderte ihren Blick einen Moment, dann erhob sie sich.

»Ich sehe keinen Grund für weitere Diskussionen«, erklärte die grauhaarige Frau sachlich. »Wir haben genug debattiert. Wir sollten abstimmen.« Wieder sah sie Sonel an. »Mit deiner Erlaubnis, Eulenweise, würde ich diese Frage gerne in geheimer Abstimmung klären.«

Sonel dachte einen Moment nach. »Das ist wahrscheinlich das Beste«, sagte sie, griff nach der Kristallglocke, die vor ihr auf dem Tisch stand, und klingelte einmal.

Sofort brachten die blau gewandeten Diener der Großen Halle Papierstreifen und Schreibblei herein.

»Die Frage, vor der wir stehen«, verkündete die Erste, »lautet, ob Baden und Jaryd offiziell des Verrats angeklagt werden sollen.« Sie sah Jaryd und dann seinen Onkel an.

»Ich fürchte, damit seid ihr beiden von der Abstimmung ausgeschlossen.«

Unheimliches Schweigen senkte sich über die Halle, als die versammelten Magier sich wieder hinsetzten, ihre Entscheidung niederschrieben und die Papierstreifen dann in eine der beiden großen Kristallschalen warfen, die die Diener rund um den Tisch trugen. Jaryd hatte nie zuvor eine solche Abstimmung miterlebt, und erst recht nicht war er Gegenstand von einer gewesen. Es war symptomatisch, dachte er, für die Spaltung des Ordens.

Nachdem alle abgestimmt hatten, brachten die Diener die Schalen zu Toinan, die begann, die Ergebnisse auszuwerten. Sie brauchte dafür einige Zeit, und keiner der Magier sagte ein Wort. Die einzigen Geräusche in der Halle waren das Rascheln von Papierstreifen in der Hand der Ersten und die Laute, die ein paar Vögel verursachten, als sie sich putzten. Alayna hatte Jaryds Hand ergriffen, und sie wechselten einen nervösen Blick.

»Der Antrag wurde abgelehnt«, verkündete Toinan abrupt. »Vierundzwanzig Jastimmen, neunundzwanzig Neinstimmen.«

»Aricks Faust!«, flüsterte Erland. Er sah sich in der Kammer um und schüttelte beinahe verzweifelt den Kopf. »Es ist mehr als nur eine Verschwörung, nicht wahr? Ihr habt eure Schwüre, dem Land zu dienen, gebrochen!«

»Das ist ungerecht, Erland!«, erwiderte Mered zornig. »Nur weil wir nicht derselben Ansicht sind wie du, bedeutet das nicht, dass wir billigen, was Orris getan hat.«

Erland breitete die Arme aus. »Das ist doch alles dasselbe! Wenn Jaryd und Baden nichts Falsches getan haben, dann muss Orris ja wohl ebenfalls unschuldig sein!« Wieder wandte er sich Sonel zu. »Ich muss abermals darauf bestehen, dass Jaryd und Baden offiziell angeklagt werden, wenn nicht des Verrats, so wegen Widerstands gegen den Willen des Ordens. Nur so können wir die Wahrheit über das herausfinden, was geschehen ist.«

Sonel schüttelte den Kopf. »Ich habe dir schon gesagt, es wird keine Anklagen geben, ehe wir bessere Beweise haben.«

»Und das ist dein letztes Wort in dieser Angelegenheit?«, fragte der Eulenmeister feierlich.

»Ja.«

Erland holte tief Luft. »Dann habe ich keine andere Wahl.« Er stand auf und hob den Arm für seine braune, rundköpfige Eule, die zu ihm flog und dann auf seine Schulter sprang. Er sah sich um, und es kam Jaryd so vor, als läge echte Traurigkeit in seinen Augen.

»Als ich Mitglied dieses Ordens wurde«, sagte Erland überraschend ruhig und leise, »habe ich geschworen, dem Volk von Tobyn-Ser zu dienen und mich an die Gesetze zu halten, die Amarid für uns festgelegt hat. Ich bin zu dem Schluss gekommen, dass ich nicht länger diesem Orden angehören und gleichzeitig meinen Schwur einhalten kann.« Ohne ein weiteres Wort drehte er sich mit wehendem Umhang um und verließ die Große Halle.

Einen Augenblick lang regte sich niemand im Saal. Dann standen wie auf ein geheimes Stichwort vier weitere Eulenmeister auf, riefen ihre Vögel zu sich und folgten Erland hinaus auf die Straßen von Amarid.

Immer noch sagte keiner der Verbliebenen ein Wort. Sie schienen alle zu warten, als wüssten sie, dass noch nicht alle gegangen waren, und als wollten sie sehen, wer der Nächste war.

Das sollte Arslan sein. Einen Augenblick hatte er noch seine Hände angestarrt und die Zähne so fest zusammengebissen, dass seine Kiefermuskeln zuckten, dann sprang er auf, hatte seinen großen braunen Falken auf der Schulter und spähte nervös unter seinen roten Stirnfransen hervor.

»Arslan, bitte!«, rief Alayna ihm zu, als er vom Tisch wegging.

Er blieb stehen, aber er drehte sich nicht zu ihr um. »Es tut mir Leid, Alayna«, sagte er leise. »Ich kann nicht anders.«

»Erinnerst du dich an letzten Sommer, als ich gehen wollte und du mich gedrängt hast zu bleiben? ›Wenn nur ein Einziger von uns geht‹, hast du gesagt, ›dann wird der Schaden nicht wieder gutzumachen sein.‹ Das hat sich nicht geändert. Siehst du denn nicht, was du dem Orden antust, wenn du gehst?«

Nun drehte er sich doch um, und auf seinem jungenhaften Gesicht lag ein bitterer Ausdruck. »Der Schaden ist bereits angerichtet. Und es war Orris, der ihn angerichtet hat, und Jaryd und Baden ebenfalls. Es kann gut sein, dass du ebenso schuldig bist wie sie.« Er wandte sich ab. »Vielleicht hätte ich dich damals gehen lassen sollen.«

Er ging weiter auf die Tür zu, und noch bevor er sie erreicht hatte, hatten sieben weitere Falkenmagier den Tisch verlassen, um sich ihm anzuschließen. Und es war immer noch nicht vorbei. In den folgenden Minuten verließen sechs weitere Eulenmeister den Saal, darunter Toinan, die Erste der Weisen. Insgesamt hatten elf Eulenmeister und acht Falkenmagier die Versammlung und vielleicht auch den Orden verlassen. Es waren nicht alle Magier, die für eine Verhandlung gegen Jaryd und Baden gestimmt hatten, aber beinahe.

Sehr lange blieben die Verbliebenen schweigend sitzen, als könnten sie nicht begreifen, was soeben hier unter dem Bild von Amarid, das die Decke der Großen Halle schmückte, vorgegangen war.

»Was machen wir jetzt?«, brach Ursel schließlich das quälende Schweigen.

Sonel zuckte die Achseln und wandte sich Baden zu, als erwartete sie eine Antwort von ihm.

Aber Baden schüttelte nur den Kopf und sah sich mit gehetztem Blick um. »Ich weiß es nicht«, flüsterte er. »Ich weiß es einfach nicht.«

5

Wenn ich mir diese Seiten noch einmal ansehe, fällt mir auf, dass ich die Begriffe »Bragor-Nal« und »Lon-Ser« zu häufig auf eine Art verwendet habe, als wären sie austauschbar. Das ist irreführend, denn es gibt noch zwei andere Nals – Oerella-Nal und Stib-Nal –, und obwohl Bragor-Nal das größte von ihnen ist, ist es nicht unbedingt typisch. Tatsache ist allerdings, dass Barams Kenntnisse der beiden anderen Nals begrenzt sind, was auch unseren Kenntnissen Grenzen setzt. Dies scheint ein Produkt der Herrschaftsstruktur von Lon-Ser zu sein. Die drei Nals sind in politischer und wirtschaftlicher Hinsicht Rivalen. Sie teilen ihr Wissen über fortgeschrittene Waren nicht unter sich; es gibt wenig kulturellen oder sozialen Austausch. Tatsächlich ist selbst der Reiseverkehr zwischen ihnen eingeschränkt und wird strengstens von den Polizeikräften jedes Nals überwacht.

Dennoch, aus allem, was Baram mir erzählt hat, bin ich zu ein paar grundlegenden Schlüssen gekommen. Die drei Nals, die drei Überlebenden der so genannten »Festigung« (von der ich an anderer Stelle berichtet habe), sind durch natürliche Grenzen voneinander getrennt, überwiegend durch Gebirgszüge. Stib-Nal ist nach allem, was ich weiß, das kleinste und unbedeutendste der drei. Aber Oerella-Nal, das sich nordwestlich von Bragor-Nal befindet und schon seit seiner Entstehung von Frauen regiert wird, ist eine starke Macht und Bragor-Nals Hauptgegner.

Aus Kapitel fünf des »Berichts von Eulenmeister Baden über seine Verhöre des Ausländers Baram«, vorgelegt auf der 1014. Versammlung des Ordens der Magier und Meister, im Frühjahr des Gottesjahres 4625.

Es war nicht schwer, ihnen zu folgen, selbst nachdem Melyor den schwarzen Transporter zurückgelassen hatte und in ihren kleineren, weniger auffälligen weißen umgestiegen war. Es lag nicht nur daran, dass der Steinträger und der Zauberer auffielen wie Uestras in einem Kloster Lons. Melyor schien keinen Verdacht zu haben, dass man ihr folgen könnte. Sie war vorsichtig, aber nicht annähernd so, wie sie es gewesen wäre, wenn sie gewusst hätte, dass die Klinge hinter ihr her war. Wenn sie das gewusst hätte, hätte sie mehr getan, als nur die Transporter zu wechseln und hin und wieder von der Höhe abzubiegen, um durch Seitenstraßen und Gassen zu fahren, um dann wieder zu der erhöhten Straße zurückzukehren. Die Angst vor der Klinge hätte zu einer heftigeren Reaktion geführt, selbst bei Melyor i Lakin.

Er hatte diesen Namen bereits so lange, dass niemand mehr einen anderen kannte. Das störte ihn nicht; er hatte den Namen immer gemocht, und wenn man bedachte, womit er seinen Lebensunterhalt verdiente, war er auch vollkommen angemessen, obwohl er häufiger mit einem übergroßen Werfer arbeitete als mit einem Messer. Vor kurzem, als die ersten grauen Strähnen in seinem schwarzen Haar aufgetaucht waren, hatten seine Männer begonnen, ihn »Silberklinge« zu nennen. Zuerst hatte er ihnen befohlen, damit aufzuhören, weil er es für respektlos hielt. Ein Attentäter konnte es sich wirklich nicht leisten, dass die Leute ihn für alt hielten. Aber er hatte bald begriffen, dass es ein Ehrenname war, eine Anerkennung seiner Fähigkeit, in einem

Beruf zu überleben, der der Langlebigkeit nicht gerade zuträglich war. Die Silberklinge. Am Ende war er zu dem Schluss gekommen, dass er den Namen verdient hatte. Er war ein Überlebenskünstler. Und sein Erfolg beruhte auf einem einzigen Prinzip: Nimm nie einen Auftrag an, den du nicht bewältigen kannst.

Das hier war hart an der Grenze. Als Cedrych ihm gesagt hatte, wer sein drittes Ziel sein würde, hätte Klinge beinahe abgelehnt. Mit Gildriiten und Zauberern zu tun zu haben war schlimm genug. Es gab zu viele unbekannte Risiken. Er neigte nicht dazu, an prophetische Träume und Magie zu glauben. Im Grunde war er der Ansicht, dass die jahrhundertelange Verfolgung der Gildriiten auf Mythen und Aberglauben beruhte. Aber das bedeutete nicht, dass er etwas mit ihnen zu tun haben wollte. Solange er den Orakeln aus dem Weg ging, stellte sich die Frage nicht, ob sie tatsächlich über diese seltsamen Fähigkeiten verfügten. Aber nun sollte er nicht nur einen Steinträger und einen Zauberer aus Tobyn-Ser töten – Menschen, von deren Kräften man wenig wusste –, sondern auch noch die fähigste Straßenkämpferin unter Cedrychs Nal-Lords. Klinge schüttelte den Kopf. Dieser Auftrag war viel zu kompliziert geworden. Er würde den Oberlord eine Menge Gold kosten.

Er hatte sie am Morgen nach seiner nächtlichen Konversation mit Cedrych eingeholt, obwohl er schon vorher erfahren hatte, wo sie sich aufhielten. Sobald er das Gespräch mit dem Oberlord beendet hatte, hatte Klinge Männer ausgeschickt, um Melyors Wohnung, Cedrychs Büro, Cedrychs Ausbildungszentrum und schließlich auch die Wohnung von Melyors Sicherheitschef Jibb im Auge zu behalten. Und das war am Ende der Ort, an dem Melyor, der Steinträger und der Zauberer übernachteten. Als Klinge davon erfahren hatte, hatte er sich beunruhigt gefragt, ob Jibb sich den dreien anschließen und seine Arbeit noch schwerer machen würde. Aber laut dem Mann, der dort Wache stand, waren es nur die drei gewesen, die am nächsten Morgen weitergefahren waren, ohne den Leibwächter des Nal-Lords. Klinges Männer folgten ihnen zur Höhe, wo Klinge schließlich ein paar Stunden später zusammen mit seinen acht Attentätern in zwei Transportern die Verfolgung übernahm.

Melyor hatte sie beinahe abgehängt, als sie die Transporter wechselte, aber Klinge war schon zu lange in diesem Geschäft, um sich von einer so einfachen Taktik aus dem Konzept bringen zu lassen. Bald schon hatte er sie wieder im Visier und blieb so weit hinter dem Transporter zurück, dass sie keinen Verdacht schöpfte. Andererseits war er nah genug, damit er schnell reagieren konnte, falls Melyor plötzlich begreifen sollte, dass sie verfolgt wurde. Das war vor beinahe zwei Stunden gewesen.

»Wie willst du die Sache angehen, Klinge?«, erklang die üblicherweise tiefe Stimme von Ulbin blechern durch das Kommunikationsgerät, das seinen Transporter mit Klinges verband.

Klinge dachte einen Moment nach. »Das Muster scheint im Augenblick klar zu sein«, sagte er schließlich. »Sie fährt für etwa eine Stunde auf der Höhe nach Nordwesten ...«

»Und dann fährt sie ab und vier oder fünf Blocks weit direkt nach Osten«, setzte Ulbin Klinges Satz fort. »Das ist mir auch aufgefallen. Eine interessante Variation des üblichen Ausweichmusters.« Klinge konnte beinahe sehen, wie sein Freund voller Bewunderung für Melyors Taktik nickte. Er

und Ulbin arbeiteten nun schon sehr lange zusammen. »Willst du sie unten abfangen?«
Wieder dachte Klinge nach. Normalerweise hätte das keine Rolle gespielt. Es gab ständig Unfälle auf der Höhe; es würde hier sehr einfach sein, Melyor und die anderen zu erledigen, ohne zu viel Aufmerksamkeit zu erregen. Aber Cedrych hatte ihn angewiesen, besonders diskret zu sein. Und Cedrych war derjenige mit dem Gold. »Ja, unten«, sagte er. »Wenn sie vier oder fünf Blocks weit fährt, sollten wir mitten im dritten zuschlagen. Du von einem, ich vom anderen Ende.«
»Klingt gut«, erwiderte Ulbin. Wieder konnte Klinge sich vorstellen, wie er nickte – dieses zufriedene Nicken, mit dem er immer reagierte, wenn er mit einem Plan oder einem ausgeführten Auftrag einverstanden war. »Dann willst du also Werfer benutzen?«
»Werfer, um sie festzunageln«, antwortete Klinge, »aber dann setze ich Sprengstoff ein.«
»Kracher!«, sagte Ulbin überrascht. »Bist du sicher?«
»Ja. Wir gehen kein Risiko ein. Je weniger von ihnen übrig bleibt, desto besser. Ich möchte, dass die SiHerr ein paar Tage nur damit zu tun haben herauszufinden, wer sie waren, gar nicht zu reden davon, wer sie erledigt hat.«
Die Männer in Klinges Transporter lachten, ebenso wie Ulbin. »Klinge, das ist Melyor i Lakin, die du da umbringen willst. Jeder wird wissen, dass du es warst. Du bist der Einzige, der Mumm genug hat, so etwas auch nur zu versuchen.«
Klinge musste lächeln. »Ein Grund mehr, gründlich zu sein. Je länger sie brauchen, um herauszufinden, dass es Melyor ist, desto länger werden unsere Namen aus dem Spiel bleiben.«

»Ich verstehe nicht, wieso wir so geheimnisvoll tun«, sagte Ulbin. »Es ist nur ein weiterer Abschnitt in der Legende von der Klinge. Außerdem werden wir nach dieser Sache jeden Preis für einen Auftrag verlangen können.« Die Männer in Klinges Transporter murmelten zustimmend.

»Mag sein«, sagte Klinge. »Aber Cedrych will, dass wir es leise machen.« Ulbin und die anderen Männer wurden sofort still. Sie waren die Besten, und das wussten sie auch. Aber sie hatten alle Angst vor dem Oberlord. Klinge hätte an ihrer Stelle ebenfalls Angst gehabt. Aber er konnte es sich nicht leisten, jemanden zu fürchten, nicht einmal Cedrych. Nicht in dieser Branche, nicht im Nal. Es war durchaus möglich, dass jemand ihn in nicht allzu ferner Zukunft dafür bezahlen würde, den Oberlord zu töten. Es gehörte sich nicht für den besten Attentäter von Bragor-Nal, eine potenzielle Zielperson zu fürchten.

Mehrere Transporter vor ihnen begann Melyors Fahrzeug, die Spur zu wechseln und auf den rechten Rand der Höhe zuzufahren. Ein paar Blocks entfernt gab es eine Abfahrt, und es war fast eine Stunde her, seit sie die erhöhte Schnellstraße zum letzten Mal verlassen hatte. Es war beinahe Zeit.

Klinge spürte, wie sein Pulsschlag sich beschleunigte, wie immer, bevor er tötete. Es war nicht so schlimm, dass es seine Fähigkeiten beeinträchtigt hätte, aber es genügte, ihm die Scharfsicht und Klarheit zu geben, von denen er in diesen Augenblicken so abhing. »Behaltet sie im Auge«, befahl er seinen Leuten. »Es wird jetzt nicht mehr lange dauern.«

Gwilym starrte aus dem Fenster des Transporters die Gebäude des Nal und die weit entfernten Berge an und spürte die Last des Schweigens, das zwischen Orris und Melyor herrschte. Er war enttäuscht und ungeduldig und ein bisschen verzweifelt. Er war immer noch sicher, dass der Zauberer die letzte Hoffung war, um die Verfolgung seiner Leute zu beenden. Und in den vergangenen paar Tagen war er zu der Ansicht gelangt, dass auch diese seltsame schöne Frau einen Platz in der Zukunft der Gildriiten hatte. Er hatte keine Ahnung, welche Rolle sie spielen würde, aber er war der Steinträger, und er hatte gelernt, sich in solchen Angelegenheiten auf seinen Instinkt zu verlassen. Aber ganz gleich, wie seine beiden Begleiter bei der Rettung der Gildriiten helfen würden, für die er sein altes Leben und die Frau, die er liebte, zurückgelassen hatte – er wusste, sie würden nichts erreichen, wenn sie nicht zusammenarbeiten konnten.

Sehr zum Unbehagen des Steinträgers gab es wenig Anzeichen, dass sie dazu in der Lage waren. Jedes Mal, wenn Gwilym glaubte, der Zauberer und der Nal-Lord stünden kurz vor einer Einigung, geschah etwas, um sie wieder auseinander zu treiben. Nach ihrem Gespräch im Transporter am vergangenen Abend, als Melyor zugegeben hatte, Teil einer Verschwörung zu sein, deren Ziel es war, Tobyn-Ser zu erobern, war Gwilym überzeugt, dass sie schließlich all ihre Geheimnisse offenbart hatte. Wenn die beiden nach einer solchen Enthüllung weiter miteinander sprechen konnten, dann gab es doch sicher nichts, was ihre Beziehung noch verschlimmern würde.

Aber er hatte sich geirrt. Und das wusste er, sobald sie die Wohnung von Melyors Leibwächter erreichten und begriffen, wer dieser Jibb war, von dem sie gesprochen hatte. Orris hatte Jibb ebenfalls sofort als den Anführer der Männer erkannt, die ihn in der Gasse angegriffen hatten. Das wurde deutlich an dem zornigen Blitzen in den Augen des Zauberers und an der Art, wie er sofort eine Kampfstellung einnahm und mit seinem Stab auf das Herz des Leibwächters zielte. Selbst der Vogel des Zauberers schien zu wissen, wer Jibb war, wenn man nach dem schrillen Krächzen ging, das der Falke beim Anblick des Mannes ausstieß.

Gwilym sah zu, wie Orris und Jibb einander misstrauisch anstarrten, er hörte den flehentlichen Ton von Melyors Stimme, als sie mit dem Zauberer in seiner eigenen Sprache sprach, und er wusste nicht, wer von beiden dümmer war. Wenn man bedachte, was Melyor vor kurzem gestanden hatte, hätte es Orris nicht überraschen sollen, dass sie die Männer, die versucht hatten, ihn zu töten, kannte und ihnen vertraute. Aber wenn man bedachte, wie schwer es für Melyor gewesen war, das Vertrauen des Zauberers zu gewinnen, hätte sie sie wirklich nicht unbedingt in diese Wohnung bringen sollen. In diesem Augenblick war Gwilym versucht gewesen, einfach aufzugeben. Den beiden war nicht mehr zu helfen. Und dennoch, er brauchte sie ebenso, wie sie ihn brauchten. Also hatte er den ersten Schritt getan, um so etwas wie einen Waffenstillstand im Wohnzimmer des Leibwächters herbeizuführen. Er war auf Jibb zugegangen und hatte die Hand ausgestreckt.

Nach einem kurzen Zögern und einem raschen Blick zu Melyor, als wollte er sich überzeugen, dass er auch wirklich alles richtig machte, hatte Jibb lächelnd Gwilyms Hand ergriffen. Widerstrebend war Orris dem Beispiel des Steinträgers gefolgt, aber er hatte sich den Rest des Abends geweigert, irgendetwas zu sagen, außer dass er Melyor hin und wieder bat, Gwilym etwas zu übersetzen. Die Spannung zwischen den beiden hatte auch den Morgen über angehalten, selbst nachdem sie Jibbs Zuhause verlassen und die Transporter gewechselt hatten. Sie fuhren nun, soweit Gwilym sehen konnte, auf die Berge zu, die im Norden aufragten und durch den braunen Dunst, der über dem Nal hing, kaum zu erkennen waren. Irgendwie war es Orris und Melyor zumindest gelungen, sich darauf zu einigen. Aber ansonsten hatten sie wenig gesprochen, und es blieb Gwilym überlassen, so gut wie möglich mit dem mürrischen Schweigen der beiden zurechtzukommen, während er allein auf der Rückbank des Transporters saß.

»Wohin fahren wir?«, fragte der Steinträger schließlich, obwohl er glaubte, die Antwort bereits zu kennen. Es ging ihm nur darum, die anderen zum Sprechen zu bringen.

Orris warf ihm einen Blick zu, und dann schaute er Melyor erwartungsvoll an. Sie sagte etwas in Orris' Sprache – wahrscheinlich eine Übersetzung der Frage –, und dann schaute sie kurz über die Schulter zu dem Steinträger.

»Orris ist hierher gekommen – nach Lon-Ser, meine ich –, damit er mit dem Herrscherrat sprechen und ihn dazu bringen kann, weitere Angriffe auf sein Land zu verhindern«, erklärte sie. »Ich habe ihm erklärt, dass es Cedrych war, der hinter dem ersten Angriff stand, und dass er es ohne Wissen des Rats getan hat. Tatsächlich bin ich nicht einmal sicher, ob Durell es wusste.«

Gwilym schüttelte den Kopf. »Durell?«

»Durell ist der Herrscher von Bragor-Nal.«

»Ich verstehe. Bitte erzähl weiter.«

Melyor zuckte die Achseln. »Nun, ich habe es Orris gesagt, aber das scheint ihn nicht zu interessieren. Er sagt, da der

Rat Lon-Ser beherrscht, sollte er im Stande sein, Cedrych von weiteren Angriffen auf Tobyn-Ser abzuhalten.«
»Und, hat er Recht?«
»Wenn das hier eine vollkommene Welt wäre, wahrscheinlich«, sagte Melyor verbittert, »aber wenn man die politische Wirklichkeit des Rats bedenkt, ist es nicht ganz so einfach.«
Gwilym lächelte traurig. »Verzeih, aber ich verstehe diese politische Wirklichkeit nicht besser als Orris.«
Sie seufzte und fuhr sich mit der Hand durch das bernsteinfarbene Haar. »Ich weiß«, sagte sie und war sichtlich um Geduld bemüht. »Der Rat besteht aus den Herrschern der drei Nals. Aber das weißt du sicher schon, oder?« Gwilym nickte, und sie fuhr fort: »Theoretisch hat jedes Nal eine Stimme, aber tatsächlich hat Bragor-Nal in den meisten Fällen zwei – die von Stib-Nal und seine eigene –, und Oerella-Nal hat eine.«
Gwilym kniff die Augen zusammen. »Wie kann das sein?«
»Das ist eine lange Geschichte, die bis zur Zeit der Festigung zurückreicht, aber es lässt sich vielleicht am einfachsten damit erklären, dass die Herrscher von Stib-Nal schon vor hunderten von Jahren ihre Stimme im Rat im Austausch für die weitere Unabhängigkeit ihres Nal verkauft haben. Stib-Nal ist zu klein und zu schwach, um es wagen zu können, sich Bragor-Nal zu widersetzen, also folgen sie unserem Beispiel in beinahe allem.«
»Das heißt also«, warf der Steinträger ein, »dass der Rat nichts tun wird, um Cedrych aufzuhalten, falls Durell von seinem Plan wusste.«
Melyor nickte. »Stimmt. Und selbst, wenn Durell es jetzt noch nicht weiß, wird er bald genug herausfinden, dass

Cedrych dahinter steckt, und er wird sich immer noch weigern, ihn aufzuhalten.«

»Wie sollte er es herausfinden?«

Sie lächelte bedauernd. »Dieser Plan – die Initiative, wie wir es nannten – sieht einfach zu deutlich nach einer von Cedrychs Unternehmungen aus. Jeder, der ihn so gut kennt wie Durell, wird das bemerken. Und außerdem gibt es nicht viele in Lon-Ser, die sowohl die Mittel als auch die Dreistigkeit haben, so etwas zu tun.«

Gwilym dachte darüber nach, und Melyor verlangsamte den Transporter und fuhr Spur um Spur näher zur rechten Seite der erhöhten Straße. Offensichtlich machte sie sich bereit, wieder ins Nal hinunterzufahren. Gwilym verstand die Logik hinter diesen kurzen Abstechern in die Gassen der Blocks nicht so recht, aber Melyor sagte, das mache es den Sicherheitskräften des Herrschers schwerer, ihnen zu folgen. Nach allem, was er von den Leuten aus dem Netzwerk über Bragor-Nals Sicherheitsleute gehört hatte, widersprach Gwilym nicht.

»Und, hast du Orris gesagt, was du mir gerade gesagt hast?«, wandte sich Gwilym schließlich wieder dem Gespräch zu.

»Ja, gestern Abend, auf dem Weg zu Jibbs Wohnung.«

»Und, hast du ihn überzeugen können?«

Sie nickte. »Ich glaube schon.«

Gwilym grinste. »Nun, dann zurück zu meiner ursprünglichen Frage: Wohin fahren wir?«

Melyor lachte leise. Sie war wirklich schön, wenn sie lachte. »Wir sind auf dem Weg nach Oerella-Nal, um zu sehen, ob wir mit Herrscherin Shivohn sprechen können. Wenn wir sie davon überzeugen können, dass Cedrychs Plan eine

Gefahr für ihr Nal darstellt, wird sie uns vielleicht helfen, ihn aufzuhalten.«
»Glaubst du wirklich, dass das möglich ist?«
»Ich bin nicht sicher«, gab sie zu. »Es ist einen Versuch wert. Und nach gestern Abend glaube ich nicht, dass es uns noch viel bringt, weiter in Bragor-Nal zu bleiben.«
Gwilym spürte, wie sich ihm die Nackenhaare aufstellten, und er hatte eine unangenehme Vorahnung. »Du glaubst, Cedrych wird uns angreifen«, sagte er, und das war eine Feststellung und keine Frage.
»Es würde mich überraschen, wenn er es nicht täte«, antwortete sie und klang plötzlich ziemlich angespannt. »Orris stellt eine Bedrohung für alles dar, woran Cedrych gearbeitet hat, und Cedrych weiß nun, dass man Orris nicht einschüchtern kann. Also besteht die einzige Möglichkeit, ihn aufzuhalten, darin, ihn zu töten.«
Gwilym nickte, als hätte er es verstanden. In gewisser Weise tat er das sogar, und das erschreckte ihn. Die Rücksichtslosigkeit und Gewalttätigkeit des Lebens im Nal war der Welt, die er im Dhaalmar-Gebirge zurückgelassen hatte, vollkommen fremd. Aber er war schon so lange so weit von zu Hause entfernt, dass er begann, das Nal und seine Regeln zu verstehen. Plötzlich fühlte er sich schmutzig, und er sehnte sich nach den kalten, klaren Bergbächen in der Nähe seiner Siedlung.
Melyor lenkte den Transporter auf eine Rampe, die sie von der Höhe hinab in das Gedränge und den Lärm der Blocks führte. Unten angekommen, bog sie sofort in die nächste Seitenstraße ab und begann abermals, sich durch die Gassen zu schlängeln.
Der Zauberer sagte etwas zu ihr, und sie starrte ihn mehrere

Sekunden an, als könnte sie nicht glauben, was sie gehört hatte. Dann schüttelte sie den Kopf und gab eine entschlossene Antwort. Orris sagte etwas Mürrisches, schien noch einmal zu wiederholen, was er zuvor gesagt hatte, und wieder schüttelte Melyor den Kopf.

»Was ist denn?«, fragte Gwilym müde, denn er verlor allmählich wirklich die Geduld.

»Er will, dass wir anhalten, damit das Tier jagen kann«, sagte Melyor und warf Gwilym einen Blick zu, der sehr deutlich machte, dass sie glaubte, der Zauberer hätte den Verstand verloren.

»Sie muss essen«, entgegnete Gwilym. »Genau wie wir.«

»Wir haben nicht die Zeit für so etwas!«, entgegnete sie. »Das Tier kann später essen.«

»Er kennt sie besser als wir.« Der Steinträger teilte Melyors Ängste und ihr Bedürfnis, so schnell wie möglich aus Bragor-Nal herauszukommen, aber er versuchte trotzdem, Orris' Wunsch zu begreifen. »Nach allem, was ich über die Magie von Tobyn-Ser weiß, kommt sie von den Falken. Wenn Anizir geschwächt ist, weil sie Hunger hat, lässt Orris' Macht vielleicht nach. Und es ist gut möglich, dass wir seine Magie brauchen, bevor all das hier zu Ende ist.«

Melyor fluchte und hielt den Transporter mit einen Ruck an. »Wir haben keine Zeit für so was«, nörgelte sie immer noch, als Orris schon aus dem Wagen ausstieg und seinen Vogel auf die Suche nach etwas Essbarem schickte.

Minutenlang herrschte Schweigen. Gwilym stieg aus, um Orris Gesellschaft zu leisten, aber Melyor blieb sitzen, murmelte weiter vor sich hin und warf ihnen hin und wieder einen mürrischen Blick zu. Anizir kehrte ein paar Minuten später mit einer grauen Taube in den Krallen zurück. Sie ließ sich auf einem Haufen Altmetall ein paar Fuß von Gwilym und Orris entfernt nieder und zerriss gierig den Kadaver. Als sie fertig war, wischte sie sich den scharfen Schnabel an dem Metall und flog dann wieder auf Orris Schulter.

Gwilym setzte sich wieder hinten in den Transporter, und dann stieg Orris ein und sagte etwas zu Melyor. Er sah selbstzufrieden aus. Sie schwieg, aber bevor er auch nur die Tür geschlossen hatte, setzte sie das Fahrzeug so abrupt in Bewegung, dass der Zauberer wie eine Puppe gegen die Sitzlehne geschleudert wurde.

Er starrte sie wütend an, und sie gestattete sich ein kurzes, zufriedenes Lächeln. Einige Zeit saßen alle drei schweigend da, während Melyor sich weiter durch die Gassen fädelte. Aber gerade, als sie zum Ende des zweiten Blocks kamen und dazu ansetzten, eine breite Straße zum dritten hin zu überqueren, verlangsamte Melyor den Transporter, beugte sich vor und spähte aus dem Fenster auf eine seltsame Szene vor ihnen. Ein langgezogener schwarzer Transporter stand am Anfang der Gasse und blockierte den Eingang. Eine der Türen stand offen, und ein hoch gewachsener Mann stand daneben. Er hatte schwarzes Haar mit Silbersträhnen, und er trug eine große Waffe am Gürtel. Er rief einem anderen Mann – dieser hatte kurzes blondes Haar und stand neben einem weiteren schwarzen Transporter am entfernten Ende der Gasse – etwas zu. Der zweite Mann hatte die Arme weit ausgebreitet; er schüttelte den Kopf und hielt eine Waffe in einer Hand.

»Was machen die da?«, sagte Melyor leise, mehr zu sich selbst als an Gwilym oder Orris gewandt.

In diesem Augenblick, noch bevor Gwilym etwas sagen

konnte, entdeckte der blonde Mann sie. Er rief dem Dunkelhaarigen etwas zu und wies direkt auf Melyors Transporter. Der erste Mann drehte sich um und zeigte ein kantiges Raubtiergesicht mit kalten, hellen Augen.
»Scheiße!«, zischte Melyor. »Die Klinge!«
»Wer ist die Klinge?«, fragte Gwilym, als der Transporter sich ruckartig rückwärts zu bewegen begann.
Der dunkelhaarige Mann zog die Waffe, zielte auf ihren Transporter und rief dabei seinen Begleitern etwas zu. Rote Flammen schossen aus der Waffe.
»Duckt euch!«, schrie Melyor und riss Orris mit sich nach unten.
Gwilym duckte sich auf den Boden vor dem Sitz, und das gerade noch rechtzeitig. Im nächsten Augenblick krachte leuchtend rotes Feuer durch die vorderen und hinteren Fenster, zischte wie Regentropfen, die auf ein Feuer fallen, und brachte einen Hagel von Glasscherben mit.
Melyor richtete sich rasch wieder auf, die Waffe bereits in der Hand, und wollte zurückschießen. Aber Gwilym packte sie mit einer Hand an der Schulter und griff mit der anderen nach dem Werfer.
»Bringt uns hier raus!«, schrie er. »Ich kümmere mich schon um die da!«
Orris rief etwas in seiner Sprache. Gwilym warf ihrem Angreifer einen raschen Blick zu und sah, dass der dunkelhaarige Mann erneut geschossen hatte. Der Steinträger versuchte, sich wieder zu Boden zu werfen, aber da er sich über die Rücklehne des Vordersitzes gebeugt hatte, ging das nicht so schnell. Der rot glühende Blitz schoss direkt auf ihn zu, und er schloss die Augen und schmeckte seinen eigenen Tod. Aber statt der Explosion von Schmerz und

Feuer, die er erwartet hatte, hörte er eine andere Art von Detonation und spürte, wie der gesamte Transporter von der Wucht eines Aufpralls wackelte. Er öffnete die Augen wieder und sah, wie der Zauberer seinen Stab vor sich ausstreckte, und Melyor starrte Orris an, als hätte der sich soeben in eine Art Ungeheuer oder vielleicht in einen Gott verwandelt.

Sie stotterte etwas in der Sprache des Zauberers, und er grinste.

»Bring uns hier raus!«, rief Gwilym wieder, denn er sah, wie der dunkelhaarige Mann in seinen Transporter sprang, der daraufhin mit quietschenden Reifen und einer Wolke grauen Rauchs vorwärts schoss.

Die Gasse, in der sie sich befanden, war zu schmal, als dass Melyor den Transporter hätte wenden können, also fuhr sie rückwärts, so schnell sie konnte, wobei sie hin und wieder die Hausmauern streifte und durch Abfallhaufen krachte.

Als der Steinträger wieder nach vorne schaute, sah er, wie der schwarze Transporter des Angreifers auf sie zugerast kam. Aber bevor er den Eingang zur Gasse erreichte, richtete Orris seinen Stab auf das Fahrzeug und beschwor einen bernsteinfarbenen Blitz herauf. Der große Transporter wurde noch rechtzeitig zur Seite gerissen, um dem Schuss des Zauberers zu entgehen, aber er prallte dadurch gegen eine Hausecke. Er stieß sofort wieder zurück und folgte ihnen durch die Gasse, die vordere linke Seite zerdrückt. Als Melyor das Ende der Gasse erreicht hatte und in die nächste einbog, fuhren sie wieder vorwärts und folgten dabei dem Weg, auf dem sie gekommen waren. Gwilym konnte hören, wie der Transporter des dunkelhaarigen Mannes sie verfolgte, und einen Augenblick später kam er wieder in

Sicht und prallte beim Abbiegen unter Funkensprühen von einem Haus ab.

»Wer sind diese Leute?«, fragte Gwilym Melyor über das Brummen ihres Transporters und das Heulen des Windes hinweg, der durch die zerbrochenen Fenster des Fahrzeugs fegte.

»Attentäter!«, antwortete Melyor, die die Steuerscheibe so fest umklammerte, dass ihre Knöchel weiß wurden. »Cedrych will uns offenbar alle drei umbringen.«

»Warum sollte er dich töten wollen?«

»Vielleicht hat er rausgefunden, dass ich Gildriitin bin oder dass ich beschlossen habe, Orris zu helfen.«

Gwilym nickte, wieder einmal überrascht davon, wie gut er das Nal-Denken verstand. Er schaute zurück zu dem Transporter, der sie immer noch verfolgte. Melyor war den Attentätern noch nicht entwischt, aber sie waren auch nicht näher gekommen. Rotes Feuer zischte an ihrem Transporter vorbei und traf die Mauer eines Gebäudes direkt vor ihnen.

»Das war knapp!«, rief Melyor. »Gib ihnen etwas zu tun, Steinträger!«

»Was?«, fragte Gwilym kopfschüttelnd.

»Schieß auf sie!«

»Oh. Selbstverständlich!« Er drehte sich um und begann, auf ihre Verfolger zu schießen. Zunächst traf er nur Häuserwände oder schoss hoch über den Transporter hinweg. Die Waffe war schrecklich schwer zu beherrschen, besonders, da sich Melyors Transporter so schnell und in einer Schlangenlinie bewegte, um den Abfallhaufen auszuweichen. Außerdem zuckte der Werfer jedes Mal, wenn Gwilym den Finger auf den Feuerknopf drückte, ganz unvorhersehbar. Aber nach den ersten Versuchen war der Steinträger vertrauter mit der Waffe. Und mit einem Schuss traf er tatsächlich das Ziel und zerstörte das vordere Fenster des schwarzen Transporters, ganz ähnlich, wie der dunkelhaarige Attentäter ihres getroffen hatte.

Er wandte sich Melyor zu, um ihr von seinem Erfolg zu berichten, aber in diesem Augenblick erschien der zweite schwarze Transporter vor ihnen und blockierte ihren Fluchtweg. Unter beeindruckenden Flüchen bremste Melyor ihr Fahrzeug ebenfalls, und als sie Gwilym zuschrie, er solle in Deckung gehen, sprangen vier Männer aus dem zweiten Fahrzeug und begannen, Melyors Transporter mit Werferfeuer zu überziehen.

Orris zog einen leuchtenden, bernsteinfarbenen Schild hoch, um ihren Angriff abzublocken, aber noch während er das tat, blieb Klinges Fahrzeug hinter ihnen stehen, und der dunkelhaarige Mann und seine Begleiter griffen ebenfalls an. Gwilym versuchte zurückzuschießen, aber er kannte sich mit diesen Dingen einfach nicht aus, und bald schon kauerte er am Boden des Fahrzeugs und lauschte den Einschlägen der Schüsse in das Fahrzeug. Schließlich wurde es leiser. Gwilym blickte auf und sah, dass Orris den gesamten Transporter mit einem magischen Schild umgeben hatte.

Melyor stellte dem Zauberer eine Frage, und Gwilym hörte Orris' Antwort.

»Wir müssen hier raus«, rief Melyor dem Steinträger zu. »Orris sagt, er kann diesen Schild nur kurz aufrechthalten, bevor er und sein Vogel zu müde dazu werden.«

»Wird uns der Transporter nicht schützen?«, rief Gwilym zurück.

»Hast du je gesehen, was passiert, wenn Werferfeuer die Treibstoffkammer eines Transporters trifft?«

»Nein.«

»Das lässt einen Handwerfer aussehen wie einen Spielzeugkracher.«

»Was?« Gwilym fragte sich, ob Melyor plötzlich wieder zu Orris' Sprache übergegangen war.

»Eine Explosion«, knurrte Melyor. »Es gibt eine große Explosion.«

Der Steinträger nickte. Das hatte er verstanden. »Und wie kommen wir nun hier raus? Können wir den Transporter benutzen?«

»Ich glaube nicht. Sie haben die Gasse an beiden Enden blockiert.«

Orris rief Melyor etwas zu. Seine Stimme klang angestrengt. Gwilym hob den Kopf, sah den Zauberer an und bemerkte, dass sein Gesicht schweißnass war. Orris hatte den Stab mit beiden Händen umklammert, und die Muskeln in seinen kräftigen Armen bebten von der Anstrengung, mit der er den magischen Schild aufrechthielt. Selbst sein Falke schien unter der Anstrengung zusammenzusinken. Anizir hatte die Augen geschlossen, und sie hockte geduckt auf dem Transportersitz neben Orris, zitterte und hatte den Schnabel geöffnet, als würde sie hecheln. Die Werfersalven, die die Attentäter abschossen, wurden weiterhin von der bernsteinfarbene Hülle abgefangen, die Orris und der Vogel rund um das Fahrzeug errichtet hatten, aber das Schimmern des Schildes war trüber geworden. Sie hatten nicht mehr viel Zeit.

Als Gwilym aus dem Seitenfenster des Fahrzeugs durch das schimmernde bernsteinfarbene Licht spähte, entdeckte er eine der kleinen Türen, die in die unterirdischen Gänge führten.

»Melyor«, sagte er und zeigte auf die Tür.

Melyor starrte sie einen Augenblick an, dann wandte sie sich Gwilym zu. »Was? Du willst unter die Erde? Du musst verrückt sein. Sie werden uns folgen. Das wird ihnen nicht schwer fallen, denn sie brauchen nur nach deinem Stein und dem des Zauberers Ausschau zu halten. Außerdem brauchen wir einen Transporter. Sonst ist der Weg nach Oerella-Nal zu lang.«

»Überlass das mir«, sagte er verblüfft über seine Selbstsicherheit.

»Dir?«

»Das Netzwerk wird uns einen Transporter besorgen. Wir müssen nur bis zum Netzwerk kommen.«

»Das Netzwerk«, flüsterte Melyor. Offensichtlich hatte sie an diese Möglichkeit nicht gedacht. »Glaubst du, sie werden uns helfen?«

Gwilym zuckte die Achseln. »Ich bin hier, oder?«

Eine ohrenbetäubende Explosion brachte den Transporter so heftig zum Beben, dass Gwilym einen Augenblick lang fürchtete, die Attentäter hätten Orris' Schild durchbrochen. Der Zauberer stieß einen unartikulierten Schrei des Zorns, des Schmerzes oder der schieren Anstrengung aus. Was immer es auch sein mochte, und ganz gleich, was den Transporter getroffen hatte, der bernsteinfarbene Schutzschild hatte offenbar gehalten.

»Das war ein Kracher«, sagte Melyor und warf Orris einen besorgten Blick zu. Sie stellte ihm eine Frage, und er schüttelte vehement den Kopf. »Mir gefällt der Gedanke, unter die Erde zu gehen, immer noch nicht«, sagte sie einen

Augenblick später und wandte sich wieder Gwilym zu. »Aber ich glaube, uns bleibt keine andere Wahl.« Sie nickte zu dem Werfer hin, den Gwilym immer noch in der Hand hatte. »Gib ihn mir«, befahl sie.

Er reichte ihr die Waffe. Melyor legte die Hand auf Orris' Schulter und flüsterte ihm etwas zu. Als sie fertig war, nickte er. Sie sagte noch etwas, und er lächelte dünn und öffnete die Augen lange genug, um sie anzusehen und ein zweites Mal zu nicken.

»Was hast du zu ihm gesagt?«, fragte Gwilym.

»Ich habe ihm gesagt, was wir jetzt tun werden«, antwortete sie, ohne den Blick vom Gesicht des Zauberers abzuwenden. »Und ich habe ihn gefragt, ob er noch genug Energie hat, um ein paar magische Salven auf den Transporter vor uns abzugeben.« Sie hielt inne und gestattete sich ebenfalls ein Lächeln. »Dann habe ich gesagt, er sei zwar barsch und arrogant, aber auch recht nützlich.«

Gwilym lächelte. Vielleicht ist das ja der Durchbruch, dachte er. Vielleicht wird das die beiden endlich zusammenbringen.

»Orris und ich werden versuchen, ihnen etwas zu tun zu geben«, fuhr der Nal-Lord fort. »Deine Aufgabe ist es, diese Tür so schnell wie möglich zu öffnen.«

»Das kann ich«, sagte der Steinträger mit einem Nicken.

»Gut.« Wieder sah sie Orris an und sagte ein einzelnes Wort. »Mach dich bereit, die Tür zu öffnen. Steinträger. Auf mein Zeichen wird Orris den Schild aufheben. Dann setzen wir uns in Bewegung.«

Wieder blickte sie Orris an. Der Zauberer sah blass und erschöpft aus, und Gwilym fragte sich, ob er noch die Kraft finden würde zu laufen, ganz zu schweigen von einer Verteidigung gegen die Attentäter.

»Los!«, schrie Melyor.
Einen Augenblick später verschwand der bernsteinfarbene Schild, und mit ihm waren auch alle wirren Gedanken aus Gwilyms Kopf verschwunden. Er konnte nur noch daran denken, die Transportertür zu öffnen, was er ohne Schwierigkeiten schaffte, und dann zur Tür zu gelangen, die zu den unterirdischen Gängen führte. Die Entfernung hatte zuvor nicht weit ausgesehen, aber als der Steinträger nun aus dem Fahrzeug stieg und dabei beinahe gestolpert wäre, schien es plötzlich ein sehr langer Weg zu sein. Er hörte mehr, als dass er es sah, wie die Salven aus Orris' Kristall und Melyors Waffe zuckten. Und obwohl er auch das Feuer der Attentäter nicht sah, spürte er, wie es nur knapp an seinem Nacken vorbeizischte. Er erreichte den Eingang zu den unterirdischen Gängen, drehte den Türknauf und warf sein ganzes Gewicht gegen die Tür. Nichts geschah. Er versuchte es ein zweites und ein drittes Mal, bis ihm einfiel, dass sich alle diese Türen bisher stets nach außen geöffnet hatten.
»Was machst du denn da?«, schrie Melyor, während sie und der Zauberer weiter Schüsse auf die Angreifer abgaben.
Gwilym riss die Tür auf, und im selben Augenblick drang ein roter Blitz in das Metall direkt oberhalb des Türgriffs.
»Kommt!«, rief er und winkte ihnen zu. Er hatte schreckliche Angst, dass diese Verzögerung sie das Leben kosten könnte.
Melyor schob Orris auf den Eingang zu und folgte dann rasch, wobei sie immer noch Fluten roter Flammen nach links und rechts aussandte. Orris' Vogel kam als Letzter, glitt dicht über den Boden und wich zwei roten Lichtstrahlen aus, die von beiden Seiten auf sie zurasten. Melyor

suchte hinter der Tür Deckung, schloss sie beinahe vollständig und zielte dann auf ihren eigenen Transporter. Zwei Treffer hatten keine Wirkung, aber beim dritten Schuss explodierte das Fahrzeug mit einem donnernden Tosen und einem grellen gelben Blitz. Melyor riss die Tür zu, und die drei eilten die Treppe zu den Tunneln hinab.

»Geht weiter!«, rief Melyor. »Ich hole euch schon ein.«

»Welche Richtung?«, fragte Gwilym.

»Norden«, erwiderte sie, und dann nahm sie seine nächste Frage vorweg und fügte hinzu: »Nach rechts.«

Gwilym rannte den Tunnel entlang, stützte dabei Orris mit einem Arm und hielt seinen Stein vor sich ausgestreckt, um mit dem goldbraunen Licht den Weg zu beleuchten. Er hörte mehrere kleine Explosionen hinter sich und dann ein plötzliches Dröhnen, das ihn seltsam an die Lawinen im Dhaalmar-Gebirge erinnerte. Einen Augenblick später holte Melyor sie ein, atemlos, aber lächelnd.

»Ich habe den Eingang und die Treppe zerschossen«, erklärte sie, während sie die Waffe wieder einsteckte. »Bis sie an den Flammen meines Transporters und den Trümmern vorbeikommen, die die Tür blockieren, sollten wir weit genug weg sein, dass sie uns nicht mehr folgen können.«

»Weißt du, wie wir mit dem Netzwerk Kontakt aufnehmen können?«, fragte Gwilym.

»Du hast gesagt, das sollte ich dir überlassen!«, erwiderte sie zornig.

»Sobald wir mit ihnen Kontakt haben, kümmere ich mich um alles«, versicherte ihr der Steinträger. »Sie werden uns helfen. Das verspreche ich. Aber ich weiß nicht, wo ich sie finden soll.«

Melyor rieb sich die Stirn. »Ich auch nicht. Deshalb gibt es dieses Netzwerk ja.« Sie sah sich im Gang um. »Ich bin nicht mal vollkommen sicher, in welchem Bezirk wir hier sind. Ich denke, es ist der Dreiundzwanzigste, aber ich möchte es lieber nicht beschwören. Das Netzwerk hier zu finden ist so gut wie unmöglich.«

»Aber du hast dich doch auch zuvor mit ihnen in Verbindung gesetzt«, erinnerte Gwilym sie. »Sie haben dir geholfen, Orris und mich zu finden.«

»Ja, aber das war im Vierten, in meinem eigenen Bezirk! Wir sind hunderte von Blocks davon entfernt. Wir sind nicht mal mehr in Cedrychs Herrschaftsbereich. Außerdem haben selbst im Vierten die Kontaktleute des Netzwerks immer darauf bestanden, mich an einem öffentlichen Ort zu treffen, zu einem Transporter zu bringen und mir dann die Augen zu verbinden.« Sie schüttelte den Kopf. »Ich hätte mich nie auf deine Idee einlassen dürfen.«

»Ich bezweifle, dass du eine große Wahl hattest«, sagte Gwilym sanft. »Nach meiner Erfahrung sind diese Leute da oben nicht sonderlich flexibel.«

Melyor lachte leise.

Die drei kamen zu einer Abzweigung im Tunnel, und ohne lange zu zögern führte Melyor sie nach links.

Der Steinträger sah sie neugierig an. »Wohin gehen wir?«

»Nach Norden«, erklärte sie sachlich. »Wir können unterwegs nach Netzwerk-Leuten Ausschau halten, aber wir können uns dabei auch ruhig schon weiter in Richtung Oerella-Nal bewegen.«

Sie gingen lange Zeit schweigend weiter, bogen hin und wieder ab und hielten sich im Allgemeinen bei Abzweigungen links. Aber sie begegneten niemandem. Melyor ging voraus und legte ein rasches Tempo vor; Gwilym spürte, dass sie kurz davor war, die Nerven zu verlieren. Und das konnte er ihr wirklich nicht übel nehmen. Ihm gefiel der Gedanke, unterirdisch bis zum Ende von Bragor-Nal zu wandern, auch nicht. Er hatte kaum ein Gefühl dafür, wie weit es sein würde, aber er erinnerte sich an seinen letzten Blick von der Höhe zu den Bergen und wie weit sie noch entfernt gewesen waren. Es würde wahrscheinlich mehrere Tage dauern. Vielleicht länger.

»Das ist einfach lächerlich!«, brach Melyor schließlich das Schweigen. »Wir haben keine Zeit!« Sie schaute zurück zu Orris und dem Steinträger. »Wir haben es hier nicht mit einfachen Attentätern zu tun!«, sagte sie. »Das da war die Klinge. Diese Tunnel werden uns nicht lange schützen.« Sie schaute wieder nach vorn. »Selbst in Oerella-Nal werden wir vor ihm und seinen Leuten nicht sicher sein«, knurrte sie und sprach nun mehr mit sich selbst als mit den anderen. »Falls wir dort jemals hinkommen.«

Während er ihr zuhörte, begriff Gwilym, dass sie in weniger als einem Tag von einer der mächtigsten Personen im Nal zu einer Ausgestoßenen geworden war, verfolgt von dieser gewalttätigen Kultur, zu der sie noch vor so kurzer Zeit gehört hatte. Sicher, sie hatte sich aus eigenem Entschluss auf die Seite des Zauberers gestellt, ebenso, wie Gwilym entschieden hatte, Hertha und sein Zuhause zu verlassen. Aber Gwilym würde, falls er überlebte, jederzeit ins Dhaalmar-Gebirge zurückkehren können. Er wusste, dass es Melyor viel schwerer fallen würde, ihre Stellung im Nal zurückzuerobern. Es kam ihm so vor, als hätte sie in atemberaubendem Tempo alles verloren. Als er das verstand, spürte Gwilym, wie seine eigene Ungeduld mit ihr schnell schwand, und er war nur noch zornig auf sich selbst, und Melyor tat ihm Leid.

Er warf Orris einen Seitenblick zu und sah, dass der Zauberer ihn bereits beobachtete. Der große kräftige Mann nickte diskret zu Melyor hin und verzog leicht das Gesicht. Melyor hatte in Lonmir gesprochen, aber ihr Tonfall war ausdrucksvoll genug gewesen. Gwilym nickte und zuckte die Achseln, als wollte er sagen, er wisse auch nicht, was sie für sie tun könnten. Orris erwiderte die Geste und berührte dann kurz Gwilyms Schulter, bevor er wieder nach vorn schaute. Der Steinträger grinste innerlich. Es schien, als verstünden sie einander ziemlich gut, selbst wenn sie nicht miteinander sprechen konnten.

Sie kamen bald zu einer Treppe, die wieder zur Straße führte. Melyor ging daran vorbei, aber dann blieb sie plötzlich reglos mitten im Korridor stehen, als dächte sie über etwas nach.

»Wartet hier«, sagte sie schließlich zu Gwilym, rannte die Treppe hinauf und ins schwindende Tageslicht hinaus.

Gwilym und der Zauberer sahen einander an. Orris zuckte die Achseln. Dann schien er eine Idee zu haben und ging die Treppe hinauf, dicht gefolgt vom Steinträger.

Orris hatte sich entschlossen, die Gelegenheit zu nutzen, um seinen Vogel wieder jagen zu lassen, und sobald sie auf die Straße kamen, flog der Falke begierig davon. Gwilym und Orris standen zusammen neben der Tür und warteten auf die Rückkehr des Falken. Sie versuchten, sich so gut wie möglich vor den Menschen zu verstecken, die auf der nahe gelegenen Hauptstraße unterwegs waren.

Sie warteten immer noch auf den Vogel, als ein mattgrauer Transporter, größer als Melyors weißer, aber kleiner als der lange schwarze, den sie am Vortag benutzt hatten, in die

Gasse fuhr und vor ihnen stehen blieb. Melyor stieg aus und starrte sie an. Sie wurde rot vor Zorn.

»Habt ihr beide den Verstand verloren?«, fragte sie. »Wollt ihr uns alle umbringen? Ich habe euch doch gesagt, ihr solltet ...« Sie hielt inne und zuckte die Achseln. »Der Falke, wie?«, sagte sie zu Gwilym. »Deshalb seid ihr hier draußen.«

Als wollten die Götter bestätigen, was Melyor gerade gesagt hatte, glitt Orris' Falke mit einer dicken grauen Taube in den Krallen heran.

»Wo hast du den Transporter gefunden?«, fragte Gwilym, während der Vogel zu fressen begann.

Melyor grinste geheimnisvoll. »Das war nicht schwer. Sie stehen überall herum.«

Gwilym brauchte einen Augenblick, um das zu begreifen. »Willst du damit sagen, dass du ihn gestohlen hast?«, fragte er dann ungläubig. Er spürte, wie ihm das Blut aus den Wangen wich.

Melyor lachte. »Selbstverständlich. Was glaubst du wohl, wo ich hingegangen bin, als ich euch im Tunnel zurückgelassen habe?«

»Das ... das wusste ich nicht!«, stotterte er. »Ich nahm an ...« Er schwieg, dann starrte er den Transporter an und schüttelte den Kopf. »Das ist nicht richtig«, sagte er schließlich. »Ich werde das nicht tun.«

»Du hast keine große Wahl«, erwiderte Melyor entschlossen.

»Aber selbstverständlich! Ich werde nicht in einem gestohlenen Transporter fahren!«

Melyor machte eine gereizte Geste. »Du machst wohl Witze! Du willst unser aller Leben auf Spiel setzen, weil dein Moralgefühl dir nicht erlaubt, in einem gestohlenen Transporter zu fahren?«

Gwilym zögerte, und Orris stellte Melyor eine Frage.
Sie sah den Zauberer einen Augenblick lang schweigend an. Dann wandte sie sich wieder an Gwilym. »Fragen wir Orris«, schlug sie vor. »Wenn er ebenfalls Probleme damit hat, dann werde ich eine andere Möglichkeit finden. Aber wenn er meiner Meinung ist, lässt du deine Bedenken in dieser Gasse zurück.«
Gwilym schluckte. »Einverstanden.«
Melyor redete einen Augenblick auf Orris ein und zeigte lebhaft auf den Transporter, dann auf Gwilym.
Orris regte sich nicht und schien zunächst nicht auf Melyors Worte zu reagieren. Als Melyor fertig war, ging er zu dem Transporter, umkreiste ihn einmal und betrachtete ihn ausführlich. Dann stellte er Melyor eine Frage, und sie brach zu Gwilyms Überraschung in Lachen aus.
»Was ist?«, fragte Gwilym. »Was hat er gesagt?«
Melyor kicherte immer noch, als sie sich ihm wieder zuwandte. »Er will wissen, wieso ich keinen in einer besseren Farbe finden konnte.«
Gwilym schaute von Melyor zu Orris und schüttelte den Kopf. »Er ist also deiner Meinung?«
»Das hat er noch nicht gesagt«, antwortete Melyor achselzuckend.
Wieder sprach sie mit Orris, und der Zauberer ging zu Gwilym und legte dem Steinträger die Hand auf die Schulter. Er sagte etwas zu Melyor, aber dabei sah er weiterhin Gwilym in die Augen.
»Er sagt, er kann dich verstehen«, übersetzte Melyor. »Und unter anderen Umständen würde er dir auch zustimmen. Aber er ist der Ansicht, dass wir in dieser Sache keine andere Wahl haben.«

Orris sagte noch mehr, und selbst nachdem er fertig war, sah Melyor ihn weiterhin an, als wäre sie überrascht von seinen Worten. Nach ein paar Sekunden nickte der Zauberer und sagte noch ein einzelnes Wort.

»Er meint außerdem«, setzte sie wieder an, aber diesmal viel zurückhaltender, »dass du nicht vergessen sollst, wie viel ich an diesem vergangenen Tag verloren habe, und dass ihr beide versuchen solltet, es mir ein bisschen einfacher zu machen.«

Gwilym nickte, und er sah den Zauberer an. »Sage ihm, er hat Recht«, erklärte der Steinträger leise. Er wandte den Blick wieder Melyor zu. »Und bitte entschuldige, was ich gesagt habe.«

Sie wandte den Blick ab, aber es gelang ihr, seine Worte mit einem Lächeln zu akzeptieren. »Gehen wir«, sagte sie, ging auf die andere Seite des Transporters und stieg ein.

Orris rief seinen Falken zu sich, und bald waren sie wieder unterwegs, schlängelten sich abermals durch Gassen und Seitenstraßen, bis sie eine Rampe zur Höhe erreichten. Melyor schwieg, und auch Orris und Gwilym sagten nichts, sondern starrten nur aus dem Fenster. Es wurde dunkel, und sie rasten weiter auf die Berge zu, die nun dichter vor ihnen aufragten, riesig und schwarz gegen die Lichter des Nal und das unirdische Schimmern, das diese Lichter dem braunen Dunst verliehen, der über der riesigen Stadt hing.

»Steinträger«, brach Melyor schließlich abrupt das Schweigen, »bist du auf deinem Weg nach Bragor-Nal durch das Median-Gebirge gekommen?«

»Ja«, antwortete Gwilym, und sein Stimme kam ihm selbst über das Brummen des Transporters hinweg unnatürlich laut vor.

»Und Netzwerk-Leute haben dich geführt?«
»Sie haben mir gezeigt, welchen Weg ich nehmen soll«, erklärte Gwilym, »aber ich habe die Berge allein überquert.«
»Man hat dich aber auf dieser Seite wieder abgeholt, oder?«, drängte Melyor.
»Ja.«
»Wo?«
Gwilym schloss einen Moment die Augen und versuchte sich zu erinnern. »Es war an einem alten Baumstumpf direkt hinter einer scharfen Biegung des Flusses.«
»Welcher Fluss?«
Wieder schloss er die Augen und zermarterte sich das Gehirn, aber der Name fiel ihm einfach nicht ein. »Ich kann mich nicht erinnern«, gestand er schließlich.
»War es der Drei-Nals-Fluss oder ...«
»Ja!«, sagte er – er rief es beinahe und beugte sich eifrig vor. »Der Drei-Nals-Fluss.«
Melyor nickte. »Gut, das wird helfen. Aber es gibt mehrere Arme dieses Flusses, die aus dem Gebirge herausführen. Weißt du, welchem du gefolgt bist?«
Gwilym sackte resigniert auf seinen Platz zurück. »Nein«, sagte er mit tonloser Stimme. »Ich habe keine Ahnung.«
»Erinnert du dich an irgendwelche Einzelheiten des Flusses? Mündeten Nebenflüsse ein?«
Er dachte nach. »Ja, einmal.«
»War das, bevor er das Nal erreichte?«
»Ja.«
»Gut«, sagte sie wieder. »Aus welcher Richtung kam der Nebenfluss?«
»Norden« erwiderte Gwilym nach kurzem Überlegen. »Er kam aus dem Norden.«

»Und du bist dem Fluss bis zum Nal gefolgt?«

»Ja.«

»Sehr gut, Steinträger. Dann weiß ich genau, wo wir hinmüssen.«

Der Steinträger lächelte, und Melyor, die sich zu ihm umgedreht hatte, erwiderte das Lächeln.

»Du wirst für uns sprechen müssen«, fuhr Melyor nach einer Weile fort. »Das Netzwerk wird dir eher helfen als mir.«

»Glaubst du, dass sie dich erkennen?«

»Das ist schon möglich«, sagte sie. »Wir sind weit von meinem Bezirk entfernt, aber ich bin ziemlich bekannt.«

»Ich bin sicher, sie werden uns trotzdem helfen«, sagte Gwilym. »Besonders, wenn sie erfahren, dass du eine von uns bist.«

Melyor fuhr herum, den Mund geöffnet. Aber dann schloss sie ihn wieder und wandte sich abermals der Straße zu.

»Tut mir Leid, Melyor«, sagte er leise. »Sie brauchen es nicht zu erfahren.«

Sie zuckte gleichgültig die Schultern. »Es ist vermutlich egal.« Sie sah aus, als wollte sie mehr sagen, aber dann schwieg sie.

Kurz darauf zeigte Orris aus dem Fenster und stellte Melyor eine Frage, und die beiden begannen, miteinander zu sprechen. Gwilym lehnte sich wieder zurück und schlief bald ein. Er erwachte erst, als Melyor, die anhalten wollte, um Treibstoff zu laden, Orris und den Steinträger bat, sich vor dem hinteren Sitz auf den Boden zu legen. Bald allerdings machten sie sich wieder auf den Weg, und Gwilym war schnell wieder eingeschlafen.

Als er abermals erwachte, war es früher Morgen, und der

schmutzige Himmel war trüb. Der Transporter stand, und als Gwilym sich aufsetzte und umsah, erkannte er, dass sie die Höhe verlassen hatten und in einer Gasse waren.

»Wir haben den Rand des Nal erreicht, Steinträger«, sagte Melyor leise.

Sie hatte dunkle Ringe unter den leuchtend grünen Augen und war bleich vor Erschöpfung. Aber sie lächelte, und Gwilym fragte sich kurz, worüber sie und der Zauberer wohl während der Nacht gesprochen hatten. Und bei diesem Gedanken bemerkte er erst, dass Orris nicht im Transporter war.

»Er ist bei seinem Vogel«, sagte Melyor, als hätte sie seine Gedanken gelesen. »Es war Zeit für sie, wieder zu jagen.«

Sie, wiederholte Gwilym in Gedanken. Nicht mehr »das Tier«.

Melyor reichte ihm ein Stück weiches Brot und etwas von dem seltsam verarbeiteten Obst, an das er sich in den letzten Wochen gewöhnt hatte. »Ich dachte, du könntest Hunger haben«, sagte sie.

»Danke.«

»Der nächste Teil des Wegs wird ein wenig schwierig«, erklärte sie, während er aß. »Um das Nal zu verlassen, müssen wir an den SiHerr vorbeikommen. Normalerweise würden sie mich problemlos durchlassen. Mein Name würde genügen. Es könnte immer noch so sein, aber ich weiß es nicht mit Sicherheit. Es hängt davon ab, ob sie wissen, dass ich nicht mehr in Cedrychs Gunst stehe.«

»Aber das ist kein Risiko, das du eingehen möchtest«, sagte Gwilym, der schon erriet, wohin all dies führen würde.

»Nein.« Melyor wandte den Blick ab. Ihre Miene offenbarte wenig darüber, was sie dachte, aber in diesem Augenblick musste Gwilym daran denken, dass sie schrecklich jung für eine solch große Last war. »Es gibt nicht viele, vor denen ich mich fürchte«, sagte sie schließlich. »Aber plötzlich ist es, als würden alle, die ich fürchte, mich jagen: Cedrych, die Klinge, die SiHerr.« Sie schüttelte den Kopf und schaute durch das Fenster zu Orris. Dann drehte sie sich wieder zu Gwilym um. »Die Sache ist: Ich bin nicht sicher, ob ich uns rausbringen kann. Ich habe getan, was ich konnte. Jetzt bist du dran.«

Der Steinträger schluckte einen Bissen Brot herunter. »Aber ich weiß nicht, wo ich die Leute vom Netzwerk finden soll. Ich dachte, du könntest uns zu dieser Biegung im Fluss bringen, von der ich gestern Abend gesprochen habe.«

»Wir sind ganz in der Nähe des Flusses.« Sie zeigte aus dem linken Fenster. »Er ist auf der anderen Seite dieser Häuser. Und die Grenze des Nal ist weniger als einen Block entfernt. Aber mehr kann ich nicht tun.«

Der Steinträger holte tief Luft und rieb sich die Augen. Er war immer noch halb am Schlafen, und er war nicht sicher, ob er selbst zu seinen besten Zeiten hätte tun können, um was Melyor ihn gebeten hatte. Und dennoch, nachdem er so lange von anderen abhängig gewesen war – vom Netzwerk, von Melyor, von Orris –, wollte er es unbedingt versuchen. Im Dhaalmar-Gebirge war er ein Anführer; er war daran gewöhnt, dass sich andere an ihn wandten. Das hatte ihm gefehlt. Und Melyor bot ihm eine Chance, wieder eine solche Position einzunehmen. Ja, er würde sich wieder ans Netzwerk wenden, aber diesmal würde er es um seiner Begleiter willen tun.

»Also gut«, sagte er schließlich. »Ich esse noch fertig, und dann machen wir uns auf den Weg.«

Er war überrascht über ihren erleichterten Blick und ihr Lächeln. »Danke.«

Als Gwilym und Orris' Falke ihre Mahlzeiten beendet hatten, kehrten die Reisenden in die unterirdischen Gänge zurück. Sofort konnte Gwilym den Fluss riechen, oder genauer gesagt die Feuchtigkeit in den Steintunneln, die vom Fluss herrührte. Es war ein Geruch, an den er sich von seiner Ankunft in Bragor-Nal her erinnerte.

»Es gab einen Eingang zu diesen Gängen außerhalb der Mauer«, sagte der Steinträger leise. »Er befand sich etwa fünfzig Schritt westlich des Flusses.«

»Also hier entlang«, erklärte Melyor und machte sich auf den Weg.

Orris folgte ihr, und Gwilym ging hinter den beiden her und schüttelte den Kopf. Er war nicht gerne unter der Erde unterwegs. Schon hatte er jede Orientierung verloren; er hätte sie in die Gegenrichtung geführt.

Sie waren noch nicht weit gekommen, als sie vor sich Stimmen hörten. Melyor zog sofort die Waffe, und Orris ging in Kampfstellung und streckte den Stab vor sich aus.

»Es könnten Leute vom Netzwerk sein«, flüsterte der Steinträger.

Melyor nickte. »Oder von den SiHerr«, antwortete sie ebenfalls im Flüsterton. »Oder Gesetzesbrecher.«

»Und wie sollen wir das herausfinden?«

Melyor flüsterte Orris etwas zu, und der Zauberer nickte und schloss die Augen. Sofort flog sein Falke los und glitt dicht über dem Boden des Tunnels dahin. Der Zauberer sagte etwas. Melyor stellte ihm eine Frage, und er antwortete mit einem Wort.

»Sie sehen nicht nach SiHerr aus«, sagte Melyor. »Zumindest sind sie nicht in Uniform.« Sie stellte dem Zauberer eine weitere Frage, und einen Moment später gab er die gleiche knappe Antwort wie zuvor. Melyor sah Gwilym fragend an. »Sie tragen auch keine Waffen.«

»Nur wenige Netzwerk-Leute, die ich gesehen habe, taten das.«

Wieder sprach Melyor mit Orris. Der Zauberer nickte, und ein paar Sekunden später kam der Falke zu ihm zurückgeflogen.

»Was sollen wir tun?«, fragte Melyor, als die Stimmen näher kamen.

»Ich verlasse mich darauf, dass ihr beide mit allem Ärger fertig werdet, den wir kriegen könnten«, sagte Gwilym. »Also sollten wir uns zeigen und hoffen, dass es Leute vom Netzwerk sind.«

Sie zuckte die Achseln. »Also gut. Das werden wir tun.«

»Sag Orris, er soll seinen Stein zudecken, bis wir nahe genug sind«, riet Gwilym und bedeckte seinen eigenen Kristall. »Ich will nicht, dass sie fliehen, bevor ich die Gelegenheit hatte, ihnen zu sagen, wer wir sind. Wenn ich ihm etwas zurufe, soll er den Stein aufdecken und ihn leuchten lassen.«

Melyor übersetzte das dem Zauberer, der mit einem Nicken sein Einverständnis kundtat.

Die drei warteten, während die Stimmen näher kamen. Es schienen nur zwei Personen zu sein, beides Männer, und obwohl ihre Stimmen schon von weitem zu hören gewesen waren, sprachen sie nicht laut. Sie kamen kurz darauf in Sicht, wenn auch nur als dunkle Schatten in dem trüb beleuchteten Tunnel. Gwilym hätte sie nicht gesehen, wenn er nicht nach ihnen Ausschau gehalten hätte; ebenso, wie sie

offenbar den Steinträger und seine Begleiter nicht bemerkten.
Also schwieg Gwilym, bis sie nur noch ein paar Schritte entfernt waren. Dann deckte er seinen eigenen Stein auf und rief Orris zu, dasselbe zu tun. Obwohl Gwilym in der Sprache von Lon-Ser sprach, schien Orris zu verstehen, was er meinte. Er deckte seinen bernsteinfarbenen Kristall auf und beschwor blendendes Licht herauf, das den Tunnel erhellte wie Sonnenstrahlen und zwei junge Männer zeigte, die beide helle Haut und dunkles Haar hatten.
Beide keuchten erschrocken und wandten sich zur Flucht.
»Wartet!«, rief der Steinträger. »Ich bin Gwilym, der Träger des Steins! Wir brauchen eure Hilfe!«
Die Männer wurden nicht einmal langsamer. Sie hatten beide schon fast das Ende des Ganges erreicht, als ein einzelner roter Blitz zwischen ihnen hindurchzuckte und die Steinmauer vor ihnen traf. Sie blieben sofort stehen und sahen sich erschrocken und atemlos nach Gwilym und seinen Freunden um.
»Schon besser«, sagte Gwilym lächelnd. »Wie ich schon sagte, ich bin Gwilym, der Träger des Steins. Ich bin aus dem Dhaalmar-Gebirge hierher gekommen. Bei mir sind Orris, ein Zauberer aus Tobyn-Ser, und ...« Er hielt inne und sah Melyor an.
»Kellyn«, erklärte sie mit einem dünnen Lächeln.
»Kellyn«, wiederholte Gwilym. »Sie ist eine Gildriitin.« Er ging auf die beiden Männer zu, die reglos verharrten. »Ich nehme an, ihr gehört zum Netzwerk.«
Beide nickten.
»Wunderbar«, sagte der Steinträger, und sein Lächeln wurde breiter. »Wir müssen nach Oerella-Nal und uns dort so

schnell wie möglich mit dem dortigen Netzwerk in Verbindung setzen. Könnt ihr uns dabei helfen?«

»S-selbstverständlich, Steinträger«, brachte einer der beiden schließlich heraus. »Wir haben gehört, dass ein Steinträger ins Nal gekommen ist, und auch von dem Zauberer. Aber wir hätten uns nie träumen lassen, dass wir euch tatsächlich begegnen würden. Verzeiht, dass wir weggerannt sind. Ihr habt uns erschreckt.«

»Ich verstehe, und es tut mir Leid, dass ich euch erschreckt habe. Wir wollten euch nicht verscheuchen, aber wir wollten uns auch nicht zu schnell zu erkennen geben, falls ihr ... jemand anders gewesen wärt.«

Beide Männer grinsten, und Gwilym hatte den entschiedenen Eindruck, dass sie Brüder waren, vielleicht sogar Zwillinge. »Hier entlang, Steinträger«, sagte einer. Er wirkte nun etwas ruhiger und zeigte in die Richtung, in die er und sein Bruder versucht hatten zu fliehen. »Wir können euch unter der Mauer hindurchbringen und euch sagen, wie ihr in Oerella-Nal Kontakt aufnehmen könnt, aber ihr solltet bis zum Anbruch der Dunkelheit hier unten bleiben.«

Gwilym warf Melyor einen Blick zu und sah, dass sie zustimmend nickte. »Also gut«, sagte er und wandte sich wieder an ihre neuen Führer. »Geht voraus.«

Sie blieben den ganzen Tag bei den Brüdern unter der Erde und ließen sich Anweisungen geben, wie sie das Median-Gebirge überqueren sollten. Außerdem füllten ihre Helfer Gwilyms Rucksack mit Lebensmitteln und Wasserschläuchen. Melyor wurde, wie der Steinträger bemerkte, immer stiller. Die Idee, das Nal zu verlassen und in die Berge zu gehen, schien ihr nicht zu behagen, und obwohl die beiden

Führer sie als Gildriitin akzeptierten, schien sie sich in ihrer Nähe nicht wohl zu fühlen. Kurz vor Anbruch der Dämmerung, als einer der Brüder plötzlich wegging und sich durch den Tunnel wieder in Richtung des Nal bewegte, sah ihm Melyor mit deutlichem Misstrauen nach.

»Wo geht er hin?«, wollte sie von dem anderen Bruder wissen.

Der junge Mann, der Gwilym mit seinem Rucksack geholfen hatte, starrte seinem Bruder ebenfalls hinterher. »Ich weiß es nicht«, sagte er schließlich. Er zuckte die Achseln. »Wir sollten am Nordrand des Dreiundzwanzigsten Bezirks auf Patrouille gehen. Er übernimmt wahrscheinlich unsere Runden.«

Melyor schaute wieder in die Richtung, in die der Mann gegangen war. »Schon gut«, sagte sie, obwohl sie immer noch misstrauisch war.

Gwilym ging näher zu ihr hin. »Was ist denn?«, fragte er leise.

»Ich bin nicht sicher«, erwiderte sie, den Blick immer noch auf den Tunnel gerichtet. »Wahrscheinlich ist alles in Ordnung. Ich habe nur ein seltsames Gefühl, was diesen Mann angeht.«

»Sie sind schwierig zu durchschauen«, sagte Gwilym, der sich an seine eigenen ersten Eindrücke von den Mitgliedern des Netzwerks von Bragor-Nal erinnerte. »Als ich hier eintraf, wusste ich nicht, was ich mit ihnen anfangen soll. Sie leben jeden Tag mit diesem gewaltigen Geheimnis und der Angst, dass jemand es herausfinden wird. Es ist beinahe, als lebte man gleichzeitig in zwei Welten. Ich habe keine Ahnung, wie sie damit zurechtkommen.« Er lächelte sie an und hoffte, sie beruhigt zu haben. »Aber sie haben mich zu

Orris gebracht, und sie werden uns auch nach Oerella-Nal bringen.«

Melyor sah den Steinträger an und lächelte zögernd. »Du hast Recht. Ich bin sicher, es ist alles in Ordnung.«

»Es ist Zeit zu gehen«, sagte ihr Führer und winkte den Reisenden zu, ihm zu folgen. »Das späte Zwielicht ist am besten; es ist dunkel genug, damit die SiHerr uns nicht mehr so gut sehen können, aber immer noch hell genug, dass ihre Suchscheinwerfer ihnen nicht viel nützen.«

Der Steinträger rückte seinen Rucksack zurecht und versuchte, sich wieder an das Gewicht zu gewöhnen; es war einige Zeit her, seit der Rucksack so voll gewesen war. Dann ging er hinter dem Mann her. Melyor und Orris folgten ebenfalls, obwohl Gwilym bemerkte, dass sich Melyor noch einmal umsah, als wollte sie eine Spur des anderen Bruders entdecken.

Es würde ein kurzes Gespräch sein. Gespräche mit dem Oberlord dauerten nie lange. Aber erst musste Jeron weit genug von seinem Bruder und den Fremden wegkommen, um vertraulich mit ihm reden zu können. Sein Bruder hätte das nie verstanden. Lovel war ein anständiger Mann, und Jeron liebte ihn. Sie hatten auf dieser Welt nur einander. Aber Lovel war auch hoffnungslos naiv und ein bisschen dumm. Er hatte nie gefragt, woher Jeron das Geld für den neuen Transporter hatte oder wie es ihnen gelungen war, mit dem bisschen, was sie als Arbeiter auf dem Hof verdienten, die schönste Wohnung im Block zu bekommen. Gar nicht zu reden von diesen Arbeitsstellen auf dem Hof selbst. Lovel hatte einfach akzeptiert, dass sie sie bekommen hatten und auch behielten.

Und das war gut so. Wie hätte Jeron es erklären sollen? Er konnte doch nicht einfach sagen: »Wir haben all diese Dinge – die Arbeit, das Geld, die Wohnung – bekommen, weil ich das Netzwerk an Cedrych verraten habe.« Es war besser, dieses Geheimnis zu bewahren und Lovel glauben zu lassen, dass die Welt kein so schlechter Ort war, nicht einmal für zwei Gildriiten.

Von Anfang an hatte Jeron seine Mitarbeit von dem Versprechen des Oberlords abhängig gemacht, dass Lovel nichts zustoßen würde. Er glaubte nicht ernsthaft, dass Cedrychs Wort viel wert war oder dass er eine Möglichkeit hatte, den Oberlord dazu zu zwingen, sich tatsächlich an sein Versprechen zu halten. Aber das hatte es ein wenig einfacher gemacht überzulaufen. Und Cedrych hatte sich nie dafür interessiert, Gildriiten Schaden zuzufügen. Er behauptete nur, sich besser zu fühlen, wenn er wusste, wer zum Netzwerk gehörte und was diese Leute taten. Es gab ihm vielleicht das Gefühl größerer Sicherheit, dachte Jeron. So seltsam es klang, wenn man Cedrychs Ruf kannte, so hatte Jeron doch Gerüchte gehört, dass der Oberlord sehr vorsichtig war, wenn es um seine persönliche Sicherheit ging.

Jeron hatte auch gehört, dass Cedrych Narben von einem beinahe erfolgreichen Attentatsversuch hatte. Er wusste es nicht sicher; sie waren einander nie begegnet. Jeron war von Mittelsmännern rekrutiert worden, und all ihre Gespräche hatten mittels eines kleinen Kommunikationsgeräts stattgefunden, dass Jeron nun in den Falten seines Hosenbeins trug.

Normalerweise sprachen sie einmal in der Woche miteinander, wenn Jeron den Oberlord zu einem vorher festgelegten Zeitpunkt anrief. Aber vor zwei Tagen hatte Cedrych sich an ihn gewandt und ihn angewiesen, nach dem Steinträger, dem Zauberer und einer Begleiterin der beiden Ausschau zu halten, die offenbar eine recht wichtige Frau war. »Ich möchte alles wissen, was du über sie in Erfahrung bringen kannst, Jeron«, hatte Cedrych gesagt. »Enttäusche mich nicht noch einmal.«

Jeron hatte bei diesen Worten schmerzlich das Gesicht verzogen. Cedrych war wütend gewesen, als Jeron ihm nicht sofort vom Eintreffen des Steinträgers in Bragor-Nal erzählt hatte. Jeron hatte versucht, dem Oberlord zu erklären, dass er erst Tage später davon gehört hatte, und dann hatte er angenommen, es hätte nicht viel zu bedeuten. Welche Gefahr konnte ein Steinträger schon für Cedrych oder wen auch immer im Nal darstellen? Er hatte den Fehler gemacht, diese Gedanken laut auszusprechen, und Cedrychs darauf folgender Wutausbruch war so heftig gewesen, dass er sich auf das Sprechgerät hatte setzen müssen, damit Lovel, der im Nachbarzimmer schlief, es nicht hörte.

All das machte dieses Gespräch noch viel wichtiger. Er durfte Cedrych nicht noch einmal verärgern.

»Hallo, Jeron«, erklang die Stimme des Oberlords nach nur einem Summen. »Ich hoffe, du hast Neuigkeiten für mich.«

»Ja, Oberlord«, antwortete Jeron mit zitternder Stimme.

»Du weißt, wo sie sind?«

»Ich war gerade noch bei ihnen. Im Augenblick bringt mein Bruder sie weg.«

»Er bringt sie weg?«, fragte Cedrych mit drohend erhobener Stimme.

»Ja, Oberlord«, sagte Jeron ergeben. »Sie wollen über das Median-Gebirge nach Oerella-Nal. Soll ich sie aufhalten? Ich kann etwas über die SiHerr erfinden ...«

»Nein«, unterbrach Cedrych ihn. Der Oberlord schwieg lange Zeit, so dass sich Jeron schon fragte, ob die Verbindung unterbrochen war. »Nein«, wiederholte er schließlich nachdenklich. »Das passt mir im Grunde sehr gut. Immerhin wollte ich Diskretion. Und was könnte diskreter sein, als es in einem anderen Nal zu erledigen?«

Jeron räusperte sich. »Äh, Oberlord ...«

»Schon gut, Jeron«, sagte Cedrych plötzlich wieder ganz geschäftsmäßig. »Gut gemacht. Wir sprechen uns nächste Woche zur normalen Zeit.«

Ein Klicken im Sprechgerät zeigte Jeron an, dass Cedrych die Verbindung abgebrochen hatte. Der junge Mann setzte sich auf den Steinboden des Tunnels, schloss die Augen und holte mehrmals tief Luft. Wie sonst sollten wir uns die Wohnung und den Transporter leisten?, fragte er sich wie schon so oft zuvor. Wie sonst könnten wir unsere Arbeit auf dem Hof behalten? Ich tue das alles nur für Lovel.

6

Ebenso beunruhigend ist ein gewisser Gedanke, der sowohl in Badens Bericht auftaucht als auch in den letzten Debatten in der Großen Halle und der besagt, dass wir unter den Mördern und Gesetzlosen von Lon-Ser vielleicht Verbündete finden könnten – Menschen, die ähnlich denken und leben wie wir und die uns helfen werden, gegen diese Schurken zu kämpfen, die vor Jahren in unser Land eingedrungen sind. Das kommt mir vor wie die übelste, dümmste Art von Wunschdenken. Eine solche Vorstellung beruht vollkommen auf Spekulation und läuft allen Tatsachen entgegen, für die wir Beweise haben. Man braucht sich nur die Waffen anzusehen, die wir den Fremden abgenommen haben, um zu wissen, dass sie aus einem grausamen, brutalen Land kamen. Keines dieser Nals ist sicherer, sanfter oder freundlicher als ein anderes, und jeder Bürger von Lon-Ser ist ein potenzieller Feind unseres Landes. Wir wären naiv und dumm, Botschafter über Aricks Meer zu schicken, um dort Freunde zu suchen. Es gibt für uns keine Freunde in Lon-Ser.

Aus der »Antwort auf den Bericht von Eulenmeister Baden über seine Verhöre des Fremden Baram«, eingereicht von Eulenmeister Erland im Herbst des Gottesjahres 4625.

Er wusste, dass er nicht ins Nal gehörte. Seit er hier eingetroffen war, hatte er das Gewicht der riesigen, hoch aufragenden Gebäude gespürt, als müsste er sie auf dem Rücken tragen. Er war beim Anblick des braunen Dunstes, der den Himmel wie eine Krankheit überzog, schmerzerfüllt zusammengezuckt und hatte erfolglos versucht, den ununterbrochenen Lärm zu überhören, der ihn auch noch unter der Erde erreichte, in dem bedrückenden Gestank und der Finsternis der Tunnel, in denen er so viel Zeit verbracht hatte. Aber so bewusst er sich seiner Ablehnung dieses seltsamen Ortes auch war, Orris hatte nicht begriffen, wie sehr ihm seine Heimat fehlte, bis er außerhalb der großen Stadt war und in die beeindruckende Bergkette aufstieg, die Melyor das Median-Gebirge nannte.

Er konnte immer noch das Nal sehen, wenn er einen Blick zurückwarf. Wenn der kalte Wind, der die steilen, felsigen Abhänge herunterfegte, abflaute, konnte er es immer noch riechen. Und obwohl der Himmel hier eine natürlichere Farbe hatte, konnte der Magier immer noch Spuren des braunen Dunstes erkennen, der über ihm hing. Aber unter seinen Füßen spürte er zumindest wieder Erde und Geröll. Weiter oben am Berghang wuchsen Espen und Fichten in der Sonne und dem Wind, die sie brauchten. Er konnte Vögel singen hören und hatte schon mehrere Rehe entdeckt. Jedes Mal, wenn er Luft holte, kam ihm das wie eine reinigende Zeremonie vor.

Und dennoch war Orris' Erleichterung darüber, das Nal endlich hinter sich zu haben, nichts im Vergleich mit der von Anizir. Die Gedanken, die sie ihm übertragen hatte, waren so viele Tage lang – seit sie vom Sumpf aus einen ersten Blick auf das Nal geworfen hatte – von einer ununterbrochenen quälenden Angst begleitet gewesen, dass Orris beinahe vergessen hatte, wie ihre Bindung gewesen war, bevor sie Lon-Ser erreichten. Nun jedoch, als er zusammen mit Gwilym und Melyor einen schmalen Weg entlangging, der sie höher und höher in die Berge brachte, schwebte der dunkle Falke über ihnen, wirbelte und schoss in der Sonne herum, und das mit solcher Begeisterung, dass sogar Melyor bei ihrem Anblick lachen musste. Der Vogel hatte bereits dreimal gefressen, seit sie bei Sonnenaufgang aufgestanden waren, und dabei war es kaum Mittag. Sie und Orris waren immer noch weit von Tobyn-Ser entfernt, aber an diesem ersten Morgen außerhalb von Bragor-Nal schien die Entfernung nicht mehr so groß zu sein.

Sie kamen gut voran und machten nur kurz am frühen Nachmittag Rast, um etwas zu essen. Angesichts von Gwilyms Umfang und der Tatsache, dass der Steinträger mit Abstand der Älteste von ihnen war, hatte Orris erwartet, dass er als Erster müde werden würde. Aber Gwilym bewegte sich trotz des schweren Rucksacks mit einer Leichtigkeit und täuschenden Anmut über den schwierigen Weg, die Orris vermuten ließen, dass er an das Leben im Gebirge gewöhnt war. Melyor andererseits wirkte hier vollkommen fehl am Platz. Ihre schwarzen Stiefel mit den zugeschliffenen Spitzen eigneten sich schlecht für felsiges Gelände, und obwohl sie sich nie beschwerte und es irgendwie schaffte, mit Orris und dem Steinträger Schritt zu halten, war sie schon am Mittag erhitzt und außer Atem.

Spät an diesem Nachmittag, als das Sonnenlicht bereits schräg auf den Weg fiel und die Bäume und Steine in ein goldenes Licht tauchte, machten sie schließlich Halt. Sofort ließ sich Melyor fallen, legte sich auf den Rücken, schloss die Augen und murmelte vor sich hin.

»Alles in Ordnung?«, fragte Orris und setzte sich neben sie. Er bot ihr ein Stück trockenes Brot an.

Sie öffnete ein Auge und blinzelte zu ihm auf. Dann griff sie nach dem Brot und biss hinein. »Du fragst, ob alles in

Ordnung ist?«, sagte sie mit ihrem seltsamen Akzent, setzte sich wieder hin und sah ihn an. »Was hältst du denn hiervon?« Sie zog einen ihrer Stiefel aus und zog dabei eine Grimasse. Ihr weißer Strumpf war an mehreren Stellen zerrissen und blutbefleckt. Als sie ihn auszog, sah Orris, dass ihr Fuß mit Blutblasen bedeckt und die Haut an vielen Stellen aufgerissen war. Es war bemerkenswert, dass sie überhaupt so weit gekommen war. Sie zog auch den anderen Stiefel und Strumpf aus, und auf dieser Seite war es sogar noch schlimmer.

Er stieß einen leisen Pfiff aus, dann sagte er: »Ich kann etwas dagegen tun«, und streckte die Hand nach ihrem Fuß aus.

Sie zog den Fuß weg und verzog dabei abermals das Gesicht.

»Schon gut«, sagte er, »ich kann dich heilen.«

»Nein!«, erklärte sie und schüttelte so heftig den Kopf, dass ihr das bernsteinfarbene Haar in die Stirn fiel.

»Aber du hast doch sicher Schmerzen!«

»Nein«, sagte sie wieder, wenn auch diesmal ruhiger.

Der Magier zuckte die Achseln und stand auf. »Wie du willst«, sagte er und wandte sich ab, um zu gehen.

»Warte!«, rief sie ihm nach, bevor er weit gekommen war.

Orris drehte sich wieder um und verkniff sich ein Lächeln.

»Wenn du von Heilen sprichst«, sagte sie zögernd, und ihre grünen Augen blitzten in der Sonne, »meinst du dann, mit ...? Du würdest ...?« Sie zeigte auf Anizir, die immer noch über ihnen kreiste.

Orris nickte. »Ich würde Magie anwenden, ja.«

»Und das würde funktionieren?«, fragte Melyor.

Der Magier lachte. »Das hat es bisher jedenfalls immer.« Er sah sie freundlich an. »Soll ich es versuchen?«

Sie errötete ein wenig, bevor sie sich abwandte, und in diesem Augenblick wurde Orris klar, dass sie wahrscheinlich die schönste Frau war, der er je begegnet war. Sie war sogar noch schöner als Alayna, was er nicht für möglich gehalten hätte. Aber das alles änderte nichts daran, dass er ihr nicht traute. Er wusste, dass sie viel aufs Spiel gesetzt hatte, indem sie sich mit ihm und Gwilym zusammentat. Er bezweifelte nicht, dass die Attentäter in den beiden Transportern versucht hatten, sie alle drei zu töten. Welche Stellung sie als eine von Cedrychs Untergebenen im Nal auch gehabt haben mochte, sie war jetzt eine Ausgestoßene. Er verstand auch, dass der Steinträger ihr vertraute, denn indem sie ihm verraten hatte, dass sie selbst Gildriitin war, hatte sie eine Verbindung zu ihm hergestellt. Orris wusste das alles, und er selbst hatte mehr als genug Gründe, ihr zu vertrauen. Und dennoch fiel es dem Magier schwer zu vergessen, dass sie versucht hatte, ihn zu umbringen zu lassen, und dass sie geplant hatte, Tobyn-Ser zu erobern. Trotz allem, was sie in den letzten Tagen durchgemacht hatten, konnte Orris sich nicht dazu durchbringen, über das hinwegzusehen, was sie gewesen war, als sie einander zum ersten Mal begegnet waren.

»Ja«, antwortete sie schließlich und sah ihn wieder an. »Bitte versuche es.« Sie lächelte.

Er nickte, und dann legte er sanft die Hand auf einen ihrer Füße. Er tastete im Geist nach Anizir und spürte, wie die Macht ihn durchzog wie ein warmer Sommerwind auf Tobyns Ebene. Und ein paar Sekunden später spürte er auch, wie ihre Wunden unter seiner Berührung zu heilen begannen. Einige Minuten verharrte er in dieser Stellung, und es kam ihm so vor, als schwebte er irgendwo in der

Mitte zwischen Melyor und Anizir, am Boden verankert durch seine Hand auf Melyors Haut und dennoch irgendwie nach oben gezogen durch die Berührung des Bewusstseins seines Falken. Wie sehr ich das vermisst habe!, dachte er. Ein Magier sollte seine Macht für andere Dinge als zum Kämpfen benutzen.

Als er schließlich die Hände von ihrem Fuß nahm, hatten sich die Blasen geschlossen, und wo offene Wunden gewesen waren, befand sich nun gesunde, wenn auch leicht fleckige Haut. Er hörte, wie Gwilym hinter ihm nach Luft schnappte, und Melyor schaute ein paar Mal von ihrem Fuß zu Orris und wieder zurück. Staunen stand in ihren Augen.

»Die dunklen Flecken werden in ein paar Tagen verschwinden«, sagte Orris.

»Es tut überhaupt nicht mehr weh«, flüsterte Melyor. »Überhaupt nicht.« Sie blickte zu Gwilym auf und sagte mit derselben Ehrfurcht in der Stimme etwas zu ihm. Der Steinträger murmelte eine Antwort. »Danke«, sagte Melyor nun wieder an Orris gewandt.

Die schönste Frau, der er je begegnet war ... »Lass mich auch noch den anderen Fuß heilen«, sagte der Magier und legte die Hände um ihren anderen Fuß.

Als Orris mit seiner Arbeit fertig war, schlugen die drei ihr Nachtlager auf. Orris schickte Anizir zum Jagen, und während Gwilym ein paar Wurzeln sammelte, suchten Melyor und der Magier Feuerholz. Als es Nacht wurde und an dem tiefblauen Himmel die ersten Sterne erschienen, brieten die beiden Wachteln, die Orris' Vogel gebracht hatte, bereits an Spießen über einem Lagerfeuer.

Sie aßen wortlos. Melyor war offenbar müde und sehr nachdenklich. Orris hätte das auch nicht anders erwartet.

Aber zu seiner Überraschung hatte sich auch Gwilym tief in sich selbst zurückgezogen. Melyor hatte Orris erzählt, dass der Steinträger aus einem anderen Gebirge weit im Norden des Landes kam, und Orris hatte erwartet, dass Gwilym froh sein würde, das Nal verlassen zu können und sich wieder in einem Gelände zu befinden, mit dem er vertraut war. Aber wenn man sich die Haltung des kahlköpfigen Mannes ansah, schien das Gegenteil der Fall zu sein. Es schien ihm Schmerz zu bereiten, sich im Gebirge aufzuhalten, und Orris wurde neugierig auf das Leben, das Gwilym zurückgelassen hatte.

»Hast du Familie?«, fragte er ihn daher. »Eine Frau? Kinder?«

Gwilym starrte ihn kurz an und wandte sich dann Melyor zu, die die Frage übersetzte. Dann schaute der Steinträger wieder Orris an, nickte und sagte leise etwas. Orris glaubte, eine einzelne Träne in Gwilyms Augenwinkel zu erkennen, die im Feuerlicht glitzerte.

»Zwei Kinder«, sagte Melyor, die den Steinträger weiterhin anschaute. »Und natürlich eine Frau.« Sie fragte Gwilym etwas, und er nickte abermals. »Das dachte ich mir«, erklärte sie und wandte sich Orris zu. »Dass er Steinträger ist«, sagte sie, »macht ihn gleichzeitig auch zum Oberhaupt seiner Gemeinde. Er hat viel aufgegeben, um hierher kommen zu können.«

Orris schüttelte den Kopf. »Warum bist du von dort weggegangen?«, fragte er Gwilym.

Der Magier wartete, während Melyor die Frage weitergab und dann der Antwort des Steinträgers lauschte. »Ein Traum hat ihn hierher gebracht«, sagte sie schließlich. »Er hat von dir geträumt.«

Orris starrte erst sie und dann Gwilym an. »Wie bitte?«
Sie lächelte, und eine gewisse Traurigkeit lag in ihrem Blick. »Wir Gildriiten haben auch ein wenig Macht. Wir nennen es den Blick.«
Orris nickte. »Ja, Magier haben es ebenfalls.«
»Das dachte ich mir schon«, sagte sie rätselhaft. »Nun, Gwilym hatte eine Vision, in der er sah, wie du in Bragor-Nal von den Männern angegriffen wurdest, die ich geschickt habe, und er kam nach Bragor-Nal, um dir das Leben zu retten.«
»Aber warum?«
Wieder lauschte Orris, während Melyor und Gwilym längere Zeit miteinander sprachen. Er begann, einiges von dem zu verstehen, was er hörte. Nicht viel, aber es gab Ähnlichkeiten zwischen der Sprache von Lon-Ser und seiner eigenen, was, wenn man ihre gemeinsame Geschichte bedachte, nicht überraschend war. Er erkannte die Lonmir-Wörter für Stein, Land und Tod, und er glaubte etwas zu hören, das ähnlich wie das Wort »Leben« in seiner eigenen Sprache klang. Aber er konnte nicht wirklich verstehen, was Gwilym sagte.
Als der Steinträger schließlich fertig war, holte Melyor tief Luft und wandte sich wieder an Orris. »Deine Frage ist nicht leicht zu beantworten«, begann sie in ihrem seltsamen Akzent. »Es wäre leichter, wenn du mehr über die Geschichte von Lon-Ser wüsstest.« Sie runzelte die Stirn. »Ich bin nicht sicher, ob ich es dir klar machen kann. Wir haben den Blick, und deshalb wurden Leute wie wir in der Vergangenheit hoch geschätzt, und die Anführer der Nals glaubten, unsere Kenntnis der Zukunft könnte ihnen Reichtum und Macht bringen. Aber man hat uns auch gefürchtet, und

diese Furcht hat zu Unterdrückung und Verfolgung geführt. Als die Kriege, die zwischen den einzelnen Nals geführt wurden, blutiger wurden, sind viele Gildriiten aus den Nals in die Berge in den abgelegensten Teilen unseres Landes geflohen, ins Dhaalmar-Gebirge. Jene, die in den Nals blieben, waren gezwungen, ihre Abstammung und ihre Fähigkeit, in die Zukunft zu sehen, zu verbergen, damit sie nicht eingesperrt und hingerichtet wurden.

Gwilym sagt, als er von dir träumte, sah er mehr als einen Zauberer, der Hilfe braucht. Er sah einen Mann mit der Macht, Lon-Ser für immer zu verändern, einen Mann, der der Verfolgung der Gildriiten ein Ende setzen könnte.«

»Aber ich bin ganz allein«, widersprach Orris. »Ich bin nicht einmal sicher, ob ich mein eigenes Land davor schützen kann, noch einmal angegriffen zu werden. Wie soll ich da irgendetwas in Lon-Ser verändern können?«

Melyor zuckte die Achseln. »Das weiß ich nicht«, sagte sie leise. »Aber wenn du tust, weshalb du hergekommen bist, wird der Rest vielleicht von selbst geschehen.«

Orris starrte sie an und dachte über ihre Worte nach. Schließlich nickte er. »Mag sein.« Er wies mit dem Kinn auf Gwilym. »Frag ihn, wo er seinen Stein herhat.«

»Das kann ich dir selbst sagen«, erwiderte Melyor und lächelte. »Die Legende besagt, dass Gildri und seine Anhänger Stäbe, Vögel und Umhänge hatten, genau wie du. Die Vögel sind selbstverständlich gestorben, und die Umhänge haben die Jahrhunderte nicht überstanden. Aber mehrere Stäbe und Steine sind geblieben. Sie gehen von einem Steinträger im Dhaalmar zum nächsten über.«

»Hat der Stein immer dieselbe Farbe?«

Melyor fragte Gwilym, der den Kopf schüttelte und eine

Antwort gab. »Er sagt, als der Stein seinem Vater gehörte, war er grün. Als er ihn übernahm, wurde er braun.«
»Also ist er an den Stein gebunden!«, sagte Orris kaum lauter als im Flüsterton.
Die Frau schüttelte den Kopf. »Das verstehe ich nicht.«
»Als Magier bin ich an meinen Ceryll ebenso wie an meinen Vogel gebunden«, sagte Orris. »Der Ceryll gestattet mir, meine Macht zu konzentrieren, sie zu beherrschen. Er ist auf mich eingestimmt; niemand sonst kann ihn auf diese Weise benutzen.« Melyor starrte ihn verständnislos an, und er fuhr sich über die Stirn. »Als ich meinen Stein fand, war er klar wie Glas. Erst als ich ihn in die Hand nahm, bekam er diese Bernsteinfarbe. Wenn ein anderer Magier ihn genommen hätte, hätte er eine andere Farbe bekommen. Solange ich lebe, wird dieser Stein bernsteinfarben sein, und er wird auf meine Macht eingestellt sein.«
Melyor kniff die Augen zusammen. »Willst du damit sagen, dass die Steinträger über Magie verfügen?«
»Nicht unbedingt. Aber es gibt zweifellos einen Rest von Gildris Macht in Gwilyms Blut. Ansonsten würde sein Stein nicht leuchten.« Er sah sie einen Moment lang schweigend an, und er konnte ihrer Miene entnehmen, dass sie dasselbe dachte wie er. »Ebenso wie in deinem Blut«, sagte er schließlich.
Sie nickte. »Ich weiß.«
Gwilym stellte eine Frage, und sie sprachen eine Weile miteinander.
»Er wollte wissen, was wir gesprochen haben«, erklärte sie. »Im Dhalmaar heißt es, dass er mit dem Stein verbunden ist, und sie sind sich bewusst, dass es sich dabei um das Erbe Gildris und der anderen handelt.«

Orris sah Gwilym an und nickte. Der kahlköpfige Mann starrte ihn forschend an, regte sich aber nicht.

»Er hat auch eine Frage an dich«, fuhr Melyor fort. »Er möchte wissen, welchen Platz Gildri in der Geschichte deines Landes einnimmt.«

Der Magier stieß einen leisen Pfiff aus. Diese Frage hatte er befürchtet, seit ihm klar geworden war, dass Gwilyms Volk mit Gildri zu tun hatte. »Das ist keine einfache Geschichte«, sagte er. »Es wird ihm vielleicht nicht gefallen, was ich zu sagen habe.«

Melyor leitete das an Gwilym weiter, der eine sehr ernste Antwort gab.

»Das ist ihm egal. Er möchte es wissen.«

»Also gut«, sagte der Magier. Und unter einem Nachthimmel voller Sterne, die einerseits vertraut waren und sich andererseits von denen über Tobyn-Ser unterschieden, erzählte Orris seinen Begleitern die Geschichte von Amarid und Theron: Wie sie einander als junge Männer begegnet waren, die man aus ihren Dörfern ausgestoßen hatte, weil sie über seltsame, finstere Magie verfügten, und wie sich die beiden angefreundet hatten, als sie feststellten, dass sie unter der gleichen Einsamkeit litten und von den Göttern mit dem gleichen zweischneidigen Geschenk bedacht worden waren. Er erzählte davon, wie die Freundschaft der beiden tiefer wurde und wie sie bei ihren Wanderungen durchs Land andere trafen, die sich ebenfalls an Falken gebunden hatten, und wie die beiden Freunde diese anderen Magier zusammengebracht und den Orden gegründet hatten. Und Orris erzählte Melyor und dem Steinträger von dem Verfall der Freundschaft zwischen Amarid und Theron, der mit Amarids Heirat mit Dacia begann und mit jedem Streit über die Zukunft des Ordens und die Rolle, die er bei der Regierung von Tobyn-Ser spielen sollte, schlimmer wurde. Schließlich erzählte Orris ihnen von Therons Verbrechen gegen einen Rivalen um eine Frau und von dem Fluch, den der Erste Eulenmeister ausgesprochen hatte, um sich dem Todesurteil zu widersetzen, das der Orden als Strafe für seine Taten über ihn verhängt hatte.

Orris erzählte seine Geschichte in Abschnitten von jeweils ein paar Sätzen und hielt oft inne, damit Melyor es Gwilym übersetzen konnte. Und der abwechselnde Klang ihrer Stimmen verlieh der alten Geschichte eine seltsame, eindringliche Kadenz. Es war still geworden, selbst der Wind regte sich nicht mehr, und es war, als lauschten selbst die Berge.

»Nach Therons Prozess und Tod«, schloss der Magier, während die glühenden roten Kohlen ihres Feuers eine dünne Rauchfahne in den Nachhimmel entsandten, »traten mehrere seiner Anhänger, angeführt von Gildri, aus dem Orden aus und verließen die Versammlung. Wenn ich ehrlich sein soll: Die Geschichtsschreibung von Tobyn-Ser hat sie seitdem aus den Augen verloren, und ich habe erst erfahren, was aus ihnen geworden ist, als ich dem Steinträger begegnete.«

Melyor gab das an Gwilym weiter, und dann schwieg sie. Der Steinträger saß regungslos da und starrte in die Überreste des Feuers, während er versuchte, alles in sich aufzunehmen, was er gehört hatte. Es dauerte lange, bis er schließlich sprach, und als er es tat, klang seine Stimme traurig und bedrückt. Er starrte in die glühenden Kohlen und hob den Blick nicht.

Melyor betrachtete den Steinträger mit gequälter Miene,

und als er fertig war, streckte sie die Hand aus und drückte seinen Arm.
»Was hat er gesagt?«, fragte Orris sie.
»Dass er sich häufig gefragt hat, ob Gildri und seine Anhänger die Magie des Falken entdeckt hatten und deshalb aus ihrem Land verbannt worden waren. Der Gedanke, dass sie von den anderen Zauberern ausgestoßen wurden, ist ihm nie gekommen.«
Orris schüttelte den Kopf. »So darfst du es dir auch nicht vorstellen«, sagte er dem Steinträger. »Gildri hat Tobyn-Ser wegen seines Gewissens verlassen. Es wäre viel einfacher für ihn gewesen zu bleiben, aber seine Integrität hat es nicht zugelassen. Und«, fügte der Magier mit einem freundlichen Lächeln hinzu, »wenn man von den Gildriiten ausgeht, denen ich begegnet bin, würde ich behaupten, dass er ein bewundernswertes Erbe hinterlassen hat.«
Melyor übersetzte, und Gwilym blickte auf und sah den Magier lange an. Orris erkannte sowohl Dankbarkeit als auch Enttäuschung in der Miene des älteren Mannes. Am Ende erhob sich der Steinträger und ging in die Nacht hinaus.
»Danke«, sagte Melyor leise.
»Wofür?«, fragte Orris.
Sie schaute ins Feuer. »Für das, was du gerade zu ihm gesagt hast. Ich glaube, es wird ihm mit der Zeit helfen. Ich glaube, es wird auch mir helfen.«
»Ich hoffe, du hast Recht«, antwortete der Magier.
Plötzlich lächelte sie, und in dem flackernden Licht des Feuers konnte Orris sehen, dass sie rot wurde. »Gwilym war nicht der Einzige, der eine Vision von dir hatte«, sagte sie.
»Wie meinst du das?«

Ihr Lächeln wurde strahlender. »Ich hatte auch eine. Ich sah uns zusammen kämpfen. Ich sah unseren Kampf mit Klinge.«

Er starrte sie an und versuchte erst gar nicht, seine Überraschung zu verbergen. »Wann hast du das gesehen?«

Sie wandte abermals den Blick ab und wurde erneut rot. »Vor einiger Zeit.«

Er bemerkte, dass sie versuchte auszuweichen, und dachte daran, sie weiter zu bedrängen. Aber dann überlegte er es sich anders. Sie hatten endlich eine Art Einverständnis erreicht, und er wollte nicht wieder zu den alten Streitereien zurückkehren. Am Ende nickte er einfach.

Sie saßen einige Zeit da, ohne etwas zu sagen, und hörten zu, wie die Kohlen knackten. Sie sahen einander nicht an, aber Orris bemerkte, dass er jede Bewegung, jedes Geräusch, das sie von sich gab, genau wahrnahm. Eine Eule rief weiter oben am Berg, und Anizir, die neben Orris auf dem Boden hockte, starrte angespannt ins Dunkel.

»Weißt du, woran sie gerade denkt?«, fragte Melyor und nickte zu seinem Falken hin.

»Ja, obwohl es weniger darum geht, was sie denkt, als wie sie denkt.«

»Das verstehe ich nicht.«

»Falken sind sehr intelligent – intelligenter als einige Menschen, die ich kenne – aber ihr Geist funktioniert nicht auf dieselbe Weise wie unserer. Wir formen unser Gedanken mittels Sprache; sie übertragen ihre Ideen durch Bilder und Gefühle.«

»Als sie vorhin den Vogelruf gehört hat, was hat sie da gedacht?«

Orris lächelte. »Viele Dinge. Sie hatte ein Bild einer Eule im

Sinn, einer Art, die in Tobyn-Ser lebt und die einen ähnlichen Ruf ausstößt. Dann hat sie sich an einen Kampf erinnert, den sie vor unserer Bindung einmal mit einem solchen Vogel hatte. Und dann erinnerte sie sich daran, eine ähnliche Eule bei den Versammlungen des Ordens gesehen zu haben.«

»Wie lange hat es gedauert, dir diese Dinge zu sagen?«

»Ein oder zwei Sekunden.«

Melyor riss die Augen auf. »All das in ein oder zwei Sekunden?«

Der Magier nickte.

»Aber wie verstehst du das alles?«, wollte sie wissen.

»Nach einer Weile wird es einfach ein Teil dessen, was man denkt, ein Teil des Bewusstseins«, erklärte er. »Ich war einmal mehrere Monate lang ungebunden ...«

»Ungebunden?«

»Nachdem mein erster Falke gestorben war und bevor ich mich an Anizir band, hatte ich keine Vertraute mehr. Das meinen wir Magier, wenn wir von ›ungebunden‹ sprechen.«

Melyor nickte.

»Während dieser Zeit«, fuhr Orris fort, »fiel es mir schwerer, meine eigenen Gedanken zu ordnen, als zuvor. Man gewöhnt sich derart daran, zwei Reihen von Gedanken im Kopf zu haben, dass es einem am Ende so natürlich wie das Atmen vorkommt.«

»Und sie nimmt auch deine Gedanken wahr?«

»Ja.«

Melyor sah ihn skeptisch an.

Der Magier grinste. »Du glaubst mir nicht.«

»Du hast selbst gesagt, dass Vögel keine Sprache benutzen wie wir. Ich habe versucht, in den vergangenen Tagen mit zwei Sprachen zu leben, und es ist schwer, alles im Kopf übersetzen zu müssen. Es wäre noch schwerer zu tun, was sie angeblich tut.«

»Du magst Recht haben«, entgegnete Orris, »aber sie tut es dennoch. Sie hat mir Bilder meiner eigenen Gedanken gezeigt. Sie reagiert auf meine Gedanken, als wären es Worte: Ich kann sie bitten, bestimmte Dinge zu tun; ich kann sie beruhigen, wenn sie sich aufregt.«

»Aber wie ist das möglich?«, hakte Melyor nach.

»Ich weiß es nicht«, gab er zu. »Vielleicht, weil unsere Gedanken als Emotionen, Bilder oder Wünsche beginnen, die wir dann erst in Sprache übersetzen.« Er zuckte die Achseln. »Ich weiß es nicht,« sagte er erneut. »Aber meine Gedanken sind ebenso Teil ihres Bewusstseins, wie die ihren Teil des meinen sind. Davon bin ich überzeugt.«

Melyor setzte dazu an, mehr zu sagen, aber in diesem Augenblick kehrte Gwilym zum Feuer zurück und sprach kurz und sehr nervös mir ihr. Als er fertig war, stellte sie ihm mehrere Fragen und schien plötzlich ebenfalls beunruhigt zu sein.

»Was ist los?«, wollte Orris wissen.

Melyor und der Steinträger redeten noch einen Moment miteinander, bevor die Frau Orris wieder ansah. Sie wirkte im trüben Licht des niederbrennenden Feuers und der beiden Kristalle blass. »Gwilym befürchtet, dass uns jemand folgt. Er ist zu einem Vorsprung nicht weit von hier gegangen, und von dort aus konnte er etwas sehen, was er für das Licht eines kleinen Lagerfeuers am Fuß des Berges hält.«

»Aber das könnten auch andere sein, oder?«

»Eigentlich nicht«, sagte Melyor. »Nur sehr wenige verlassen je das Nal. Ich habe den Steinträger gefragt, ob es vielleicht die Gildriiten sind, die uns geholfen haben zu fliehen, aber er sagt, die Gildriiten, die ihm geholfen haben, als er nach Bragor-Nal kam, haben keine Feuer entzündet, damit sie nicht von den SiHerr entdeckt werden. Und so weit im Osten gibt es auch keine Bergarbeiter.« Sie hielt inne und starrte kläglich ihre nackten Füße an. »Der Steinträger denkt, wir sollten jetzt gehen und so lang weiterziehen, wie wir können.«

»Und was denkst du?«, fragte Orris.

Sie kaute ein paar Sekunden auf der Unterlippe. »Ich habe genug vom Davonlaufen«, sagte sie. »Wir sollten hier kämpfen. Wir sind im Vorteil. Sie sind unten, wir oben.«

»Hast du das dem Steinträger gesagt?«

»Ja.«

»Und was hat er geantwortet?«

»Er will nicht kämpfen. Er sagt, wir können nicht wissen, wie viele es sind.«

»Er hat Recht«, sagte Orris. »Deine Waffe und meine Magie werden vielleicht nicht ausreichen.«

Orris konnte die Unsicherheit in ihrem Blick erkennen, und wieder begriff er, wie schwierig das alles für sie sein musste. Nur ein paar Tage zuvor war sie ein Nal-Lord gewesen, und nun wurde sie durch die Berge gejagt wie ein Tier. Er hätte sie gerne getröstet, aber er wusste nicht, wie. Trotz ihrer Fortschritte wurden sie beide in solchen Situationen immer noch schnell verlegen.

»Es ist zu dunkel«, sagte sie schließlich. »Wir können nachts nicht weiterziehen. Wir haben keine Lampen.«

Ohne jede Anstrengung ließ Orris seinen bernsteinfarbenen Kristall aufleuchten, hielt ihn dabei aber dicht an den Körper, so dass eventuelle Verfolger das Licht nicht sehen

würden. »Das ist kein Problem«, sagte er mit einem draufgängerischen Grinsen. »Solange ich den Stein dicht am Boden halte, sollte ich im Stande sein, uns den Weg zu beleuchten, ohne dass sie darauf aufmerksam werden.«
Auch Gwilym grinste und nickte begeistert.
Melyor sah von einem zum anderen. »Also gut«, meinte sie schließlich grimmig und griff nach ihren Stiefeln. »Wir gehen.« Sie versuchte, die zerrissenen, blutigen Strümpfe wieder anzuziehen, überlegte es sich dann aber anders. Sie warf sie ins Feuer und zog die Stiefel über die nackten Füße. »Du kannst mich ja wieder heilen, nicht wahr?«, sagte sie zu Orris und streckte die Hand aus, so dass er sie hochziehen konnte.
»Sooft du es brauchst«, antwortete er.
Die drei suchten rasch die wenigen Sachen zusammen, die sie aus Gwilyms Rucksack geholt hatten, und dann machten sie sich wieder auf den Weg. Sie gingen dicht hintereinander. Als erster Gwilym, der seinen schimmernden braunen Stein nach vorn streckte, und direkt dahinter Orris, der seinen Stein mit dem Kristall nach unten hielt, damit ihnen der helle Ceryll den Weg beleuchtete.
Sie wanderten einen großen Teil der Nacht und legten nur kurz vor Anbruch der Morgendämmerung eine kurze Rast ein, bevor sie noch mehrere Stunden weiterzogen. Sie erreichten den Bergkamm gegen Mittag, rasteten kurz, so dass Orris erneut Melyors Füße heilen konnte, und nahmen eine leichte Mahlzeit zu sich. Dann zogen sie weiter und folgten dem Bergkamm für ein paar Meilen, bevor sie in ein kleines Tal hinabzogen und mit dem Aufstieg zum nächsten Kamm begannen. Bevor es dunkel wurde, machen sie Halt, erschöpft und hungrig, aber zufrieden, dass sie eine

größere Entfernung zwischen sich und ihre Verfolger gelegt hatten. Nachdem sie gerade genug gegessen hatten, um ihren Hunger zu besänftigen, legten sich Melyor und der Steinträger schlafen, während Orris und Anizir Wache hielten. Nach ein paar Stunden weckte Orris Gwilym, wie sie es vorher abgesprochen hatten, und nun schlief der Magier.

So ging es die nächsten Tage weiter. Sie standen früh auf, marschierten so weit, wie sie nur konnten, und schliefen abwechselnd. Orris musste sich in den ersten Tagen oft um Melyors Blasen kümmern, bis ihre Haut schwieliger wurde, aber ansonsten hatten sie nicht viele Probleme. Sie fanden keine weiteren Anzeichen dafür, dass sie verfolgt wurden, aber sie gingen davon aus, dass das weiterhin der Fall war. Selbst Orris, der es zunächst nicht hatte glauben wollen, hatte inzwischen akzeptiert, dass ihnen jemand aus dem Nal gefolgt war. Melyor behauptete, Cedrych habe seinen ganzen Ruf, seinen Ehrgeiz und einen großen Teil seiner Mittel auf eine Eroberung von Tobyn-Ser gesetzt. Er würde nicht einfach zulassen, dass Orris, Gwilym und Melyor seine Pläne durchkreuzten, selbst wenn es ihnen gelungen war, sich aus Bragor-Nal davonzustehlen.

Spät am Nachmittag des achten Tages konnten sie von einem der steinigen Abhänge aus Oerella-Nal und das Vorgebirge sehen, das sie noch durchqueren mussten. Beim Anblick der großen Stadt spürte Orris, wie sein Herz sich zusammenzog. Wie über Bragor-Nal hing auch über Oerella-Nal eine hässliche braune Dunstglocke, und die Gebäude erstreckten sich, so weit Orris sehen konnte, riesig und betäubend monoton. Als sie das Nal sah, stieß Anizir einen leisen Schrei aus, wie sie es während ihres Aufenthalts in

Bragor-Nal so oft getan hatte. Orris versuchte sie zu beruhigen, indem er sie kraulte und leise mit ihr redete, aber er teilte ihre Befürchtungen.

Gwilym zeigte auf die Bergausläufer und sagte etwas zu Melyor.

»Er glaubt, wie können diesem Bach dort den Abhang hinab und dann durch einen niedrigen Pass zum Nal folgen«, sagte sie zu Orris und strich sich das bernsteinfarbene Haar aus der Stirn. »Er sagt, es gibt eine unfruchtbare Ebene zwischen den Ausläufern und der Nal-Mauer. Um diese Ebene zu überqueren, müssen wir warten, bis es dunkel ist.«

Orris nicke. »Gut«, sagte er. »Gehen wir.«

Melyor sah ihn besorgt an. »Ist alles in Ordnung?«

»Ja«, erwiderte der Magier gereizt.

»Entschuldige, dass ich gefragt habe«, fauchte sie, wandte sich ab und ging auf den Bergpfad zu.

Orris schloss die Augen und holte tief Luft. »Es tut mir Leid«, rief er, und sie blieb stehen. »Ich bin einfach nicht gerne in Nals. Ich freue mich nicht sonderlich darauf.«

Melyor sah ihn an. Sie hatte die Lippen zu einer schmalen Linie zusammengekniffen. »Ich verstehe, was du meinst«, erwiderte sie schließlich ruhiger. »Ich empfinde ganz ähnlich, was Gebirge angeht.« Damit drehte sie sich wieder um und ging weiter.

Der Magier seufzte und warf Gwilym einen Blick zu, und der Steinträger reagierte mit einem mitleidigen Lächeln.

»Es war meine Schuld«, sagte Orris

Gwilym runzelte verwirrt die Stirn.

Orris schüttelte den Kopf. »Schon gut.« Er bedeute dem Steinträger, dass sie gehen sollten, und Gwilym folgte Melyor zum Weg.

Sie schlugen ihr Lager im Vorgebirge auf. Da ihnen klar war, dass ihre Verfolger sie nun von oben sehen könnten, machten sie kein Feuer, und Orris und Gwilym achteten darauf, ihre Steine bedeckt zu halten. Sie nahmen eine karge Mahlzeit zu sich, was die Rationen, die Gwilym in seinem Rucksack hatte, beinahe aufzehrte, und dann schliefen sie abwechselnd.

Im ersten Morgenlicht standen sie wieder auf und machten sich sofort auf den Weg. Der Pfad war hier weniger steil als in den Bergen und brachte sie zu der Ebene, von der Gwilym gesprochen hatte. Aber der Boden war sehr trocken und mit losem Geröll bedeckt, das das Gehen erschwerte und sie nur langsam vorankommen ließ.

»Wir wirbeln zu viel Staub auf«, sagte Orris. »Dadurch wird man uns von den Bergen aus leicht erkennen können.«

»Können wir etwas dagegen tun?«, fragte Melyor hinter ihm.

Der Magier sah sich um. Selbst abseits vom Weg, unter den Wacholderbüschen und Krüppelkiefern, war der Boden trocken. Dort würden sie dasselbe Problem haben und noch dazu vom Unterholz aufgehalten werden.

»Ich glaube nicht«, antwortete er schließlich.

»Dann hör auf, dir darüber Sorgen zu machen.«

Er warf einen Blick über die Schulter und hätte beinahe laut über ihre Miene gelacht. Dann drehte er sich wieder um und schüttelte den Kopf.

»Was ist?«, fragte sie.

»Nichts«, rief er zurück. »Gar nichts.«

»Sag es mir!«, drängte sie und beeilte sich, ihn einzuholen.

»Du bist komisch«, erklärte er, als sie neben ihm war.

Sie warf ihm einen Seitenblick zu, und das süffisante Grinsen kehrte zurück. »Wie meinst du das?«

»Ich meine einfach nur, dass du komisch bist. Kann ich nicht etwas sagen und genau das meinen?«

»Nicht im Nal«, erklärte Melyor. »Außerdem verstehe ich deine Sprache gut genug, um zu wissen, dass dieses Wort verschiedene Bedeutungen haben kann. Meintest du, dass ich amüsant oder dass ich seltsam bin?«

»Muss ich mich entscheiden?«

Sie wandte sich ab, aber sie konnte ihr Lächeln nicht verbergen. »Jetzt bist *du* komisch.«

»Ich meinte einfach nur«, begann Orris wieder, »dass es nicht immer einfach ist zu erkennen, ob du wirklich wütend bist oder nur so tust.«

»Das liegt daran, dass ich nicht leicht zu durchschauen sein will«, sagte Melyor. »Ich bin ein Nal-Lord, und zwar ein guter.« Sie lachte. »Na gut, ich *war* einer«, verbesserte sie sich. »Und das hätte ich nicht so schnell und so gut schaffen können, wenn ich die Leute jederzeit wissen ließe, was in mir vorgeht. Im Nal kann man es sich nicht leisten, ehrlich zu sein. Es ist einfach zu gefährlich dort.«

»Es muss doch Menschen geben, denen gegenüber du ehrlich sein kannst. Hast du keine Verwandten?«

Melyor schüttelte den Kopf. »Meine Mutter wurde, als ich noch klein war, bei einer Explosion getötet, die eigentlich meinen Vater treffen sollte. Und mein Vater wurde ermordet, als ich elf war. Ich habe keine Brüder oder Schwestern. Ich habe eine Tante, bei der ich nach dem Tod meines Vaters gewohnt habe, aber von dort bin ich mit fünfzehn ausgerissen. Seitdem habe ich nicht mehr mit ihr gesprochen.«

Orris sah sie fragend an. Sie hatte das alles vollkommen ruhig erzählt, aber er konnte sich vorstellen, wie schwer es war, so aufzuwachsen. »Was ist mit Freunden?«, fragte er.

»Ich habe einen guten Freund – du kennst ihn bereits, es ist Jibb.« Sie grinste. »Der Mann, der versucht hat, dich zu töten.«

»Und das ist alles?«

Melyor sah ihn überrascht an. »Ich bin sehr froh, dass ich ihn habe. Er ist derjenige, der bei meinem Tod am meisten zu gewinnen hätte, und dennoch vertraue ich ihm jeden Tag mein Leben an. Nicht viele in meiner Position haben solches Glück.«

»Du lebst in einem seltsamen Land«, sagte Orris leise und versuchte zu begreifen, was sie ihm da anvertraut hatte. »Ich bin nicht sicher, ob ich hier lange überleben könnte.«

Sie zuckte die Achseln. »Ich denke, du würdest ganz gut zurechtkommen.«

Diesmal war es an Orris, überrascht dreinzuschauen. »Tatsächlich?«

»Ja. Du bist mit Cedrych zurechtgekommen. Du hast ihm nur wenig darüber gesagt, was du von seinen Plänen weißt, aber viel von ihm erfahren. Es gibt nicht viele, die bei Begegnungen mit ihm so viel herausholen und selbst so wenig geben.«

Er dachte darüber nach. »Danke«, sagte er schließlich. »In dem Orden, dem ich angehöre, muss ich oft mit anderen Magiern verhandeln und diskutieren. Dabei lernt man einiges über andere Menschen. Ich nehme an, im Lauf der Jahre habe ich ganz gut gelernt, mit Leuten umzugehen, denen ich nicht wirklich vertraue.«

Sie gingen einige Zeit schweigend weiter, und wieder bemerkte Orris, dass er Melyor zwar nicht direkt ansah, sich aber all ihrer Gesten und Blicke sehr wohl bewusst war.

»Und was ist mit dir?«, fragte sie abrupt und blickte einen

Moment zum Himmel auf, als wollte sie sehen, wo die Sonne stand.

»Was ist mit mir?«

»Hast du Verwandte? Eine Frau? Kinder?«

Er schüttelte den Kopf. »Nein. Da bin ich dir ganz ähnlich. Ich war das einzige Kind. Mein Vater wurde krank und starb, als ich noch klein war, und meine Mutter ist vor ein paar Jahren gestorben, ebenfalls an einer Krankheit.«

»Keine Frau?«

»Nein.«

»Freunde?«

»Ein paar«, sagte er und dachte an Jaryd, Alayna und Trahn und seltsamerweise auch an Baden.

»Nun«, meinte sie, »vielleicht sind unsere Länder doch nicht so verschieden.«

»Nein, erwiderte Orris. »Unsere Länder sind sehr verschieden. Nur du und ich sind einander ähnlich.«

Sie legten am Nachmittag eine kurze Rast ein und aßen ihre letzten Vorräte, dann machten sie sich wieder auf den Weg. Ein paar Stunden später erreichten sie das Ende des Vorgebirges und standen am Rand einer weiten, unfruchtbaren Ebene, auf der es Flecken niedrigen, trockenen Grases und ein paar dürre Büsche gab. Die Sonne hing tief am westlichen Himmel, riesig und orangefarben, wenn auch zum Teil von dem braunen Dunst verdeckt; das Nal, das von einer hohen Metallmauer umgeben war, ragte vor ihnen auf. Wie Gwilym schon gesagt hatte, würden sie beim letzten Abschnitt ihres Weges ohne jegliche Deckung sein und daher warten müssen, bis es dunkel war.

Als Orris Oerella-Nal aus dieser Entfernung sah, erkannte er, dass es Bragor-Nal weniger ähnlich war, als er zunächst angenommen hatte. Ja, die Luft war schmutzig, aber nicht so schmutzig. Er hatte nie gesehen, dass das Sonnenlicht durch den Dunst über Bragor-Nal gedrungen wäre, aber hier glitzerte das Licht der untergehenden Sonne auf dem Stahl und dem Glas der Gebäude und gab der riesigen Stadt etwas Schimmerndes, das Bragor-Nal gefehlt hatte. Wie Bragor-Nal gab es auch hier eine erhöhte Straße, aber diese hier schimmerte im Sonnenlicht wie ein weißer Knochen. Über der Straße bemerkte Orris ein Objekt, das sich rasch über den Himmel bewegte. Es erinnerte ihn ein wenig an Melyors Transporter, aber es hatte Arme wie ein Mensch, und an den Enden, wo die Hände gewesen wären, wirbelnde Klingen, die sich so schnell drehten, dass man sie nur verschwommen sehen konnte. Das Objekt war rot, und es reflektierte das Sonnenlicht wie ein Spiegel. Wie alles andere, was Orris sah, wirkte es sauber und gepflegt. Vielleicht war dieses Nal ja tatsächlich besser als Bragor-Nal.

Orris mochte über den Anblick des Nal erleichtert sein, aber Anizir war es nicht. Sie gab abermals dieses jämmerliche Geräusch von sich, und dann sandte sie Orris ein Bild des Orts, an dem sie sich aneinander gebunden hatten, vom felsigen Strand des Unteren Horns, wie sie es schon mehrmals in den letzten Tagen gemacht hatte, wenn sie fürchtete, dass ihre Zeit in den Bergen zu Ende gehen würde.

Ganz ruhig, sendete er. *Deshalb sind wir hergekommen. Wir haben hier eine Aufgabe.*

Der Magier hörte, wie Gwilym leise mit Melyor sprach, und einen Augenblick später legte die Frau sanft eine Hand auf Orris' Schulter.

»Der Steinträger sagt, du sollst dir keine Gedanken machen«, erklärte sie. »Dieses Nal ist nicht so schlimm wie

Bragor-Nal. Und er erinnert sich daran, hier Vögel gesehen zu haben. Graue, wie sie sie in Bragor-Nal gefressen hat.«

»Danke«, antwortete Orris. Und dann sah er Gwilym an und bedankte sich bei dem Mann in Gwilyms eigener Sprache, was sowohl den Steinträger als auch Melyor lächeln ließ.

Sie hatten nichts mehr zu essen, also setzten sie sich einfach unter die letzten niedrigen Bäume der Bergausläufer, wo sie vor allen Beobachtern, die die Ebene überwachten, verborgen waren, und warteten auf den Anbruch der Dunkelheit. Sie sprachen wenig, und trotz Gwilyms tröstlicher Bemerkungen über Oerella-Nal spürte Orris, dass sie alle drei nervös waren. Wenn sie die Herrscherin von Oerella-Nal nicht auf ihre Seite ziehen konnten, würden ihnen nicht mehr viele Möglichkeiten offen bleiben. Selbst wenn sie sicher nach Bragor-Nal zurückgelangen sollten, hätten sie dort kaum eine Hoffnung, Cedrych aufzuhalten, wenn der Herrscherrat ihnen nicht half. Sehr wahrscheinlich, schloss Orris, war dies seine letzte Chance, einen neuen Angriff auf Tobyn-Ser zu verhindern. Und obwohl er nicht wusste, was es brauchte, um die Unterdrückung von Gwilyms Leuten zu beenden oder Melyors Leben wieder etwas normaler zu machen, sah es so aus, als hielten der Steinträger und der Nal-Lord Orris' Erfolg für die wichtigste Grundlage des ihren.

Es schien eine Ewigkeit zu dauern, aber endlich sank die Sonne hinter den westlichen Horizont, und Sterne schimmerten durch den Dunst. Gwilym und Orris deckten ihre Steine zu, und die drei verließen den Schutz der Bäume und machten sich auf den Weg über die Ebene. Sie konnten sich nicht tarnen, also blieb ihnen nichts weiter, als die offene Fläche so schnell wie möglich zu überqueren.

Melyor sagte, Gwilym könne sich nicht genau erinnern, wo sein Führer die Öffnung in der Mauer des Nal gefunden hatte, aber er glaubte, wenn er sie nahe genug heranbringen könnte, würde er die Stelle wiederfinden. Als sie nun über den trockenen Boden der Ebene eilten, fragte sich Orris jedoch, ob Gwilym sich da nicht etwas vormachte. Die Mauer, die Oerella-Nal umgab, war vielleicht nicht ganz so beeindruckend wie die um Bragor-Nal, aber sie schien überall vollkommen gleich auszusehen.
Sie brauchten nicht einmal eine Stunde, bis sie sie erreicht hatten. Orris und der Steinträger hatten ihre Kristalle nicht aufgedeckt, aber das Licht des Nal, das von dem Dunst reflektiert wurde, genügte ihnen, um sich orientieren zu können. Als sie näher zur Mauer kamen, wurde Gwilym langsamer und schaute unsicher von einer Seite zur anderen. Orris sah Melyor an, und sie zuckte die Achseln, sagte aber kein Wort. Schließlich ging Gwilym langsam nach links und betrachtete dabei die Mauer weiterhin forschend. Orris folgte ihm widerstrebend, und seine Zweifel wurden jeden Augenblick größer. Zu seiner Überraschung kamen sie jedoch bald zu einem Segment der Mauer, das an einer Ecke abgerissen war. Das Metall sah so aus, als wäre es weg- und dann wieder zurückgebogen worden, und das schon viele Male.
Gwilym strahlte, und er redete so begeistert auf Melyor ein, dass sie den Finger an die Lippen hob, um ihm deutlich zu machen, dass er leiser sprechen sollte.
»Er sagt, das hier ist die Stelle«, erklärte sie Orris überflüssigerweise.
»Sag ihm, ich bedanke mich«, antwortete Orris.
Melyor sah sich vorsichtig um. »Das mache ich später«,

sagte sie. »Aber erst sollten wir sehen, dass wir ins Nal kommen und die Leute vom Netzwerk finden. Ich bin nicht gern so ausgeliefert wie hier.«

Orris schob die Mauerplatte so weit wie möglich zurück und ließ seine Begleiter durch das Loch klettern. Dann sandte er einen letzten tröstlichen Gedanken zu Anizir und betrat Oerella-Nal.

Als er sich auf der anderen Seite der Mauer wieder aufrichtete, fand er sich auf einer schmutzigen, breiten Straße wieder, die sich auch in Bragor-Nal hätte befinden können. Über ihnen bog sich die Höhe, und das Brummen der Transporter hallte von den nahe gelegenen Gebäuden wider. Geführt von Gwilym überquerten die drei die Straße zu einer kleinen Tür wie die, die auch in der anderen Stadt in die unterirdischen Tunnel geführt hatten. Ohne zu zögern, öffnete Gwilym die Tür und eilte die Treppe hinunter zu den dunklen Gängen. Es stank hier nicht so sehr wie in den Tunneln von Bragor-Nal, aber sie waren ebenso eng, und Anizir veränderte ihre Position auf Orris' Schulter, so dass sie sich an ihn schmiegen konnte.

Gwilym deckte seinen Stein auf, und Orris tat dasselbe. Der Gang vor ihnen war leer.

Gwilym sagte etwas, und seine Besorgnis war ihm deutlich anzusehen.

»Er sagt, hier hat er sich mit dem Mann getroffen, der ihn in die Berge geführt hat«, sagte Melyor zu Orris. »Er weiß, dass das Netzwerk diesen Gang benutzt, aber er weiß nicht, wie oft.«

»Dann sollten wir vielleicht hier warten«, schlug Orris vor.

»Ich bin nicht sicher, ob das eine gute Idee ist.« Melyor machte sich nicht die Mühe, Orris' oder ihre Worte für den

Steinträger zu übersetzen. »Wir können nicht wissen, wer außer den Netzwerk-Leuten diesen Gang benutzt. Herrscherin Shivohn verfügt ebenfalls über Sicherheitskräfte. Sie sind vielleicht nicht so gefährlich wie die SiHerr, aber wir sollten ihnen lieber aus dem Weg gehen.«

»Warum?«, fragte Orris. »Wir sind hergekommen, um Shivohn zu sehen. Wer sollte uns besser zu ihr führen können als ihre eigenen Leute?«

Melyor sah ihn einen Augenblick an. »Ein interessanter Gesichtspunkt«, gab sie schließlich zu. Sie sprach mit Gwilym, sah aber weiterhin Orris an. Als sie fertig war, nickte Gwilym, als dächte er darüber nach, was sie gesagt hatte. Schließlich antwortete er mit einem kurzen Satz.

Melyor verzog das Gesicht zu einem dünnen Lächeln. »Er ist ganz deiner Meinung.«

»Und das stört dich?«, fragte Orris.

Sie zuckte die Achseln. »Nein. Aber es überrascht mich auch nicht sonderlich.«

Es stellte sich heraus, dass sie nicht lange warten mussten. Nach ein paar Minuten hörten sie die Stimmen mehrerer Männer und sahen, wie Licht auf die Wand eines einmündenden Tunnels fiel. Orris musste an die beiden Brüder denken, die sie getroffen hatten, bevor sie Bragor-Nal verließen, und nahm an, dass sich Gildriiten näherten.

Aber als sechs Männer in Uniform um die Ecke bogen und ihre Lampen auf die drei richteten, erkannte er seinen Fehler. Die Männer zogen sofort ihre Waffen, und einer von ihnen schrie Orris und seinen Begleitern etwas zu. Melyor antwortete, aber der Mann wiederholte nur seinen Befehl, diesmal noch lauter und energischer. Melyor nickte, holte die Waffe aus dem Holster am Oberschenkel und warf sie auf den Steinboden.

Wieder gab der Mann einen Befehl. Widerstrebend und mit leicht zitternden Händen legte Gwilym seinen Stab auf den Boden, und gleichzeitig legte Melyor die Hand auf Orris' Arm.

»Sie wollen, dass du deinen Stab hinlegst«, sagte sie leise. »Sie nehmen uns gefangen.«

7

Um die Absichten unserer Feinde in Lon-Ser zu durchkreuzen, sollten wir nach meiner Ansicht ihrem Beispiel folgen. In anderen Worten, so wie sie versuchten, das Ansehen des Ordens zu untergraben und dann das Misstrauen der Menschen in unserem Land auszunutzen, sollten wir versuchen, Möglichkeiten zu finden, um die Schwächen in der Gesellschaft von Lon-Ser, in seiner Wirtschaft oder seiner Herrschaftsstruktur zu unseren Gunsten zu nutzen. Das Problem dabei besteht natürlich, wie ich an anderer Stelle schon angemerkt habe, darin, dass wir so schrecklich wenig darüber wissen. Wir wissen nicht einmal sicher, wer dafür verantwortlich war, dass diese Fremden nach Tobyn-Ser kamen. Dennoch, nach allem, was ich bisher von Baram erfahren habe, glaube ich, unsere größte Hoffnung, die Ereignisse innerhalb von Lon-Ser zu beeinflussen, bestünde darin, sich auf einen oder mehrere der folgenden Aspekte zu konzentrieren: die Instabilität der Autoritätsstruktur der Nals, den ständigen Verfall der Lebensbedingungen und die Rivalitäten und das Misstrauen, die ein Nal vom anderen trennen.

Aus Kapitel neun des »Berichts von Eulenmeister Baden über seine Verhöre des Ausländers Baram«, vorgelegt auf der 1014. Versammlung des Ordens der Magier und Meister, im Frühjahr des Gottesjahres 4625.

In all ihren Jahren als Gesetzesbrecherin und Nal-Lord in Bragor-Nal war Melyor nie im Gefängnis gewesen, nicht einmal für eine einzige Nacht, nicht einmal wegen etwas so

Läppischem wie Trunkenheit, nicht einmal während ihrer Zeit als Unabhängige, wenn Gesetzesbrecher am ehesten zum Ziel der Sicherheitskräfte wurden. Aber sie kannte viele, die Gefängniserfahrung hatten – Männer und auch Frauen. Und sie wusste von ihnen, dass die Gefängnisse von Bragor-Nal schlimme Orte waren, wo männliche Gefangene ebenso schnell an einer Krankheit sterben konnten wie durch die Schläge, die sie regelmäßig von den Wärtern erhielten, und wo weibliche Gefangene häufig vergewaltigt wurden. Einige dieser Gefängnisse waren schlimmer als andere. Aber keines war gut.

Also nahm sie an, dass das Gefängnis, in das sie von den Sicherheitsleuten aus Oerella-Nal gebracht wurden, kein bisschen besser sein würde. Als sie die dicken Stahlgitter und die Steinmauern sah, machte sie sich keine Illusionen über Fluchtmöglichkeiten; aber sie hätte sich nie vorstellen können, dass ein Gefängnis so sauber und so hell beleuchtet sein könnte. Die Gitter waren poliert, die Mauersteine makellos. Die Stahlpritsche, auf der sie lag, war hart und kalt, aber sauber. Der Wärter, der ihr das Essen gebracht hatte, hatte sie nicht angerührt, obwohl er sie gierig von oben bis unten angestarrt hatte. Und das Essen war zwar relativ fade, aber ausreichend und nahrhaft. Für ein Gefängnis war es hier erstaunlich bequem. Für ein Gefängnis.

Man hatte Gwilym und Orris selbstverständlich in den Männertrakt gebracht. Melyor hatte nichts dagegen. Sie wollte im Augenblick wirklich nichts mit den beiden zu tun haben. Ohne die Entscheidung der beiden Männer wären sie immer noch frei und könnten versuchen, durch die Tunnel von Oerella-Nal zu Shivohns Palast zu gelangen.

»Ich hätte nie auf sie hören sollen«, murmelte sie leise.

Sie brauchte einen Moment, um zu begreifen, dass sie die Sprache des Zauberers benutzt hatte.
Es war beinahe Morgen. Sie konnte sehen, wie das erste silbrig graue Morgenlicht durch das vergitterte Fenster oben in der Wand fiel. Sie hatte nun fünf oder sechs Stunden hier gelegen, war aber zu aufgeregt gewesen, um schlafen zu können. Sie wusste, dass Klinge, falls er ihnen immer noch folgte, sie hier nicht erreichen konnte, aber sobald er erfuhr, dass man sie gefangen genommen hatte, würde er sie leicht finden können. Und wenn man sie entließ, gab es keine Garantie dafür, dass sie ihren Werfer oder den Dolch zurückbekommen oder dass man dem Steinträger und Orris ihre Stäbe zurückgeben würde. Und in diesem Fall wären sie für die Attentäter leichte Beute.
Wieder einmal brachten die Gedanken an Klinge und seine Männer auch Angst um Jibbs Sicherheit mit sich. Sie kannte Cedrych; sie wusste, wie er vorging. Wenn er es gewesen war, der die Attentäter auf sie gehetzt hatte – und wer sonst sollte so etwas tun? –, dann würde er auch Jibb jagen. Sie zu töten und ihren Leibwächter und Freund am Leben zu lassen war viel zu gefährlich. War Jibb tot?, fragte sie sich, während sie zu dem kleinen Fenster hinaufstarrte. Hatte man ihn aus dem Vierten vertrieben? Sie schüttelte den Kopf. Sie konnte nichts für ihn tun. Sie war nicht einmal sicher, ob sie noch etwas für sich oder ihre Begleiter tun konnte. Aber das war es, worum sie sich Sorgen machen sollte. Sie zwang sich, den Gedanken an Jibb wegzuschieben, und versuchte sich stattdessen auf ihre Situation zu konzentrieren.
Sie musste einen Weg finden, die Gefängniswärter davon zu überzeugen, dass sie und ihre Begleiter mit Shivohn

oder zumindest mit einer der Untergebenen der Herrscherin sprechen mussten – Legatinnen hießen sie hier in Oerella-Nal. Aber sie hatte den größten Teil der Nacht nicht einmal einen Wärter zu sehen bekommen, nicht seit dieser untersetzte Mann ihr das Essen gebracht hatte. Sie hatte hier und da gehört, wie Stahltore geöffnet oder geschlossen wurden, und sie hatte das Schluchzen einer Frau gehört – eine Gefangene, nahm Melyor an – und das Würgen einer anderen. Aber diese Geräusche waren aus relativ weiter Entfernung gekommen. Soweit sie es beurteilen konnte, war sie die Einzige in diesem Teil des Gefängnisses.

Melyor lag noch ein oder zwei Stunden auf der Pritsche und sah zu, wie es vor dem Zellenfenster heller wurde, dann hörte sie, wie in der Nähe ein Stahltor geöffnet wurde und sich Schritte von zwei Personen näherten.

Frühstück, dachte sie und setzte sich auf.

Aber es waren keine Gefängniswärter, sondern zwei Mitglieder von Shivohns Sicherheitskräften in ihren adretten scharlachroten Uniformen, und sie brachten kein Essen.

»Komm mit, du wirst gebraucht«, sagte einer, und sie konnte ihn nur schwer verstehen, weil er diesen seltsamen Oerella-Akzent hatte.

Melyor sah ihn misstrauisch an. »Wozu?«

»Wir können einen deiner Freunde nicht verstehen – den mit diesem bösartigen Vogel.«

Melyor hatte von einem Mann zum anderen geschaut und kaum darauf geachtet, wie sie aussahen. Tatsächlich waren sie den großen, kräftigen Gardisten, die sie in Cedrychs Hauptquartier gesehen hatte, sehr ähnlich und damit irgendwie austauschbar. Aber als einer der Männer Orris' Falken erwähnte, bemerkte sie, dass er einen frischen, hässlichen Kratzer an der Schläfe hatte. Sie verkniff sich ein Lachen.

»Er scheint uns auch nicht zu verstehen«, fuhr der Sicherheitsmann fort, »und wir wollen, dass er seinen Vogel zurückpfeift, oder wir müssen das Vieh töten.«

Melyor stand auf. »Das dürft ihr nicht.«

Der zweite kniff die Augen zusammen. »Warum nicht?«, fragte er.

»Weil er ein Zauberer aus Tobyn-Ser ist«, sagte sie. »Und«, fuhr sie fort, und sie wusste, dass sie damit ein großes Risiko einging, »weil er ein Gast von Herrscherin Shivohn ist. Wir alle sind ihre Gäste.«

Sie sahen sie skeptisch an. »Wenn ihr Gäste der Herrscherin seid, warum versteckt ihr euch dann in den Tunneln?«, wollte der zweite Mann wissen.

»Wir sind heimlich aus Bragor-Nal geflohen und haben die Berge überquert, um hierher zu kommen, aber ich glaube, dass uns Attentäter auf den Fersen waren. Wir haben uns vor ihnen versteckt.«

»Ich glaube dir kein Wort«, sagte der erste.

Melyor schluckte. Sie hätte eine solche Geschichte auch nicht geglaubt, aber sie kannte sich ein wenig aus, was diese Sorte Männer anging. »Das kann ich euch nicht übel nehmen«, sagte sie aufrichtig. »Aber könnt ihr euch in dieser Sache einen Irrtum leisten?«

Die Männer sahen einander an. »Vielleicht sollten wir mit der Legatin darüber sprechen«, erklärte der erste schließlich.

»Ja, tut das«, sagte Melyor. »Aber in der Zwischenzeit lasst mich bitte zu meinen Freunden. Ich kann den Zauberer für euch beruhigen.« Sie wollte immer noch nichts mit den

beiden zu tun haben, aber sie begriff auch, wenn sie dafür sorgen wollte, dass sie freigelassen wurden, brauchte sie Orris' Hilfe.
Die beiden Männer wechselten einen weiteren Blick, sagten aber nichts. Melyor hatte erfolgreich Zweifel gesät; vielleicht sogar Angst, wenn sie Glück hatte. »Ich bin nicht sicher«, sagte einer.
»Wir wären immer noch in eurem Gefängnis«, sagte sie. »Ihr habt sie doch in nebeneinander liegenden Zellen untergebracht, oder? Dann steckt mich doch in die nächste.«
»Aber sie sind auf der Männerseite!«
Melyor seufzte entnervt. »Sie sind in Gefängniszellen! Wir alle werden in Gefängniszellen sein!« Sie grinste. »Ich bin gut, aber nicht so gut.«
Der zweite Mann wurde rot, aber der erste starrte sie nur an. »Glaubst du, du kannst den Zauberer beruhigen?«, fragte er.
»Ja«, antwortete sie ernst. »Ich glaube nicht, dass jemand anders das könnte.« Sie dachte daran, noch mehr zu sagen, hielt dann aber inne. Es wäre besser, ihnen so wenig wie möglich zu verraten. Irgendwann könnte es sich vielleicht als nützlich erweisen, wenn die Sicherheitsleute Angst vor Orris' Magie hatten.
Zum dritten Mal sahen die Männer einander an. Schließlich zuckte der erste die Achseln. »Es wäre einen Versuch wert«, sagte er. »Ich will mich nicht wieder mit diesem verrückten Vogel anlegen.«
Der zweite nickte zustimmend. Sie drückten einen Knopf an der Wand vor ihrer Zelle, und eine Gittertür glitt auf, so dass Melyor auf den Flur hinausgehen konnte.
»Hier entlang«, wies der erste Mann sie an und winkte mit einer schwieligen Hand. Sie führten sie durch mehrere

Flure und Türen, bis sie schließlich die Männerseite des Gefängnisses erreicht hatten. Die Zellen hier waren kaum weniger sauber als auf der Frauenseite, aber viel voller. Beinahe alle waren besetzt und in vielen befanden sich zwei oder sogar drei Männer.

Als Melyor vorbeiging, begannen die Gefangenen zu pfeifen und zu johlen. Viele riefen ihr obszöne Bemerkungen zu. Melyor hatte so etwas oft über sich ergehen lassen müssen, aber nicht mehr in den letzten Jahren; nicht, seit sie Nal-Lord geworden war. In den letzten Jahren hatte sie Männer getötet, die solche Dinge zu ihr gesagt hatten. Instinktiv griff sie nach dem Werfer, aber der war natürlich weg, ebenso wie das Messer, das sie ansonsten im Stiefel trug. Sie fühlte sich nackt ohne diese Waffen.

»Das war vielleicht doch keine so gute Idee«, flüsterte der zweite Mann, als die Reaktionen auf Melyor immer intensiver wurden.

»Sei still und geh weiter«, sagte der erste. »Sobald wir hinten sind, ist alles in Ordnung.«

Sie kamen an ein paar Wärtern vorbei, die angesichts der deutlichen Unruhe der Sicherheitsleute höhnisch grinsten, aber nichts unternahmen, um die Gefangenen zu beruhigen.

Ein paar Minuten später – obwohl es viel länger schien – führten die beiden Männer Melyor durch eine große Stahltür, und wie der erste Mann vorhergesagt hatte, hörten die Pfiffe und Rufe plötzlich auf. Dieser Teil des Männergefängnisses war ebenso leer wie die Frauenseite. Nur die beiden letzten Zellen waren besetzt, und zwar von Melyors Freunden.

Obwohl sie wütend auf Orris und Gwilym war, weil die

beiden dafür gesorgt hatten, dass sie gefangen genommen wurden, war Melyor froh, sie zu sehen.
»Ich höre, ihr habt unseren Gastgebern Ärger gemacht?«, fragte sie den Zauberer in Tobynmir.
Orris grinste sie an, obwohl seine dunklen Augen blitzten. »Ich habe mein Bestes getan. Bist du deshalb hier? Um mich zu zähmen?«
»So was Ähnliches, ja.« Sie wandte sich Gwilym zu. Er war ein wenig bleicher als sonst, aber ansonsten schien er alles gut überstanden zu haben. »Hallo, Steinträger«, sagte sie in ihrer eigenen Sprache. »Ist alles in Ordnung?«
Er nickte. »Mir geht es gut, danke. Aber ich hatte Angst um Orris. Ich dachte schon, sie würden ihm wehtun.« Er lächelte ein wenig gezwungen. »Ich bin froh, dich zu sehen, Melyor. Und ich denke, es geht Orris ebenso.«
Sie erwiderte sein Lächeln. »Danke. Ich freue mich auch, euch zu sehen.«
Der erste Sicherheitsmann öffnete die Tür zur Nachbarzelle und winkte Melyor hinein. »Sorge dafür, dass sie sich ordentlich benehmen«, warnte er sie streng und schloss die Tür wieder. »Wir müssen mit unserer Legatin sprechen.«
Melyor nickte, und die beiden Männer gingen.
»Du hättest beinahe dafür gesorgt, dass dein Vogel getötet wird«, sagte sie zu Orris. »Weißt du das überhaupt?«
Es freute sie zu sehen, wie er blass wurde.
»Nein«, sagte er leise. »Ich wusste, dass sie wütend waren, aber ich hätte nicht gedacht, dass sie so weit gehen würden.«
Melyor strich sich das Haar zurück. »Es überrascht mich, dass sie es nicht getan haben. Wer immer ihnen Befehle erteilt, muss sie angewiesen haben, uns keinen Schaden zuzufügen.«

»Warum sollte jemand das tun?«

»Vielleicht aus Neugier«, antwortete sie. »Ich kann mir nicht vorstellen, dass jeden Tag ein Steinträger, ein Zauberer und eine Frau aus Bragor-Nal in ihren unterirdischen Gängen auftauchen.«

»Und was machen wir jetzt?«

»Wir warten«, sagte Melyor und legte sich auf die Pritsche ihrer neuen Zelle. »Ich habe ihnen gesagt, wir seien Gäste der Herrscherin. Vielleicht wird das ja die Aufmerksamkeit der Legatin erregen.«

Einige Zeit geschah nichts. Die drei verbrachten den gesamten Tag und eine weitere Nacht im Gefängnis. Orris hielt sich an Melyors Warnung und verärgerte die Wärter nicht mehr, aber alle drei weigerten sich, Fragen zu beantworten.

»Wir sind Gäste der Herrscherin«, war alles, was Melyor immer wieder sagte. Aber je mehr Zeit verging, desto nervöser wurde sie. Wenn ihr Trick nicht funktionieren sollte, war es durchaus möglich, dass sie lange Zeit hier im Gefängnis blieben.

Am nächsten Morgen kamen schließlich die beiden Gardisten in ihren scharlachroten Uniformen mit vieren ihrer Kameraden zurück, begleitet von einer hoch gewachsenen Frau in einem langen schwarzen Gewand mit passendem schwarzem Kopfputz. Unter dem Tuch hatten sich ein paar Strähnen goldblonden Haars hervorgestohlen und umrahmten ein kantiges Gesicht, das attraktiv, aber streng war, mit blauen Augen und einem breiten Mund. Sie blieb schweigend stehen und sah Melyor und ihre Freunde eine Weile abschätzend an. »Ich bin Legatin Wiercia. Ich werde euch zur Herrscherin bringen.«

Melyor stand auf. Sie konnte kaum glauben, was sie da gehört hatte. »Tatsächlich?«
Die Legatin bedachte sie mit einem verächtlichen Lächeln. »Das wolltet ihr doch, oder?«
»Ja«, antwortete Melyor und versuchte, sich von ihrer Überraschung zu erholen. »Aber ich ...« Sie hielt inne, denn sie wusste nicht genau, wie viel sie verraten sollte.
Das Lächeln der Frau wurde intensiver, aber es lag keine Wärme darin. »Aber du hattest erwartet, dass wir deiner Bitte nicht nachkommen würden.«
Melyor spürte, wie ihre eigenen Züge härter wurden. »Ich wusste nicht, was ich erwarten sollte. Die Behandlung, die uns bisher zuteil wurde, hat nicht dazu beigetragen, unser Vertrauen zur Herrscherin oder ihren ... Bediensteten zu erhöhen.«
»Ich kann mir vorstellen«, erwiderte Wiercia ohne zu zögern, »dass die Behandlung, die euch hier zuteil wurde, erheblich besser ist, als ein Gast von den ... Bediensteten eures Herrschers zu erwarten hätte.«
Melyor funkelte die Frau durch das polierte Stahlgitter wütend an, aber sie schwieg. Was sollte sie auch schon sagen?
»Was ist denn los?«, wollte Orris wissen.
»Sie bringen uns zur Herrscherin«, erklärte Melyor.
»Einfach so?«, fragte Orris misstrauisch. »Traust du ihr?«
Die Frage kam ihr ganz vernünftig vor, obwohl sie sie nicht beantworten konnte. »Glaubst du, es wäre besser für uns, hier zu bleiben?«, erwiderte sie bissiger, als sie vorgehabt hatte.
»Das ist keine Antwort.«
»Ich weiß«, erklärte sie reumütig. »Aber eine andere Antwort habe ich nicht.«

Orris grinste. »Dir ist bloß nichts anderes mehr eingefallen.«
»Das ist also der Zauberer«, sagte Wiercia und ging näher zu Orris' Zelle.
»Das hast du wohl an dem Vogel erkannt«, sagte Melyor sarkastisch und nickte zu dem Falken auf Orris' Schulter hin.
Die Legatin antwortete nicht, sondern lächelte nur kühl und wies die Gardisten an, Melyor und ihre Begleiter aus den Zellen zu holen. Dann führte sie die Sicherheitsleute und die Gefangenen auf einem anderen Weg aus dem Gefängnis, der es ihnen gestattete, die Flure entlang der vollen Zellen zu umgehen.
Sie kamen in eine große unterirdische Kammer, wo zwei schwarze Transporter auf sie warteten. Einer von ihnen war lang und elegant und eindeutig der Transporter der Legatin. Der andere war groß genug für die sechs Gardisten und Melyor, Gwilym und Orris. Sobald sie alle saßen, fuhren die Transporter auf die Straßen des Nal hinaus und dann auf die schimmernde weiße Höhe von Oerella-Nal.
Sie fuhren einige Zeit auf der Höhe, immer nach Norden und weg vom Median-Gebirge. Von dieser erhöhten Straße aus erinnerte der Anblick des Nal Melyor sehr an ihr Zuhause. Die Gebäude schimmerten im Sonnenlicht heller, aber in vielerlei Hinsicht waren die Blocks hier denen in Bragor-Nal sehr ähnlich. Erst als der Transporter wieder in das Straßengewirr zurückkehrte, erkannte sie, wie sehr sie sich geirrt hatte. Bäume mit frischen grünen Blättern säumten die Hauptstraßen jedes Blocks. Es gab keine Abfallhaufen. Die Fußgängerwege waren mit bunten Fliesen in Blau, Gold und Rot gekachelt. Sie kamen zu einem großen See, dessen tiefblaues Wasser in der Morgensonne

schimmerte, und fuhren weiter an seinem Ufer entlang. Große Bäume warfen Schatten und wechselten sich mit Grasflächen ab, die sich am See entlangzogen, und am Nordufer stand ein riesiger Palast aus schlichtem weißem Marmor.

Melyor sah Orris an, aber der Zauberer hatte die Augen geschlossen, als befände er sich in tiefster Meditation. Also wandte sie sich Gwilym zu und sah, dass der Steinträger aus dem Fenster schaute, obwohl er sich nicht darüber zu freuen schien, was er sah. Er war wieder blass, wie schon zuvor im Gefängnis, und seine Hände zitterten.

»Ist etwas nicht in Ordnung, Gwilym?«, fragte sie besorgt.

Er schüttelte den Kopf und versuchte zu lächeln, aber er schwieg, und schließlich schaute Melyor wieder auf den See hinaus.

Sie kamen nun näher zu dem Palast, der, wie Melyor annahm, die Residenz der Herrscherin war. Trotz der Größe war es ein relativ bescheidenes Gebäude, viel weniger aufwendig als der Goldpalast, in dem der Herrscher von Bragor-Nal residierte. Die weiße Marmorfassade war schmucklos, wenn man von einem schlichten gemeißelten Muster absah, das Türen und große Fenster umgab. Der Palast stand allerdings in einem großen Garten mit einer Unzahl von Pflanzen, die Melyor noch nie zuvor gesehen hatte.

Die Transporter benutzten eine halbrunde Einfahrt und blieben schließlich vor dem Haupttor des Palastes stehen. Man befahl Melyor und den anderen, aus dem Fahrzeug auszusteigen, und als sie das taten, wurden sie von einem großen Kontingent von Gardisten empfangen, die alle die scharlachroten Uniformen von Herrscherin Shivohns Sicherheitskräften trugen. Eine Gruppe von sechs Männern führte die Gefangenen in den Palast und in ein riesiges Foyer mit hohen, geschnitzten Decken und Dutzenden von Portraits an den Wänden. Melyor nahm an, dass die Gemälde ehemalige Herrscherinnen zeigten, denn sie trugen alle lange rote Gewänder, die genau zu der Farbe der Uniformen der Sicherheitsleute passten.

Sie warteten einige Zeit in dieser Halle, bis Legatin Wiercia schließlich am anderen Ende erschien und auf Melyor und ihre Begleiter zukam. »Die Herrscherin wird euch jetzt empfangen«, verkündete sie feierlich. Mit wehendem schwarzem Gewand drehte sie sich um und winkte ihnen, ihr zu folgen. »Hier entlang.«

Sie führte sie ein Stück des Wegs zurück, den sie gerade gekommen waren, und durch zwei hohe weiße Türen in einen großen Raum. Die gegenüberliegende Wand dieses Zimmers bestand beinahe vollkommen aus Glas und bot einen hervorragenden Blick auf weitere Gärten und dahinter auf die in der Sonne schimmernden Gebäude von Oerella-Nal. Der Boden bestand aus dunklem Holz mit beinahe gerader Maserung, und an den Seitenwänden hingen kunstvolle Wandteppiche, die schönsten, die Melyor je gesehen hatte. Es gab mehrere Sessel, Sofas und Tische, und in der Mitte, auf einem einfachen Holzstuhl, saß eine Frau in einem scharlachroten Gewand.

Melyor hatte nun schon seit über zehn Jahren Geschichten über Shivohn, Herrscherin von Oerella-Nal, gehört. Angeblich war sie eine Frau mit eisernem Willen und scharfer Intelligenz, eine zähe Verhandlungspartnerin, die keine Geduld für die Dummheit anderer hatte und keine Gnade für ihre Feinde kannte. Und nun saß sie vor ihnen, eine kleine, untersetzte Frau mit einem runden Gesicht und freundlicher Miene. Ihre Augen waren groß und braun, und ihr Haar war so blond, dass es beinahe weiß wirkte. Sie war auf eine unauffällige Weise hübsch, und sie sah aus wie eine freundliche Tante oder eine Großmutter, aber ganz bestimmt nicht wie die Herrscherin eines mächtigen Nal.

Shivohn sah ihre Besucher eine Zeit lang forschend an, dann warf sie der Legatin und den Gardisten einen Blick zu.

»Du kannst gehen, Wiercia«, sagte sie mit tiefer, ein wenig heiserer Stimme. »Und nimm die Männer mit.«

Die Legatin verbeugte sich. »Jawohl.« Sie gab den Wachen ein Zeichen zu gehen, dann folgte sie ihnen und ließ die drei Besucher mit Shivohn allein.

Eine Zeit lang herrschte Schweigen. Shivohn blieb sitzen, sah von einem ihrer Gäste zum anderen und betrachtete sie immer noch mit derselben Gelassenheit.

»Sag ihr, wer wir sind«, forderte Orris schließlich im Flüsterton. »Sag ihr, dass wir hergekommen sind, um sie um Hilfe zu bitten.«

Shivohn sah Orris einen Moment an, aber dann wandte sie sich erwartungsvoll an Melyor.

Melyor räusperte sich und ahmte dann etwas ungeschickt Wiercias Verbeugung nach. »Wir grüßen dich, Herrscherin. Es ist uns eine Ehre, dass du uns empfängst. Mein Freund hat mich gebeten ...«

»Ich weiß, was er gesagt hat«, unterbrach Shivohn sie in Lonmir.

Melyor riss erstaunt die Augen auf. »Du verstehst ihre Sprache?«, flüsterte sie verblüfft.

»Ja. Ich spreche sie auch. Das scheint dich zu überraschen.«

Melyor zuckte die Achseln. »Nun ... irgendwie schon.«

»Mein zweiter Mann war ein Kaufmann aus Abborij«,

erklärte die Herrscherin und fuhr zerstreut mit einem dicklichen Finger über die Armlehne ihres Stuhls. »Er hat mir Tobynmir und Abborij beigebracht. Und außerdem«, fuhr sie fort, und ihr Blick bohrte sich geradezu in Melyors Augen, »bin ich eine Herrscherin; es steht mir an, über solche Kenntnisse zu verfügen. Es kommt mir jedenfalls nicht ungewöhnlicher vor, als wenn ein Nal-Lord Tobynmir spricht. Denkst du nicht auch, Melyor? Vielleicht kannst du mir verraten, wo du es gelernt hast?«

Melyor setzte an, etwas zu sagen, aber sie konnte nicht. Ihre Lippen waren trocken, ihr Herz raste. Wie konnte sie antworten? Es war verblüffend, wie rasch die Herrscherin sie in die Defensive gedrängt hatte, ohne auch nur vom Stuhl aufzustehen oder die Stimme zu heben.

Die Herrscherin lächelte kühl. »Aber diese Angelegenheiten können warten.« Sie wandte sich an Orris. »Dein Vogel ist wunderschön«, sagte sie in makellosem Tobynmir. »Wie heißt sie?«

Man konnte Orris nicht ansehen, ob er von der Fähigkeit der Herrscherin, seine Sprache zu sprechen, überrascht war.

»Sie heißt Anizir.«

»Und du?«

»Ich bin Falkenmagier Orris.«

Die Herrscherin sah ihn einen Augenblick lang von oben bis unten an, ganz ähnlich, wie ein Kämpfer einen Gegner abschätzt, bevor er die Klinge zieht. »Warum bist du hier, Orris?«, wollte sie wissen.

Der Zauberer lächelte dünn. »Ich denke, das weißt du.«

Shivohn nickte. »Ah ja. Der Brief eurer Eulenweisen. Du hast uns nicht geglaubt, als wir erklärten, dass wir nichts von den Ereignissen wissen, die sie beschrieben hat?«

»Nein«, erwiderte er offen. »Diese Männer haben Waffen benutzt, die wir zuvor in unserem Land noch nie gesehen hatten. Sie hatten künstliche Vögel dabei, wie sie kein Handwerker in Tobyn-Ser je hätte herstellen können. Woher sonst sollten sie kommen, wenn nicht aus Lon-Ser?«

»Ich weiß es nicht«, erwiderte die Herrscherin ebenso offen. »Aber das ist kein Beweis, dass sie von hier gekommen sind.«

»Wir haben einen der Fremden gefangen genommen«, fuhr Orris fort. »Er kam aus Lon-Ser. Er hat uns viel über euer Land erzählt. Ich habe ihn mit hierher gebracht, aber er ist geflohen, sobald wir in Bragor-Nal waren.«

»Wie bitte?«, warf Melyor ein. »Das hast du bislang ja gar nicht erwähnt!«

Orris grinste sie auf diese bestimmte Weise an, die sie immer wütend machte, aber dann wandte er sich wieder der Herrscherin zu.

»Die Eulenweise berichtete in ihrem Brief, dass ihr alle Eindringlinge bis auf einen getötet habt«, sagte Shivohn ernst. »Ich wusste nicht, dass ihr einen Gefangenen gemacht hattet, und ganz bestimmt nicht, dass er aus Lon-Ser stammte.« Sie hielt kurz inne. »Dennoch, auch das ist kein Beweis, dass jemand aus unserem Land ihn geschickt hat. Viele unserer Leute kämpfen als Söldner. Fragt nur die Potentaten von Abborij!«

»Mein Oberlord hat ihn geschickt«, hörte Melyor sich selbst in Lonmir sagen. »Ein Mann namens Cedrych.«

Shivohn sah sie mit offener Neugier an. »Das weißt du sicher?«, fragte sie.

»Ja.«

»Wie ging das vor sich?«, wollte die Herrscherin wissen.

Melyor holte tief Luft. »Die erste Gruppe hat versagt, ich sollte die zweite anführen.«
Shivohns Augen wurden größer. Dann nickte sie. »Daher beherrscht du die Sprache so gut.«
Melyor schwieg.
»Warum tust du das?«, fragte die Herrscherin. »Warum hilfst du dem Zauberer?« Sie zeigte auf Gwilym. »Ich denke, ich verstehe, wieso der Steinträger hier ist. Aber warum du? Warum sollte Melyor i Lakin so viel für etwas aufgeben, das so wenig verspricht?«
»Was immer du über mich zu wissen glaubst«, entgegnete Melyor ruhig, »ist offenbar nicht alles. Vielleicht hast du Akten über mich, und daher weißt du, wer ich bin. Und vielleicht entspricht jedes Wort in diesen Akten der Wahrheit. Aber das bedeutet noch nicht, dass du mich kennst.«
Shivohn schien darüber nachzudenken. »Du könntest Recht haben«, sagte sie schließlich und sah Melyor in die Augen. »Aber nun frage ich dich abermals: Warum tust du das?«
Es spielte keine Rolle mehr. Nach allem, was sie getan hatte, seit Orris in Bragor-Nal eingetroffen war, spielte es keine Rolle mehr, wer es erfuhr. »Ich bin Gildriitin«, sagte sie, und es freute sie, das echte Staunen im Blick der Herrscherin zu sehen, das allerdings nur einen Moment andauerte, bevor die Frau ihre Emotionen wieder unter Kontrolle hatte.
»Bist du jetzt endlich überzeugt, Herrscherin?«, fragte Orris ungeduldig.
»Was die Eindringlinge in euer Land angeht, meinst du?«, erwiderte Shivohn nun wieder in Tobynmir.
Orris nickte.
Shivohn kaute einen Augenblick auf der Unterlippe –

etwas, das bei einer Frau, die offensichtlich die zweitmächtigste Person in Lon-Ser war, ein wenig fehl am Platz wirkte. »Nach allem, was Melyor und du mir gesagt haben«, erwiderte sie schließlich, »kann ich wohl nicht anders. Ich wünschte, ich hätte das gewusst, als der Brief der Euleweisen eintraf.«

»Hätte das etwas an deiner Antwort geändert?«, fragte Orris.

Shivohn stand auf und ging zu dem großen Fenster, das zum Garten hinausschaute. »Eine schwierige Frage«, gab sie zu. »Was ich glaube und was der Herrscherrat tut, sind zwei sehr verschiedene Dinge.« Sie drehte sich wieder zu ihnen um. »Hätte ich davon gewusst – hätten wir alle im Rat davon gewusst –, dann hätte das wahrscheinlich auch nicht viel geändert. Ich hätte vielleicht geraten, eurer Eulenweisen eine mitfühlendere Antwort zu schicken, aber Durell hätte mir widersprochen, und Marar hätte getan, was immer Durell wollte.«

»Ja«, sagte Orris und warf Melyor einen Seitenblick zu. »Ich habe schon gehört, wie es in diesem Rat zugeht.«

»Dann wirst du auch verstehen, wenn ich dir sage, dass ich nichts tun kann, um dir zu helfen.«

»Aber du weißt nun, dass ich die Wahrheit sage«, beharrte Orris. »Du kannst zumindest versuchen, die anderen Herrscher zu überzeugen.«

Die Herrscherin machte eine hilflose Geste. »Wozu?«

»Es muss doch möglich sein, Cedrych aufzuhalten!«, sagte Orris nun lauter.

»Es kann durchaus sein, dass Cedrych auf Durells Befehl hin gehandelt hat!«, entgegnete Shivohn bissig.

»Nein«, warf Melyor ein, »das hat er nicht. Das weiß ich. Cedrych hat es ihm noch nicht gesagt.«

Shivohn zögerte, aber nur für einen Moment. »Das spielt keine Rolle«, sagte sie. »Selbst wenn Durell es zuvor nicht gewusst hat, wird er nicht gestatten, dass der Rat in irgendeiner Weise etwas gegen Cedrych unternimmt. Er kann aus dieser Sache nur Gewinn ziehen; zu verlieren hat er nichts. Die Sache dem Herrscherrat zu unterbreiten wird nichts nützen«, schloss sie. »Tut mir Leid.«

»Du könntest es wenigstens versuchen«, drängte Orris. »Du hast doch auch nichts zu verlieren.«

»Im Gegenteil«, sagte die Herrscherin und kehrte zu ihrem Stuhl zurück. »Ich habe sehr viel zu verlieren. Wenn Melyor dir die Lage im Rat erklärt hat, dann weißt du auch, dass Oerella-Nal um alles kämpfen muss, was es braucht. Wenn ich all meine Macht an Dinge verschwende, bei denen ich ohnehin keine Aussicht auf Erfolg habe – besonders, wenn sie Durell auch noch in Verlegenheit bringen –, kann ich mich kaum mehr für das einsetzen, was meine Leute wirklich brauchen. Meine Verantwortung für Oerella-Nal steht an erster Stelle.«

Bei anderen Anführern hätte eine solche Äußerung aufgesetzt geklungen. Aber aus irgendeinem Grund neigte Melyor dazu, der Herrscherin zu glauben.

»Es tut mir Leid«, sagte Shivohn abermals. »Wirklich, ich wünsche deinem Volk nichts Böses. Tatsächlich haben mich Geschichten über eure Magie immer fasziniert. Aber ich habe keinen zwingenden Grund, euch zu helfen, und viele, es nicht zu tun. Ich weiß, das klingt brutal, aber es ist die Wahrheit.«

Orris nickte, als wollte er die Worte der Herrscherin abwägen. Aber Melyor sah seinem Blick an, dass er bereits an der nächsten Möglichkeit arbeitete.

»Du sagst also«, begann der Zauberer, »dass unser Konflikt nur mit Bragor-Nal besteht, nicht mit dem Rat?«

Shivohns Miene hellte sich auf. »Ja«, sagte sie. »Ja, genau! Ich bin froh, dass du das verstehst!«

»In gewissem Sinn«, fuhr er fort, »haben dein und mein Volk also einen gemeinsamen Feind.«

»Nun ...«

»Wenn Bragor-Nal tatsächlich Tobyn-Ser erobern sollte, würde es ihnen bei ihrem Wettbewerb mit deinem Nal einen gewaltigen Vorteil verschaffen, nicht wahr? Es würde ihnen viel bessere Möglichkeiten geben, als ihr sie habt.«

Melyor nickte, denn sie erkannte, wie klug Orris' Argumentation war, und sie musste wieder an ein Gespräch vor ein paar Tagen denken, in dem der Zauberer zugegeben hatte, dass er sich in der Kunst der Politik durchaus auskannte. Sie begriff nun, dass er zu bescheiden gewesen war. »Es wäre mehr als das«, fügte sie hinzu. »Es würde das Problem der Überbevölkerung lösen. Es würde uns gestatten, der Luft und dem Wasser zu entkommen, die wir derart verschmutzt haben. Tatsächlich würde es uns sogar erlauben, die gesamte Bevölkerung nach Tobyn-Ser zu schaffen und das Nal nur noch zur Herstellung von Waren zu nutzen. Früher oder später wird sich dann der Dreck in unserer Luft über die Berge ausbreiten und euch erreichen. Und ganz bestimmt wird die Wasserverschmutzung auch Stib-Nal betreffen.«

Shivohn schüttelte den Kopf und lächelte betrübt. »Du bist sehr schlau«, sagte sie zu Orris. »Ihr seid es beide«, verbesserte sie sich mit einem Blick zu Melyor.

»Daran ist nichts Schlaues«, erklärte Orris ernst. »Es ist

einfach nur logisch. Indem du mir hilfst, bringst du deinen Rivalen um den Sieg und die Gewinne, die ein Sieg ihm einbringen würde. Und vielleicht kannst du ja an seiner Stelle profitieren.«

»Wie meinst du das?«, fragte die Herrscherin und kniff die Augen zusammen.

»Ich habe nur einen kleinen Teil deines Nal gesehen«, sagte er, »aber schon jetzt ist mir klar, dass es sich gewaltig von Bragor-Nal unterscheidet.«

»Darauf sind wir auch sehr stolz.«

»Ich denke, die Menschen in meinem Land sollten erfahren, dass nicht alle Nals in Lon-Ser von Gewalt geprägt sind. In der Vergangenheit haben wir geglaubt, dass solch fortgeschrittene Waren nur Elend und nichts weiter bringen. Aber im Lauf der Zeit kann man uns vielleicht eines Besseren belehren. Es könnte möglich sein, dass deine Hilfe in dieser Sache den Beginn von Beziehungen zwischen deinem Volk und dem meinen erleichtert, und vielleicht – ebenfalls im Lauf der Zeit – auch von Handel.«

»Hältst du das für möglich?«, fragte Shivohn mit deutlichem Interesse.

»Ja. Selbstverständlich würde es Geduld brauchen. Meine Leute mögen keine Fremden, und unsere letzte Begegnung mit Lon-Ser hat das nicht besser gemacht. Aber ich denke, im Lauf der Zeit könnte es möglich sein.«

Die Herrscherin betrachtete ihn einige Zeit. Ihre anfängliche Begeisterung war verflogen, und ihre Miene war nun so neutral, wie sie es gewesen war, als Melyor und die anderen das Zimmer betreten hatten. Nach einiger Zeit jedoch lächelte sie kopfschüttelnd. »Das ist ein interessanter Vorschlag«, sagte sie. »Und ich gestehe dir zu, dass eins dabei

wirklich logisch klingt: Wenn Bragor-Nal gewinnt, wird das zu unserem Nachteil sein.«
Orris sah sie grimmig an. »Aber?«
»Aber ich kann immer noch nichts tun. Du gibst selbst zu, dass es Bragor-Nal ist, mit dem dein Land in Feindschaft liegt, oder genauer gesagt mit einem einzelnen Oberlord von Bragor-Nal. Ich kann einfach nichts tun. Ich kann mir nicht anmaßen, Durell vorzuschreiben, wie er sein Nal regiert und mit seinen Untergebenen umgeht, und ich würde es nicht hinnehmen, wenn er so etwas bei mir täte. Von Rechts wegen kann das nur im Rat geschehen, und wie ich bereits erklärt habe, wird das nicht passieren.«
»Denkst du, was Cedrych tut, würde Marar nicht stören?«, fragte Melyor. »Es betrifft auch sein Volk.«
»Marar ist ein Feigling und ein Dummkopf«, sagte Shivohn verächtlich. »Aber er ist schlau genug, um zu wissen, dass er besser dran ist, wenn er erlaubt, dass Bragor-Nal Tobyn-Ser einnimmt, als dass er Durell dazu provoziert, Stib-Nal zu erobern. Ich fürchte, von ihm könnt ihr keine Hilfe erwarten.« Wieder schüttelte sie den Kopf und sagte noch einmal: »Es tut mir Leid.«
Angespanntes Schweigen breitete sich aus, und es wurde zur allgemeinen Überraschung schließlich vom Steinträger gebrochen, der kein Wort gesagt hatte, seit sie den Palast betreten hatten. »Verzeih, Herrscherin«, begann er ehrfurchtsvoll. »Ich habe nur wenig von dem verstanden, was ihr hier besprochen habt, aber es scheint mir klar zu sein, dass du uns – aus welchem Grund auch immer – deine Hilfe verweigerst.«
Die Herrscherin nickte. »Ja, Steinträger. Das habe ich leider getan.«

»Warum hast du uns dann herbringen lassen?«, fragte Gwilym. »Wieso verschwendest du unsere und deine Zeit?«

Shivohn starrte ihn an, und für einen Augenblick glaubte Melyor, Gwilym hätte die Herrscherin verärgert. Aber dann lächelte Shivohn traurig. »Ich habe von einer Legatin, auf die ich mich verlassen kann, gehört, dass ihre Männer drei Fremde in den unterirdischen Gängen am Rand des Nal gefangen genommen haben. Einer war ein Steinträger, der andere scheinbar ein Zauberer aus Tobyn-Ser. Und die dritte war eine Frau aus Bragor-Nal, die eine bemerkenswerte Ähnlichkeit mit einem berüchtigten Nal-Lord aufwies. Wie hätte ich euch nicht herholen können?« Sie zuckte die Achseln. »Ich weiß, das ist keine besonders gute Antwort, aber es ist die Wahrheit.«

»Und was hast du jetzt mit uns vor?«, wollte der Steinträger wissen.

»Ich verstehe nicht, was du meinst.«

»Wir haben dein Nal verbotenerweise betreten. Melyor ist, wie du sagst, ein berüchtigter Nal-Lord aus einem Nal, das du als feindselig betrachtest. Darüber hinaus ist sie Gildriitin, ich bin Gildriite, und Oerella-Nal ist zwar nicht so schlimm wie seine Nachbarstädte, war aber auch niemals sonderlich freundlich zu meinen Leuten. Und Orris ist ein Fremder in einem Land, das bisher wenig Toleranz für Fremde an den Tag gelegt hat. Also frage ich dich noch einmal: Was hast du mit uns vor?«

»Ich werde euch als Ehrengäste der Matriarchie betrachten«, antwortete die Herrscherin, ohne zu zögern. »Ihr seid willkommen, so lange in Oerella-Nal zu bleiben, wie ihr möchtet. Ich werde euch Zimmer hier im Palast geben. Und ihr seid frei zu gehen, wohin ihr wollt.«

»Du solltest wissen, dass uns vielleicht Attentäter gefolgt sind«, sagte Melyor. »Man hat versucht, uns umzubringen, kurz bevor wir Bragor-Nal verließen, und wir glauben, dass man uns auch über das Gebirge verfolgt hat.«
Shivohn nickte. »Ich habe so etwas schon von Wiercia gehört. Ihr habt es gegenüber ihren Leuten erwähnt, glaube ich«, fügte sie hinzu und zog die Brauen hoch, »gleich nachdem ihr euch als Gäste der Herrscherin ausgegeben habt.«
Melyor spürte, wie sie rot wurde. »Es tut mir Leid, Herrscherin. Es kam mir zu diesem Zeitpunkt notwendig vor.«
Shivohn lächelte spöttisch und ging zu einem kleinen Schreibtisch in einer Ecke des Zimmers, wo sie auf einen Knopf an der Wand drückte. »Ich werde euch einen meiner Leibwächter und ein paar Männer von meiner Sicherheitstruppe zur Verfügung stellen. Das sollte genügen.«
»Können wir auch unsere Waffen zurückbekommen? Meinen Werfer und das Messer? Orris' Messer und die Stäbe?«
Shivohn antwortete nicht. Es klopfte an einer kleinen Tür neben dem Schreibtisch, und ein junger Mann mit dunklem Haar und schlankem, muskulösem Körperbau kam herein.
»Du hast gerufen, Herrscherin?«, sagte er und verbeugte sich vor ihr.
»Ja, Iwan. Ich möchte, dass du dich um meine Gäste kümmerst. Sorge dafür, dass sie alles erhalten, was sie brauchen, und begleite sie auf ihren Wegen. Nimm Sicherheitsleute mit – wir haben Grund anzunehmen, dass man ihnen aus Bragor-Nal gefolgt ist.«
»Ja, Herrscherin.«
Shivohn warf Melyor einen grimmigen Blick zu. »Und bring ihnen ihre Waffen, Iwan. Sie können sie vielleicht brauchen.«

»Sehr wohl, Herrscherin.« Dann war der Mann auch schon wieder verschwunden.

»Normalerweise würde ich das nicht erlauben, Melyor, nicht jemandem mit deinem Ruf. Aber unter diesen Umständen beuge ich mich deinen Wünschen.«

Melyor nickte. »Ich verstehe, Herrscherin. Danke.«

»Du solltest allerdings wissen«, fuhr Shivohn streng fort, als hätte sie Melyor gar nicht gehört, »dass die Sicherheitsleute euch ebenso überwachen wie schützen werden.«

Melyor grinste. »Sicherheitsleute hatten bisher nicht viel Glück mit mir, Herrscherin. Aber du brauchst dir keine Gedanken zu machen.«

»Ich hoffe nicht«, sagte Shivohn säuerlich. »Ich hoffe nicht.«

8

Eine Frage hat mich seit unsere Konfrontation mit den Fremden auf Phelans Dorn beunruhigt: Warum haben sie uns gerade zu diesem Zeitpunkt angegriffen, und warum haben sie eine so subtile Taktik angewandt? Sie sind in der Lage, ungemein gefährliche Waffen herzustellen, und die Probleme, die den eigentlichen Grund der Angriffe darstellten, haben ihr Land schon seit Jahrzehnten heimgesucht ...
In gewisser Weise hat der unbehauste Geist Therons bei seinen Gesprächen mit Falkenmagier Jaryd und Falkenmagierin Alayna diese Sache angesprochen, indem er erklärte, die Fremden könnten die Magie nicht direkt besiegen und versuchten deshalb, den Ruf des Ordens zu untergraben.
Baram jedoch gab eine andere Erklärung. Die drei Nals von Lon-Ser fürchten einander mehr als jeden Feind aus einem anderen Land. Sie teilen ihr Wissen nicht miteinander, und tatsächlich unternehmen sie große Anstrengungen, damit ihre fortgeschrittenen Waren nicht in die Hände der anderen fallen. Sie kämpfen auch darum, etwas zu wahren, was Baram als »Gleichgewicht« bezeichnet und womit er wohl die Stabilität meint, die dadurch erreicht wird, dass die Armeen von Bragor-Nal und Oerella-Nal beinahe gleich stark sind. Ein offener Angriff auf unser Land durch eines der Nals hätte dieses »Gleichgewicht« und darüber hinaus die Geheimhaltung gefährdet, die ihnen so viel bedeutet.
Aus Kapitel zwei des »Berichts von Eulenmeister Baden über seine Verhöre des Ausländers Baram«, vorgelegt auf der 1014. Versammlung des Ordens der Magier und Meister, im Frühjahr des Gottesjahres 4625.

Er hatte nicht aufgehört zu zittern, seit der Transporter die Höhe verlassen hatte und durch die schimmernden Straßen von Oerella-Nal zum Palast der Herrscherin gefahren war. Nichts, was er gehört hatte, als die Herrscherin mit Orris und Melyor gesprochen hatte, hatte ihn irgendwie trösten können. Es war nicht der Fehler seiner Freunde, nicht einmal der der Herrscherin. Die drei hatten ihre eigenen Sorgen, und obwohl Gwilym hoffte, dass Orris und Melyor eine Möglichkeit finden würden, Cedrychs Kampagne gegen Tobyn-Ser aufzuhalten und vielleicht sogar seine eigenen Leute vor weiterer Verfolgung zu schützen, begriff der Steinträger nun, dass nichts von diesen Dingen mehr für ihn zählte. Plötzlich wusste er, dass es für ihn nur noch um sein Zuhause im Dhaalmar-Gebirge ging und um die Menschen, die er liebte. Er wollte nur noch in die Berge zurückkehren, Hertha in den Armen halten und wieder unter seinen Freunden sein. Er hatte Orris das Leben gerettet. Deshalb war er hergekommen, und er hatte Erfolg gehabt. Nun war es Zeit, nach Hause zu gehen.

Keine Heldentaten, hatte Hertha gesagt. *Du musst tun, was du tun musst, und dann kommst du zu mir zurück.* Eine weise Frau.

Diese anderen Dinge – Cedrychs Initiative, die Politik des Nal, selbst Melyors Schicksal –, darauf hatte er keinen Einfluss. Das hatte alles nichts mit ihm zu tun. Und sicherlich hatten sie nichts zu tun mit dieser kalten, urtümlichen Angst, die ihn vor kurzer Zeit befallen hatte. Und kein Entschluss, der bezüglich dieser Angelegenheiten gefasst wurde, würde diese Angst vertreiben können.

Es half nicht einmal, dass er seinen Stein zurückerhielt. Ebenso wenig wie Iwans Anwesenheit und die der gut bewaffneten Gardisten, die sie aus dem Palast hinaus- und zurück in jene Gegend begleiteten, die der Leibwächter als das Seeviertel bezeichnete, jenen Teil von Oerella-Nal, der Shivohns Zuhause am nächsten lag. Obwohl die Häuser, die Gwilym und seine Begleiter in diesem Viertel sahen, niedrig und sogar hübsch anzusehen waren, schien ihre Rückkehr ins Nal nur die Unruhe zu vergrößern, die Gwilyms Magen zusammenzog und das Blut in seinen Adern so kalt werden ließ wie das Schneewasser, das im Frühling aus den Bergen herabfloss. Wie hätte es auch anders sein können? Denn diese baumgesäumte Straße, über die sie nun gingen, die Gehwege mit den bunten Fliesen und all diesen Männern und Frauen aus Oerella-Nal waren genau das, was er in einem Traum erblickt hatte, gleich nachdem er Oerella-Nal verlassen hatte und auf dem Weg nach Bragor-Nal gewesen war. Er erinnerte sich immer noch mit beunruhigender Klarheit daran: wie die riesigen Gebäude der weiter entfernten Blocks in der Mittagssonne geschimmert hatten – genau, wie sie es jetzt taten–, an das Gefühl, als er seinen Stab auf die Straße gestoßen hatte, und an den Anblick seines Steins, dessen Braunton sich in Scharlachrot gewandelt hatte, und schließlich, und das war das Seltsamste und Furchterregendste gewesen, an die Gleichgültigkeit, mit der Gwilym davongegangen war, während sein Stab immer noch von der Wucht vibrierte, mit der er ihn auf die Straße gestoßen hatte.

Die ganze Zeit hatte er versucht, diesen Traum als reine Phantasie abzutun, aber er hatte es besser gewusst. Obwohl seine Eltern ihm zu Beginn dieses Traums nicht erschienen waren, wie das bei Visionen immer der Fall war, hatte er gespürt, dass etwas Wahres daran war, eine Wahrnehmung, die an diesem Morgen bestätigt worden war, als er diese Straße zum ersten Mal vom Transporter aus gesehen hatte. Er war nicht sicher, was das alles bedeutete, aber das schlechte Vorgefühl, das seine Erinnerung an die Vision begleitete, hatte ihn erschaudern lassen, als wäre er gerade nackt in einen kalten Bergwind hinausgegangen.

Der Steinträger hörte, wie Orris etwas sagte, und einen Augenblick später legte ihm Melyor die Hand auf den Arm.

»Ist alles in Ordnung, Steinträger?«, fragte sie leise. »Bist du krank? Orris macht sich Sorgen. Er sagt, du siehst blass aus und sagst überhaupt nichts mehr.« Sie zögerte. »Ich mache mir auch Sorgen«, fügte sie schließlich hinzu.

Er legte seine Hand auf die ihre und drückte sie sanft. »Ich bin nicht krank«, sagte er vorsichtig. »Ich ... ich habe Angst.«

»Wovor?«

»Dieser Ort«, sagte er und zeigte auf die Straße. »Ich habe davon geträumt.« Er sah, wie Melyor blass wurde. Sie ist Gildriitin, erinnerte er sich. Sie versteht, welche Kraft Träume haben können.

»Was hast du gesehen?«, fragte sie kaum lauter als im Flüsterton.

Er lächelte dünn. »Nichts, was ich begreifen könnte«, sagte er. »Ich weiß nicht einmal, ob es eine echte Vision war.«

»Aber wir sind hier«, sagte sie und vervollständigte damit seinen Gedanken, »und du erkennst diesen Ort.«

Er nickte widerstrebend.

Sie drehte sich um und sagte etwas zu Orris. Gwilym nahm an, dass sie dem Zauberer berichtete, was er gesagt hatte. Als sie fertig war, sah Orris den Steinträger ernst und nachdenklich an. Offenbar kannte sich der Zauberer mit Visionen aus. Orris sagte leise etwas, und Melyor nickte zustimmend.

»Er sagt, wenn du in den Palast zurückkehren möchtest, dann ist das in Ordnung«, übersetzte Melyor. »Mich stört es auch nicht.«

Gwilym seufzte. »Nein. Ich denke, ihr wisst beide, dass das nicht funktionieren wird. Wenn die Götter beschlossen haben, dass hier mein Schicksal liegt, dann würde eine Rückkehr in den Palast das Unvermeidliche nur verzögern. Wir Gildriiten können nicht vor dem Blick und vor dem, was er uns zeigt, davonlaufen.«

Melyor übermittelte das Orris, der nickte und grimmig lächelte, als er ihr etwas sagte.

»Er meint, ein Gildriite zu sein ähnelt dem Leben eines Zauberers sehr.« Melyor sah Iwan an, der geduldig gewartet hatte, während die drei sich unterhielten. »Wir haben Grund anzunehmen, dass wir hier in Gefahr sein könnten«, sagte sie dem Höfling. »Wir wüssten es sehr zu schätzen, wenn du und die Wachen ganz besonders auf alles Ungewöhnliche achten würdet.«

Iwan nickte. »Selbstverständlich. Möchtet ihr auf das Palastgelände zurückkehren?«

»Nein«, erwiderte Melyor ohne weitere Erklärungen.

»Sehr wohl.« Iwan sprach kurz mit dem Hauptmann der Wache, der seinerseits seinen Männern Befehle gab. Die sechs großen, kräftigen Männer, die zu beiden Seiten der Reisenden gegangen waren, bildeten nun eine engere, rautenförmige Formation mit dem Hauptmann vorn, zwei Männern an jeder Seite und dem sechsten hinter ihnen.

Iwan zog seinen Werfer, aber er ging weiter neben Melyor her und erzählte ihr und den anderen die Geschichte des

Seeviertels, das einer der ältesten Teile des Nal war, älter noch als die ältesten Blocks. Der See selbst, offiziell als Müttersee bekannt, war noch von Herrscherin Oerella selbst angelegt worden. Die Gründerin von Oerella-Nal war in der Sturmbucht aufgewachsen und später hin- und hergerissen gewesen zwischen dem Bedürfnis, ihre letzten Jahre an einem Ort zu verbringen, wo sie Wasser hören und riechen konnte, und ihrer Überzeugung, dass eine Herrschein inmitten ihres Volkes leben sollte.
Gwilym versuchte dem Leibwächter zuzuhören, aber als Iwan zu Geschichten über Herrscherin Oerellas Nachfolgerinnen überging, fiel es dem Steinträger immer schwerer, sich zu konzentrieren. Selbst so dicht umgeben von den Gardisten, selbst unter dem Schutz von Melyor, die so geschickt mit einem Werfer war, und von Orris, der über solch große Macht verfügte, fühlte sich der Steinträger verwundbar. Und dennoch, er spürte, wie seine Angst langsam einer finsteren Erwartung wich. An dieser Sache war etwas Unausweichliches, das er nun langsam zu begreifen begann. Etwas würde geschehen. Er wusste das nun; es würde nichts nützen, wenn er versuchte, es zu verhindern. Tatsächlich ging es eher darum, die Ereignisse zu beherrschen, auf das vorbereitet zu sein, was auf ihn zukam, und sich nicht davon überraschen zu lassen, welche Gestalt es auch immer annehmen würde.
Und so war er auf seltsame Weise bereit, als der rote Feuerstrahl aus dem Nichts auftauchte, den Hauptmann der Wache frontal traf und ihn auf den Rücken schleuderte, die Vorderseite seiner Uniform schwarz und blutig und immer noch qualmend. Einen Augenblick später war überall Werferfeuer, schnitt durch die warme Luft mit einem Zischen,

das Gwilym an Fleisch auf einem Bratrost erinnerte. Ein weiterer Gardist starb bei der ersten Salve, fiel mit einem Flammenkreis, der auf seiner scharlachroten Uniform um den Rand einer tödlichen Wunde flackerte, vor Gwilyms Füße. Fehlschüsse trafen auch mehrere Personen, die auf der Straße unterwegs waren und die nichts mit Gwilym und seine Begleitern zu tun hatten. Im Seeviertel brach das Chaos aus. Überlebende flohen in alle Richtungen.

Iwan brüllte den vier überlebenden Gardisten zu, das Feuer zu erwidern, aber sie schienen ebenso wenig zu wissen, woher das Feuer eigentlich gekommen war, wie Gwilym es wusste. Außerdem waren sie viel zu beschäftigt damit, sich hinter Bäume und parkende Transporter zu ducken, um noch etwas anderes tun zu können. Melyor und Orris hatten ebenfalls Schutz gesucht; sie hockten hinter einem großen schwarzen Transporter. Gwilym eilte zu ihnen, und zu dritt spähten sie vorsichtig durch die Fenster des Fahrzeugs und hofften, einen Blick auf ihre Angreifer zu erhaschen.

Iwan schrie seine Männer weiter an, aber eine zweite Feuersalve brachte ihn mit brutaler Plötzlichkeit zum Schweigen. Gwilym konnte nicht sehen, was mit dem Leibwächter passiert war, aber er nahm an, dass der Mann tot war.

»Verteilt euch!«, rief Melyor den verbliebenen Gardisten zu. »Zieht ihr Feuer auf euch, wenn ihr müsst! Wir müssen herausfinden, wo sie stecken.«

Keiner der Männer rührte sich. Stattdessen sahen sie einander an, als wollten sie versuchen einzuschätzen, ob sie ihr gehorchen sollten.

»Macht schon!«, explodierte Melyor und fuchtelte mit der Waffe. »Oder ich bringe euch selbst um!«

Die vier Uniformierten starrten sie einen Augenblick an, als hätte sie den Verstand verloren, dann kamen sie offenbar zu dem Schluss, dass dies durchaus der Fall sein konnte, also taten sie, was sie ihnen gesagt hatte. Sobald die vier begannen, die Stellungen zu wechseln, eröffneten die Attentäter wieder das Feuer.

»Da!«, zischte Melyor und zeigte auf zwei Gassen zu beiden Seiten eines niedrigen Gebäudes auf der anderen Straßenseite. »Sie sind dort neben dem blauen Haus!«, rief sie den Wachen zu. »In den Gassen links und rechts davon!«

Die Gardisten der Herrscherin fühlten sich vielleicht nicht recht wohl dabei, Befehle von Melyor entgegenzunehmen, aber sie konnten nicht bezweifeln, dass Melyor wusste, was sie tat. Es kam Gwilym beinahe so vor, als hätten sie schon zu schießen begonnen, bevor die junge Frau ihren Satz zu Ende gebracht hatte. Melyor feuerte nun ebenfalls in die Gassen hinein, und Orris entsandte Ströme bernsteinfarbener Macht in dieselbe Richtung.

Tatsächlich hatten sich alle so auf die Attentäter auf der anderen Straßenseite konzentriert, dass keiner die vier Männer bemerkte, die sie nun von beiden Seiten mit gezückten Messern angriffen und sich durch die panikerfüllte Menschenmenge drängten. Keiner außer Gwilym, der einen Warnruf ausstieß.

Zwei der Attentäter griffen die Gardisten an, bevor die Männer der Herrscherin reagieren konnten. Die anderen beiden Attentäter kamen direkt auf Gwilym und seine Freunde zu.

Der Steinträger hatte keinen Werfer, und selbst wenn er einen gehabt hätte, hätte er nicht auf die sich nähernden Attentäter schießen können, ohne das Leben unschuldiger

Männer und Frauen in Gefahr zu bringen. Und er hatte auch kein Messer. Aber er hatte seinen Stab, und den hatte er schon in der Vergangenheit, als er noch jünger und schlanker gewesen war, benutzt, um im Dhaalmar-Gebirge Wildkatzen und Bären abzuwehren. Nun streckte er das uralte Holz mit beiden Händen vor sich aus und richtete sich aus der Hocke auf, um den beiden Mördern entgegenzutreten. Er spürte, dass jemand neben ihm war, und als er für einen Augenblick aufblickte, sah er den Zauberer, der seinen Stab vor sich ausstreckte. Orris grinste ihn an, und die beiden duckten sich, um ihren Angreifern zu begegnen. Einen Augenblick später verlor Gwilym seinen Freund aus den Augen, und nur der große, dunkelhaarige, muskulöse Mann, der sich auf ihn stürzte, zählte noch.

Als der Attentäter näher kam, hob er das Messer über den Kopf, als hätte er vor, es in Gwilyms Hals zu stoßen. Instinktiv riss der Steinträger den Stab hoch, um den Stoß abzufangen, und deshalb konnte er sich nicht gegen den Tritt verteidigen, den der Mann ihm in den Bauch versetzte. Gwilym fiel nach Luft ringend aufs Pflaster, und es war reines Glück, dass es ihm gelang, sich zur Seite zu rollen, als der Mann sich auf ihn warf und mit dem großen Messer auf seine Kehle zielte. Er konnte den Arm des Attentäters mit einem verzweifelten Stoß seines Stabs abfangen, und dann schwang er den Stein hoch in dem Versuch, dem Mann das Gesicht zu zerschmettern. Aber der Attentäter war zu schnell und wich Gwilyms Schlag aus.

Immer noch nach Luft ringend, kam der Steinträger mühsam wieder auf die Beine und stellte sich seinem Angreifer. Der Mann atmete nicht einmal schwer, und er hatte dieses mordlustige Grinsen aufgesetzt, ganz ähnlich dem, das

Gwilym zuvor bei Orris bemerkt hatte. Sie umkreisten einander ein paar Sekunden, Gwilym hielt den Stab vor sich, und der Attentäter wechselte das Messer von einer Hand in die andere. Der Steinträger konnte hinter sich das Zischen von Werferfeuer hören, aber er wagte es nicht, den Mann vor sich aus den Augen zu lassen. Er musste einfach hoffen, dass seinen Freunden nichts geschehen war und dass keiner der Schüsse ihn in den Rücken traf.

Der Attentäter griff an, und sein rechter Arm mit dem Messer schwang in einem großen Bogen auf Gwilyms Brust zu. Wieder hob der Steinträger den Stab, um den Stoß abzuwehren, und wieder wurde er überrascht: Diesmal traf ihn die linke Faust des Mannes in die Nierengegend und ließ ihn auf die Knie sinken. Bevor Gwilym sich noch weiter bewegen konnte, stieß der Angreifer wieder mit dem Messer zu und schnitt den oberen Rand von Gwilyms Ohr ab. Warmes Blut lief über Gwilyms Hals und Kinn und floss weiter in seinen Umhang. Immer noch auf den Knien, schlug der Steinträger mit dem Stab nach den Beinen des Mannes, aber der Attentäter sprang leichtfüßig weg und grinste, als er Gwilyms Blut sah.

Langsam und unter Schmerzen kam Gwilym auf die Beine, packte seinen Stab wie eine Keule und starrte seinen Gegner grimmig an.

Er hörte wieder Herthas Stimme in seinem Kopf. *Keine Heldentaten.* Beinahe hätte er laut gelacht. *Sie hätte sich deshalb wirklich keine Sorgen machen müssen. An der Art, wie ich hier kämpfe, ist nichts Heldenhaftes.*

Irgendwo seitlich von sich konnte Gwilym hören, wie Orris' Stab auf einen Gegner traf. Zumindest der Zauberer kämpfte gut.

»Du wirst sterben, fetter Mann«, sagte der Attentäter und entblößte die Zähne zu einem grausamen Lächeln. »Warum lässt du es mich nicht zu Ende bringen?«

Gwilym antwortete nicht. Er duckte sich und begann seinen Gegner wieder zu umkreisen.

Der Attentäter lachte und nickte, und dann begann auch er wieder mit seinem tödlichen Tanz.

Gwilyms Ohr pochte, und er war immer noch außer Atem. Der hoch gewachsene Mann spürte das wohl und verschwendete keine Zeit. Er sprang vorwärts, und seine Klinge glitzerte im Sonnenlicht, als er nach der Brust des Steinträgers stieß.

Gwilym versuchte unwillkürlich zu reagieren, aber diesmal kämpfte er gegen seine Instinkte an und erkannte so den geplanten verborgenen Angriff. Wieder war es ein Tritt, der auf seine Seite zielte. Er schwang den Stab abwärts, um das Bein des Mannes abzufangen, und im selben Augenblick trat er selbst zu, schneller und beweglicher, als er sich je hätte vorstellen können, und traf den Attentäter am Knie seines Standbeins.

Mit einem Fauchen, das von Zorn und Schreck kündete, fiel der Mann auf den Rücken. Er versuchte sich aufzurichten, aber bevor er das tun konnte, sprang Gwilym vorwärts, und ohne auch nur nachzudenken stieß er das untere Ende seines Stabs mit aller Kraft in die Brust des Mannes. Der Attentäter stieß einen erschreckenden, tierischen Schrei aus, der unheimlich von den Gebäuden widerhallte und dann erstarb. Er zuckte mehrmals krampfartig, wie ein Fisch, der auf dem Trockenen liegt, und dann blieb er reglos liegen, Augen und Mund weit aufgerissen.

Gwilym rührte sich nicht. Er starrte nur seinen Stab an, der ein wenig schräg aus der Brust des Attentäters ragte und immer noch von der Kraft des Stoßes vibrierte. Das hier war seine Vision, erkannte er erschrocken und überwältigt. Das war genau das, was er geträumt hatte. Nur dass der Stab in einem Mann steckte, den er getötet hatte, und nicht in der Straße, und die Farbe des Steins hatte sich nicht verändert und war immer noch Goldbraun.

Er brauchte einen Augenblick, um zu begreifen, dass der Kampf noch nicht vorüber war. Er hörte immer noch Werferfeuer, und dann schien es ihm, als riefe jemand seinen Namen. Er drehte sich um und sah, dass Orris immer noch mit einem der Angreifer rang. Einen Augenblick lang fragte er sich, ob er die ganze Zeit gegen denselben Attentäter gekämpft hatte, aber dann sah er zwei andere Männer zu Orris' Füßen liegen.

Immer noch rief jemand seinen Namen. Er drehte sich weiter und entdeckte Melyor, die nach wie vor hinter dem Transporter hockte und in die Gasse feuerte. Einer der Gardisten der Herrscherin tat das Gleiche. Die anderen waren tot – zwei durch Messerstiche, einer hatte Brandspuren von Werferfeuer auf der Uniform.

»Runter, Gwilym!«, schrie Melyor ihm zu. Offensichtlich war sie es gewesen, die nach ihm gerufen hatte. »Geh in Deckung!«

Der Steinträger nickte vage, aber statt ihren Anweisungen zu folgen, eilte er zu Orris, um ihm zu helfen. Aber gerade, als er ihn erreicht hatte, explodierte einer der Transporter nahe Melyor mit einem grellen orangefarbenen Blitz und ließ eine Wolke schwarzen Qualms in den Himmel aufsteigen. Die Wucht riss Melyor und den Gardisten mehrere Schritte nach hinten, warf Gwilym auf den Rücken und ließ auch Orris und seinen Angreifer zu Boden fallen. Zum Glück landete der Zauberer auf dem Mann, gegen den er kämpfte, und er verschwendete keine Zeit und stieß ihm den Dolch in die Kehle.

Melyor und der Mann in Uniform schienen zu betäubt, um sich bewegen zu können, aber Orris sprang auf und war sofort gezwungen, zwei Werfersalven mit einem Schild bernsteinfarbener Macht abzuwehren. Gwilym stand ebenfalls auf und sah, dass zwei Männer über die Straße gelaufen kamen, die beide große Handwaffen trugen. Er erkannte sie als die beiden, die er in Bragor-Nal von Melyors Transporter aus gesehen hatte. Einer von ihnen war ein großer Mann mit kurzem blondem Haar, aber es war der andere, ein schlanker Mann mit scharfen Zügen und silbergesträhntem schwarzem Haar, an den sich Gwilym am deutlichsten erinnern konnte. Melyor hatte ihn die Klinge genannt, und damals war Gwilym schockiert gewesen über die kalte Grausamkeit, die sich in seinen hellen Augen spiegelte. Die Augen eines Mörders, dachte er nun, und sah zu, wie der Mann wie ein Wolf über die Straße sprang, die Waffe zum nächsten Schuss erhoben.

Orris hob den Stab und schleuderte einen Feuerball nach den Männern, aber beide wichen aus, tauchten unter dem Feuer hindurch und suchten auf der anderen Seite derselben Transporter Schutz, hinter die sich Melyor vor einiger Zeit geduckt hatte.

Als er das sah, hatte Gwilym eine Idee. Er eilte an Melyors Seite, nahm ihr den Werfer ab und begann, auf die Fahrzeuge zu feuern. Die beiden Männer spähten über die Transporter hinweg und hoben die Waffen, aber bevor sie schießen konnten, zwang Orris sie mit einem gegabelten

Blitz, der ihre Köpfe nur knapp verfehlte, wieder Schutz zu suchen. Gwilym feuerte weiterhin so rasch auf die Transporter, dass er spürte, wie die Waffe in seinen Händen heiß wurde. Die Attentäter standen auf und wollten abermals das Feuer erwidern, aber genau in diesem Augenblick lösten die Schüsse des Steinträgers eine gewaltige Explosion aus. Sie schleuderte die beiden Männer in die Luft wie Puppen und ließ so hohe Flammen aufflackern, dass sie den Wipfel eines Baums am Straßenrand entzündeten. Der blonde Mann landete in der Mitte der Straße und blieb reglos liegen. Klinge überschlug sich und kam schießend wieder auf die Beine, obwohl der Ärmel seines Mantels in Flammen stand.

Orris wehrte das Feuer des Attentäters erneut ab, und im nächsten Augenblick entsandte er seinen eigenen Flammenstrom auf Klinge. Der Attentäter hatte nicht die Zeit zu reagieren. Der Schuss traf ihn mitten in die Brust, riss ihn von den Beinen und ließ ihn in einem Wirbel von Feuer nach hinten stürzen.

Der Zauberer holte tief Luft, und sein Vogel, der während des Kampfs über ihnen gekreist hatte, landete wieder auf seiner Schulter. Gwilym seufzte, dann ging er zu Orris und legte dem großen, kräftigen Mann eine Hand auf die Schulter.

»Gut gemacht«, sagte er.

Der Zauberer schien ihn zu verstehen. Er nickte und lächelte, und dann sagte er mit ausgeprägtem Akzent in Lonmir: »Danke.«

Sie gingen zu Melyor und halfen ihr auf. Melyor schien immer noch betäubt zu sein, aber sie grinste Gwilym und den Zauberer an, als sie sie hochzogen. Ihre Brauen und ein

paar Haarsträhnen waren von der Explosion versengt, und sie hatte sich die Stirn an Glassplittern aufgeschnitten.
»Das waren gute Schüsse, Steinträger«, sagte sie.
»Danke«, erwiderte er verlegen und reichte ihr den Werfer. »Es ist leichter, einen Transporter zu treffen, der sich nicht bewegt.«
Melyor lachte und drehte sich um, um etwas zu Orris zu sagen. Gwilym hörte laute Stimmen, und als er in Richtung Palast schaute, sah er, dass eine große Anzahl Gardisten auf sie zurannte. Er hob die Hand und wollte ihnen etwas zurufen, aber in diesem Augenblick spürte er eine Explosion weiß glühenden Schmerzes im Hinterkopf und hörte im Geist ein Geräusch wie von einer Lawine in den Bergen.
Er bemerkte, dass er am Boden lag, mit dem Gesicht nach unten. An den Sturz erinnerte er sich nicht. Er spürte, wie er herumgedreht wurde, und dann sah er Orris und Melyor, die sich über ihn beugten. Melyors Lippen zitterten, und der Zauberer war bleich und hatte tränennasse Wangen.
Der blonde Freund des Attentäters, dachte Gwilym. Klinges Freund. Er muss auf mich geschossen haben.
Mit einer Anstrengung, die so wehtat, dass ihm schwarz vor Augen wurde, drehte Gwilym sich um und schaute zu dem Mann, den er getötet hatte. Sein Stab war immer noch da, wie in seinem Traum, und stand ein wenig schräg. Aber der Stein war immer noch goldbraun. Ich bin nicht tot, sagte er sich. Noch nicht.
Dann wusste er es. Er verstand seinen Traum und was getan werden musste. Der Stein würde tatsächlich nicht ins Dhaalmar-Gebirge zurückkehren.
Er sah wieder Melyor an, und die Anstrengung ließ ihn

keuchen. »Ist er tot?«, brachte er hervor, und er hoffte, Melyor würde wissen, wen er meinte.
Sie nickte. Tränen liefen ihr über die Wangen. Sie war so schön!
Er zwang sich, erneut zu sprechen. »Du musst etwas für mich tun.« Er schloss die Augen. Es tat so weh.
»Alles, was du willst«, hörte er sie schluchzen. Es schien aus großer Ferne zu kommen. Die Lawine donnerte immer noch durch seinen Kopf.
»Mein Stein.«
Er wartete, dann öffnete er wieder die Augen. Orris war weg, aber Melyor kniete immer noch neben ihm.
»Mein Stein«, sagte er noch einmal, diesmal drängender.
»Orris holt ihn.«
Gwilym nickte und schluckte. Er hatte nicht die Kraft, sich zu entschuldigen. Wieder hoffte er, dass sie ihn verstand.
Orris kehrte einen Augenblick später mit Gwilyms Stab zurück, und er versuchte, ihn dem Steinträger in die Hände zu drücken. Aber Gwilym schüttelte unter Schmerzen den Kopf und sah Melyor an.
»Nein, er gehört dir«, flüsterte er.
Sie starrte ihn ungläubig an. »Nein«, sagte sie. »Nein. Dieser Stein gehört dir. Deinen Leuten.«
»Er gehört dir«, wiederholte er. Er versuchte, ihn ihr zu reichen, aber seine Hände waren dazu nicht mehr in der Lage.
Orris verstand, und er hielt Melyor den Stab hin und nickte. Widerstrebend, immer noch mit Tränen in den Augen, griff Melyor danach. Und sobald sie den Stab berührte, blitzte der Stein weiß und grell auf. Und als das Weiß verschwand,

war der Stein nicht mehr braun. Er war scharlachrot. Gwilym hatte es gewusst. Genau wie er es in seinem Traum gesehen hatte.

»Er gehört dir«, sagte er ein letztes Mal.

Dann schloss er die Augen und stellte sich Hertha vor, und es schien beinahe, als teilten sich die Schmerzwellen, um sie durchzulassen. Sie kam auf der Wiese nahe der Siedlung auf ihn zu, ihr Haar wehte im Wind, und sie hatte dieses undurchschaubare Lächeln auf ihren weichen, üppigen Lippen und sah ihn liebevoll an. Und der Steinträger klammerte sich an dieses Bild, als wäre es alles auf der Welt, und ließ sich ins Dunkel sinken.

Der Stab fühlte sich seltsam in Melyors Händen an, leicht und hervorragend ausbalanciert. Und lebendig, als atme er, als ströme Blut hindurch. Und so war es natürlich auch: Gwilyms Blut, und ihres, und das ihrer Mutter, und das Blut eines jeden anderen Gildriiten, der je in Lon-Ser gelebt hatte. Selbst Gildris Blut, das Blut, das sie mit dem Zauberer verband, der neben ihr stand, strömte durch dieses Stück Holz. Es war also nur angemessen, dass der Stein, der den Stab krönte, dieser Kristall, den sie immer wieder ansehen musste, nun blutrot leuchtete.

Sie erinnerte sich, dass Cedrych einmal erzählt hatte, die ersten Männer, die er mit Calbyr nach Tobyn-Ser geschickt hatte, hätten rote Kristalle gehabt. Zweifellos hatten diese Kristalle ganz ähnlich ausgesehen, wie dieser Stein – ihr Stein – nun aussah. Zweifellos war dieser Stein für sie bestimmt. Es war unmöglich, und dennoch schien es in diesem Augenblick, als hätten die Götter es so entschieden.

Melyor schüttelte den Kopf. Solche Gedanken wären ihr

noch vor ein paar Tagen vollkommen fremd vorgekommen.

Orris legte ihr sanft die Hand auf den Arm.

Sie blickte zu ihm auf und sah, dass er immer noch Tränen in den Augen hatte, aber er lächelte.

»Was soll ich damit machen?«, fragte sie ihn. »Bringe ich ihn ins Dhaalmar-Gebirge zurück? Trage ich ihn im Nal mit mir herum? Warum hat er ihn mir gegeben?«

Der Zauberer nickte zu dem Kristall hin, als wäre das Antwort genug. »Er wusste, dass er dir gehörte.«

»Aber er gehört mir nicht.«

»Der Stein sagt etwas anderes.«

Sie wollte widersprechen, aber dann hielt sie inne und spürte, wie sie wieder zu weinen begann. »Ich habe mein ganzes Leben lang geleugnet, dass ich Gildriitin bin«, sagte sie schließlich. »Ich habe es nicht verdient, Steinträgerin zu sein.«

Der Zauberer zögerte, und Melyor hielt den Atem an. Sie wusste selbst nicht genau, was sie nun von ihm hören wollte.

»Ich glaube, dass die Götter solche Dinge entscheiden«, sagte Orris schließlich, »und dass sie das aus bestimmten Gründen tun. Ich kenne viele Frauen und Männer in Tobyn-Ser – und das sind alles gute Menschen –, die sich nichts sehnlicher wünschen, als Magier zu sein. Und dennoch, die Götter übergehen sie. Und ich habe auch einen kennen gelernt, der erwählt wurde und der zu solcher Grausamkeit und Falschheit fähig war, dass ich mich frage, was die Götter sich wohl dabei gedacht haben, als sie ihm dieses Geschenk gaben.« Er schüttelte den Kopf, als wollte er eine unangenehme Erinnerung abschütteln. »Ich meine damit«, fuhr er fort, »dass es sinnlos ist, dich zu fragen, wieso die Götter dich auserwählt haben, Gwilyms Platz einzunehmen. Akzeptiere einfach, dass sie es getan haben, und tu dein Bestes, so weiterzumachen, wie er es getan hätte. Wenn man die Geschichte seiner ...« Er lächelte. »Wenn man die Geschichte *deiner* Leute bedenkt, ist es vielleicht Zeit, dass eine Gildriitin mit deinem Hintergrund in Bragor-Nal auftaucht. Vielleicht wird das ja zu dem Ergebnis führen, das Gwilym sich gewünscht hat.«

Melyor spürte, wie sich etwas in ihrer Brust löste, und es gelang ihr sogar zu lächeln. »Mag sein«, sagte sie. »Danke.«

Sie wandte sich den Männern der Herrscherin zu, die die Spuren des Gemetzels begutachteten: Acht Attentäter und fünf Gardisten waren tot, Iwan war der halbe Kopf weggeschossen worden, und der Steinträger lag ebenfalls tot am Boden. »Bringt uns zu Herrscherin Shivohn«, sagte sie zu den Männern in Uniform. »Sie wird uns sehen wollen.«

Einer der Männer nickte. Mehrere blieben zurück, um dafür zu sorgen, dass die Leichen von Gwilym, Iwan und den Gardisten zum Palast gebracht wurden, und ein kleines Kontingent eskortierte Melyor und den Zauberer zurück zu Shivohns Residenz. Als man sie in dasselbe Zimmer führte wie zuvor, war die Herrscherin bereits anwesend und ging unruhig vor dem großen Fenster zum Garten auf und ab.

Sobald Shivohn sie sah, eilte sie auf sie zu. »Was ist passiert?«, wollte sie wissen. »Wo ist Iwan?«

»Wir wurden angegriffen«, antwortete Melyor in Orris' Sprache. »Dein Leibwächter wurde getötet, ebenso wie der Steinträger und beinahe alle Gardisten, die uns begleiteten.«

Die Herrscherin wurde bleich, und sie sackte vorwärts, als

hätte man ihr einen Tritt in den Bauch versetzt. »Aricks Faust«, flüsterte sie. Sie stützte sich auf ihren Stuhl und setzte sich schließlich hin. »Wer waren diese Leute?«, fragte sie tonlos, den Blick zu Boden gerichtet. Auch sie sprach nun Tobynmir.

»Attentäter aus Bragor-Nal«, sagte Melyor, »angeführt von einem Mann, der dort als die Klinge bekannt ist. Wie ich dir zuvor schon sagte, haben sie bereits in Bragor-Nal versucht uns umzubringen, und wir vermuteten, dass sie uns über die Berge gefolgt waren.«

»Ja, ich erinnere mich«, sagte Shivohn und nickte vage. »Wer hat sie geschickt?«

»Ich weiß es nicht sicher, aber ich gehe davon aus, dass es Cedrych war.«

Die Herrscherin blieb lange schweigend sitzen, schüttelte den Kopf und starrte zu Boden.

Schließlich räusperte sich Orris, und Shivohn blickte auf und sah ihn an. »Sieht so aus, als hätten wir nun tatsächlich einen gemeinsamen Feind, Herrscherin. Wenn Cedrych seine Leute nach Tobyn-Ser und bis vor die Tore deines Palastes schickt, was ist ihm dann noch zuzutrauen? Nun hast du deine Gelegenheit, dich an den Herrscherrat zu wenden und dieser Gefahr ein für alle Mal ein Ende zu machen.«

Die Herrscherin starrte ihn an, und auf ihren Wangen erschienen große rote Flecken. »Ich habe gerade einen jungen Mann verloren, der mir sehr nahe stand, Falkenmagier!«, erklärte sie herrisch. »Und du wagst es, von gemeinsamen Feinden und Ratspolitik zu sprechen?«

Orris richtete sich auf und reckte das Kinn vor. »Weißt du, wie viele Menschen in Tobyn-Ser wegen Cedrychs Aktionen gestorben sind, Herrscherin?«, entgegnete er erbost.

»Hunderte. Ganze Dörfer wurden zerstört. Männer, Frauen und Kinder wurden auf den Straßen niedergemetzelt. Mehrere Mitglieder meines Ordens wurden getötet. Es tut mir Leid, dass Iwan tot ist, und ich trauere um den Steinträger. Aber das sind nur zwei Menschenleben von vielen, die Cedrych schon zu den Göttern geschickt hat. Und wenn wir nichts unternehmen, werden noch viel mehr sterben. Das kann ich dir jetzt schon versprechen.«

»Orris hat Recht«, sagte Melyor. »Und ich denke, das weißt du auch, Herrscherin.«

Shivohn starrte sie noch einen Moment wütend an, dann holte sie tief Luft und wandte den Blick ab. »Ja, ich weiß«, sagte sie. Sie stand auf und begann, wieder auf und ab zu gehen. »Das hier gibt uns vielleicht tatsächlich eine Möglichkeit«, sagte sie. »Der Rat war sich in den letzten Jahren nicht häufig einig, aber er hat immer streng auf der Einhaltung der Gesetze bestanden, die verbieten, dass Bürger eines Nal Bürger eines anderen angreifen.« Sie warf Melyor einen Blick zu. »Du bist sicher, dass dieser Klinge dafür verantwortlich war?«

»Ja.« Melyor nickte.

»Und du bist auch sicher, dass er für Cedrych gearbeitet hat?«

Wieder nickte Melyor, obwohl sie in dieser Sache weniger überzeugt war.

Shivohn spürte ihre Unsicherheit offenbar. Sie blieb vor Melyor stehen und sah der jungen Frau direkt in die Augen. »Du musst ganz sicher sein, Melyor. Ist es möglich, das Klinge auf eigene Faust oder im Auftrag eines anderen als Cedrych gehandelt hat?«

Melyor antwortete, ohne zu zögern. »Klinge war ein Kopfgeldjäger; er hat nie etwas von sich aus unternommen. Jemand hat ihn bezahlt, und es gibt nicht viele in Bragor-Nal, die ihn sich leisten konnten: Cedrych, Newell, Wildon, Durell und vielleicht eine Hand voll Nal-Lords. Unter all diesen Personen war Cedrych der Einzige, der bei dieser Sache etwas zu gewinnen hatte.«

Shivohn sah sie zweifelnd an.

»Ich bin sicher, Herrscherin«, erklärte Melyor nun. »Klinge hat für Cedrych gearbeitet.«

Die ältere Frau schwieg lange. Dann verzog sie das Gesicht. »Ich habe wohl keine andere Wahl, als dir zu glauben.« Wieder begann sie, auf und ab zu gehen. »Wenn du Recht hast, dann hat sich Bragor-Nal eines schweren Verbrechens schuldig gemacht. Ich werde verlangen, dass man Cedrych bestraft und dass die Menschen von Oerella-Nal Wiedergutmachung erhalten. Wenn er sich weigert, werde ich mich dafür einsetzen müssen, dass der Rat Sanktionen verhängt.«

»Was ist mit Marar?«, fragte Melyor. »Warum sollte Stib-Nal dich unterstützen, wenn es doch bisher immer auf der Seite von Bragor-Nal gestanden hat?«

Shivohn grinste. »Weil Durell es ihm sagt.«

Melyor starrte die Herrscherin verblüfft an. »Das verstehe ich nicht. Wieso sollte Durell Marar befehlen, sich auf deine Seite zu stellen?«

»Ratspolitik ist eine seltsame Angelegenheit, meine Liebe«, erwiderte Shivohn, als wäre das tatsächlich eine Erklärung. »Durell wird zwar in der Öffentlichkeit alle Verantwortung für diese Sache abstreiten, aber er wird tun, was ich verlange, wenn ich ihm beweisen kann, dass die Waffen der Attentäter aus Bragor-Nal stammen.« Sie hielt inne. »Das kann ich doch, oder?« Melyor nickte. »Gut«, fuhr die Herrscherin fort. »Die Nals haben sich schon wegen erheblich unbedeutenderer Dinge bekriegt, und Durells Nal mag zwar mächtig sein, aber er ist nicht bereit, gegen mich zu kämpfen. Nein, das ist er nicht. Also wird er sich meinen Forderungen vielleicht mit großer Geste widersetzen – er wird vielleicht sogar so weit gehen, dass ich Sanktionen fordern muss –, aber am Ende wird er Marar auffordern, mit mir zu stimmen. Auf diese Weise erhalte ich angemessene Wiedergutmachung, seine beiden anderen Oberlords sind glücklich, und alles wird wieder, wie es immer war, und das ist genau, was Durell will.«

»Und was können wir tun, bis du dich mit Durell triffst?«, fragte Orris die Herrscherin.

»Ich habe euch zu Gästen der Matriarchie erklärt«, sagte Shivohn, »und daran hat sich nichts geändert. Ich schlage vor, ihr bleibt hier, bis es für Melyor sicher ist, wieder nach Hause zurückzukehren.«

Der Zauberer verbeugte sich. »Danke, Herrscherin.«

Shivohn nickte, ging zu ihrem kleinen Tisch in der Ecke und drückte auf den Knopf an der Wand, genau so, wie sie es zuvor getan hatte, um Iwan hereinzurufen.

Melyor hätte Shivohn gerne gefragt, wie sie wohl je nach Bragor-Nal zurückkehren sollte. Verstehst du denn nicht, dass Durell gegen Cedrych nicht ankommt?, wollte sie sagen. Verstehst du nicht, dass die Tobyn-Ser-Initiative und Gwilyms Tod genau das beweisen? Aber sie wusste, dass das nicht Shivohns Problem war. Die Herrscherin würde tun, was sie konnte, aber am Ende würde es Melyors Sache sein, sich um Cedrych zu kümmern. Und wenn sie Glück hatte, würde Orris dabei an ihrer Seite stehen.

9

Wenn ich mir Badens Bericht so ansehe, bin ich wirklich verblüfft über die unzähligen Widersprüche. So ist Baram angeblich ein Söldner, der zu den grausamsten Taten fähig ist, aber auch kaum mehr als ein kleiner Junge, der immer noch unter dem zu frühen Verlust seiner Eltern leidet. Bragor-Nal ist ein Ort, der von Gewalt und Rache beherrscht wird, aber wir müssen dennoch lernen, seine Menschen zu verstehen, so dass wir »sie eines Tages als etwas anderes als Feinde betrachten können«. Indem sie ihre tödlichen Waffen und erschreckenden »fortgeschrittenen Waren« herstellen, haben die Menschen von Lon-Ser ihr Land, ihre Luft und ihr Wasser verseucht – etwas, das die Menschen von Tobyn-Ser ihrem Land niemals antun würden. Dennoch, so sagt man uns, haben wir so viel mit ihnen gemeinsam, dass friedliche Beziehungen mit ihnen nicht nur möglich, sondern unvermeidlich sind.

Es kommt mir beinahe so vor, als läge unser Freund im Krieg mit sich selbst und versuche vergeblich, zwei widersprüchliche Impulse miteinander zu verbinden. Einerseits ist er der Baden, den wir wegen seiner langen Jahre des Dienstes am Land schätzen gelernt haben, der weise und erfahrene Mann, der uns eine informative Einschätzung der Kultur und Politik von Lon-Ser bietet. Andererseits wird die Logik, mit der dieser Baden zu uns spricht, von der Polemik eines anderen Baden zerstört, des Mannes, der sich in den letzten Jahren zum Gegenstand von Spott und Ablehnung gemacht hat, weil er kompromisslos extreme und unvernünftige Positionen vertrat.

Aus der »Antwort auf den Bericht von Eulenmeister Baden über seine Verhöre des Fremden Baram«, eingereicht von Eulenmeister Erland im Herbst des Gottesjahres 4625.

Jedes Mal, wenn er zum Goldpalast kam und die glitzernde, gemeißelte Fassade erblickte, jedes Mal, wenn er die Männer des Herrschers in ihren adretten blauen Uniformen sah, die vor den riesigen goldenen Toren Wache standen, wurde Cedrych ganz schwindlig von dem Wissen, dass dies eines Tages ihm gehören würde. Und jedes Mal, wenn die Wachen ihn hineinführten und seine eigenen Männer gezwungen waren, draußen zurückzubleiben, während man ihn zu dem riesigen, überladenen Empfangszimmer vor Durells Büro brachte, kochte der Oberlord angesichts der Tatsache, dass seine Zeit noch nicht gekommen war. Es störte ihn nicht, dass ein Mann wie Durell, der so viel weniger leistete als Cedrych selbst, den Oberlord warten ließ – das verstand er. Das hing mit Durells Amt zusammen. Es war wichtig, dass der Herrscher im Umgang mit seinen Untergebenen von Anfang an klar machte, wer hier das Sagen hatte. Besonders wichtig war das, wenn es um jemanden wie Cedrych ging, der sich nie die Mühe gemacht hatte, seinen Ehrgeiz zu verheimlichen. Und was war besser, um Macht zu demonstrieren, als einen Besucher dazu zu zwingen, für unabsehbar lange Zeit in einem Zimmer zu warten, dessen ruhmreiche Geschichte und ungeheure Ausmaße so einschüchternd sein konnten?
Aber am meisten störte Cedrych, dass Durell diesen Raum ruiniert hatte. Er hatte ihn von einem Ehrfurcht einflößenden Ort zu einem lächerlichen gemacht. Cedrych hatte Bilder des Empfangszimmers gesehen, wie es vor Durells

Amtszeit ausgesehen hatte. An den Wänden hatten hervorragende Portraits ehemaliger Herrscher gehangen, gemalt von den größten Künstlern Lon-Sers. Die Türen und Fenster waren von exquisitem hellem Holz gerahmt gewesen, das bestens zu der komplizierten Maserung der alten Eichendielen passte. Und dann gab es da noch das berühmte Kaminsims. Timurs Sims hatte man es genannt, denn der zweite Herrscher des Nal, Bragors Sohn, hatte den Palast zur Erinnerung an seinen Vater errichten lassen. Dieses Sims hatte aus einem einzigen bemerkenswerten rosafarbenen Kristall bestanden und war für buchstäblich tausende von Jahren das bekannteste Stück hier im Palast gewesen. Jeder Herrscher seit Timur hatte vor diesem Sims seine Amtsurkunde entgegengenommen. Hier hatte Dalrek Einars Niederlage offiziell bestätigt, womit die Zeit der Festigung abgeschlossen gewesen war. Nach allem, was Cedrych gehört und gelesen hatte, schien es, dass niemand, der dieses Zimmer betreten hatte, von der Schönheit, Eleganz und machtvollen Atmosphäre unberührt geblieben war.

Zumindest bis zu Durells Amtsantritt als Herrscher. Aus Eitelkeit oder vielleicht auch aus Unsicherheit hatte Durell alle Portraits durch Gemälde ersetzen lassen, die ihn selbst oder Mitglieder seiner Familie zeigten und die von einem ziemlich mittelmäßigen Künstler stammten, dessen einzige Qualifikation darin bestand, über die körperlichen Mängel des Herrschers hinwegmalen zu können. Durell hatte das Holz rings um Türen und Fenster golden anmalen lassen – »Immerhin ist das hier der Goldpalast«, hatte er damals gesagt. Und was das Schlimmste war, er hatte auf Timurs Sims eine Reihe winziger goldener Figurinen von nackten

Frauen in verlockenden Posen aufgestellt und, damit sie ein echter Bestandteil des Simses wurden, zu ihrer Verankerung Löcher in den Kristall bohren lassen.
Cedrych konnte dieses Zimmer nicht betreten, ohne mit den Zähnen zu knirschen, so zornig machte es ihn. Immer, wenn er hier auf Durell wartete, war das eine ganz und gar unerträgliche Zeit; jedes Mal, wenn er auch nur zufällig zu dem Sims hinsah, hatte er das Gefühl, als hätte man die Löcher statt in den Stein direkt in seinen Kopf gebohrt. Seine erste Tat als Herrscher, lange bevor er irgendetwas unternahm, was mit dem Nal selbst zusammenhing, würde darin bestehen, diesem Raum seinen ursprünglichen Glanz wiederzugeben. Die Goldfarbe würde entfernt und die Portraits der Herrscher würden wieder an ihre angestammten Plätze gehängt werden. Und Timurs Sims würde restauriert werden. Er hatte mit einem Bildhauer gesprochen; er wusste, dass es möglich war.
Andere Teile des Palastes mussten ebenfalls umgestaltet werden, darunter auch Durells Arbeitszimmer, dessen Wände derzeit in einem deprimierenden dunklen Kastanienbraun gestrichen waren. Aber als Erstes stand dieses Empfangszimmer auf dem Plan.
Eine Tür am anderen Ende des Raums ging auf, und ein Gardist bedeutete Cedrych mit einer Geste, ihm zu folgen. »Herrscher Durell wird dich jetzt anhören«, verkündete der Mann feierlich.
Anhören?, dachte Cedrych amüsiert. *Er hat mich zu sich gerufen.* Er verkniff sich ein Lächeln. Er wusste, dieser Satz fiel gegenüber jedem Besucher Durells. Er ging hinter dem Mann her, und dabei bewegte sich seine Hand unwillkürlich zum Oberschenkel, wo er für gewöhnlich seinen Werfer

trug. Die Gardisten hatten ihm allerdings die Waffe abgenommen, bevor sie ihn in den Palast gelassen hatten. Auch Durell verfügte über einen Waffenprüfer.

Als Cedrych ins Büro kam, stand der Herrscher an seinem Schreibtisch und betrachtete ein paar Papiere, die dort lagen. Er blickte nicht einmal auf. Aber der Oberlord bemerkte, dass er nicht gut aussah. Durells Bauch war umfangreicher, als Cedrych ihn in Erinnerung hatte. Sein rötliches, von silbernen Strähnen durchzogenes Haar war zerzaust, und sein Gesicht war aufgedunsen und blass von Schlafmangel. Du siehst alt aus, Durell, dachte Cedrych zufrieden. Vielleicht wird die Anstrengung, die dein Amt mit sich bringt, doch zu viel für dich. Vielleicht ist es an der Zeit, dass ein Jüngerer dieses Amt übernimmt.

»Setz dich, Cedrych«, befahl Durell mit tonloser Stimme und riss Cedrych damit aus seinen Gedanken. Das schien dem Oberlord eine ungewohnt barsche Begrüßung zu sein. Er hatte angenommen, sein Gespräch mit dem Herrscher würde der üblichen Routine folgen; er hatte sich nicht einmal gefragt, um was es gehen würde. Aber offensichtlich war das ein Fehler gewesen. Er wurde neugierig. Wortlos setzte er sich in einen opulenten Sessel nahe dem Schreibtisch.

Einige Zeit las der Herrscher weiter in den Papieren. Als er Cedrych schließlich ansah, stand in seinen grauen Augen ein Zorn, wie ihn der Oberlord nur ein- oder zweimal bei ihm gesehen hatte.

»Dieser Brief, den ich gerade gelesen habe, ist von Shivohn«, sagte er.

»Tatsächlich«, antwortete Cedrych eher leichtfertig. »Wie geht es der Zwergenkönigin?«

»Sie ist eine Herrscherin!«, erwiderte Durell erbost. »So wie ich ein Herrscher bin! Ich erwarte, dass du uns beiden den Respekt erweist, den wir verdient haben.«
»Selbstverständlich, Herrscher«, sagte Cedrych beschwichtigend. »Ich bitte um Verzeihung.«
Durell starrte ihn immer noch wütend an, und die Muskeln an seinem Kinn waren angespannt.
»Du hast also Neuigkeiten von Shivohn, Herrscher?«, drängte Cedrych sanft.
»Du verstehst das, nicht wahr, Cedrych?« Durell ignorierte Cedrychs Frage einfach. »Du begreifst, dass ich der Herrscher bin und du der Oberlord. Nur einer von dreien, wie ich hinzufügen möchte.«
»Selbstverständlich, Herrscher«, versicherte Cedrych. Er machte eine weit ausholende Geste. »Man kann sich nicht in diesem Palast aufhalten und das vergessen«, verkündete er. »Du hast diesem Gebäude deutlich dein Siegel aufgeprägt.«
Der Herrscher nickte. »Es freut mich, dass du das sagst«, meinte er selbstzufrieden.
Wieder musste Cedrych ein Grinsen unterdrücken. Ironie war wirklich nicht die Stärke dieses Mannes.
»Ich wünschte allerdings«, fuhr Durell fort, »dass du mir mit deinen Taten dieselbe Höflichkeit zeigen würdest wie mit deinen Worten.«
»Oh, ich versichere dir, Herrscher«, warf Cedrych ein, der einfach nicht widerstehen konnte, »dass ich genau das tue.«
»Lüg mich nicht an, Cedrych!«, zischte der Herrscher. »Ich bin nicht so dumm, wie du glaubst! Bildest du dir etwa ein, ich wüsste nichts von deiner angeblich so geheimen Initiative?«

Cedrych starrte ihn einfach nur an. Sein Gespräch mit dem Zauberer war eine gute Vorbereitung auf diese Situation gewesen. »Nein, Herrscher. Ich dachte schon, dass du es weißt. Im Nal geschieht nicht viel, was den SiHerr entgeht.«
Der Herrscher setzte sich auf seinen Schreibtischstuhl, und er ließ Cedrych dabei nicht aus den Augen. »Wenn du davon ausgegangen bist, dass ich es wusste, warum hast du dann nicht mit mir darüber gesprochen?«
»Aus demselben Grund, wieso du mich nie danach gefragt hast«, erwiderte Cedrych. Es machte ihm nichts aus zu lügen. »So dass die Schuld allein bei mir liegen würde, wenn etwas schief geht.«
»Und wenn du Erfolg hast?«
»Ich werde ganz offen sein, Herrscher. Es ist kein Geheimnis, dass ich hoffe, eines Tages selbst im Goldpalast zu residieren, genau wie Newell und Wildon es wollen. Wenn ich Erfolg habe, wird ganz Bragor-Nal davon profitieren und ...«
»Und du am meisten.«
Cedrych lächelte kühl. »Das scheint mir nur gerecht. Ich habe die Idee gehabt, ich habe die Mittel zur Verfügung gestellt, um den Plan auszuführen. Ich verdiene, davon zu profitieren. Und ich will nicht viel. Ich bitte nur darum, dass du mich, wenn du einmal zurücktrittst, als deinen Nachfolger benennst. Das ist doch nicht zu viel verlangt, oder?«
Durell nickte. »Vor ein paar Tagen hätte ich diesen Bedingungen ohne Zögern zugestimmt.«
Vor ein paar Tagen ... Cedrych spürte einen seltsamen Druck in der Brust, als umklammere jemand sein Herz. »Ich verstehe nicht, was du meinst«, sagte er und musste sich

anstrengen, nicht aufzubrausen. »Was hat sich inzwischen verändert?«

Durell hielt Shivohns Brief hoch. »Ich sehe, deine Initiative ist nicht das einzige Unternehmen, in das du in der letzten Zeit verstrickt warst.«

»Wovon redest du?«

Der Herrscher überflog den Brief noch einmal. »Ist Melyor i Lakin nicht einer deiner Nal-Lords?«

Cedrych versuchte nach dem Brief zu greifen, aber Durell zog ihn weg.

»Ja«, knurrte der Oberlord. »Das ist sie.«

»Und haben die Attentäter, die sie in Oerella-Nal angegriffen haben, in deinem Auftrag gehandelt?« Cedrych zögerte, und der Herrscher schüttelte den Kopf. »Selbstverständlich haben sie das«, beantwortete er seine eigene Frage. »Es gibt nicht viele andere in Bragor-Nal, die sich die Dienste der Klinge leisten können.«

»Woher weißt du, dass er von jemandem aus Bragor-Nal bezahlt wurde?«, fragte Cedrych ein wenig halbherzig, denn er wusste schon, was der Herrscher sagen würde.

»Komm schon, Cedrych!«, zischte Durell. »Warum sollte jemand in Oerella-Nal einen Attentäter aus Bragor-Nal dafür bezahlen, einen Nal-Lord aus Bragor-Nal zu töten?«

Der Oberlord schwieg lange Zeit und fuhr sich über das narbige Gesicht. »Ist Melyor tot?«, fragte er schließlich.

Durell riss die Augen auf. »Wie bitte?«, fragte er ungläubig. »Du fragst nach Melyor? Hast du auch nur die geringste Ahnung, welchen Ärger du mir eingebrockt hast?«

»Nein, Herrscher, das habe ich nicht«, erwiderte Cedrych verächtlich. »Aber ich bin sicher, dass du es mir erzählen wirst. Ich möchte nur vorher wissen, ob Melyor tot ist.«

Durell starrte den Oberlord an, dann schüttelte er den Kopf. »Nein«, sagte er schließlich. »Melyor lebt, und ihr Zauberer auch. Klinge und seine Männer sind alle tot, ebenso wie der Steinträger, einer von Shivohns Leibwächtern und mehrere ihrer Gardisten.«

»Aricks Faust!«, murmelte Cedrych.

»Glaub mir Cedrych, Melyor ist noch das geringste deiner Probleme.«

»Wie meinst du das?«

»Indem du Attentäter nach Oerella-Nal geschickt hast, hast du gegen mehrere Punkte des Grünen Abkommens verstoßen.«

»Mach dich doch nicht lächerlich!«, schnaubte Cedrych. »Dieses Abkommen gestattet jedem Nal, sich um seine eigenen Leute zu kümmern, auch wenn das bedeutet, sich auf das Gelände anderer Nals zu begeben, um für die Einhaltung der Gesetze zu sorgen. Melyor ist ein abtrünniger Nal-Lord. Sie hat in meinem Herrschaftsbereich gegen zahllose Gesetze verstoßen, und ich habe nur versucht, sie in Gewahrsam zu nehmen.«

»Mit Hilfe von Attentätern?«, schrie Durell ihn an. »Das wird Shivohn niemals akzeptieren! Der Teil des Abkommens, der sich auf Flüchtlinge bezieht, ist vollkommen klar: Du musst offizielle Sicherheitsleute schicken, und das darf auf keinen Fall ohne die Zustimmung des Herrschers des betreffenden Nal geschehen.«

»Eine Formalität«, sagte Cedrych und winkte ab.

Der Herrscher schüttelte den Kopf. »Nein, Cedrych. Wir können das einfach nicht zulassen.«

»Dann klage Melyor an, eine Spionin zu sein, und sage Shivohn, der Attentatsversuch sei gerechtfertigt, weil sie

Spionen Zuflucht gewährte. Dein Wort wird gegen ihres stehen. Der Rat wird entscheiden, und wir wissen beide, wessen Partei Marar ergreifen wird.«

Durell schüttelte abermals den Kopf. »Das ist zu gefährlich. Shivohn droht mit Krieg, Cedrych, und ich bin noch nicht bereit zu einem solchen Schritt. Nicht wegen einer Sache wie dieser.«

»Was sollen wir deiner Ansicht nach also tun?«

»Ich denke, in diesem Fall«, sagte der Herrscher, stand auf und ging zu dem Fenster, das seinem Schreibtisch am nächsten war, »wäre es am günstigsten, ihre Forderungen zu akzeptieren.«

»Und die wären?«, fragte Cedrych misstrauisch.

Durell zuckte die Achseln. »Das Übliche. Eine offizielle Entschuldigung, Wiedergutmachung und Strafen für die Verantwortlichen.« Er wandte sich wieder Cedrych zu. »Und das wärst selbstverständlich du.«

»Wie bitte?«, zischte der Oberlord. Er war aufgesprungen, ehe er sich bremsen konnte. »Das ist nicht dein Ernst! Du lässt dir von dieser Frau sagen, wie du Bragor-Nal regieren sollst?«

»Selbstverständlich nicht!«, erwiderte Durell gereizt. »Zumindest nicht langfristig. Ich denke nur, es wäre das Beste, wenn du für einige Zeit als Oberlord zurücktrittst, vielleicht bis zum Herbst, bis sich alles wieder ein bisschen beruhigt hat.«

»Niemals!«, erwiderte Cedrych erbost. Schon der Gedanke war unerträglich. »Weißt du, was Newell und Wildon in dieser Zeit mit meinem Herrschaftsbereich machen würden?«

Wieder zuckte Durell die Achseln. »Du musst eben einen

guten Stellvertreter wählen. Betrachte es als Übung für die Zeit, wenn du einmal Herrscher sein wirst und einen dauerhaften Nachfolger finden musst.«

»Ich werde das nicht zulassen!«

Die Gesichtszüge des Herrschers verhärteten sich. »Du hast in dieser Angelegenheit keine Wahl, Cedrych!«, sagte er kalt. Offenbar hatte der alte Mann immer noch einigen Mumm. »Das nächste Mal solltest du vielleicht besser nachdenken, ehe du es übertreibst.«

»Besser zu übertreiben, als sich vor den Drohungen einer alten Frau zu ducken.«

»Das reicht jetzt, Oberlord!«

Sie standen reglos da und starrten einander an, als warteten beide darauf, dass der andere den nächsten Schritt machte. Nach einiger Zeit bemerkte Cedrych, wie die Entschlossenheit aus dem Blick des Herrschers wich, und er gestattete sich ein Lächeln.

»Du solltest jetzt lieber gehen, Cedrych«, sagte Durell mit leicht zitternder Stimme.

»Diese Geschichte ist noch nicht zu Ende«, sagte Cedrych leise.

Der Herrscher ging zu seinem Schreibtisch und drückte auf einen kleinen roten Knopf unten am Sprechschirm, ohne Cedrych dabei aus den Augen zu lassen. Ein paar Sekunden später erschienen drei Gardisten an der Tür.

»Du hast gerufen, Herrscher?«, sagte einer von ihnen.

»Ja«, erwiderte Durell mit einem dünnen Lächeln. »Der Oberlord möchte gehen. Würdet ihr ihn bitte hinausbegleiten?«

»Selbstverständlich, Herrscher.«

Die drei Männer in den steifen blauen Uniformen kamen

näher. Derjenige, der gesprochen hatte, wies auf die Tür. »Hier entlang, Oberlord.«

Durell und Cedrych starrten einander weiter an. Das Grinsen des Herrschers war verschwunden, und er sah wieder alt, müde und bleich aus. In einer Sache hatte Durell wirklich Recht gehabt: Er war nicht bereit, einen Krieg zu führen. Zu schade, dass er gerade einen begonnen hatte.

»Es ist eine Schande, dass du all diese alten Portraits hast wegschaffen lassen, Durell«, sagte Cedrych leise. »Das waren die einzigen Anführer, die der Palast seit Jahren zu sehen bekommen hat.«

Er drehte sich um und wollte gehen, aber kurz bevor er die Tür erreicht hatte, rief Durell ihm hinterher: »Du hast drei Tage, Cedrych! Ich werde dir den Gefallen tun und dich deinen Nachfolger selbst aussuchen lassen, aber wenn du versuchst Zeit zu schinden oder dich mir widersetzt, sehe ich mich gezwungen, deinen Herrschaftsbereich selbst zu übernehmen und ihn zwischen Newell und Wildon aufzuteilen. Hast du mich verstanden?«

Cedrych war auf der Schwelle stehen geblieben, und nun warf er dem älteren Mann über die Schulter hinweg einen Blick zu und lächelte kühl. »Vollkommen, Herrscher, vollkommen. Drei Tage.«

Dann ging er weiter, aber als er an Timurs Sims vorbeikam, wurde er langsamer und sah sich noch einmal die goldenen Scheußlichkeiten an, die man darauf angebracht hatte.

»Bitte geh weiter, Oberlord«, sagte einer der Männer streng.

»Selbstverständlich«, antwortete Cedrych zerstreut, nachdem er noch einen Moment zu dem Sims hingeschaut hatte. Dann sah er den Gardisten an und grinste. »Das lässt sich alles wieder restaurieren.«

Der Nal-Lord ist hinter ihm, als sie Cedrychs Wohnung betreten, und Baram spürt seine Anwesenheit, als wäre der Mann ein Werfer, den man ihm in den Rücken drückt. Es tut ihm nun Leid, dass er sich hat gefangen nehmen lassen, aber es war ihm damals ganz richtig vorgekommen. Immerhin ist er ein Gesetzesbrecher. Ja, er ist lange weg gewesen, aber bevor er das Land verlassen hat, war er ein Gesetzesbrecher. Er ist länger Gesetzesbrecher gewesen als irgendetwas anderes in seinem Leben. Sogar länger, als er Gefangener war.

Aber das Nal hat sich verändert, seit er vor all den Jahren mit Calbyr, Keegan und den anderen von hier weggegangen ist. Die Nal-Lords, die er kannte, sind alle weg. Die Straßen kommen ihm seltsam vor. Nichts scheint mehr so zu sein wie zuvor. Selbst die Kleidung, die Dob ihm gegeben hat, bevor sie die Wohnung des Nal-Lords verließen, um hierher zu kommen, fühlt sich nicht richtig an, obwohl er sich daran erinnern kann, dass er in der Vergangenheit solche Sachen getragen hat. Die Wolljacke, die er anhatte, seit er Tobyn-Ser zusammen mit dem Magier verließ, fehlt ihm irgendwie. Das Einzige, was sich hier nicht verändert hat, ist offenbar, dass Cedrych immer noch Oberlord dieses Herrschaftsbereichs ist. Baram kann sich sehr gut an Cedrych erinnern. Oder genauer gesagt, er erinnert sich an alles, was er je über Cedrych gehört hat, und er hat keine Ahnung, wieso der Nal-Lord ihn sehen will.

»Setz dich«, sagt Dob barsch und zeigt auf eine lang gezogene, dick gepolsterte silbergraue Couch. »Oberlord?«, ruft er, nachdem er sich überzeugt hat, dass Baram seinen Befehl befolgt hat.

»Einen Augenblick«, erklingt die Antwort aus einem anderen Zimmer.

Dob wirft Baram einen Seitenblick zu, dann verdreht er die Augen und schüttelt den Kopf. Baram fragt sich, ob der Nal-Lord ihn hierher gebracht hat, um ihn zu töten. Er ist selbst überrascht, wie ruhig er bleibt.

Dann kommt Cedrych herein, und Dob winkt Baram hektisch zu, er solle aufstehen. Baram kommt wieder auf die Beine und sieht den Oberlord an.

Er hat von dem Attentatsversuch gehört, der dem Oberlord seine Narben einbrachte und auch für das lahme Bein verantwortlich ist, aber das hat ihn nicht auf diesen Anblick vorbereitet. Die gesamte rechte Gesichtshälfte des kahlköpfigen Mannes ist voller Narben, als wäre sie von einem wilden Tier verstümmelt worden. Baram bemüht sich, den Oberlord nicht anzustarren.

»Ihr seid spät«, sagt Cedrych zu Dob und sieht den Nal-Lord mit seinem blauen Auge kalt an.

Dob nickt. »Tut mir Leid, Oberlord.« Er zeigt auf Baram. »Er war ... er brauchte erst mal ein Bad und neue Sachen.«

»Ein Nal-Lord macht andere nicht für sein Versagen verantwortlich, Dob«, sagt Cedrych kalt. »Zumindest tun meine Nal-Lords so etwas nicht.«

Dob schaut zu Baram hin, nur kurz, aber es genügt, dass Baram erkennen kann, wie sehr der Nal-Lord ihn hasst. »Jawohl, Oberlord«, antwortet er.

Cedrych schaut Baram einen Moment an, dann wendet er sich wieder Dob zu. »Erzähl mir noch einmal, wie du ihn gefunden hast.«

»Das habe ich nicht, Oberlord. Einer meiner Männer hat ihn gefunden. Er ist durch die Straßen gezogen, hatte diese merkwürdigen Lumpen am Leib und hat vor sich hin geredet und von Zauberern und Gefängnissen in Tobyn-

Ser gesprochen. Mein Untergebener hat ihn zu mir gebracht, und ich dachte, es könnte wichtig sein.« Dob lächelt. »Ich habe gehört, du hast ein gewisses Interesse an Tobyn-Ser«, fügt er vertraulich hinzu.
Cedrych sieht ihn gelangweilt an. »Das war im Vierten?«
»Nein, Oberlord, im Zweiten.«
»Im Zweiten?«, wiederholt Cedrych stirnrunzelnd. »Du hast ihn also schon gefunden, bevor wir über Melyors Bezirk gesprochen haben? Und du hast mir nichts davon gesagt?«
»Es ... es tut mir Leid, Oberlord«, stottert Dob. »Unser Gespräch war zu Ende, bevor ich die Gelegenheit hatte, ihn zu erwähnen. Und seitdem war ich vollkommen damit beschäftigt, den Vierten zu sichern, wie du es mir befohlen hast.«
»Ja, selbstverständlich«, entgegnet Cedrych verächtlich. »Hast du Jibb schon gefunden?«
»Nein, Oberlord, noch nicht. Aber wir werden ihn finden, darauf kannst du dich verlassen.« Dob zögert, aber nur einen Augenblick. »Wenn du deine Männer noch eine Weile in den Vierten schicken könntest ...«
Der kahlköpfige Mann stößt ein freudloses Lachen aus. »Wenn ihr ihn bis jetzt nicht gefunden habt, dann hat das keinen Sinn. Ich könnte dir meine gesamte Armee überlassen, und das würde wahrscheinlich auch nichts daran ändern. Jetzt nicht mehr. An deiner Stelle würde ich gut auf mich aufpassen.«
Dob schluckt nervös, aber er schweigt.
»Geh jetzt«, befiehlt Cedrych und zeigt auf die Tür. »Ich möchte allein mit ihm sprechen. Kehr sofort in den Vierten zurück. Du wirst von mir hören, wenn ich dich brauche.«
»Ja, Oberlord.« Der Nal-Lord nickt, dann wirft er Baram

noch einen weiteren verächtlichen Blick zu und geht zur Tür. »Gute Nacht, Oberlord.«

»Der Mann ist ein Idiot«, bemerkt Cedrych, nachdem Dob gegangen ist, aber er spricht mehr mit sich selbst als mit Baram. »Erstaunlich, dass er so lange überlebt hat.« Er zeigt auf die Couch, mit einer Hand, die für einen Mann seiner Größe und seines Rufs erstaunlich schlank und zart aussieht. »Bitte setz dich. Möchtest du etwas trinken?« Baram schüttelt den Kopf, und Cedrych lässt sich selbst in einem Sessel nieder. »Wie heißt du?«, fragt der Oberlord mit einem freundlichen Lächeln.

»Baram«, antwortet er, und seine Stimme hört sich auch für ihn seltsam an. Er hat sich immer noch nicht daran gewöhnt, wieder Lonmir zu sprechen.

»Warst du einer von Calbyrs Männern?«

Baram nickt. Er versucht, Cedrych ins Auge zu sehen, aber sein Blick kehrt immer wieder zu der narbigen Augenhöhle zurück, wo das andere Auge sein sollte, als führe alles im Gesicht des Oberlords unweigerlich zu diesem Punkt.

»Was ist passiert, Baram? Was ist mit Calbyr und den anderen geschehen?«

Er zögert. Es ist so lange her, und die Geschichte ist schwierig zu erzählen. »Ein Geist hat uns besiegt«, sagte er schließlich.

Der Oberlord beugt sich vor und sieht ihn fragend an. »Ein Geist?«

»Genauer gesagt zwei. Ein Mann und ein Wolf. Die Magier haben uns alle zu dem Geist gebracht, und als der Geist kam, haben wir versucht, ihn umzubringen, aber wir konnten es nicht, und dann haben die Magier uns besiegt.«

»Die Magier haben euch also mit ihrer Magie besiegt«, sagt Cedrych nachdenklich.
Baram nickt. »Ja. Und mit dem Geist.« Er weiß, dass das alles vollkommen unverständlich klingt, aber die leere Augenhöhle lenkt ihn irgendwie ab.
Cedrych holt tief Luft. »Was ist danach passiert? Hat man dich gefangen genommen?«
Er nickt.
»Und ins Gefängnis gesteckt?«
Er nickt abermals.
»Für wie lange?«
Baram denkt nach. Er erinnert sich daran, dass er in den ersten Monaten seiner Gefangenschaft die Tage gezählt hat, aber danach hat er den Überblick verloren. Und dann hat er stattdessen angefangen, Steine zu zählen. »Ich weiß es nicht. Ich glaube, es waren Jahre. Eine lange Zeit!«
Cedrych verzieht mitfühlend das Gesicht. Der Ausdruck in seinem einzelnen Auge ist freundlich und seltsam vertraut. Baram fragt sich, ob er dem Oberlord schon einmal begegnet ist und es nur vergessen hat. »Das muss schrecklich gewesen sein«, sagt Cedrych. »Hast du sie sehr gehasst?«
Baram zuckt die Achseln und wendet sich ab. Er weiß jetzt, dass er dem Oberlord nie begegnet ist. Er hat sich nur an Badens Augen erinnert, die dieselbe Farbe hatten.
»Kein Problem, wenn das nicht so ist«, sagt Cedrych. »Hast du ihnen viel darüber erzählt, wieso du in Tobyn-Ser warst?«
Baram regt sich nicht. Er schweigt.
Cedrych streckt die Hand aus und tätschelt mitleidig Barams Bein. »Schon gut«, sagt er. Er lehnt sich zurück. »Wie bist du wieder hierher gekommen?«

»Der Magier hat mich hergebracht«, antwortet Baram schnell. »Es ist ein Magier in Bragor-Nal.«
Cedrych überrascht ihn, indem er nickt. »Ja, ich weiß. Hat er dir gesagt, wieso er hergekommen ist?«
»Er sagte, er wollte Frieden schließen«, antwortet Baram vorsichtig. »Er hat mich als Führer gebraucht, damit ich ihn zum Nal bringe.«
»Glaubst du, dass er wirklich Frieden will?«
»Ich weiß es nicht.«
»Magst du diesen Mann, Baram? Ist er ein Freund?«
Er schüttelt bedächtig den Kopf. »Nein. Sobald wir das Nal erreicht hatten, bin ich geflohen. Ich habe versucht, den Leuten zu erzählen, dass er hier ist. Ich habe es auch dem Nal-Lord gesagt.«
Cedrych kneift die Augen zusammen. »Dem Nal-Lord«, wiederholt er. »Sprichst du von Dob?«
Baram nickt, und Cedrych scheint enttäuscht zu sein.
»Ja, Dob«, sagt Baram. »Ich habe versucht, es ihm zu sagen, aber er wollte nicht zuhören. Er ist sehr stark.«
»Meinst du den Magier?«
»Ja. Er hat Kräfte, die …« Er schüttelt den Kopf und sucht nach dem richtigen Wort. Dann gibt er schließlich auf. »Er ist sehr stark«, sagt er noch einmal.
»Sind alle Magier so stark wie dieser?«
»Ja«, antwortet er rasch. Dann schweigt er einem Moment. »Ich glaube schon. Sartol war vielleicht noch stärker.«
»Sartol?«, fragt der Oberlord interessiert.
»Das war ein Magier, der uns geholfen hat. Er und Calbyr haben zusammengearbeitet, obwohl ich nicht glaube, dass sie einander mochten.«

»Ihr habt einen Verräter innerhalb des Ordens gefunden?«, fragt Cedrych verblüfft.
Baram nickt, und einen Augenblick lang hat er Angst, dass er etwas Falsches gesagt hat. Der Oberlord sieht ihn wachsam an, als würde er plötzlich etwas in Baram erkennen, das ihm zuvor entgangen war, und er beugt sich wieder vor. »Kannst du dich an viele Einzelheiten aus Tobyn-Ser erinnern, Baram?«
Er zuckt die Schultern und kaut eine Weile auf seiner Unterlippe. »Ich erinnere mich daran, wie es aussieht«, sagt er schließlich leise. »Ich erinnere mich an die Sprache und daran, wie Magier sich verhalten sollen.«
»Kennst du dich immer noch aus? Erinnerst du dich an die wichtigsten Städte und Flüsse?«
Baram schaut seine Hände an und denkt nach. Er hat Cedrych angemerkt, dass das eine wichtige Frage war. »Vielleicht«, erwidert er nach einem Augenblick. »Ich glaube schon.«
Cedrych steht auf und beginnt, im Zimmer umherzuwandern. Er sieht aus dem großen Fenster auf die Lichter des Nal hinaus und rückt Bilder gerade, die schon längst gerade hängen. »Es interessiert dich vielleicht, Baram, dass ich eine weitere Gruppe von Männern nach Tobyn-Ser schicken will. Ich hoffe, sie können die Arbeit beenden, die Calbyr und du und die anderen begonnen haben.« Er hält inne und sieht Baram an. »Wusstest du das?«
»Nein.«
»Glaubst du, sie könnten Erfolg haben?«
Baram denkt darüber nach. »Mag sein. Wenn sie den Geistern aus dem Weg gehen. Baden sagt, es gibt Leute, die dem

Orden nicht mehr vertrauen. Er sagt, das liegt an dem, was wir getan haben.«

»Wer ist Baden?«

Wieder wendet Baram den Blick ab.

Cedrych kehrt zu seinem Sessel zurück und lässt sich auf der Kante nieder. »Schon gut, Baram«, sagt er. »War dieser Baden ein Freund von dir?«

Baram nickt.

»Und war er ebenfalls ein Magier?«

»Ja. Er hat mit mir gesprochen, als ich im Gefängnis war.«

»Fehlt er dir?«

Baram sieht den Oberlord an. »Das Gefängnis fehlt mir nicht«, sagt er.

»Das hatte ich nicht gefragt.«

»Doch. Er fehlt mir.«

Cedrych nickt, und ein Lächeln breitet sich auf seinen narbigen Zügen aus. »Ich verstehe.« Er steht wieder auf. »Baram, würdest du mir bei etwas helfen? Ich habe gerade die Anführerin dieser neuen Gruppe, von der ich gesprochen habe, verloren. Und ich brauche Hilfe bei der Ausbildung ihres Nachfolgers. Dein Wissen über Tobyn-Ser könnte mir dabei ungeheuer nützlich sein.«

Baram zögert. Er ist gerade erst wieder ins Nal zurückgekehrt, nachdem er so lange weg war. »Ich will nicht wieder nach Tobyn-Ser gehen«, sagt er und wendet sich ab. »Ich will im Nal bleiben.«

Cedrych lacht, aber sanft, nicht wie Dob und seine Freunde. »Ich habe auch nicht vor, dich zurückzuschicken, Baram«, sagt er. »Aber wenn du uns hilfst – und uns alles erzählst, woran du dich erinnerst –, dann kann ich dir ein Zimmer geben und Essen, bis du ... bis du wieder bereit bist, alleine

zu leben. Und ich kann dir viel dafür bezahlen.« Cedrych kommt näher, und eine Frage steht in seinem Auge. »Wie findest du das?«
Es klingt beinahe zu gut, und Baram sieht den Oberlord zweifelnd an.
»Ah«, sagt Cedrych mit einem wissenden Lächeln. »Du traust mir nicht über den Weg, wie?« Er wartet nicht darauf, dass Baram antwortet. »Das würde ich an deiner Stelle auch nicht tun, nach allem, was du in den Blocks vermutlich über mich gehört hast. Besonders nicht nach dem, was du durchgemacht hast. Du wusstest nie, wer dein Freund ist und wer nicht.« Er greift in die Tasche, holt mehrere Goldstücke und ein paar Silberstücke heraus und reicht sie Baram. »Nimm erst mal das hier als Zeichen meines guten Willens.«
Baram nimmt das Geld, aber er schweigt.
»Du bist frei, Baram. Du kannst gehen, wohin du willst. Denk ein paar Tage über mein Angebot nach. Du kannst gern im Ersten Bezirk bleiben oder gehen, wohin du willst. Was immer du möchtest. Wenn du zu der Ansicht gelangst, dass mein Angebot in Ordnung ist, dann komm zurück. Die Männer unten werden dich hereinlassen, und ich werde mich freuen, dich zu sehen.«
»Und was, wenn ich Nein sage?«
Cedrych zuckt die Achseln, und das Lächeln bleibt. »Das wäre eine Enttäuschung für mich, aber das ist alles. Du kannst das Geld trotzdem behalten.«
Baram zögert. Seit Jahren hat ihm niemand mehr solche Möglichkeiten geboten. Nicht einmal Baden, dessen Augen dieselbe Farbe haben wie das Auge von Cedrych.
»Du kannst jetzt gehen«, sagt Cedrych wieder, und Baram begreift, dass der Oberlord ihn entlässt.

Er steht abrupt auf.
»Es tut mir Leid, Baram. Ich wollte dich nicht hinauswerfen, aber es gibt da ein paar Dinge, um die ich mich kümmern muss. Morgen ist ein wichtiger Tag für mich.«
Baram nickt. »Danke, Oberlord.«
»Denk über das, was ich gesagt habe, noch einmal nach«, sagt Cedrych und legt ihm einen Arm um die Schultern, während er ihn zur Tür führt. »Lass mich wissen, was du davon hältst.« Die Tür geht auf, und draußen stehen mehrere Gardisten. »Bringt Baram etwas zu essen, und dann lasst ihn hinaus«, sagt Cedrych zu dem nächstbesten Mann. »Gebt ihm alles, was er braucht.«
Der Mann wirft Baram einen kurzen Blick zu und nickt dann. »Jawohl, Oberlord.«
Cedrych lächelt Baram noch einmal an, und dann kehrt er in seine Wohnung zurück. Einen Augenblick später schließt sich die Tür, und Baram ist mit den Gardisten allein.
»Hier entlang«, sagt der Mann, der mit Cedrych gesprochen hat. Er geht durch den Waffenprüfer und den Flur entlang, und Baram folgt ihm gehorsam.
Aber als sie den Heber erreichen, dreht sich Baram noch einmal um und schaut zurück zu Cedrychs Tür. Er hat das Gefühl, als hätte er sich gerade etwas sehr Kostbares entgehen lassen.

10

Ich habe immer gesagt, wenn die Zeit gekommen ist, den mir zustehenden Platz im Goldpalast einzunehmen, wird niemand zwischen mir und meinem Ziel stehen. Ich habe zu schwer gearbeitet und zu viel ertragen, als dass ich zulassen würde, dass ein einzelner Mensch – oder hundert oder tausend von ihnen – mich davon abhalten wird, meinen Traum zu verwirklichen.

Aber erst vor kurzem habe ich begriffen, dass ich selbst derjenige bin, der den richtigen Zeitpunkt wählen wird. Es wäre mir lieber zu warten, bis die Initiative Erfolg hatte und Bragor-Nal sich eine dauerhafte Vorrangstellung in Lon-Ser verschafft hat. Als Herrscher würde es mir schwerer fallen, mich der Initiative zu widmen, da der Rat mir ständig über die Schulter schauen würde, und es widerstrebt mir, das Projekt einem anderen anzuvertrauen.

Aber falls Durell sterben sollte, bevor die Initiative erfolgreich war, oder falls andere Umstände eintreten, die es notwendig machen, den Palast vorher zu übernehmen, dann werde ich das tun. Wildon und Newell sind Nullen; Durell ist nur eine Galionsfigur. Der Palast gehört mir, wann immer ich das will.

Ich habe mir oft vorgestellt, wie es sein würde, vor Timurs Sims zu stehen, umgeben von den Männern der SiHerr in ihren blauen Uniformen, und den Brief des Herrscherrats in der Hand zu halten, der mir den Titel eines Herrschers von Bragor-Nal verleiht. Ich bin kein Gildriite, aber ich erkenne einen Wahrtraum, wenn ich einen habe.

Aus dem Tagebuch von Cedrych i Vran, Oberlord des Ersten

Herrschaftsbereichs von Bragor-Nal, Tag 1, Woche 6, im Frühjahr des Jahres 3060.

Sie waren zu neunt, alles Männer, obwohl auch Melyor zu dieser Spezialtruppe hätte gehören können, wenn ihr Geschäftssinn nicht so ausgeprägt gewesen wäre. Sie konnten hervorragend mit Klinge und Werfer umgehen, und obwohl keiner von ihnen einen besonders guten Nal-Lord abgegeben hätte, waren sie alle recht intelligent. Cedrych griff nicht oft auf ihre besonderen Fähigkeiten zurück. Für gewöhnlich arbeiteten sie einfach als Gardisten, und ihre Kameraden ahnten nicht, welche anderen Aufgaben sie manchmal übernahmen. Aber hin und wieder, wenn es notwendig war, rief der Oberlord sie in sein Arbeitszimmer und machte sie dort mit den Aufträgen vertraut, für die sie insgeheim ausgebildet worden waren.

Und nun brauchte er sie wieder einmal.

Der Tag begann früh mit einer langen Transporterfahrt zum Zweiundzwanzigsten Bezirk in Alt-Trestor. Dort schlichen sich Cedrych und fünf seiner Männer unbemerkt in ein hervorragend bewachtes Gebäude, hinterließen eine kleine, aber wirkungsvolle Bombe in einem Transporter und verließen das Gebäude so unauffällig, wie sie es betreten hatten. Die Bombe war eine Erfindung Cedrychs. Die meisten Transporterbomben explodierten, wenn der Motor des Wagens angelassen wurde, und dann töteten sie den Fahrer des betreffenden Transporters und zerstörten die unterirdischen Räume, in denen diese Fahrzeuge abgestellt wurden, aber im Allgemeinen verfehlten sie die geplanten Ziele. Cedrychs Bombe jedoch war druckempfindlich, und wenn sie unter dem Rücksitz eines Transporters installiert wurde, konnte

man damit rechnen, dass sie erst dann explodierte, wenn Fahrgäste einstiegen. Nach allem, was er von Newells Terminplan wusste, ging Cedrych davon aus, dass er selbst und seine Männer bereits dreihundert Blocks entfernt sein würden, wenn die Bombe hochging und seinen Rivalen tötete.
Stunden später erreichten sie ihr zweites Ziel. Dies lag im Zwölften Bezirk, südlich des Hofs, im südlichen Teil von Alt-Bragor. Hier hatte Cedrych etwas Kunstvolleres im Sinn, denn er hatte noch eine alte Rechnung mit Wildon offen.
Sie stellten den Transporter einen halben Block von Wildons Hauptquartier entfernt ab und stahlen sich durch Seitenstraßen zum Hintereingang des Gebäudes. Selbst dieser Eingang war schwer bewacht, wie Cedrych schon angenommen hatte. Er und Wildon waren sich in gewissen Dingen sehr ähnlich.
Aber wie auch in Cedrychs Hauptquartier war Wildons Verteidigungssystem dazu gedacht, gegen kunstvolle, heimtückische Angriffe zu schützen, nicht gegen einen ganz offenen. Cedrych und seine Leute töteten mit kleinen Sprengkörpern blitzschnell nicht weniger als zehn Gardisten. Die zweite Angriffswelle kostete fünf weitere das Leben. Und als Cedrych und seine Soldaten durch das Gebäude eilten und ihre Werferblitze durch Rauch und Staub drangen, hatten Wildons Wachen keine andere Wahl, als zurückzuweichen. Zwei weitere Bomben erledigten einen Sicherheitsposten im Erdgeschoss, und als Cedrych und zwei seiner Männer den Heber erreichten, lagen die meisten von Wildons Gardisten tot oder verwundet in den Trümmern.
Zwei Sprengkörper zerstörten die Heberkammer und verschafften ihnen Zugang zur Wartungsleiter des Schachts. Sofort begannen Cedrych und seine beiden Begleiter hin-

aufzuklettern. Die anderen Männer nahmen die Treppe, was als Ablenkungsmanöver gedacht war. Wie Cedrychs Hauptquartier verfügte auch Wildons Gebäude über Überwachungsschirme in den Treppenschächten und im Heber. Wildon würde, wenn er die Kämpfe auf der Treppe sah und wusste, dass der Heber zerstört war, den Heberschacht ignorieren. Zumindest hoffte Cedrych das. Er und seine Männer hatten bei ihrem Angriff auf das Gebäude so viel Qualm verursacht, dass Wildon nicht genau wissen würde, wie viele Männer angegriffen hatten. Cedrychs Männer würden versuchen, in den Treppenaufgängen so lange wie möglich standzuhalten, in der Hoffnung, dass Cedrych inzwischen Wildons Arbeitszimmer erreichen konnte. Bisher war der Angriff exakt nach Plan verlaufen. Das Gebäude war gegenüber dieser Art von Angriffen recht verwundbar, und der Oberlord wusste, dass dasselbe auch auf sein eigenes Hauptquartier zutraf. In der Tat hatte er seinen Überfall auf dieses Gebäude geplant, indem er darüber nachdachte, was einem Feind die beste Chance liefern würde, ihn selbst zu töten. Trotz seines Waffenprüfers war er nur so sicher, wie es ihm die Sicherheitssysteme im Erdgeschoss des Gebäudes gestatteten. Er hatte Glück, dass vermutlich außer ihm niemand in Bragor-Nal je auf die Idee kommen würde, auf so waghalsige Weise anzugreifen.

Der Aufstieg war besonders für Cedrych mit seinem verkrüppelten rechten Bein nicht einfach. Die ganze Sache machte ihm ungeheuren Spaß – er kam nur noch selten dazu, so etwas zu tun –, aber sie erschöpfte ihn auch, und die Arbeit des Tages war noch nicht einmal zur Hälfte getan. Er war gezwungen, sich mehrere Male auszuruhen. Zum Glück waren seine Männer nicht nur gut ausgebildet,

sondern auch diskret. Sie sagten nichts über sein langsames Tempo oder darüber, dass er mehrmals innehielt. Sie richteten sich einfach nach ihm und kletterten weiter, wenn er sich wieder in Bewegung setzte. Aber der Oberlord war sich plötzlich seiner Grenzen bewusst. Er wurde zu alt für solche Dinge. Offenbar hatte er dieses Unternehmen gerade noch rechtzeitig begonnen.
Als sie endlich das Stockwerk erreichten, in dem sich Wildons Arbeitszimmer befand, brachen sie die Türen auf, die den Heberschacht vom Flur trennten, und wurden sofort mit Werferfeuer begrüßt. Cedrych brauchte einen Augenblick, um zu begreifen, dass sie tatsächlich nur zwei von Wildons Leuten gegenüberstanden, die rasch und ununterbrochen feuerten. Der Schacht bot wenig Deckung, denn er zwang Cedrych und seine Männer, sich mit einer Hand an der Leiter festzuhalten, während sie die Werfer in der anderen hielten. Aber trotz seiner Erschöpfung und der alten Verletzungen wusste der Oberlord immer noch, wie man mit einer Handfeuerwaffe umging. Er stieg ein wenig höher und gab damit seinen Begleitern ebenfalls Zugang zur Türöffnung. Und innerhalb von Minuten hatten die drei die beiden Männer aus Wildons Garde getötet. Sie schwangen sich in den Flur und schlichen weiter. An der ersten Biegung jedoch stießen sie auf wirkungsvolleren Widerstand. Zwischen ihnen und Wildons Waffenprüfer standen mindestens zwanzig Männer, allesamt schwer bewaffnet. Sie standen dicht gedrängt in dem relativ schmalen Flur, was ihren Vorteil erheblich verringerte. Aber es wurde Cedrych bald klar, dass er und seine Männer hier mit einem Feuergefecht nicht weiterkommen würden. Also überließ Cedrych es seinen Leuten, das Feuer zu erwidern, und er

aktivierte zwei weitere Sprengkörper und warf sie in den Flur. Er schrie seinen Männern zu, sie sollten in Deckung gehen, und zog sich ebenfalls um die Ecke zurück. Einen Augenblick später erbebte das Gebäude von der Explosion. Cedrych und seine Leute warteten, bis der Rauch sich verzogen hatte, bevor sie ihren Angriff fortsetzten, aber der Oberlord wusste, dass die Wachen alle tot waren.

Nach ein oder zwei Minuten standen die drei auf und spähten vorsichtig um die Ecke. Niemand schoss auf sie. Sie bahnten sich einen Weg über Trümmer und Leichen hinweg. Einer der Männer bewegte sich, aber Cedrychs Begleiter töteten ihn rasch mit zwei gleichzeitigen Schüssen in die Brust. Die beiden Männer grinsten einander an.

Wildons Waffenprüfer hatte die Explosionen überstanden, aber Cedrych deaktivierte ihn mit ein paar gut gezielten Feuerstößen. Dann schoss er auch das Schloss an der Tür zu Wildons Arbeitszimmer auf und ließ seine Männer die Tür auftreten.

»Wartet hier«, befahl er ihnen und ging an ihnen vorbei nach drinnen. »Es wird nicht lange dauern.«

Wildons Büro war geschmackvoll in Hellblau dekoriert, mit Möbeln aus unbearbeitetem Holz und gut beleuchteten Glasskulpturen. Cedrych hätte sich durchaus vorstellen können, selbst einen Raum auf diese Weise einzurichten, und wieder einmal wurde der Oberlord daran erinnert, wie ähnlich er und sein Rivale einander waren.

Und das erklärte vielleicht, wieso er wusste, dass er in diesem Augenblick zur Seite schauen sollte – gerade noch rechtzeitig. Er ließ sich wie ein Stein zu Boden fallen und wich so dem Werferfeuer aus, mit dem Wildon auf seinen

Kopf gezielt hatte. Es gelang Cedrych, auch der zweiten Salve auszuweichen, indem er sich weiterrollte, dabei wild feuerte und Wildon ins Bein traf. Der schlaksige Mann schrie vor Schmerz auf und fiel auf ein Knie. Er hob die Waffe, um noch einmal zu schießen, aber nun hatte Cedrych sein Gleichgewicht wiedergefunden. Er schoss, noch bevor Wildon das tun konnte, und traf seinen Rivalen in die Schulter des rechten Arms. Wildon wurde nach hinten geschleudert, und sein Werfer rutschte über den Boden bis in die Ecke des Zimmers.

»Scheiße!«, zischte Wildon und verzog vor Schmerz das Gesicht. Er atmete schwer, hatte die Augen nun geschlossen, und auf seiner Stirn glänzte Schweiß. »Scheiße«, wiederholte er.

»Tut es sehr weh?,« fragte Cedrych lächelnd.

»Ja, du Mistkerl. Es tut verflucht weh!«

»Gut so!«

»Du hast es also auf den Palast abgesehen, wie, Cedrych?«, stieß Wildon zwischen zusammengebissenen Zähnen hervor.

Cedrych zog sich einen Stuhl heran und setzte sich. »Sieht so aus«, sagte er.

»Newell?«

»Sollte inzwischen tot sein. Bombe im Transporter.«

»Wie originell«, sagte Wildon trocken.

»Ja, ich weiß. Aber ich hatte es eilig herzukommen. Ich wollte es bei dir ein wenig persönlicher gestalten.«

Wildon öffnete ein Auge. »Ich fühle mich geschmeichelt.«

Cedrych grinste. »Das dachte ich mir.«

Der verwundete Oberlord schloss das Auge wieder. »Was ist mit Durell?«

»Der Herrscher trifft sich heute mit dem Rat. Ich werde ihn heute Abend besuchen.«

»Du weißt, dass ich dich nie ausstehen konnte, Cedrych«, sagte Wildon. »Aber ich hasse Durell noch mehr. Ich bin froh zu wissen, dass er bald tot sein wird.«

Cedrych lachte leise. Er und Wildon waren sich so ähnlich! Denn noch während der schlaksige Mann all diese Dinge sagte, bewegte er heimlich den unverletzten Arm zu dem Wurfdolch, den er am Gürtel trug.

Cedrych ließ zu, dass er den Griff der Waffe erreichte, bevor er eine Salve in die bisher unverletzte Schulter des Mannes feuerte.

»Scheiße!«, schrie Wildon und wand sich. »Mach ein Ende!«

»Nein«, sagte Cedrych und grinste abermals. »Noch lange nicht.«

»Was willst du?«

»Nur eine einfache Antwort. Ich habe immer angenommen, dass Vanniver Helfer hatte. Ich glaube nicht, dass er diesen Plan, mich umzubringen, alleine hätte aushecken können. Hat er sich an dich gewandt?«

Wildon hörte auf, sich zu winden, und öffnete die Augen. Aber er antwortete nicht.

Cedrych schoss noch einmal und traf diesmal Wildons unverletztes Bein.

Der verwundete Oberlord schrie vor Schmerz. »Also gut!«, keuchte er. »Also gut! Ja, ich war es!«

»Das hatte ich mir schon gedacht«, sagte Cedrych leise und senkte die Waffe eine Augenblick.

»Und wieso hast du bis heute damit gewartet, mich umzubringen?«

Cedrych zuckte die Achseln. »Ich war nie vollkommen sicher; ich konnte es nicht beweisen.«
»Ich werde das als Kompliment betrachten.«
»Betrachte es, wie du willst.«
Cedrych hörte draußen eine Explosion und dachte an seine Männer, die immer noch im Treppenhaus kämpften.
»Ich sollte lieber gehen, Wildon«, sagte er und stand auf.
»Eines Tages wirst du dort sein, wo ich heute bin, Cedrych«, stieß Wildon mühsam hervor. »Eines Tages wird jemand an deinen Wachen und deinem Waffenprüfer vorbeikommen, und dann wird er dich umbringen.«
»Mag sein«, erwiderte Cedrych ernst. »Aber du wirst diesen Tag nicht mehr erleben.« Wieder hob er die Waffe und zielte auf Wildons Herz. Aber dann überlegte er es sich im letzten Augenblick anders und veränderte sein Ziel. Und als er schoss, traf ein roter Blitz Wildons rechtes Auge.

Sie stand auf dem Balkon, schaute hinaus aufs Meer, lauschte den Wellen, die unten an den felsigen Strand brandeten, und spürte die Wärme der Nachmittagssonne auf Rücken und Schultern. Möwen stritten sich mit großem Geschrei um etwas Essbares, und warmer Wind pfiff an den gemeißelten Säulen des Geländers vorbei, auf das sie sich stützte. Hin und wieder hörte sie Marars Schritte, wenn er an der Tür vorbeikam, die zur Terrasse führte, aber ansonsten nahm Shivohn kein Geräusch wahr, das von Menschen erzeugt wurde.
Für gewöhnlich ärgerte sie Durells Zuspätkommen, und sie wusste, dass er es genau aus diesem Grund tat. Aber an diesem Tag störte es sie nicht. Friede und Einsamkeit waren ein Luxus, den sie lange nicht mehr genossen hatte. Sie

holte tief Atem, genoss die klare Luft und den Geruch nach Meerwasser, und dann drehte sie sich zu dem Herrenhaus um.

Einstmals, vor hunderten von Jahren, hatten in diesem Haus Lon-Sers Könige residiert, und das Kap, auf dem es stand, war als Lons Kap bekannt gewesen. Aber nach der Abschaffung der Monarchie und der darauf folgenden Zeit der Bürgerkriege hatte man die Residenz der Monarchen als Relikt einer vergangenen Ära leer stehen lassen, und sie war von Plünderern heimgesucht worden. Erst nach der Festigung übernahmen die verbliebenen Herrscher das Haus und richteten es für ihre Ratssitzungen her. Und in ihrer Eitelkeit nannten sie das Kap des Gottes nun Herrscher-Kap.

Von außen gesehen war das Haus von schlichter Großartigkeit: ein Monument einer Zeit, als Lon-Sers Architekten weniger schwerfällig gewesen waren und ihre Schöpfungen sich noch in die natürliche Umgebung einfügten. Es bestand ganz aus Stein und schien am Ende der Welt zu stehen. Und dennoch, trotz seiner Nähe zum Meer hatte das Haus seit seiner Errichtung vor beinahe dreitausend Jahren fast unbeschädigt alle Naturgewalten überstanden.

Drinnen war es beinahe leer. Es gab eine moderne Küche dort, wo sich einstmals die große Feuerstelle befunden hatte, sechs der siebzehn Schlafzimmer waren möbliert, und das Ratszimmer enthielt bescheidene, aber bequeme Holzmöbel. Aber der Rest der Residenz hätte ebenso gut ein Grabmal sein können. Im Grunde passte das: Die Herrscher und ihre Diener waren die Einzigen, die das Gebäude je benutzten, und bis vor kurzem war der Rat nicht öfter als sieben- oder achtmal im Jahr zusammengekommen.

Shivohn drehte sich noch einmal um, um auf Aricks Meer hinauszuschauen. Ein kleiner Schwarm Kormorane flog vorüber; die schwarzen Vögel zeichneten sich deutlich vor dem hellgrünen Wasser ab. Vielleicht wird Durell überhaupt nicht auftauchen, dachte sie. Vielleicht kann ich den ganzen Tag hier draußen bleiben.
Und selbstverständlich hörte Shivohn wie aufs Stichwort Durells Stimme von drinnen. Er kommt immer zu spät, dachte sie und schüttelte den Kopf. Und dennoch ist er heute für meinen Geschmack eher zu früh.
Sie hörte Schritte, die sich der Balkontür näherten. »Er ist da«, sagte Marar.
Sie drehte sich um, aber der Herrscher von Stib-Nal war schon weitergegangen. Sie zuckte die Achseln und blieb, wo sie war. Die beiden würden ohnehin ein paar Minuten unter sich sein wollen. Durell musste Marar Anweisungen geben. Sie lächelte - allerdings war es ein trauriges Lächeln. Das war wirklich keine Art und Weise, ein Nal zu führen.
Tatsächlich brauchte sie nicht einmal so lange zu warten, wie sie gedacht hatte. Nur einen Augenblick später kam Durell auf die Terrasse heraus, ein herablassendes Lächeln auf den Lippen. Sein Gesicht war dicklicher als sonst, und seine Haut wirkte im hellen Sonnenlicht fleckig. Er sah nicht gut aus.
»Hallo, Shivohn«, sagte er und nahm eine ihrer Hände in die seinen. »Ich kann dir gar nicht deutlich genug sagen, wie Leid mir tut, was da passiert ist. Ich hatte keine Ahnung, dass mein Oberlord in solche Angelegenheiten verwickelt war. Ich verspreche dir, so etwas wird nicht wieder geschehen.«

»Das kannst du dir sparen, Durell«, erwiderte sie kühl und zog ihre Hand weg. »Es tut dir nur Leid, weil er erwischt wurde.«

Durells Lächeln verschwand. »Was willst du denn noch, Shivohn? Ich habe Cedrych bestraft – ich habe ihm seine Macht genommen. Ich werde Wiedergutmachung leisten, wie es das Gesetz verlangt, und ich habe mich bereits entschuldigt. Übertreibe es nicht, Herrscherin. Ich bin immer noch der Mächtigste in diesem Rat, und ich habe die stärkste Armee in Lon-Ser.«

Shivohn lächelte. »Selbstverständlich. Aber ich glaube nicht, dass du es in dieser Angelegenheit so weit kommen lassen willst.« Sie sah den Zweifel in Durells Blick und lächelte breiter.

»Was willst du, Shivohn?«, fragte er abermals, aber diesmal in verändertem Tonfall.

Sie ging an ihm vorbei ins Haus. »Komm. Wir können mit Marar darüber sprechen.«

Der Herrscher von Stib-Nal hatte sich bereits an dem großen dunklen Tisch niedergelassen, an dem sie immer bei ihren Debatten saßen. Seine hochgezogenen, schmalen Schultern und das knochige Gesicht ließen ihn noch unbedeutender wirken, als er tatsächlich war. Der Ratssekretär saß ebenfalls am Tisch, aber wie immer achteten die Herrscher nicht auf ihn.

»Ich hoffe, du hast uns wegen etwas Wichtigem hierher zitiert«, sagte Marar gereizt zu Shivohn, als sie und Durell sich hinsetzten. »Ihr beide habt es nicht weit, aber ich muss eine größere Entfernung zurücklegen.«

»Sei still, Marar«, sagte Durell kalt.

Marar starrte ihn gekränkt an, aber er schwieg.

»Ich habe euch hergerufen«, begann Shivohn, »weil Attentäter, die von einem von Durells Oberlords bezahlt wurden, Bürger meines Nal angegriffen haben. Ich erwarte selbstverständlich Wiedergutmachung, eine offizielle Entschuldigung und die Bestrafung des fraglichen Mannes, wie es nach dem Grünen Abkommen mein Recht ist.«
Durell nickte übertrieben. »Und wie ich bereits sagte, wirst du all das bekommen. Damit wäre die Angelegenheit abgeschlossen.«
»Nicht ganz«, erwiderte Shivohn kopfschüttelnd. »Das Hauptziel dieser Attentäter war ein Nal-Lord namens Melyor i Lakin. Melyor behauptet, dass sie ursprünglich mit einer Initiative desselben Oberlords zu tun hatte, in der es darum ging, Tobyn-Ser zu erobern, damit Bragor-Nal sich in dieses Land ausdehnen kann.«
»Wie bitte?«, fragte Marar mit echtem Entsetzen. Er starrte Durell an. »Stimmt das?«
»Melyor ist ein abtrünniger Nal-Lord«, sagte Durell ruhig zu Shivohn und ignorierte Marars Ausbruch. »Cedrych hätte die Attentäter nicht nach Oerella-Nal schicken sollen, und deshalb bin ich willens zu tun, was notwendig ist, um diese Angelegenheit vom Tisch zu schaffen. Aber diese Frau ist eine Mörderin und eine gewohnheitsmäßige Lügnerin. Du kannst nicht erwarten, dass dieser Rat einfach glaubt, was sie sagt, besonders wenn ihre Behauptungen so seltsam sind.«
Shivohn sah nun Marar an, der ziemlich bleich geworden war und hektisch zwischen Shivohn und Durell hin- und herschaute.
»Diese Behauptungen kommen mir gar nicht so seltsam vor«, sagte Shivohn. »Vor allem, wenn man den Brief

bedenkt, den wir im vergangenen Jahr von der Eulenweisen von Tobyn-Ser erhalten haben. Melyors Äußerungen werden außerdem durch die Aussagen ihres Begleiters gestützt, eines Zauberers aus Tobyn-Ser namens Orris.«

»Du hast mit einem Zauberer gesprochen?«, fragte Marar in ehrfürchtigem Flüsterton.

»Ja. Er und Melyor haben mich um Hilfe gebeten, die Pläne des Oberlords zu vereiteln.«

»Das ist doch alles Unsinn!«, warf Durell mit einem Lachen ein. »Wieso sollte Melyor, wenn sie doch selbst an der Planung dieser Initiative beteiligt war, jetzt plötzlich versuchen wollen, sie aufzuhalten?«

Shivohn zögerte, aber nur einen Augenblick. Sie hatte schon befürchtet, dass einer der beiden Männer diese Frage stellen würde. Es gab wirklich nur eine einzige glaubwürdige Antwort, und obwohl das Melyor in der Zukunft vielleicht Schwierigkeiten bereiten würde, hatte Shivohn das Gefühl, dass ihr keine andere Wahl blieb: »Melyor ist Gildriitin. Und als sie dem Zauberer begegnete, kam sie zu der Ansicht, dass sie nicht mehr dulden könnte, was Cedrych vorhatte.«

Es freute sie zu sehen, wie entsetzt Durell war. Darauf war er eindeutig nicht gefasst gewesen. Marar schien ebenfalls überrascht zu sein, aber nicht wesentlich mehr als in den Minuten davor.

»Ich glaube, dass Melyors Behauptungen zutreffen«, nutzte Shivohn ihren Vorteil. »Wie du schon sagtest, Durell: Sie war zunächst an dieser Initiative beteiligt. Sie hätte davon profitieren können, und dennoch hat sie sich an mich gewandt, weil sie begriffen hat, dass es einfach falsch ist, was da passiert. Aber darüber hinaus«, fügte sie erheblich kühler hinzu, »bedroht es das empfindliche Gleichgewicht, das seit mehreren hundert Jahren zwischen unseren drei Nals besteht. Ich werde nicht zulassen, dass so etwas geschieht. Ich verlange nun offiziell, dass die Initiative gegen Tobyn-Ser eingestellt wird, und zwar als Teil der Bestrafung von Bragor-Nal für die Vorfälle in meinem Nal. Wenn dieser Forderung nicht entsprochen wird, wird die Matriarchie von Oerella-Nal das als Grund für einen Krieg betrachten.«

Durell sah sie zornig an, aber zumindest im Augenblick interessierte sich Shivohn viel mehr für Marars Reaktion. Als sie ein paar Tage zuvor mit Melyor und Orris gesprochen hatte, hatte Shivohn ihnen gesagt, der Herrscher von Stib-Nal sei zwar ein Feigling und ein Dummkopf, aber immerhin schlau genug, um zu erlauben, dass Bragor-Nal Tobyn-Ser eroberte, wenn das bedeutete, die Unabhängigkeit von Stib-Nal dadurch bewahren zu können. Seitdem hatte Shivohn allerdings begriffen, dass Marar einer ganz anderen Entscheidung gegenüberstand: Er konnte entweder Bragor-Nals Angriffe auf Tobyn-Ser gutheißen oder den Status quo erhalten. Shivohn fragte sich nun, ob Marar intelligent genug war zu begreifen, was ein Erfolg der Tobyn-Ser-Initiative für die Zukunft seines Nal bedeuten würde. Stib-Nal existierte nur noch wegen der Rivalität zwischen Oerella-Nal und Bragor-Nal, die verlangte, dass die Herrscher von Bragor-Nal im Rat einen gewissen Vorteil brauchten. Wenn Cedrychs Tobyn-Ser-Initiative Erfolg hätte und Bragor-Nal genügend wirtschaftliche und militärische Macht verschaffen würde, um Oerella-Nal zu unterwerfen, würde Stib-Nal überflüssig werden. Und wenn Shivohn Marars beunruhigten Blick richtig deutete, hatte er das gerade begriffen.

Durell schien ebenfalls zu erkennen, um was es hier ging. »Ich brauche Zeit, um über diese Angelegenheit nachzudenken«, erklärte er zornig und stand auf.
Shivohn schüttelte den Kopf. »Nein.«
»Wie bitte?«
Shivohn blickte auf und lächelte ihn an. »Ich sagte nein. Ich will nicht, dass du Gelegenheit erhältst, Marar so einzuschüchtern, dass er sich auf deine Seite stellt. Ich möchte, dass wir sofort über diese Sache abstimmen.«
Durell fletschte die Zähne zu einem falschen Grinsen. »Ich habe keine Ahnung, wovon du sprichst, Shivohn. Marar kann abstimmen, wie er will, wie er es auch bei allen anderen Fragen konnte, die diesem Rat vorlagen.«
»Gut. Dann hast du also nichts dagegen, wenn wir noch vor einer Pause darüber abstimmen.«
Durell biss die Zähne zusammen und starrte einen Augenblick drohend auf Shivohn hinab, dann setzte er sich wieder hin.
»Marar.« Shivohn wandte sich dem Herrscher von Stib-Nal zu. »Es ist offensichtlich, wie Durell und ich uns entscheiden werden. Was ist mit dir?«
Der dritte Herrscher räusperte sich und warf Durell einen nervösen Blick zu. »Man sollte annehmen«, sagte er bedächtig und räusperte sich ein zweites Mal, »wenn diese Behauptungen der Wahrheit entsprechen, sollten sie uns alle beunruhigen.« Er verzog leicht das Gesicht. »Damit will ich sagen, wenn einer meiner Untergebenen sich in eine solche Sache verstrickt hätte – ohne mein Wissen selbstverständlich«, fügte er rasch mit einem Blick auf Durell hinzu. »Wenn so etwas geschähe, wäre ich ebenso erschrocken, wie ich es von meinen Mitherrschern erwarten wür-

de. Wenn dies also der Wahrheit entspricht, dann würde ich erwarten, dass der verantwortliche Herrscher, wenn er von einer solchen Sache erfährt – ich spreche hier von dem Herrscher, der für die Person verantwortlich ist, die dies getan hat, denn selbstverständlich würde kein Herrscher so etwas willentlich dulden –, der verantwortliche Herrscher also würde dieses Projekt aufhalten wollen, bevor es zu weit geht. Selbstverständlich nur, falls die Behauptungen der Wahrheit entsprechen. Wir sollten versuchen herauszufinden, ob das der Fall ist.«

Dann hörte er gnädigerweise auf zu sprechen. Shivohn musste ein Lachen unterdrücken und sah Durell an. Trotz Marars gewundener und wirrer Sätze hatte er zumindest die Möglichkeit angedeutet, dass er in diesem Fall gegen Durell stimmen könnte. Aber was noch wichtiger war, er hatte dem Herrscher von Bragor-Nal einen Ausweg geliefert. *Wenn einer meiner Untergebenen sich in eine solche Sache verstrickt hätte – ohne mein Wissen selbstverständlich ...*

Durell saß vollkommen reglos da, starrte geradeaus und hatte die Hände auf dem Tisch gefaltet. Zuerst sagte er nichts, und alle drei saßen angespannt da und schwiegen. Schließlich schaute er zu Shivohn, sprach aber den Herrscher von Stib-Nal an. »Ich verstehe, was du meinst, Marar. Und ich kann gut verstehen, wie beunruhigend all das für die Nachbarn von Bragor-Nal ist.« Er holte tief Luft. »Es könnte sein, dass Melyor die Wahrheit sagt«, gab er schließlich zu, »und dass das Schreiben der Eulenweisen tatsächlich auf Tatsachen beruhte. Cedrych ist ein schwieriger Mann und durchaus im Stande, ganz allein etwas so Ungeheuerliches zu tun.«

»So viel ist klar«, bemerkte Shivohn eisig. Sie hatte nicht vor, auch nur einen Schritt zurückzuweichen. »Die Frage ist: Was wirst du dagegen unternehmen?«

Durell lief rot an, und einen Augenblick befürchtete Shivohn, sie wäre zu weit gegangen. Aber als er wieder sprach, war sein Tonfall überraschend freundlich. »Cedrych hat seinen Herrschaftsbereich verloren. Ich hatte das ursprünglich als zeitweilige Maßnahme betrachtet, eine, die ihn vielleicht ein wenig Zurückhaltung lehren würde. Aber im Hinblick auf das, was ich heute über diese Tobyn-Ser-Initiative erfahren habe, denke ich, es wäre nur vernünftig, seine Entmachtung als dauerhaft zu betrachten. Ohne die Mittel, zu denen er als Oberlord Zugang hatte, wird er wohl nicht mehr in der Lage sein, seine Pläne fortzuführen.« Er betrachtete Shivohn forschend. »Wird das genügen, Herrscherin?«

Selbstverständlich versuchte er nur, ihnen etwas vorzumachen. Shivohn war sicher, dass er schon seit einiger Zeit von der Initiative wusste. Sie konnte sich unmöglich vorstellen, dass es anders gewesen sein sollte. Aber sie wollte ihm diesen kleinen Sieg lassen. »Ja, Herrscher«, erwiderte sie also. »Das wird genügen.«

Durell stand abrupt auf und ging zur Tür. »Gut«, sagte er über die Schulter hinweg. »Dann mache ich mich wieder auf den Weg nach Bragor-Nal.«

Im nächsten Augenblick war er weg, und Shivohn und Marar blieben allein am Ratstisch zurück. Sie schauten einander an, und Marar lächelte dünn.

»Ich denke, das ist recht gut gelaufen«, sagte er. »Findest du nicht auch?«

Shivohn lachte laut, und dann sah sie ihren Mitherrscher

mit neuer Hochachtung an. Vielleicht kannte er sich bei diesem Spiel besser aus, als sie gedacht hatte.

Es war beinahe dunkel, als er mit seinem Gefolge zum Goldpalast zurückkehrte, und Durell war erschöpft. Ratssitzungen hatten in der letzten Zeit immer eine solche Wirkung auf ihn. Das lag nicht nur an dem weiten Weg, obwohl das schlimm genug war, selbst wenn man Lufttransporter benutzte, die die Reisezeit verkürzten. Shivohn schien dieser Tage trotziger denn je, und Marar hatte in den vergangenen Monaten eine unangenehme Neigung zur Unabhängigkeit an den Tag gelegt. Und heute hatte Bragor-Nal tatsächlich eine Abstimmung verloren. Sicher, die offiziellen Protokolle der Sitzung würden nichts darüber berichten. Es war keine offizielle Abstimmung gewesen. Absichtlich oder nicht, Shivohn hatte ihm zumindest diese Demütigung erspart. Aber die drei Herrscher würden die Wahrheit wissen: Wenn sie offiziell abgestimmt hätten, dann hätte Durell verloren.

Und irgendwie musste Durell Cedrych nun beibringen, dass er niemals mehr Oberlord sein würde und dass er seine Initiative abbrechen musste. Der Herrscher erschauderte schon bei dem Gedanken daran. Er hatte Angst vor Cedrych. Das hätte er anderen gegenüber niemals zugegeben, obwohl offenbar klar war, dass Cedrych es wusste. Und wer konnte ihm das schon verdenken? Der Mann war brillant, furchtlos und verrückt – eine extrem gefährliche Kombination. Und Shivohn hatte Durell gezwungen, Cedrych seine Macht zu nehmen. Er wird mich umbringen, dachte der Herrscher, als er die Palasttreppe zu seinem Schlafzimmer hinaufging.

Woraufhin eine Stimme in seinem Kopf antwortete: *Nicht, wenn du ihn vorher umbringst.* Er hielt einen Augenblick inne, den Fuß schon zur nächsten Stufe gehoben, und dachte darüber nach. Aber selbstverständlich. Klinge mochte tot sein, aber es gab noch Dutzende von Jägern in Bragor-Nal, und jeder von ihnen wäre entzückt, einen Auftrag vom Herrscher persönlich zu erhalten. Es fehlte Durell nicht an Mitteln. Er konnte sogar ein Kopfgeld auf Cedrych aussetzen und die Sache zu einem Wettbewerb machen: derjenige, der den Oberlord tötet, bekommt die Prämie. Lächelnd ging Durell weiter. Nun ging es ihm schon erheblich besser.

Erst als er sein Schlafzimmer betrat und die Tür hinter sich schloss, fiel ihm auf, dass er seit seiner Rückkehr in den Palast keinen einzigen Gardisten mehr gesehen hatte. Voller Panik fuhr er herum, packte den Türgriff und rief nach dem Hauptmann.

Aber als er die Tür öffnete, stand Cedrych davor und zielte mit dem Werfer auf Durells Kopf.

»Hallo, Durell«, sagte der einäugige Mann ruhig. Er kam ins Zimmer und zwang den Herrscher zurückzuweichen. »Wie war die Ratssitzung?«

»Wie bist du hier hereingekommen?«, wollte Durell wissen. »Wo sind meine Wachen?«

»Es ist schon seltsam«, bemerkte der Oberlord immer noch unangenehm ruhig. »Man würde doch erwarten, dass die Gardisten des Herrschers besonders fähige Kämpfer sind. Sicher sollte ein einfacher Oberlord keine Chance gegen sie haben. Und dennoch ...«

Er beendete den Satz nicht und lächelte.

»Alle?«, flüsterte der Herrscher. »Du hast sie alle getötet?«

»Sie waren offensichtlich viel zu schlecht ausgebildet«, sagte Cedrych freundlich. »Ich muss dafür sorgen, dass meine Leute härter trainieren, wenn ich Herrscher bin.«
Durell starrte ihn wortlos an. »Setz dich, Durell«, befahl Cedrych und zeigte mit der Waffe auf einen Stuhl neben dem Bett. »Erzähl mir von der Versammlung.«
Durell setzte sich langsam hin, schwieg aber immer noch.
»Hast du Shivohns Forderungen zugestimmt?«, fragte der Oberlord. »Hast du ihr versprochen, mich zu entmachten?«
»Nur zeitweilig«, log Durell. »Nur bis zum Herbst.«
Cedrych zog skeptisch die Brauen hoch. »Und das hat sie akzeptiert? Ach komm, Durell.«
»Was zählt das schon?«, fragte der Herrscher. »Wie du schon gestern sagtest: Sie ist nicht Herrscherin von Bragor-Nal.«
Cedrych grinste, obwohl der Ausdruck in seinem blauen Auge ausgesprochen kalt war. »Ja, ich erinnere mich, so etwas gesagt zu haben. Ich glaube, das war kurz bevor du mich aus dem Palast geworfen hast.«
»J-ja. Nun ...«
»An deiner Stelle würde ich lieber nicht weiter über unser letztes Gespräch reden«, warnte Cedrych. »Es war nicht gerade eins unserer besten.«
»Was willst du, Cedrych? Willst du, dass ich als Herrscher zurücktrete und du meinen Platz einnimmst? Also gut. Ich tue es. Mit Vergnügen.«
»Selbstverständlich wirst du das tun«, sagte der Oberlord immer noch mit diesem eisigen Lächeln. »Und dann wirst du jemanden beauftragen, mich zu töten, damit du deine Stellung wiederhaben kannst.«
»Und was werden Newell und Wildon tun, wenn du mich

einfach umbringst?«, fragte Durell spitz. »Werden sie das akzeptieren und sich nicht weiter darum kümmern?« Er schüttelte den Kopf. »Das kann ich mir nicht vorstellen. Aber wenn ich hinter dir stehe und dich als Nachfolger anerkenne, bräuchtest du dir darüber keine Gedanken zu machen.«
Cedrych lachte leise, und das bewirkte, dass sich Durells Nackenhaare sträubten. »Newell und Wildon werden gar nichts tun«, erklärte er so überzeugt, dass der Herrscher sofort verstand, dass die beiden anderen Oberlords tot waren.
»Meine besten Wachen waren nicht hier, als du herkamst«, fuhr Durell fort, und seine Verzweiflung war ihm nun deutlich anzuhören. »Sie waren mit mir unterwegs. Aber nun sind sie hier. Und sie werden es nie zulassen, dass du mir etwas antust.« Es war keine sonderlich gute Drohung, aber alles, was ihm noch blieb.
Cedrych schüttelte amüsiert den Kopf. »Du weißt genauso gut wie ich, dass die SiHerr für den Herrscher arbeiten, wer immer das auch sein mag. Wenn ich mich zum rechtmäßigen Oberhaupt von Bragor-Nal erkläre, werden deine Gardisten mich akzeptieren.«
»Shivohn weiß von der Initiative!«, rief der Herrscher. »Sie hat sogar mit Krieg gedroht! Aber sie und ich kommen gut miteinander aus! Ich kann mit ihr darüber reden. Ich kann mit ihr verhandeln.«
»Siehst du, Durell, das ist der Unterschied zwischen uns«, sagte Cedrych mit derselben ärgerlichen Gelassenheit wie zuvor. »Du hast Angst vor einem Krieg mit der Matriarchie. Ich nicht. Es wird teuer werden, und es könnte eine gewisse Zeit in Anspruch nehmen. Aber wir können diesen Krieg gewinnen. Und für mich ist Siegen alles, was zählt.« Er

hatte die Hand mit der Waffe inzwischen gesenkt gehabt, aber nun zielte er wieder auf Durell.
Der Herrscher wich zurück und riss den Arm hoch, um sich zu schützen. »Nein, Cedrych! Bitte!«
»Und das ist ein weiterer Unterschied. Wenn ich die Wahl hätte, würde ich lieber leben als sterben. Aber ich habe keine Angst vor dem Tod.«
Bei einem anderen Mann wäre das eine leere Drohung gewesen. Aber als Durell Cedrych nun ins Gesicht schaute – die Narben, das eisblaue Auge, die gleichgültige Miene, als er von Krieg, Töten und Sterben sprach –, glaubte er ihm. Sie waren tatsächlich sehr verschieden. Und genau das erklärte, wieso Cedrych Herrscher werden und Durell sterben würde.
Und das erklärte auch, wieso der Herrscher in seinen letzten Augenblicken versuchte, seinem Mörder zu helfen. »Marar legt Anzeichen von Selbstsicherheit an den Tag«, meinte er sachlich. »Bevor du dich mit Shivohn anlegst, solltest du etwas unternehmen, um Stib-Nal unter deine Herrschaft zu bringen.«
Cedrych sah ihn überrascht an, und einen Augenblick lang senkte er sogar die Waffe. »Danke, Herrscher«, sagte er. »Das werde ich tun. Und für diesen Rat werde ich es so schnell und schmerzlos machen, wie ich kann.«
Wieder hob der Oberlord die Waffe, und das Letzte, was Durell sah, war eine unauffällige Bewegung von Cedrychs Daumen, als er den Knopf an seinem Werfer drückte.

»Am Ende«, sagte Shivohn auf Tobynmir, als sie ihre Zusammenfassung der Ratssitzung abschloss, »hatte Durell keine andere Wahl, als nachzugeben.«

Sie stand vor den großen Fenstern in ihrem Zimmer. Sie war offensichtlich sehr zufrieden mit sich und viel entspannter, als Orris sie von ihrer ersten Begegnungen in Erinnerung hatte.

Melyor schüttelte ungläubig den Kopf. »Marar hat sich tatsächlich auf deine Seite geschlagen?«, fragte sie mit ihrem schweren Akzent. »Ich hätte nie erwartet, dass er sich gegen Durell stellen würde.«

Shivohn lächelte. »Es war nicht gerade die machtvollste Demonstration der Unabhängigkeit eines Nal, die ich je gesehen habe, aber auf seine Weise hat er Durell klar gemacht, dass Bragor-Nal gewisse Grenzen überschritten hat.«

»Du denkst also, Cedrych stellt keine Gefahr mehr für Tobyn-Ser dar?«, fragte Orris, der beinahe Angst hatte, das wirklich zu glauben.

Die Herrscherin sah ihn an, und ihre Miene wurde wieder nüchtern. »Ich würde dir gerne versichern, dass ich davon vollkommen überzeugt bin, Falkenmagier, aber Durell hat mich zu oft belogen. Ich will dir allerdings eines sagen: Er machte den Eindruck, dass er es diesmal ehrlich meinte, und ich denke, Marars Verhalten hat ihm gezeigt, wie ernst wir in Stib-Nal und Oerella-Nal diese Sache nehmen. Ich fürchte allerdings, es wird einige Zeit dauern, bis wir sicher wissen, was seine Versprechen wert sind. Ich wünschte, ich könnte sicherer sein.«

Der Magier nickte. »Ich verstehe. Und ich bin dir dankbar für alles, was du für mein Volk getan hast.« Bevor sie widersprechen konnte, fügte er hinzu: »Obwohl mir selbstverständlich klar ist, dass du es für dein eigenes Volk getan hast und nicht für meines.«

Sie grinste. »Vielleicht nicht ausschließlich«, sagte sie leise.

Sie wandte sich wieder an Melyor. »Ich muss dir allerdings sagen, dass ich gezwungen war, Durell und Marar von deiner Herkunft zu erzählen. Es war die einzige Möglichkeit, sie davon zu überzeugen, dass du die Wahrheit über die Initiative gesagt hast. Es tut mir Leid.«

Melyor zuckte die Achseln und warf einen Blick zu dem roten Stein auf dem Stab, den sie in der Hand hielt. »Du brauchst dich nicht zu entschuldigen«, erwiderte sie mit einem traurigen Lächeln. »Ich habe nun diesen Stab hier, also wird es ohnehin schwierig sein, es geheim zu halten.«

»Du hast also beschlossen, ihn zu behalten?«, fragte Orris leise.

Sie sah ihn an, und er glaubte, Tränen in ihren grünen Augen zu erkennen. »Es war Gwilyms Wunsch.«

»Dann sollte ich dich in Zukunft mit ›Steinträgerin‹ ansprechen«, sagte Shivohn ernst.

Melyor errötete. »Daran muss ich mich erst gewöhnen.«

»Das wirst du schon«, sagte Shivohn, die nun wieder lächelte. Sie sah Orris an und räusperte sich verlegen. »Ich hatte gehofft, Falkenmagier, dass wir demnächst über die Möglichkeit von Handelsbeziehungen sprechen könnten, die du bei unserer ersten Begegnung erwähnt hast. Ich fand diese Idee ausgesprochen interessant.«

Der Magier grinste. Er mochte Shivohn. Sie war von Anfang an offen zu ihm gewesen, selbst als sie es abgelehnt hatte, ihm zu helfen. Das imponierte ihm. Der Orden könnte Leute wie sie gut gebrauchen. »Das würde ich gerne tun, Herrscherin«, sagte er. »Du solltest allerdings wissen, dass ich nur ein einzelner Magier bin und nicht die Autorität habe, für das Volk von Tobyn-Ser zu sprechen. Ich persönlich bin der Ansicht, dass es für uns an der Zeit ist, über die

Küsten unseres Landes hinauszuschauen, sowohl was Handel als auch was andere Dinge angeht. Aber nur wenige in meinem Orden würden mir zustimmen, und meine Landsleute sind von ihrer letzten Begegnung mit Fremden verängstigt. Dennoch, ich werde es versuchen – das bin ich dir schuldig.«

Die Herrscherin setzte zu einer Antwort an, aber bevor sie etwas sagen konnte, klopfte es an der Tür. »Herein!«, rief Shivohn. Dann wiederholte sie es lächelnd noch einmal, diesmal in Lonmir.

Ein junger Höfling kam herein. Er sah unsicher und, wie Orris dachte, ein wenig verängstigt aus. Er hatte ein kleines zusammengefaltetes Stück Papier in der zitternden Hand. Die Herrscherin redete beruhigend auf ihn ein und winkte ihn zu sich. Er ging rasch zu ihr und reichte ihr den Brief, dann zog er sich wieder an die Tür zurück. Shivohn schien von dieser Unsicherheit erheitert und grinste ihn kurz an, bevor sie das Papier auffaltete.

Sobald sie jedoch zu lesen begann, änderte sich ihre Haltung vollkommen. Sie stützte sich schwer auf ihren Schreibtisch, wurde kreidebleich und riss erschrocken die Augen auf. Sie sah erst Melyor und dann Orris an, und dann schien sie die Nachricht ein zweites Mal zu lesen, als hoffe sie, dass sich die Worte in diesem Augenblick irgendwie verändert haben könnten.

»Was ist denn, Herrscherin?«, hörte Orris sich fragen, obwohl er es irgendwie bereits wusste. So neu er in den Nals war, sowenig er sich auskannte, er wusste es.

»Durell ist tot«, sagte Shivohn tonlos. »Ebenso wie zwei der Oberlords von Bragor-Nal.«

Melyor nickte, als hätte sie so etwas schon erwartet. »Selbstverständlich«, sagte sie. »Newell und Wildon. Es hätte keinen Sinn, Durell zu töten und die anderen Oberlords am Leben zu lassen.«

»Was hat das zu bedeuten?«, fragte Orris. Aber er wusste es schon.

Melyor starrte ihn an und sah verängstigter aus, als er sich je hätte vorstellen können. »Das bedeutet, dass Cedrych jetzt Herrscher von Bragor-Nal ist.«

11

Wir, die wir diese Liga gegründet haben, taten das nur zögernd. Wir hätten es alle vorgezogen, weiter Mitglieder des Ordens der Magier und Meister zu bleiben und diesen Orden von innen heraus zu reformieren. Tatsächlich haben wir das auch versucht, aber unsere Anstrengungen waren nicht willkommen. Und so haben wir unter Bedauern den Schluss gezogen, dass wir die grünen Umhänge nicht mehr mit gutem Gewissen tragen können. Wie sind immer noch der Ansicht, dass die Magier Tobyn-Ser dienen sollten, wie Amarid es gewünscht hat: ohne Rücksicht auf persönlichen Ruhm oder Status oder Einfluss ...
Jedes neue Mitglied der Liga soll schwören, sich an Amarids Gesetze zu halten – mit Ausnahme des Dritten Gesetzes, das abgeändert wird wie in Abschnitt zwei angeführt –, denn wir betrachten uns als die wahren Erben des Ersten Magiers, und die Mitglieder der Liga sind die wahren Kinder Amarids. Die Liga besteht ausschließlich zu dem Zweck, dem Volk von Tobyn-Ser zu dienen, die Menschen zu schützen und zu heilen und ihre Streitigkeiten zu schlichten, genau, wie Amarid es geplant hatte. Sie versucht nicht, sie zu regieren, und wird sie auch nicht blind zu gefährlichen Unternehmen über die Grenzen des Landes hinausführen. Das ist es nicht, was die Menschen von Tobyn-Ser wünschen, und es entspricht nicht Amarids Vorstellung davon, was die Magie leisten sollte.
Aus Artikel eins der »Satzung der Liga von Amarid«, niedergeschrieben beim Ersten Konklave der Liga von Amarid, im Frühjahr des Gottesjahres 4626.

Marcran zog über ihr seine Runden, und die Mittagssonne ließ die rötlichen Federn auf seinem Rücken leuchten, als hätte Leora selbst ihm die Hand aufgelegt. Er schwebte einen Augenblick direkt über Cailin, dann legte er die Flügel plötzlich dicht an und schoss auf den Boden zu.
Als Cailin das sah, schloss sie die Augen und verstärkte die Verbindung zu ihrem Vogel, wie sie es im letzten Winter gelernt hatte, als die Eulenweise sie besuchte. Das fiel ihr nun leicht; sie hatte es inzwischen oft getan. Ganz plötzlich war sie kein Mädchen mehr. Sie war jetzt ein Falke, der auf die Erde zuraste, die Krallen zum Angriff auf eine kleine grüne Schlange ausgestreckt. Sie riss mit dem Schnabel am Nacken des Tiers. Oder genauer gesagt, Marcran tat das. Manchmal fiel es Cailin schwer zu sagen, wo sie zu Ende war und der Vogel begann. Dann flogen sie wieder auf, strengten sich an, um die Schlange zu einem Gehölz am anderen Ende der Lichtung zu tragen. Sobald sie landeten, begannen sie die Beute zu zerreißen, noch während die Schlange sich weiter wand.
Es kam Cailin so vor, als liefe das warme, süße Blut in ihren eigenen Mund, und sie brach die Verbindung ab, wie sie es immer an diesem Punkt tat. Es war nicht das Töten, das sie störte, und nicht der Blutgeschmack. Anfangs hatte es sie gestört, aber das war lange her. Tatsächlich ging es ihr jetzt eher umgekehrt. Wie jedes Mal hatte sie Marcrans Jagd vollkommen mitgerissen. Sie war atemlos und rot angelaufen. Und sie schämte sich ein bisschen. Es war irgendwie falsch – es musste einfach falsch sein. Und dennoch, jedes Mal, wenn sie sah, wie er zustieß, konnte sie nicht widerstehen und vereinigte ihren Geist mit dem seinen.
Sie öffnete die Augen und schaute zu ihrem Falken. Aber

sie hatte erst ein paar Schritte auf ihn zugemacht, als sie hörte, wie jemand hinter ihr Beifall klatschte. Sie fuhr herum, spürte, dass ihre Wangen zu glühen begannen, und fürchtete, sich verraten zu haben.

»Wunderbar!«, erklang die Stimme eines Mannes direkt am Rand der Lichtung.

Cailin brauchte einen Augenblick, bis sie ihn sehen konnte, und erkannte ihn erst richtig, als er unter den Bäumen hervortrat. Er war groß und kräftig gebaut, und sein Haar und sein kurzer Bart waren weiß wie Schnee. Er hatte eine große, rundköpfige Eule auf der Schulter und trug einen Stab in der Hand, auf dem ein grauer Stein glühte. Cailin war ziemlich sicher, dass der Mann ein Eulenmeister sein musste, und dennoch, sein Umhang war nicht waldgrün wie die der Ordensmitglieder, sondern blau wie der Himmel und hatte kunstvolle Stickereien in Schwarz um Manschetten und Kapuze.

»Großartig!«, sagte er wieder, grinste breit und klatschte dabei immer noch. »Ein wunderschöner Vogel und ein guter Jäger.«

»Wer bist du?«, fragte Cailin misstrauisch. Sie versuchte sich ein wenig zu beruhigen, und sie betete zu Arick, er möge endlich das Blut aus ihren scharlachroten Wangen treiben.

»Ich heiße Erland«, sagte der Mann und kam lächelnd auf sie zu. »Und du musst Cailin sein. Ich habe schon viel von dir gehört.«

Selbstverständlich hast du das, hätte sie am liebsten gesagt. Alle haben von mir gehört. So kam es ihr manchmal jedenfalls vor. Jeder Erwachsene, mit dem sie zu tun hatte, sagte dasselbe: *Du musst Cailin sein, das kleine Mädchen mit dem Falken. Ich habe schon viel von dir gehört.* Die Leute hatten das – oder Ähnliches – so oft zu ihr gesagt, dass sie aufgehört hatte mitzuzählen. Es war sicherlich besser, als wie man sie behandelt hatte, bevor sie sich an Marcran gebunden hatte, und alle sie nur als die Waise aus Kaera kannten, aber es störte sie immer noch.

»Wieso sieht dein Umhang so komisch aus?«, fragte sie, ohne auf seine Bemerkung einzugehen. Wenn das alles so offensichtlich ist, dann brauche ich dir nicht zu sagen, dass du Recht hast, dachte sie.

Er lächelte sie rätselhaft an. »Eine gute Frage. Aber bevor ich antworte, habe ich selbst noch ein paar Fragen an dich. Was hältst du vom Orden, Cailin?«

»Bist du der neue Eulenweise?«, fragte sie und betrachtete immer noch seinen blauen Umhang.

Sein Lächeln wurde breiter. »Sag mir, was du vom Orden hältst«, drängte er abermals.

Sie warf einen kurzen Blick zu Marcran und wünschte sich, dieser Mann würde gehen und sie beide allein lassen, damit sie weiter fischen und jagen konnten. »Ich werde nie Mitglied werden!«, sagte sie und bemühte sich nicht, ihre Bitterkeit zu verbergen. »Ich hasse den Orden! Niemand kann mich dazu zwingen, den Schwur abzulegen!« Wenn er wirklich wissen wollte, was sie vom Orden hielt, dann würde sie es ihm eben sagen.

»Warum hasst du den Orden so sehr?«, fragte er ruhig.

Sie starrte ihn ungläubig an. Wusste er denn nicht, wer sie war? Hatte er nicht gehört, was sie durchgemacht hatte? »Sie haben zugelassen, dass meine Eltern gestorben sind!«, erklärte sie ihm, als wäre er ein wenig dumm. »Sie haben zugelassen, dass mein Zuhause und das ganze Dorf zerstört wurden! Und dabei hatten sie doch versprochen, uns zu

beschützen!« Wieder sah sie seinen Umhang an und fragte sich, wieso sie »sie« und nicht »ihr« gesagt hatte. »Wer bist du?«, fragte sie zornig. »Was willst du von mir?«
»Ich habe dir schon gesagt, dass ich Erland heiße«, erklärte der Mann beschwichtigend und kraulte das Kinn seiner Eule.
»Das habe ich nicht gemeint! Wieso trägst du diesen Umhang?«
»Weißt du, was ich glaube, Cailin? Ich glaube, einer der Gründe, wieso du den Orden so sehr hasst – von dem, was in Kaera geschehen ist, einmal abgesehen –, besteht darin, dass du dich nicht dazu überwinden kannst, dem Orden beizutreten, und daher als Magier allein bleiben musst.« Er hob die Hand, um ihren Widerspruch abzuwehren, und schüttelte den Kopf. »Versteh mich nicht falsch: Niemand nimmt es dir übel, dass du den Schwur nicht leisten willst. Aber ich kann mir vorstellen, dass es manchmal ganz schön einsam für dich ist, wenn du sonst niemanden kennst, der dieselbe Begabung hat.«
Cailin starrte ihre Füße an, denn sie wollte diesem Erland nicht in die Augen sehen. Sie war nicht sicher, was sie von ihm halten sollte, und ganz bestimmt würde sie ihm nichts anvertrauen. Und dennoch ... »Im Winter ist eine Frau hergekommen und hat mit mir gesprochen«, sagte sie leise. »Eulenweise Sonel.« Sie warf dem weißhaarigen Mann kurz einen Blick zu, um zu sehen, wie er auf den Namen der Weisen reagierte. Aber er lächelte sie einfach nur weiter an.
»Sie hat gesagt, sie würde jederzeit mit mir über Magie sprechen, wenn ich das will.«
»Das bezweifle ich nicht«, sagte er. »Aber was glaubst du, wieso sie das getan hat?«
Cailin zuckte die Achseln und weigerte sich immer noch,

dem Eulenmeister in die Augen zu sehen. »Ich nehme an, weil sie will, dass ich dem Orden beitrete.« Sie wollte das eigentlich nicht glauben. Sie hatte in den Wochen und Monaten seit Sonels Besuch versucht sich einzureden, dass die grünäugige Frau wirklich ihre Freundin sein wollte. Aber wenn das stimmte, wieso war Sonel seitdem nicht wiedergekommen? Dafür konnte es nur eine Erklärung geben.
Erland nickte wissend. »Diese Magier aus dem Orden waren nicht sehr offen mit dir, Cailin. Sie haben versucht, dich zu benutzen und zu beherrschen. Aber sie waren nicht nett zu dir. Und weißt du auch, warum?«
Cailin schüttelte den Kopf.
»Weil sie Angst vor dir haben. Es gefällt ihnen nicht, dass du eine Magierin bist, dich ihnen aber nicht anschließen willst. Du bist eine sehr bekannte junge Dame, Cailin. Die Menschen überall im Land wissen, wer du bist, und für sie bist du mehr als nur ein Kind, sogar mehr als nur die Überlebende eines Angriffs der Fremden. Für viele bist du ein Symbol des Versagens des Ordens. Deshalb hat der Orden Angst vor dir, besonders jetzt, wo du selbst eine Magierin bist.«
Sie starrte ihn an, entsetzt, dass ein Erwachsener solche Dinge zu ihr sagte, besonders ein Magier. Niemand war je so ehrlich zu ihr gewesen. Ihre Eltern nicht und auch nicht Linnea oder die anderen Kinder der Götter und ganz bestimmt nicht Sonel. »Wer ...«
Er hob den Finger an die Lippen. »Noch eine Frage, Cailin, und dann sage ich dir alles, was du wissen möchtest.«
Sie sah ihn einen Augenblick an, dann nickte sie. Aber plötzlich wusste sie, wer er war und wieso er gekommen war. Ihr Traum. Abrupt hatte sie noch einmal Bilder aus dem Traum vor Augen, den sie vor so vielen Monaten gehabt

hatte, noch bevor sie sich an Marcran gebunden hatte. In diesem Traum hatte sie mit tödlichem goldenem Licht gegen die Männer gekämpft, die Kaera angegriffen hatten. Und sie hatte einen blauen Umhang gehabt, genau wie der, den Erland trug. Sie schwieg, wie er ihr bedeutet hatte, und wartete. Aber sie wusste schon, was er sagen würde. In gewisser Weise hatte sie das schon lange gewusst.

»Was würdest du denken«, meinte der Magier, »wenn dir jemand sagte, dass du auch Teil einer Gruppe von Magiern sein könntest, die nichts mit dem Orden zu tun haben? Überhaupt nichts?«

»Deshalb ist dein Umhang blau«, sagte Cailin, und ihre Stimme war kaum lauter als ein Flüstern.

»Ja«, erwiderte er, und ein seltsames Lächeln breitete sich auf seinem rosigen Gesicht aus. »Eine Gruppe von Magiern hat den Orden verlassen und die Liga von Amarid gegründet. Im Augenblick sind wir dreiundzwanzig Falkenmagier und Eulenmeister. Und wir werden immer mehr. Wir halten uns an Amarids Gesetze, aber wir sind nicht nur hier, um dem Land zu dienen. Wir haben auch vor, den Orden im Auge zu behalten und dafür zu sorgen, dass sie sich an ihre Schwüre halten, und sie an dem Unsinn zu hindern, der in den letzten Jahren so viel Ärger verursacht hat.«

»Bist du der Eulenweise der Liga von Amarid?«

»Ich bin der Erste Meister der Liga, ja.« Er hielt inne, dann kam er einen weiteren Schritt auf sie zu. »Ich bin hier, weil ich dich bitten wollte, dich uns anzuschließen, Cailin. Aber wir werden es auch alle verstehen, wenn du das nicht tun möchtest. Angesichts dessen, was du durchgemacht hast, wird dir niemand weitere Fragen stellen, ganz gleich, wie du dich entscheiden wirst.« Er machte einen weiteren Schritt und legte ihr sanft die Hand auf die Schulter. »Aber wir sind nicht der Orden. Wir würden von dir verlangen, dass du schwörst, dich an Amarids Gesetze zu halten, aber das ist die einzige Ähnlichkeit. Die Liga ist etwas Neues, und ich bin sicher, dass sie eines Tages den Orden ersetzen und die einzige Gemeinschaft von Magiern in Tobyn-Ser sein wird.«

Cailin kaute einen Moment auf der Unterlippe, drehte den Kopf leicht zur Seite und dachte über Erlands Angebot nach. »Wenn ich Mitglied würde«, fragte sie und sah ihn wieder an, »würde ich dann den Tempel verlassen müssen?«

Der Eulenmeister schüttelte den Kopf. »Nein. Ich habe darüber schon mit Linnea gesprochen. Wir haben beide nichts dagegen, wenn du hier bleibst.«

Sie schwieg. Marcran tastete plötzlich nach ihrem Geist, und im nächsten Augenblick landete er auf ihrer Schulter und seine Krallen ließen sie zusammenzucken, obwohl die Tempelschneiderinnen ihr Polster in die Schultern der Bluse genäht hatten.

»Du würdest einen Umhang bekommen«, fügte Erland grinsend hinzu. »Die Schultern der Umhänge sind mit Leder verstärkt.«

Cailin lachte und kraulte Marcrans Kopf. Dann wurde sie wieder ernst und dachte über seine Einladung nach. Sie mochte die Kinder der Götter, aber sie schienen sich mit ihr und ihrer Magie nicht so recht wohl zu fühlen. Es wäre schön, Freunde zu haben, die auch Magier waren, die ihre Beziehung zu Marcran verstanden und ihr mehr über Magie beibringen konnten. Und dann war da natürlich ihr Traum.

Sie holte tief Luft. »Also gut«, sagte sie. »Ich mache mit.«

Erland lächelte strahlend, und seine blauen Augen schienen im Sonnenlicht und im Licht seines Cerylls Funken zu sprühen. »Das freut mich sehr«, sagte er. »Ich bin wirklich entzückt. Und die anderen werden es auch sein.«

Sie errötete ein wenig, denn sie freute sich ihrerseits über seine Reaktion.

»Tatsächlich«, fuhr er fort, »wollte ich dich noch um etwas anderes bitten.« Plötzlich schien er verlegen. »Und ich sage dir abermals, niemand wird es dir übel nehmen, wenn du dich weigerst, aber die anderen haben mich gebeten, dich zu fragen.« Er zögerte, aber nur einen Augenblick. »Nach allem, was dir zugestoßen ist, und angesichts deiner außergewöhnlichen Gaben – über die du ja wohl verfügen musst, wenn du dich schon so jung gebunden hast – möchten wir dich bitten, Erste Magierin der Liga zu werden.«

Cailin starrte ihn mit weit aufgerissenen Augen an. »Erste Magierin?«

»Ja,« sagte er lässig. »Aber nur, wenn du es wirklich willst.«

Wenn ich will? Sie war vollkommen überwältigt. In Tobyn-Ser nannte man Amarid den Ersten Magier, und hier war nun das Oberhaupt von Amarids Liga und bat sie, denselben Titel anzunehmen! Es kam ihr unglaublich vor. Es war einfach zu viel. Und dennoch, es war so verlockend! »Was müsste ich dafür tun?«, fragte sie eingeschüchtert.

»Im Grunde nicht viel. Deine Pflichten würden nichts beinhalten, wovon wir nicht alle glauben, dass du damit zurechtkommst. Du würdest unsere Prozessionen anführen und unsere Konklaven eröffnen. Und während der Diskussionen würdest du mit der Zweiten Meisterin Toinan und mir am Kopf des Tisches sitzen.«

Cailin lächelte. »Das ist alles?«

»Das ist alles.«

»Klingt einfach.«

Erland lächelte. »Es sollte auch einfach sein, zumindest für dich.« Dann wurde er wieder ernst. »Das bedeutet natürlich nicht, dass es nicht wichtig ist«, erklärte er. »Erste Magierin ist eine Stellung von hohem symbolischem Wert. Die Liga bietet dir hier eine gewaltige Ehrung an.«
Cailin nickte. »Das weiß ich!«
Er zog die weißen Brauen hoch. »Du würdest also annehmen?«
»Ja«, antwortete sie, nachdem sie noch einmal darüber nachgedacht hatte. »Ich nehme an.«
»Gut«, sagte der Eulenweise mit einem Nicken. »Die anderen Mitglieder werden erfreut sein.« Er sah sie forschend von oben bis unten an. »Wir werden dir einen Umhang anfertigen lassen, und dann brauchst du eigentlich nur noch einen Ceryll.«
»Muss ich dafür nicht nach Ceryllon reisen?«
»So war es früher einmal«, sagte Erland. »Aber nur wenige Magier segeln noch selbst dorthin. Die meisten bekommen ihre Steine von Kaufleuten oder hin und wieder von älteren Magiern, die irgendwann einen zweiten Stein erworben haben.« Er grinste sie an. »Wie ich zum Beispiel.«
»Du hast einen Ceryll übrig?«, fragte Cailin eifrig.
Zur Antwort griff der Eulenmeister in den Umhang und holte einen Ceryll heraus, der mindestens so groß war wie Cailins Faust. Der Stein war so klar wie ein Bergbach, und er glitzerte in der Sonne und warf Regenbögen auf das Gras zu ihren Füßen.
»Er ist wunderschön«, sagte Cailin atemlos.
»Möchtest du ihn haben?«
Sie riss den Blick wieder von dem Stein los und schaute Erland an, weil sie befürchtete, dass er sie neckte. Er grinste,

aber freundlich und ohne ein Anzeichen von Spott. Wieder starrte sie den Stein wortlos an, denn sie war zu verblüfft, um etwas sagen zu können.

»Schon gut«, meinte er leise. »Wie du siehst, habe ich bereits einen Ceryll. Dieser hier lag nur bei mir zu Hause herum und verstaubte.«

»Ich habe aber keinen Stab dafür«, sagte Cailin verlegen.

»Den hatte ich auch nicht, als ich meinen bekam. Aber du weißt, wie man Holz formt, nicht wahr?«

Cailin nickte. »Ich kann es aber noch nicht sonderlich gut.«

»Was wäre eine bessere Übung? Nimm ihn«, drängte er und hielt ihr den Stein hin. »Bitte.«

Aber Cailin zögerte. Das war ein außergewöhnliches Geschenk – beinahe zu außergewöhnlich. Sie wünschte sich, es gäbe jemanden, den sie fragen könnte, jemanden, der ihr sagen konnte, ob es richtig war, den Stein anzunehmen. Aber sie glaubte nicht, dass die Kinder der Götter ihr Problem verstehen würden. Hier ging es um Magie. Ihre Mutter und ihr Vater hätten gewusst, was zu tun war, dachte sie plötzlich traurig. Und als sie an sie dachte und wieder einmal den kurzen, aber intensiven Schmerz spürte, den sie immer bei solchen Gelegenheiten empfand, traf sie ihren Entschluss.

»Also gut«, sagte sie und griff nach dem Stein. »Ich danke ...«

Sobald sie den Stein berührte, schien er in Flammen aufzugehen. Goldenes Licht strahlte, als wäre ein Stück Sonne vom Himmel gefallen und in der Hand des Eulenmeisters gelandet. Im nächsten Augenblick wurde es weniger grell, aber es verschwand nicht. Der einstmals vollkommen farblose Kristall hatte nun ein tiefgoldenes Feuer.

Cailin hatte die Hand zurückgerissen, sobald das Licht zu strahlen begann, und Erland streckte nun die Hand aus und bot ihr den Stein noch einmal an.

»Ich gratuliere, Cailin. Du hast dich an deinen Ceryll gebunden, genau wie du dich vor Monaten an deinen Falken gebunden hast. Solange du lebst, wird dieser Stein in deiner Ceryll-Farbe leuchten, und kein anderer Magier wird ihn benutzen können.«

Zögernd, als erwartete sie, sich die Finger zu verbrennen, griff Cailin nach dem Stein. Er war schwerer, als sie erwartet hatte, und trotz seines feurigen Strahlens fühlte er sich kühl an. Sie hob ihn dicht vor ihr Gesicht und drehte ihn hin und her, sah sich jede einzelne Facette an und staunte darüber, wie wunderschön er war.

»Du verfügst nun über alles, was du brauchst, um eine Falkenmagierin zu sein: Du hast die Macht, die du in dir trägst, deinen Vogel und deinen Stein. Dies sind die drei Elemente der Magie.«

»Wie funktioniert es?«, fragte Cailin, die immer noch den goldenen Kristall anstarrte. »Was mache ich damit?«

»Du benutzt deine Macht wie immer, nur dass du sie nun durch deinen Kristall leitest.«

Sie sah ihn fragend an. »Wie denn?«

Erland lächelte. »Versuchen wir es einmal so: Was machst du, wenn du ein Feuer entzünden willst?«

Cailin dachte nach. »Ich verbinde mich mit Marcran und stelle mir im Kopf Feuer vor.«

»Und was dann?«

Sie zuckte die Achseln. »Schwer zu beschreiben. Irgendwie schiebe ich meine Macht auf das Holz zu, und es fängt an zu brennen.«

»Ist dir deine Macht jemals entglitten, wenn du das getan hast?«
Cailin wandte sich ab und wurde rot, als sie sich an den Baum erinnerte, den sie im vergangenen Herbst aus Versehen angezündet hatte.
»Das ist kein Problem, Cailin«, sagte er Eulenmeister tröstend. »Das passiert uns allen irgendwann einmal.« Er zeigte auf ihren Kristall. »Aber wenn du diesen Ceryll benutzt, wird es wahrscheinlich nicht wieder passieren. Wenn du deine Macht das nächste Mal ›schiebst‹, wie du es beschrieben hast, dann schick sie durch den Stein. Du wirst merken, dass der Ceryll die Macht verstärkt und konzentriert, wie eine Linse das Sonnenlicht konzentrieren und es heller und heißer machen kann. Verstehst du?«
»Ich glaube schon«, sagte Cailin und nickte.
Erland streckte die Hand aus und drückte sanft ihre Schulter. »Gut. Dann lasse ich dich jetzt in Ruhe üben. Ich muss ohnehin gehen.« Er drehte sich um und machte sich auf den Weg.
»Warte!«, rief Cailin ihm hinterher und ging einen Schritt auf ihn zu. »Was soll ich denn jetzt tun, nachdem ich ...« *Nachdem ich Erste Magierin der Liga bin,* wollte sie sagen. Aber sie konnte sich nicht dazu überwinden, die Worte auszusprechen. Sie konnte ohnehin kaum glauben, was gerade geschehen war.
Zum Glück schien Erland sie zu verstehen. Er schaute sie wieder an und lächelte freundlich. »Ich werde nach dir schicken. Unser Konklave beginnt in ein paar Wochen, etwa zu Amarids Geburtstag. Ich werde der Ältesten eine Botschaft schicken, und sie wird dafür sorgen, dass dich jemand zu unserem Treffpunkt begleitet.«

»Wo wird das Konklave stattfinden?«

»Dieses Jahr in meinem Haus in Kiefernhain. Das ist ein Dorf ein Stück nördlich des Tempels. Hoffentlich wird nächstes Jahr um diese Zeit die Halle der Liga in Amarid fertig gebaut sein.« Er lächelte sie immer noch an, obwohl Cailin spürte, dass er es eilig hatte zu gehen. »Leb wohl, Cailin. Arick möge dich behüten.«

»Dich ebenfalls, Eulenmeister.«

Er nickte und drehte sich wieder um.

»Danke, Eulenmeister!«, rief sie ihm noch nach. »Für alles.«

»Es war mir ein Vergnügen, Kind«, erwiderte er über die Schulter.

Sie sah ihm nach, bis sie ihn aus den Augen verlor. Dann kraulte sie Marcrans Kinn und schaute sich noch einmal den wunderschönen Stein an, den sie in der anderen Hand hielt. *Du verfügst nun über alles, was du brauchst, um eine Falkenmagierin zu sein.*

»Noch nicht ganz«, sagte sie laut. Und aufgeregt begann sie, den Rand der Lichtung nach einen Stück Holz abzusuchen, das lang und gerade genug für einen Magierstab war.

Die Älteste hatte am Eingang des Tempels schon lange nach ihm Ausschau gehalten. Als sie schließlich sah, wie der blaue Umhang zwischen den Bäumen auftauchte, zog sie sich rasch wieder nach drinnen zurück, denn sie wollte den Eulenmeister nicht wissen lassen, wie sehr diese Angelegenheit sie interessierte. Sie wartete ein paar Sekunden im Schatten, bis sie schließlich seine Schritte hören konnte. Dann verließ sie den Tempel, als wäre sie gerade ganz zufällig auf dem Weg irgendwohin.

»Eulenmeister!«, sagte sie lächelnd und gab sich überrascht.

»Ich habe dich nicht so bald zurückerwartet. Hast du sie gefunden?«
Er sah sie skeptisch an. »Nein, Älteste«, erklärte er sarkastisch. »Ich habe den größten Teil der vergangenen Stunde damit verbracht, mich mit den Bäumen zu unterhalten.« Er blieb vor ihr stehen. »Und nachdem die Liga nun etabliert ist, ziehe ich es vor, als Erster Meister Erland angesprochen zu werden.«
»Aber selbstverständlich«, sagte sie zuckersüß. »Wie ist dein Gespräch mit Cailin verlaufen?«
»Sehr gut. Du hast Recht – sie ist ein sehr beeindruckendes kleines Mädchen.«
»Hat sie zugestimmt, Mitglied der Liga zu werden?«
Erland lächelte triumphierend, und seine blauen Augen glitzerten. »Selbstverständlich. Wie hätte sie das ablehnen können? Ich habe ihr die Gelegenheit geboten, andere Magier kennen zu lernen, und sie zur Ersten Magierin der Liga erklärt.«
»Erste Magierin?«, fragte Linnea besorgt. »Was soll das heißen? Dir ist doch wohl klar, dass ...«
»Immer mit der Ruhe, Älteste«, sagte er lachend. »Das hat alles nicht viel zu bedeuten. Sie wird ein paar Pflichten bei unseren Zeremonien haben. Nichts weiter. Aber es wird uns erlauben, sie an der Spitze unserer Prozessionen gehen zu lassen, und es gibt ihr einen Ehrenplatz an unserem Versammlungstisch.«
»Mit anderen Worten, ihr habt eine Ausrede, um sie zur Schau zu stellen, als wäre sie eine Art Trophäe.«
Das Lächeln des Eulenmeisters verschwand abrupt. »Das ist eine grausame Art, etwas zu beschreiben, was wir als eine Ehre betrachten.«

»Mag sein«, erwiderte Linnea kühl. »Aber auch zutreffend.«
Erland kniff die Lippen zusammen und schwieg.
»Aha«, murmelte Linnea.
»Es wird ihr nicht wehtun«, versicherte ihr der Eulenmeister. »Du billigst unsere Motive vielleicht nicht, aber wir werden ihr keinen Schaden zufügen.«
»Ja, das weiß ich«, antwortete die Älteste rasch. »Wenn ich das auch nur einen Augenblick lang glauben würde, dann hätte ich dir nicht gestattet, auch nur mit ihr zu sprechen.«
»Nun, dann weißt du ja, dass sie von der Liga nichts zu befürchten hat.«
Linnea schüttelte den Kopf. »Das habe ich nicht gesagt. Sie ist nur ein Kind, und es gefällt mir nicht, dass sie in euren Streit mit Sonel hineingezogen wird.«
»Es ist erheblich mehr als ein Streit, Älteste«, erklärte Erland gereizt. »Du solltest die Bedeutung der Liga nicht unterschätzen. Zum ersten Mal seit tausend Jahren hat eine Gruppe von Magiern die Autorität des Ordens, die alleinige Kontrolle über die Magie zu übernehmen, angezweifelt. Die Folgen könnten gewaltig sein. Es wird sich auf jeden in Tobyn-Ser auswirken. Selbst auf die Kinder der Götter«, fügte er mit einem anzüglichen Blick hinzu.
Linnea wich ihm nicht aus. »Umso mehr Grund, ein kleines Mädchen nicht mit hineinzuziehen.«
Erland schnaubte verärgert und ging ein paar Schritte weiter. Er schwieg einen Moment, dann wandte er sich ihr wieder zu. »Wir beide haben einiges gemeinsam, Linnea«, sagte er ernst. Solche Vertraulichkeit hätte sie normalerweise nicht geduldet, aber sie ließ es im Augenblick auf sich beruhen. »Wir sind beide Anführer, wir lieben und verstehen unser Land und seine Menschen. Aber was das Wichtigste

ist: Wir haben einen gemeinsamen Feind – den Orden. Wir sollten zusammenarbeiten. Um ehrlich zu sein, bin ich überrascht und enttäuscht, dass du das nicht erkennst.«

»Verzeih mir, wenn ich dich nicht sofort als Verbündeten begrüße, Erland«, erwiderte sie, »aber bis vor kurzem warst du ein Teil dieses Ordens. Du kannst dir nicht einfach das Vertrauen des Tempels erwerben, indem du dich als Feind des Ordens bezeichnest. Wenn du ein Verbündeter von uns Hütern werden willst, musst du dir das verdienen.«

»Also gut«, sagte er. »Und wie?«

»Du kannst damit anfangen, indem du deinen Anhängern und den Menschen von Tobyn-Ser klar machst, dass die Liga kein Interesse daran hat, das Land zu beherrschen, und den Tempel bei seinen Anstrengungen, den Bürgern von Tobyn-Ser zu dienen und sie zu schützen, als gleichberechtigten Partner anerkennt.«

Der Eulenmeister lächelte. »Das ist bereits Teil unserer Satzung.«

»Tatsächlich?« Linnea war überrascht.

»Wir hatten nie ein Interesse daran, Tobyn-Ser zu beherrschen, Älteste. Das ist einer der Gründe, wieso wir den Orden verlassen haben. Wir glauben, dass Sonel und ihre Anhänger, besonders ein Mann namens Baden, vorhaben, den Orden zu einem allmächtigen Regierungsinstrument zu machen und diese Macht dann zu benutzen, um uns in gefährliche Unternehmungen außerhalb der Grenzen von Tobyn-Ser zu verstricken. Die Liga will das nicht. Und ganz bestimmt wollen wir Tobyn-Ser nicht beherrschen. Wir wollen, dass die Magie wieder ausschließlich ihren ursprünglichen Zwecken dient, wie Amarid sie sah, als er Leoras Geschenk vor tausend Jahren entdeckte.«

»Und die wären?«
»Den Menschen dieses Landes zu dienen«, antwortete er. »Und ihre Streitigkeiten zu schlichten. Unsere Macht einzusetzen, um in Zeiten der Not zu helfen und zu trösten.«
Selbst Linnea erkannte Amarids Gesetze. Erland hatte sie beinahe wörtlich zitiert. »Erland«, sagte sie mit spöttischem Lächeln, »bist du ein Eiferer?«
»Ich bin Magier«, verkündete der Eulenmeister feierlich.
Linnea erschauderte. Sie verschränkte die Arme vor der Brust und verbarg ihre zitternden Hände in den weiten Ärmeln ihres grauen Gewands.
»Cailins Mitgliedschaft ist für einen Erfolg der Liga als Alternative zum Orden ausgesprochen wichtig«, fuhr Erland fort. »Es gibt in diesem Land kein wichtigeres Symbol für das Versagen des Ordens beim Schutz der Bevölkerung. Als ihre Eltern starben und ihr Dorf zerstört wurde, habt ihr euch um sie gekümmert. Aber als sie sich an diesen Falken band, wurde sie auch zu meiner Verantwortung.«
»Zu deiner oder zu der von Sonel«, wandte Linnea ein, die selbst kaum glauben konnte, dass sie so etwas tatsächlich aussprach.
»Wie bitte?«, zischte Erland. »Das kann doch nicht dein Ernst sein!«
Sie war nicht sicher, was ihr Ernst war. Ihr kam keine dieser Alternativen besonders attraktiv vor. Sie wusste nicht, ob sie sich dazu bringen könnte, den Orden mehr in Cailins Erziehung einzubeziehen, aber Erland kam ihr unausgeglichen und gefährlich vor. Linnea würde Cailin noch eine Weile im Tempel behalten können, aber sie begriff auch, dass sie irgendwann eine Entscheidung treffen musste.
»Doch«, erwiderte sie und versuchte, so entschlossen wie

möglich zu wirken. »Ich bin immer noch für Cailin verantwortlich. Ich, und ich allein, werde entscheiden, was das Beste für sie ist.«

»Nun, damit solltest du dich beeilen«, entgegnete Erland zornig. »Sie ist eine Magierin, und sie wird jeden Tag stärker werden. Besonders nun, da sie einen Ceryll hat.«

Linnea spürte, wie sie bleich wurde. »Du hast ihr einen Ceryll gegeben?«

»Ja. Wenn sie Erste Magierin sein soll, dann braucht sie einen Ceryll und einen Stab. Ich nahm an, dass sie noch keinen Stein hatte, also habe ich vor meinem Besuch hier einen bei einem Kaufmann aus Abborij erstanden.«

Die Älteste schluckte. »Sonel hat mir gesagt, sie sei noch nicht bereit für so etwas. Sie sagte, ein Kind in ihrem Alter müsse erst lernen, seine Macht zu beherrschen.«

»Das ist doch lächerlich«, erklärte der weißhaarige Mann abfällig. »Sie kann nicht lernen, ihre Macht zu beherrschen, ohne dass sie einen Kristall hat, der ihr hilft, sie zu konzentrieren. Denn genau dazu ist der Stein da.« Er schüttelte zornig den Kopf. »Siehst du? Das ist genau, was ich meinte. Sonel und Baden versuchen bereits, Cailin an sich zu reißen, ebenso wie sie alles in Tobyn-Ser an sich reißen wollen.« Er kam einen Schritt auf sie zu, und Linnea musste sich zwingen, nicht zurückzuweichen. »Wir müssen sie aufhalten, Linnea. Man kann dem Orden nicht gestatten, so weiterzumachen. Gemeinsam können die Liga und der Tempel es schaffen. Ich weiß, dass ich dem Orden mit der Zeit genügend Unterstützung entziehen kann, so dass er am Ende überflüssig wird. Aber ich brauche Cailin. Sie ist der Schlüssel zu allem.«

Linnea fühlte sich, als würde der Magier auf ihrer Brust

knien. Sie konnte kaum mehr atmen. Cailin hatte einen Ceryll. Linnea hatte geglaubt, sie und die anderen Hüter könnten sich mit ihrer Entscheidung noch Zeit lassen, aber nun standen sie ganz plötzlich direkt davor. Weil Cailin einen Ceryll hatte. Sie fragte sich kurz, ob Erland das wohl geplant hatte – ob er Cailin den Ceryll gegeben hatte, um Linnea zu zwingen, bei seinen Plänen mitzumachen. Das hätte sie ihm durchaus zugetraut. Aber es war ohne Bedeutung. Was immer seine Gründe sein mochten, er hatte es getan.

»Du kannst sie zum Konklave begleiten«, bot er an. Nun lächelte er wieder. Zweifellos sah er ihr schon an, dass er gewonnen hatte. »Du wirst selbstverständlich bei den Sitzungen nicht anwesend sein können, aber du kannst sie zum Konklave begleiten und dich um sie kümmern, wenn keine Sitzungen stattfinden.«

Sie brachte kein Wort heraus. Sie starrte einfach nur an ihm vorbei in den Wald und stellte sich Cailin auf ihrer Lichtung vor. Sie sah vor ihrem geistigen Auge, wie das Haar des Mädchens im Wind wehte, wie ihre blauen Augen in der Sonne blitzten. Linnea hätte bei diesem Bild sogar lächeln können.

»Ich weiß, wie gern du sie hast, Älteste«, sagte Erland sanft. »Ich bin froh darüber. Ich bin sicher, je besser ich sie kennen lerne, desto mehr werde ich sie ebenfalls lieb gewinnen. Vielleicht wird das die Grundlage sein, auf der wir eine Allianz errichten können.«

»Vielleicht«, flüsterte Linnea, die immer noch zu den Bäumen hinschaute.

»Dann wirst du zulassen, dass sie sich der Liga anschließt?«

Sie sah den Eulenmeister an. »Du hast ihr bereits gesagt,

dass sie das tun darf«, erwiderte sie kalt. »Du hast sie schon zur Ersten Magierin gemacht. Du hast ihr sogar einen Ceryll gegeben. Wieso tust du jetzt so, als ob diese Entscheidung bei mir läge?«
Erland lächelte. Und Linnea sah ein winziges Aufblitzen von Bosheit in seinen blauen Augen. »Also gut«, sagte er. »Die Entscheidung ist bereits gefallen.«

Sie hatten beschlossen, bis zum Sommer nicht in den Westen von Tobyn-Ser zurückzukehren. Es war im Grunde das Beste. Selbst wenn sie ritten, würden sie, wenn sie die Südbucht erreichten, gleich wieder umkehren und das Land noch einmal durchqueren müssen, um rechtzeitig zur Mittsommerversammlung wieder in Amarid zu sein. Mered, Radomil und Ursel hatten ebenfalls beschlossen, in der Stadt zu bleiben. Baden, den Sonel an Toinans Stelle zu ihrem Ersten erwählt hatte, hatte sich noch nicht entschieden, was er tun würde. Und Trahn hatte erklärt, dass ein kurzer Aufenthalt bei Frau und Kindern besser sei als gar nichts, und war in die Große Wüste zurückgekehrt. Wenn er vernünftig darüber nachdachte, wusste Jaryd, dass gegen seine und Alaynas Entscheidung nichts einzuwenden war. Sie störte ihn dennoch. Wenn sie nach der Versammlung nach Hause zurückkehren würden, wäre eine gesamte Jahreszeit vorüber. Was, wenn in der Zwischenzeit etwas geschah? Ein Unwetter, ein Feuer, sogar ein Erdbeben? Wer würde sich um die Menschen der Bucht und des Unteren Horns kümmern?
Alayna teilte seine Bedenken selbstverständlich. Und daher taten sie das Einzige, was sie tun konnten: Sie beschlossen, für den Rest des Frühlings Wanderer statt Nister zu werden.

Sie würden durch den Falkenfinderwald und über die Berge zu Tobyns Wald wandern – vielleicht würden sie sogar nach Süden zum Oberen Teil der Ebene reiten. Und sie würden in allen Städten und Dörfern, an denen sie vorbeikamen, ihre Dienste anbieten. Auf diese Weise hofften sie, einen gewissen Ersatz für das Leben zu finden, das sie an der Westküste von Tobyn-Ser zurückgelassen hatten. Jaryd wusste, das würde das Bedauern nicht vollkommen lindern, das er darüber empfand, seine Nachbarn im westlichen Tobyn-Ser ohne die Hilfe der Magie zu lassen, aber er hoffte, dass es zumindest ein wenig helfen würde.

Und in den ersten Wochen war dem auch so. Sie ritten durch die untere Hälfte des Falkenfinderwalds und dann zu Tobyns Wald, heilten kleinere Wunden und reparierten zerbrochene Werkzeuge und Zäune. Und obwohl die Menschen, denen sie begegneten, ein wenig zurückhaltend waren, war Jaryd doch froh, ihnen helfen zu können. Aber als es wärmer wurde und die Schatten im Gotteswald tiefer, bemerkten er und Alayna, dass die Menschen, denen sie begegneten, zunehmend misstrauischer wurden. Zuerst nahmen die jungen Magier einfach an, dass diese Leute inzwischen von der Spaltung des Ordens gehört hatten. Aber bald begriffen sie, dass es hier um mehr ging.

Sie befanden sich in einem kleinen Dorf am Ufer des Vier-Fälle-Flusses in Tobyns Wald, als sie zum ersten Mal von Erlands neuer Liga hörten. Ein Hausierer, der von Amarid aus zu den Dörfern in der Nähe von Ducleas Tränen unterwegs war, erzählte ihnen von der neuen Satzung der Liga und deren Erklärung, diese neue Gemeinschaft sei die einzig wahre Hüterin der Magie.

»Erland kann sich doch nicht ernsthaft einbilden, dass

seine Liga den Orden jemals ersetzen wird«, sagte Alayna zu Jaryd, während der Hausierer sie mit deutlicher Neugier ansah und offenbar versuchte, ihre Reaktion auf seine Neuigkeiten einzuschätzen.

Jaryd zuckte die Achseln. »Ich denke nicht. Es wird ihm aber nichts anders übrig bleiben, als es zu versuchen. Ich kann mir nicht vorstellen, dass er in den Orden zurückkehrt – zumindest nicht im Augenblick. Und er und seine Anhänger werden besser dran sein, wenn sie sich organisieren, als wenn sie allein durchs Land ziehen.«

»Ich finde, es war ein kluger Schachzug«, warf der Hausierer ein. Beide Magier sahen ihn an. »Nach allem, was mit den Fremden passiert ist, haben die Menschen kein rechtes Vertrauen mehr zum Orden. Aber wir wollen immer noch Magier, die sich um uns kümmern. Tatsächlich«, fuhr der Mann nun selbstsicherer fort, »würde es mich nicht wundern, wenn die Liga den Orden in ein paar Jahren ersetzen wird.« Er setzte dazu an, mehr zu sagen, dann hielt er inne und wurde rot, als ihm plötzlich klar wurde, dass er Mitglieder des Ordens vor sich hatte. »Tut mir Leid, Falkenmagierin«, sagte er verlegen zu Alayna. »Ich wollte nicht unhöflich sein.«

»Ich weiß«, erwiderte Alayna. »Schon gut.« Sie lächelte den Mann an, aber Jaryd sah, wie beunruhigt sie war.

In den nächsten Tagen kam es ihm so vor, als hörten sie überall, wohin sie kamen, wie die Menschen über die Liga sprachen. Anfangs redeten die Leute, denen sie begegneten, noch offen über Erland und seine Anhänger, aber je weiter Jaryd und Alayna reisten, auf desto mehr Zurückhaltung stießen sie. Lebhafte Gespräche brachen plötzlich ab, wenn die Leute bemerkten, dass die beiden jungen Falkenmagier näher kamen. Die wenigen, die mit ihnen über die Liga sprachen, taten das nicht vertraulich, sondern mit einer trotzigen Haltung, als wollten sie den beiden damit deutlich machen, wo ihre Loyalität nun lag.

»Es war ja auch Zeit, dass man euch Magiern im Orden mal etwas zu denken gegeben hat«, sagte ihnen eine Frau in einer anderen kleinen Stadt in Tobyns Wald, nicht weit von der Flussdreieck-Traverse entfernt. »Vielleicht fangt ihr ja jetzt an, zu tun, was wir von euch wollen, statt euch die ganze Zeit nur um euch selbst zu kümmern.«

»Was wolltest du denn von uns, was wir nicht getan haben?«, fragte Alayna freundlich. Sie sah in diesem Augenblick sehr blass und zart aus.

»Ach, das weiß ich nicht«, murmelte die Frau verlegen. »Ich denke, ihr könntet vielleicht damit anfangen, diesen Fremden so zu bestrafen, wie er bestraft werden sollte.«

Jaryd und Alayna wechselten einen Blick, und er sah, wie sich seine eigenen Gedanken in ihrem Blick spiegelten. *Zumindest wissen sie noch nichts von Orris.*

Später am selben Tag holten sie auf dem Weg eine Gruppe von Musikern ein. Es waren insgesamt sechs: vier Männer, die Instrumente dabeihatten, und zwei Frauen, die, wie man den Magiern erzählte, zu der Musik singen würden. Sie schienen mehr Verständnis für den Orden zu haben als die meisten anderen, denen Jaryd und Alayna begegnet waren, aber das war immer noch nicht allzu viel, und sie hatten schlechte Nachrichten. Erland hatte begonnen, den Leuten zu erzählen, was Orris getan hatte, und er hatte offen von dem gesprochen, was nach seiner Ansicht eine Verschwörung von Verrätern innerhalb des Ordens war. Der Lautenspieler, ein älterer Mann, der offenbar der Anführer der Gruppe war, erklärte, die Leute, die ihm von Erland erzählt hatten, seien durchaus willig gewesen, das Schlimmste über den Orden anzunehmen.

»Was er euch von Orris erzählt hat, ist wahr«, gab Jaryd zu. »Aber die unter uns, die auf Orris' Seite stehen, halten das, was er getan hat, nicht für Verrat. Er versucht, Tobyn-Ser zu retten, und will dem Land sicher keinen Schaden zufügen.«

»Ich glaube dir ja«, erwiderte der Barde, »aber ich bin in der Minderheit, selbst unter meinen Freunden hier.«

Jaryd sah die anderen an und erkannte, dass die drei jüngeren Männer und die jüngere der beiden Frauen ihn zweifelnd beäugten.

»Ich weiß selbstverständlich nicht, was in der Großen Halle passiert ist«, fuhr der ältere Mann fort. »Aber im Augenblick ist es den Leuten offenbar egal, wer die Wahrheit sagt. Erland bietet Tobyn-Ser eine Alternative zum Orden, und das ist etwas, was sich viele schon seit Jahren wünschten.«

Seit den Angriffen der Fremden. Der Musiker brauchte es nicht auszusprechen. Jaryd und Alayna wussten, was er meinte. Als sie weitergeritten und außer Hörweite waren, verlieh Jaryd einem Gedanken Ausdruck, der ihn nun schon seit Tagen beunruhigt hatte. »Es ist beinahe ohne Bedeutung, ob Orris Erfolg hat oder nicht«, sagte er. »Die Fremden haben erreicht, was sie wollten. Wenn das so weitergeht, wird es bald keinen Orden mehr geben. Wer immer diese Truppe von Fremden geschickt hat, braucht gar keine andere mehr zu schicken.«

Alayna sah ihn ernst an. »Ich habe dasselbe gedacht«, sagte sie. »Und dann bin ich zu der Ansicht gelangt, dass Erland vielleicht Recht hatte.«

»Wie meinst du das?«

»Denk doch mal nach«, antwortete sie. »Die Fremden haben versucht, die Magie als Gefahr auszuschalten, und sie waren der Ansicht, das könnten sie am besten erreichen, indem sie den Orden vernichten. Aber sie haben sich geirrt. Die Magie ist viel mehr als der Orden allein. Die Tatsache, dass so viele die Liga unterstützen, beweist das. Selbst wenn die Liga die Stelle des Ordens einnehmen würde, wäre Tobyn-Ser immer noch geschützt, und die Fremden wären nicht besser dran als zuvor.«

»Daran mag etwas Wahres sein«, gab Jaryd zu, »aber das heißt nicht, dass Erland Recht hat.«

»Nein?« Sie holte tief Luft und schüttelte den Kopf. »Erland ist arrogant und wichtigtuerisch, und er wittert überall Verschwörungen. Das weiß ich ebenso gut wie du. Aber er hat zumindest begriffen, dass der Orden und seine Mitglieder weniger wichtig sind als Amarids Gesetze und die Magie. Wir dienen dem Land, und wir müssen seine Gesetze achten. Wir haben uns alle so viel Gedanken darüber gemacht, Orris vor Erlands Anklagen zu schützen, dass wir das aus den Augen verloren haben.«

»Aber Orris versteht wahrscheinlich am besten, was du da sagst! Indem er Baram befreit und mitgenommen hat, hat er alles aufs Spiel gesetzt, um das Land zu retten, selbst wenn das bedeutete, sich dem Orden zu widersetzen.«

Alayna nickte. »Du hast Recht. Ich wette, er und Erland haben mehr gemeinsam, als sie denken.«

»Das müssen wir ihm sagen, wenn er zurückkommt«, erklärte Jaryd. »Er wird es sicher komisch finden.« Sie lächelten beide. »Was meinst du also, was wir tun sollen?«, fragte er einen Augenblick später.

»Wegen der Liga?«
Jaryd nickte.
»Ich glaube nicht, dass wir irgendetwas tun können. Wir müssen einfach weiter dem Land dienen. Und wir müssen hoffen, dass wir schließlich den Orden wieder zu dem machen können, was er einmal war. Ganz gleich, was wir von Erland halten, wir sind stärker – das Land ist stärker –, wenn wir alle zusammenhalten.«
Jaryd wusste, dass sie Recht hatte, aber mit jedem Tag, der verging, wurde es schwerer, einfach weiterzumachen wie bisher. Zwei Tage nach ihrer Begegnung mit den Musikern erreichten die jungen Magier den Rand von Tobyns Ebene und ritten in ein relativ großes Bauerndorf, das in Sichtweite der Smaragdhügel lag. Auf dem Dorfanger fanden sie eine größere Gruppe von Dorfbewohnern versammelt. Die Leute unterhielten sich aufgeregt mit einem schlanken grauhaarigen Mann, der das silbergraue Gewand trug, das ihn als den Hüter von Aricks Tempel in ihrem Dorf auswies.
Als sie die Magier sahen, schwiegen sie verlegen.
»Ich grüße euch«, rief Alayna und warf Jaryd dann einen kurzen, viel sagenden Blick zu. »Ich bin Falkenmagierin Alayna, und das hier ist Falkenmagier Jaryd. Wir möchten euch unsere Dienste anbieten.«
Keiner der Dorfbewohner sagte etwas, und Jaryd bemerkte das dünne, selbstzufriedene Grinsen des Hüters.
»Ich hoffe, wir kommen nicht ungelegen«, sagte Alayna in die unangenehme Stille hinein.
»Nein, im Grunde ist das ein sehr guter Zeitpunkt«, erklärte der Hüter schließlich, aber sein eisiger Tonfall strafte seine Worte Lügen. »Ihr kennt uns nur nicht. In der Vergangen-

heit hat uns eine Frau namens Neysa gedient. Gehört sie immer noch zum Orden?«

»Ja.« Alayna ignorierte die Herausforderung. »Aber sie ist im Augenblick woanders. Ich nehme an, sie ist noch in den Hügeln unterwegs«, fügte sie hinzu und zeigte nach Westen.

»Nun gut«, sagte der grauhaarige Mann mit wenig überzeugender Höflichkeit. »Ich bin sicher, was immer wir brauchen, wir können warten, bis sie zu uns zurückgekehrt ist.«

Jaryd sah Alayna an, und schließlich nickte sie ihm zu. Es hatte keinen Sinn zu bleiben. Es gab noch andere Dörfer.

»Dann ziehen wir weiter«, sagte Alayna mit einem gezwungenen Lächeln zu dem Hüter. Sie wendete ihr Pferd, und Jaryd tat es ihr gleich.

»Wollt ihr denn nicht wissen, worüber wir gesprochen haben, als ihr kamt?«, rief der Hüter ihnen nach.

Jaryd und Alayna wandten sich ihm wieder zu. Der Mann grinste nun breit, und er versuchte nicht zu verbergen, wie viel Spaß ihm die ganze Sache machte. Die Dorfbewohner beobachteten die beiden Magier nun erwartungsvoll, und einige von ihnen grinsten ebenfalls.

»Ihr habt aufgehört zu reden, als wir kamen«, sagte Jaryd so freundlich er konnte. »Wir haben angenommen, dass es uns nichts angeht.«

»Im Gegenteil«, sagte der Hüter. »Es geht euch sogar eine Menge an.«

Jaryd war auf alles gefasst. Er glaubte nicht, dass ihn nach allem, was geschehen war, seit Sonel die Magier zurück nach Amarid gerufen hatte, noch viel überraschen konnte.

»Erinnert ihr euch an Cailin, das kleine Mädchen, das das Massaker in Kaera überlebt hat?«

»Selbstverständlich«, antwortete Jaryd vorsichtig. »Was ist mit ihr?«
»Sie hat sich an einen Falken gebunden. Ausgerechnet sie ist eine Magierin!«
»Ja, das haben wir gehört«, sagte Jaryd. Er spürte, wie sich etwas in seiner Brust löste. Wenn das alles sein sollte ...
»Sie hat sich der Liga von Amarid angeschlossen.«
Es war, als hätte man ihm einen Tritt in den Magen versetzt. Ihm wurde übel, und er bekam kaum noch Luft. Wenn Cailin nun Mitglied der Liga war, dann würde der Orden sogar noch mehr Unterstützung verlieren als bisher. Er hörte plötzlich wieder die Worte des Hausierers, den er und Alayna vor ein paar Tagen getroffen hatten. *Es würde mich nicht überraschen, wenn die Liga innerhalb von ein paar Jahren den Orden ersetzt.* Vermutlich wird es nicht einmal so lange dauern, dachte Jaryd.
Als der Hüter Jaryds und Alaynas Reaktionen sah, lachte er laut. »Wenn man nach euren Gesichtern geht, hattet ihr das noch nicht gewusst.«
»Nein«, sagte Jaryd leise. »Wir hatten keine Ahnung.«
»Das kann nicht stimmen«, meinte Alayna ein wenig verzweifelt. »Es kann nicht wahr sein. Cailin würde keiner Gruppe von Magiern beitreten.«
Der Hüter holte ein aufgerolltes Pergament aus seinem Gewand. »Das hier ist eine Botschaft von der Ältesten Linnea persönlich, die mir und meinen Brüdern und Schwestern vom Tempel Cailins Entscheidung mitteilt. Sie sagt, Erland habe den Tempel der Ältesten vor ein paar Tagen aufgesucht, um das Kind zu überreden, seiner Liga beizutreten. Offenbar war er sehr überzeugend.« Er grinste und hielt Alayna das Pergament hin. »Möchtest du es selbst lesen?«

Sie schüttelte den Kopf und fuhr sich mit der Hand durch ihr langes dunkles Haar.
Der grauhaarige Mann wandte sich Jaryd zu und hielt ihm ebenfalls das Pergament hin, das Lächeln immer noch auf den Lippen.
»Nein«, sagte Jaryd. Er brauchte keine Beweise. Sosehr Alayna es auch abgestritten hatte, Cailins Entscheidung war durchaus begreiflich. Es gab keine bessere Möglichkeit, sich am Orden für sein Versagen zu rächen.
»Das bedeutet, dass die Tage des Ordens gezählt sind!«, rief einer der Dorfbewohner. Viele andere nickten.
»Ich muss leider zustimmen«, sagte der Hüter zu Jaryd.
»Solange die Magier des Ordens weiterhin dem Land dienen«, erwiderte Jaryd, »werden die meisten Menschen sie als die legitimen Verwalter der Magie akzeptieren.«
»Das muss nicht unbedingt so sein«, sagte der Hüter, und seine Miene wurde feindselig. »Was, wenn wir ihre Dienste nicht mehr annehmen?«
Jaryd hatte das Gefühl, als schnitte plötzlich ein eisiger Wind durch seinen Umhang.
»Wie meinst du das?«, wollte Alayna wissen.
»Was, wenn niemand in diesem Dorf in Zukunft irgendwelche Dienste von Mitgliedern des Ordens annimmt? Was, wenn wir nur Liga-Magier in unsere Häuser lassen? Was wird der Orden dann tun?«
Jaryd und Alayna sahen einander trostlos an, und beide schwiegen. Alaynas grauer Falke saß wie eine Statue auf seiner Schulter, und Jaryd war sich plötzlich Ishallas Krallen auf dem Polster an seiner Schulter sehr bewusst.
»Wenn ihr mich fragt«, fuhr der Hüter fort, »so haben Sonel und ihre Anhänger das Vertrauen der Menschen verraten.

Wie haben schon lange so empfunden, aber bis jetzt hatten wir keine andere Möglichkeit. Wir brauchten die Magie, und der Orden hat sie lange Zeit allein beherrscht.« Er grinste, wenn sein Blick auch weiterhin feindselig war, wie das Glitzern in den Augen eines Raubvogels. »Aber nun gibt es die Liga. Und dieses Dorf hat sich für die Liga entschieden!« Die Menschen taten laut ihre Zustimmung kund. »Der Erste Meister Erland ist ein Mann, dem wir vertrauen können«, sagte der Hüter. »Er ist ein Anführer, wie Amarid es war.«

»Was ist mit Neysa?«, fragte Alayna die Leute. »Was ist mit all dem, was sie in den vergangenen Jahren für euch getan hat? Hat sie nicht auch euer Vertrauen verdient?«

»Das liegt nun an ihr«, erklärte der Hüter feierlich. »Wenn sie weiterhin unserem Dorf dienen will, dann muss sie den Orden verlassen und sich der Liga von Amarid anschließen.«

»Und wenn sie sich weigert?«, fragte Alayna.

»Dann wird sie hier nicht mehr willkommen sein.« Der Hüter erwiderte Alaynas Blick und sah dann Jaryd an. »Hört gut zu, Magier«, warnte er. »Wir sprechen hier vielleicht von Neysa, aber ich versichere euch: Eure eigene Zukunft sieht ganz ähnlich aus.«

Wieder wechselten Jaryd und Alayna einen Blick, und er sah ihrer verzweifelten Miene an, dass sie die Wahrheit in den Worten des Hüters ebenso erkannte wie er.

12

Der allzu frühe Tod von Herrscher Durell hat ganz Bragor-Nal erschüttert, ebenso wie die beiden unglücklichen Vorfälle, die das Leben von zweien der beliebtesten Anführer des Nal forderten. In Folge dieser Tragödien gibt es nun niemanden mehr, der uns durch diese unruhigen Zeiten führt. Noch gestern genossen wir die Stabilität und Ruhe, die starke, verlässliche Führer einem Nal geben können, und heute ist uns davon nichts mehr geblieben.
Jemand wird diese Leere füllen müssen, damit die Bevölkerung von Bragor-Nal und seine Nachbarn im Norden und Süden wieder Sicherheit finden. Dies ist keine Verantwortung, nach der ich mich gesehnt hätte, aber ich begreife, dass mir als dem letzten überlebenden Oberlord des Nal diese Bürde zufallen wird. Ich tue dies widerstrebend, aber ich bin entschlossen, dafür zu sorgen, dass Bragor-Nal seine Position als mächtigstes und einflussreichstes Nal in Lon-Ser nicht verlieren wird ...
Daher bitte ich entsprechend dem in Sternenkap-Vertrag des Jahres 2802 festgelegten Verfahren offiziell um die Anerkennung durch den Herrscherrat von Lon-Ser als Herrscher von Bragor-Nal.
Offizielle Petition zur Aufnahme in den Herrscherrat, eingereicht von Cedrych i Vran, Oberlord des Ersten Herrschaftsbereichs von Bragor-Nal, Tag 4, Woche 10, Frühjahr 3061.

Es fing nur ein paar Stunden nach Einbruch der Dunkelheit an. Der Angriff erfolgte so plötzlich, mit solcher Präzision und Heftigkeit, dass Jibb und seine Männer beinahe sofort in die Defensive gedrängt wurden. Überrascht, zahlenmäßig unterlegen und ausmanövriert, verlor er schon in der ersten Stunde des Kampfes zwei von zwölf Einheiten. Sie waren gezwungen, Melyors Wohnung und die umliegenden Gebäude aufzugeben. Jibb zog sich zurück und versuchte, einen Gegenangriff zu organisieren. Damit blieb er allerdings erfolglos, und elf weitere Männer starben. Die anderen flohen und verteilten sich in den unterirdischen Gängen unter dem Bezirk, wie es für solche Fälle geplant war. Der Schaden war irreparabel. So kurz nach dem Verlust von Chev und Darel, die er noch nicht ersetzt hatte, blieben Jibb nach der Begegnung mit Dob und seinen Leuten nur noch sieben vollständige Einheiten und eine weitere mit nur fünf statt sechs Männern. Insgesamt siebenundvierzig, und das ließ ihm kaum mehr Hoffnung, den Bezirk zurückerobern zu können. Und dabei war es noch nicht einmal Morgen.

Also tat Jibb das Einzige, was er noch tun konnte: Er floh. Er führte seine Männer in die relative Sicherheit der Tunnel und zog nach Süden, bis zum Fünften Bezirk. Aber zwei Nächte später fanden ihn Dobs Leute auch dort. Also floh er in den nächsten Tagen weiter – Jibb war nicht sicher, wie lange es dauerte; es war so einfach, in den Gängen jegliches Zeitgefühl zu verlieren –, und zwar nach Nordwesten. Sie mieden die Gänge unterhalb des Hofs, die immer besonders scharf von der SiHerr bewacht wurden, ebenso wie den Westrand des Bragori-Walds.

Irgendwann war er überzeugt, die Verfolger abgeschüttelt zu haben, aber sie fanden ihn schließlich auch im Dritten Bezirk. Jibb sammelte seine Männer zu einem Gefecht, aber sie waren immer noch viel zu wenige. Dobs Leute zwangen sie, bis zur Nordwestecke des Dritten zurückzuweichen, offensichtlich in der Hoffnung, sie dort an der Goldbucht in die Enge zu treiben, wo die unterirdischen Gänge zu Ende waren. Es gelang Jibb und seinen Männern abermals zu fliehen, aber sie mussten sich in den Zweiundzwanzigsten zurückziehen. Dob hatte sie vollkommen aus Cedrychs Herrschaftsbereich vertrieben.

Inzwischen war Jibb überzeugt von etwas, was am Anfang nur ein Verdacht gewesen war: Dob hatte Hilfe, wahrscheinlich von Cedrych, obwohl Jibb auch nicht ganz ausschließen wollte, dass die SiHerr an der Sache beteiligt waren. Wer immer es war, sie sicherten Dobs Erfolg. Dob war zweifellos ein fähiger Mann, und die Männer, die er befehligte, waren ziemlich gut ausgebildet. Aber selbst zu ihren besten Zeiten hätten sie nicht gegen Jibbs Leute ankommen können. Und Dob hatte nach all den Wochen, in denen er mit Bowen um den Zweiten gekämpft hatte, nicht einmal die volle Anzahl von Männern. Dennoch war der Gesetzesbrecher im Vierten mit mehr Leuten und Waffen aufgetaucht, als selbst ein fest in seinem Bezirk etablierter Nal Lord haben sollte.

Niemand im Vierten hätte ihm geholfen, was nicht hieß, dass Jibb im Vierten keine Feinde hatte. Es gab viele Gesetzesbrecher, die etwas gegen sein gutes Verhältnis mit Melyor hatten und die zweifellos über seinen unerwarteten Aufstieg zum Nal-Lord verärgert waren. Aber keiner hätte einem Außenseiter wie Dob geholfen. Sie hätten sich vielleicht unter der Führung eines Gesetzesbrechers aus dem Vierten gegen Jibb zusammengetan, aber selbst das war unwahrscheinlich. Außerdem waren die Kämpfer, denen Jibb und seine Männer gegenüberstanden, zu diszipliniert für gewöhnliche Gesetzesbrecher. Sie waren hervorragend ausgebildet, wie die Männer der SiHerr oder Cedrychs Gardisten. Nachdem seine eigene Truppe nun derart dezimiert und erschöpft war, hatte Jibb gegen eine Armee dieser Art keine Chance.

Zumindest sagte er sich das, als er und seine verbliebenen Leute durch die unterirdischen Gänge auf Newells Herrschaftsbereich zuflohen. Verstört über das, was geschehen war, und erfüllt von Selbstmitleid, hätte Jibb beinahe aufgegeben.

Ich kann wieder von vorn anfangen, dachte er. Ich kann in Alt-Trestor arbeiten, für Bren oder einen anderen von Newells Nal-Lords. Dort gibt es viel zu tun.

Aber es dauerte nicht lange, bis er diesen Gedanken wieder aufgegeben hatte. Es war nicht sein eigener Bezirk gewesen, den sie ihm abgenommen hatten, es war Melyors. Und obwohl er und seine Männer gekämpft hatten, war Jibb klar, dass der Angriff ihr gegolten hatte und nicht ihm. Und das wiederum bedeutete wahrscheinlich, dass Cedrych hinter der ganzen Sache steckte. Welch gefährliches Spiel Melyor auch mit dem narbengesichtigen Oberlord gespielt haben mochte, es hatte mit Dobs Übernahme des Vierten ein vorläufiges Ende gefunden. Und Jibb hatte es zugelassen. Er war vielleicht sogar dafür verantwortlich. Wenn es ihm gelungen wäre, den Zauberer zu töten, wäre das vielleicht alles nicht passiert. Sicher, Melyor und der Zauberer waren anscheinend zu einer Übereinkunft gelangt, aber das änderte nichts an der Tatsache, dass Melyor irgendwann einmal so verzweifelt gewesen war, dass sie den Fremden hatte töten wollen und beinahe gegenüber Jibb ihre gildriitische Herkunft zugegeben hätte.

Also versuchte Jibb nicht, in einem neuen Herrschaftsbereich ein neues Leben zu führen, sondern gestattete seinen Männern im Zweiundzwanzigsten ein paar Tage Ruhe und führte sie dann wieder zum Vierten zurück und schmiedete unterwegs Pläne dafür, Melyors Bezirk zurückzuerobern. Zunächst wollte ihm nur wenig einfallen. Er war nun wieder entschlossener, aber er hatte immer noch zu wenig Leute, und er stand einem mächtigen Feind gegenüber, der sich inzwischen im Bezirk eingerichtet hatte. Seine einzige Hoffnung bestand darin, dass Cedrych seine Gardisten wieder zurückgezogen hatte, nachdem sie Dob geholfen hatten, Jibb aus dem Bezirk zu vertreiben. Gegen Cedrychs Truppen hatte Jibb kaum eine Chance. Aber wenn er gegen Dob allein stand, konnte er einigermaßen sicher sein, es zu schaffen. Das Problem bestand zunächst einmal darin, herauszufinden, was geschehen war. Wenn sie einen Fehler machten und es statt mit Dobs Leuten wieder mit Cedrychs Garde zu tun bekamen, waren er und der Rest seiner Männer so gut wie tot.

Er erhielt seine Antwort ein paar Tage nachdem er und seine Männer wieder in Cedrychs Herrschaftsbereich waren, genauer gesagt im Dritten Bezirk. Eine seiner Patrouillen, die er vorausgeschickt hatte, kehrte mit der Nachricht zurück, dass man vor ein paar Tagen den Herrscher im Goldpalast ermordet hatte und dass auch Newell und Wildon tot waren. Cedrych hatte offenbar noch mehr im Sinn gehabt als eine Veränderung im Vierten Bezirk. Jibb wusste, dass der Oberlord ein solches Wagnis kaum eingegangen wäre, wenn nicht ein volles Kontingent seiner Garde sein Hauptquartier bewachte. Cedrych hatte ganz Bragor-Nal bewusst ins Chaos gestürzt. Alle drei Herrschaftsbereiche waren nun führerlos. Nal-Lords würden überall im Nal um die Vorherrschaft kämpfen, und das zweifellos für Wochen, und jeder Gesetzesbrecher im Bezirk würde versessen darauf sein, jene Nal-Lords zu ersetzen, die zum Oberlord aufstiegen, ebenso wie die, die bei dem Versuch umgekommen waren.

Es war eine hervorragende Strategie. Während der Rest des Nal im Bürgerkrieg versank, konnte Cedrych seine Macht festigen, jenen Nal-Lords und Gesetzesbrechern helfen, denen er vertraute, und auf diese Weise auf eine lange und bequeme Herrschaftszeit hoffen. Aber so erfindungsreich Cedrychs Plan sein mochte, er war auch gefährlich. Als Junge war Jibb vom Zeitalter der Festigung fasziniert gewesen und hatte so viel wie möglich über seine Helden, Schurken und Schlachten gelesen. Man konnte dieses Zeitalter in der Geschichte von Lon-Ser nicht studieren, ohne einen gesunden Respekt für die Turbulenzen und Unwägbarkeiten von Kriegen zu entwickeln, die für beide Seiten so zerstörerisch waren. Wenn es Cedrych gelingen sollte, den Verlauf der Ereignisse weiterhin zu beherrschen, würde ihn nichts davon abhalten können, der wichtigste Herrscher von Bragor-Nal seit Dalrek zu werden, der am Ende der Festigungsära über Bragor-Nal herrschte. Aber der Oberlord würde sich gewaltig anstrengen müssen, um nicht selbst in den Strudel der Gewalt gezogen zu werden, den er geschaffen hatte.

Und das bedeutete, dass Dob auf sich allein gestellt war.

Es bedeutete auch, dass Jibb und seine Männer es sich leisten konnten, in den unterirdischen Gängen ein bisschen weniger vorsichtig zu sein, und sich stattdessen darauf konzentrieren konnten, so schnell wie möglich zum Vierten zurückzugelangen. Ohne Cedrychs Hilfe würde Dob nicht genug Leute haben, um die Tunnel zu überwachen, gar nicht zu reden von einer Suche nach Jibb. Und da nun sämtliche Nal-Lords und Gesetzesbrecher der Region in Bewegung waren, würden Jibb und seine Männer viel weniger auffallen. Die allgemeineren Gefahren waren allerdings ebenso groß wie am Tag zuvor, vielleicht sogar größer. Jeder, dem sie nun begegneten, war ein potenzieller Feind. Aber zumindest jagte man sie nicht mehr.

Es dauerte noch weitere anderthalb Tage, bis sie den Westrand des Vierten erreichten, und einen weiteren Tag, bis sie in der Nähe von Melyors Wohnung angelangt waren. Inzwischen hatte Dob vermutlich begonnen, seinen Aufstieg zum Oberlord zu planen. Er würde ganz bestimmt nicht erwarten, Jibb so bald wiederzusehen. Jibb schüttelte den Kopf, als er nun an einer Drei-Wege-Kreuzung in den unterirdischen Gängen stand. Einer dieser Wege würde ihn zu Melyors alter Wohnung führen. Es wäre erheblich klüger, wenn Dob erst einmal versuchte, den Vierten Bezirk zu sichern. Er war erst seit kurzem an der Macht, und er war immer noch geschwächt von seinem Kampf gegen Bowen. Er würde gegen die etablierteren Nal-Lords in Cedrychs Herrschaftsbereich keine Chance haben. Aber obwohl Jibb Dob nicht sehr gut kannte, verstand er das Denken des Mannes gut genug, um zu wissen, dass Dob – wie die meisten Gesetzesbrecher – zu solcher Zurückhaltung nicht fähig war. Er würde versuchen, Oberlord zu werden, und sich dadurch angreifbar machen.

Andererseits ... Jibb schüttelte leise lachend zum zweiten Mal den Kopf: Wenn man es recht bedachte, dann hatte Dob wahrscheinlich eine ebenso gute Chance wie jeder andere. Nachdem Savil tot war und Melyor verschwunden, gab es in Cedrychs altem Bereich keine sonderlich starken Nal-Lords mehr. Wäre sie noch da gewesen, hätte Melyor zweifellos die eindeutige Favoritin in diesem Rennen um die Position als Nachfolger des einäugigen Oberlords dargestellt, aber ohne sie war es ein offenes Rennen mittelmäßiger Rivalen. Das kam Jibb irgendwie falsch vor. Melyor hatte den Herrschaftsbereich mehr verdient als jeder andere. Wieder einmal, und scheinbar zum tausendsten Mal seit dem Abend, als er sie mit dem Steinträger und dem Zauberer gesehen hatte, fragte sich Jibb, wo Melyor war und ob sie überhaupt noch lebte.

Er hörte Schritte, drehte sich um und sah Premel und den Rest seiner Einheit näher kommen. Noch vor ein paar Wochen hätte das Geräusch von Schritten Jibbs Pulsschlag zum Rasen gebracht. Aber nachdem er nun so lange Zeit auf der Flucht gewesen war, hatte er offenbar so etwas wie einen sechsten Sinn entwickelt. Er hatte festgestellt, dass er Ärger spürte, bevor etwas geschah, und er geriet nicht mehr unnötig in Panik.

»Was gibt's?«, fragte Jibb, als Premel vor ihm stehen blieb. Der früher stets rasierte Schädel des Gesetzesbrechers war nun mit kurzen, dunklen Borsten bedeckt.

»Wir haben nichts Ungewöhnliches gesehen«, erwiderte Premel. »Aber wir haben Neuigkeiten von oben.« Er hielt inne, um Jibbs Reaktion abzuwarten. Premel war ein guter Mann, aber er neigte dazu, sich ein wenig dramatisch zu geben.

»Raus damit!«

»Sieht so aus, als wollte Bowen sich aus dem Kampf um die Position des Oberlords raushalten. Er unterstützt Enrek,

und meine Quellen behaupten, dass Enrek vorhat, den Zweiten und den Vierten unter Bowens Befehl zu stellen, sobald er Oberlord ist.«
Jibb nickte und dachte über Premels Worte nach. Das war eine vernünftige Strategie. Auf sich allein gestellt war Enrek nicht besser dran als die anderen Nal-Lords. Tatsächlich war er als Anführer des Sechsten Bezirks von Feinden umgeben und in einer schlechten strategischen Position. Aber wenn Bowen hinter ihm stand, hatte er einen bedeutenden Vorteil. Und Bowen selbst tat genau das, was er tun sollte: Er ließ sich Zeit, sammelte seine Kräfte, und damit machte er sich automatisch zum wahrscheinlichsten Nachfolger Enreks, falls der Plan funktionieren sollte.
»Hast du irgendetwas über Dob erfahren?«, fragte Jibb schließlich.
Der Gesetzesbrecher grinste und entblößte dabei scharfe gelbliche Zähne.
»Selbstverständlich wird er kämpfen. Seit er den Vierten eingenommen hat, hält er sich für unbesiegbar.« Die anderen Männer im Tunnel murmelten zustimmend.
»Was hat er vor?«
Premels Grinsen wurde breiter. »Er stellt sich gegen alle, wie zu erwarten war.« Die anderen lachten.
»Gut. Wir bleiben noch eine Weile hier. Ich möchte, dass um Mitternacht zwei Einheiten in jedem Block rings um Melyors Wohnung bereitstehen. Ich übernehme mit der unvollständigen Einheit den Block im Nordosten. Ihr andern könnt euch verteilen, wie ihr wollt, aber macht schnell. Ich will vor dem Morgengrauen fertig sein. Verstanden?«
Premel nickte. Seine Augen glitzerten gierig, und der große Goldreif in seinem Ohr schimmerte im trüben Licht wie eine

Messerklinge. »Ich bin froh, dass wir nicht mehr davonlaufen«, sagte er.

Jibb erwiderte das Grinsen. »Ich auch. Wir waren ...« Er erstarrte, und sein Herz begann plötzlich so heftig zu schlagen, dass er tatsächlich spüren konnte, wie es sich bewegte. Premel rührte sich ebenfalls nicht vom Fleck, obwohl er die Augen weit aufgerissen hatte. Das Geräusch war so leise gewesen, dass es Jibb noch vor drei Wochen vermutlich entgangen wäre. Aber nun war er so auf die Tunnel eingestimmt, dass er genau wusste, was er da gehört hatte: Schritte, und zwar ganz in der Nähe. Er war ziemlich sicher, dass sie aus der linken Abzweigung gekommen waren.

»Ich dachte, ihr hättet alles überprüft!« Jibb bewegte nur leicht die Lippen, aber sein Zorn zeichnete sich deutlich genug in seiner Miene ab.

Premel zuckte die Achseln und schüttelte verwirrt den Kopf.

Sie zogen die Werfer, und die fünf Männer hinter Premel folgten ihrem Beispiel. Keiner gab einen Laut von sich.

»Deine Leute sind gut ausgebildet«, erklang eine vertraute, aber vollkommen unerwartete Stimme aus dem Tunnel und hallte von den Wänden wider. »Nicht, dass mich das überrascht. Aber ich frage mich wirklich, wie du es zulassen konntest, dass wir so nahe herankommen. Du könntest inzwischen tot sein.«

Jibb setzte dazu an, etwas zu sagen, aber er brachte kein Wort heraus. Tatsächlich befürchtete er einen Augenblick, vor Freude in Tränen auszubrechen.

Einen Augenblick später kam Melyor aus dem Schatten. Das bernsteinfarbene Haar fiel ihr auf die Schultern, und sie hatte das makellose Gesicht zu einem schiefen Grinsen

verzogen. Der Zauberer befand sich hinter ihr und verbarg den Stein auf seinem Stab unter einer Falte seines Umhangs. Sein dunkler Falke hockte auf seiner Schulter und spähte misstrauisch zu Jibb und den anderen Männern hin.
Jibb ging auf Melyor zu und wollte sie umarmen. Aber dann sah er etwas, was ihn innehalten ließ, und er schloss aus dem plötzlichen Flüstern der anderen Männer, dass sie es ebenfalls bemerkt hatten. Jibb sah Melyor einen Moment lang ins Auge, aber ihr Blick war gelassen, und gleich darauf schaute er unwillkürlich wieder zu dem Ding, das sie in der Hand hielt: ein uralter Holzstab, auf dem ein leuchtend roter Stein befestigt war. Er brauchte einen Moment, um zu begreifen, wo sie ihn herhatte.
»Der Steinträger?«, fragte er und sah ihr wieder in die Augen.
»In Oerella-Nal umgebracht«, antwortete sie tonlos.
»Aber war sein Stein nicht ...«
»Es ist jetzt mein Stein«, sagte sie, als erklärte das, wieso der Kristall rot und nicht mehr braun war.
Jibb schluckte. Es fiel ihm immer noch schwer zu akzeptieren, dass sie Gildriitin war. Und seine Männer hatten, wie ihm nun einfiel, von all dem überhaupt nichts geahnt. Premel und die anderen beäugten Melyor mit unterschiedlichen Graden von Ehrfurcht, Angst und Abscheu.
»Unser Nal-Lord ist wieder da!«, verkündete Jibb demonstrativ, schob seine eigenen Zweifel beiseite und sah von einem Mann zum anderen. »Wir arbeiten jetzt wieder für Melyor i Lakin!«
Keiner der Männer sagte ein Wort, bis Premel schließlich unsicher einwandte: »Aber sieh dir das doch an. Sie ist eine Gildriitin!«

Noch während Jibb nach einer Antwort suchte, kam Melyor auf ihn zu und drückte sanft seinen Arm.
»Ja, Premel«, erklärte sie dann vollkommen sachlich, »ich bin eine Gildriitin. Das war ich schon immer, auch als ich noch dein Nal-Lord war. Und nun habe ich diesen Stein, was bedeutet, dass mein Titel Steinträgerin lautet.«
»Aber ... aber das hast du uns nie gesagt!«, stieß der Gesetzesbrecher hervor.
»Es ging euch auch nichts an«, fuhr sie im selben Ton fort. »Ich hatte entschieden, es für mich zu behalten, ebenso, wie ich jetzt entschieden habe, es öffentlich zu machen.«
»Und es ändert auch überhaupt nichts!«, warf Jibb hitzig ein. »Sie ist noch derselbe Mensch, und wir arbeiten immer noch für sie. Und jeder, der sich weigert, bekommt es mit mir zu tun!«
Melyor sah ihn an und lächelte traurig. Jibb fand, dass sie noch nie so schön ausgesehen hatte wie jetzt. »Ich fürchte, du hast Unrecht, mein Freund«, sagte sie leise. »Ich bin nicht mehr derselbe Mensch. Die Tatsache, dass ich diesen Stab habe, verändert viel. Gildriiten sind in diesem Land seit hunderten von Jahren verfolgt worden. Du kannst nicht erwarten, dass sich so etwas über Nacht ändert.« Sie sah Premel und die anderen an. »Ich brauche unbedingt eure Hilfe, aber ich werde keinen von euch zwingen, für mich zu kämpfen. Die Entscheidung liegt bei euch.« Wieder wandte sie sich an Jibb. »Ich werde es auch verstehen, wenn du nicht mehr für mich arbeiten willst. Ich weiß, wie du über Gildriiten denkst.«
»Gildriiten sind gar nicht so übel.« Er grinste sie an. »Ich denke, du hast Recht: Dass du diesen Stab da hast, verändert vielleicht tatsächlich ein paar Dinge.«

Sie lächelte und schien zutiefst erleichtert. Aber einen Augenblick später runzelte sie besorgt die Stirn. »Was ist passiert?«, fragte sie. »Warum seid ihr überhaupt hier unten?«
»Du hast sicher von Durell gehört.«
Sie nickte. »Ja. Und von Wildon und Newell.«
»Nun, bevor Cedrych sich um sie gekümmert hat, hat er einem Gesetzesbrecher namens Dob geholfen, den Vierten zu übernehmen.«
Melyor starrte ihn ungläubig an, und dann lachte sie schrill auf. »Dob? Das soll wohl ein Witz sein!«
Jibb kniff die Augen zusammen. »Du kennst ihn?«
»Ich bin ihm im Zweiten begegnet, an jenem Abend, als ich dort nach Savil suchte.«
»Ach ja«, sagte Jibb leise. »Das hatte ich ganz vergessen.«
Sie lächelte verlegen. »Dob und ich hatten ein paar Probleme.«
»Glaubst du, Cedrych hat ihn deshalb ausgewählt?«
»Mag sein«, sagte Melyor schulterzuckend. »Es passt zu seiner Art zu denken. Du sagst, Cedrych hat ihm bei der Übernahme geholfen«, fuhr sie fort. »Wie meinst du das?«
»Er hat ihm Waffen und Männer gegeben und ihn wahrscheinlich auch bei der Planung des Angriffs unterstützt.«
»Bist du sicher?«
Jibb lachte. »Du hast ihn doch kennen gelernt – glaubst du, er hätte mich sonst schlagen können?«
Melyor lachte ebenfalls. »Wahrscheinlich nicht.« Sie sah Premel und seine Leute an. »Ich hoffe, du hast noch ein paar mehr Männer übrig.«
Jibb spürte, wie sein Lächeln verging. »Mach darüber bloß keine Witze. Ich habe in der ersten Nacht beinahe vier ganze Einheiten verloren.«

Melyor wurde blass und sah plötzlich überraschend zerbrechlich aus. »Aricks Faust«, flüsterte sie. Sie starrte ihren Kristall an, als könnte sie in seinem scharlachroten Licht Jibbs Kampf gegen Dob sehen. »Es ist alles meine Schuld«, sagte sie schließlich leise. »Ich habe ihm getrotzt, und dann bin ich davongelaufen.« Wieder sah sie Jibb an. »Es tut mir Leid.«

Jibb wusste nicht, was er dazu sagen sollte. Er hatte nie zuvor erlebt, dass es sie so getroffen hatte, wenn ihre Leute umkamen. Kein Nal-Lord und kein Gesetzesbrecher mochte es, die Leute zu verlieren, die er rekrutiert hatte. Aber es gehörte auch zum Leben im Nal. Es war unvermeidlich. Sie hatte sich verändert, begriff er, und er wusste nicht, was er mit diesen Veränderungen anfangen sollte.

Zum Glück bemerkte er gleich darauf, wie ihre Miene wieder entschlossener wurde, und das auf eine Art, die er sehr gut kannte. »Wie ich schon sagte«, erklärte sie an Premel und die anderen gewandt und hob die Stimme, so dass sie laut im Tunnel widerhallte, »ich werde niemanden zwingen, für mich zu kämpfen. Aber ich brauche euch, und das nicht nur, um den Vierten wieder zu beanspruchen, sondern auch, um gegen Cedrych zu kämpfen.«

»Gegen Cedrych?«, fragte Jibb ungläubig. »Das ist nicht dein Ernst!«

Sie fuhr abermals zu ihm herum. »Du hast selbst gesagt, dass er es war, der uns den Vierten abgenommen hat! Er hat auch Klinge geschickt, der uns bis nach Oerella-Nal verfolgt und den Steinträger umgebracht hat!«

»Aber selbst, wenn wir noch unsere volle Stärke hätten«, protestierte Premel, »könnten wir nicht gegen Cedrychs Leute ankommen!«

Melyor grinste, und als er das sah, musste Jibb ebenfalls unwillkürlich grinsen. So sehr hatte sie sich nun auch wieder nicht verändert! »Ich bin jetzt vielleicht eine Steinträgerin, Premel, aber ich bin nicht dumm.«
»Nein, Nal-Lord«, sagte der Gesetzesbrecher hastig. »Ganz bestimmt nicht.«
»Ich habe nicht vor, Cedrychs Hauptquartier offen anzugreifen.«
»Was hast du dann im Sinn?«, fragte Jibb.
»Orris und ich haben einen Plan entwickelt, der vielleicht funktionieren könnte.«
Jibb warf dem Zauberer, der sich die ganze Zeit im Hintergrund gehalten hatte, einen Blick zu. Jibb war nicht sicher, wie viel der Mann von dem, was in den vergangenen Minuten gesagt worden war, verstanden hatte, aber er hatte alles und jeden mit offensichtlichem Interesse beobachtet. Als er bemerkte, dass Jibb ihn ansah, nickte er. Jibb entgegnete die Geste, aber er musste wieder an den Kampf denken, den sie in einer Gasse in Einundzwanzigsten Bezirk ausgefochten hatten. Das alles schien so lange her zu sein.
»Kannst du mir schon etwas über diesen Plan sagen?«, fragte er Melyor.
»Demnächst«, erwiderte sie. »Aber als Erstes muss ich wissen, wie viel Unterstützung ich haben werde.« Sie sah Jibbs Männer erwartungsvoll an. »Ihr habt mich alle schon kämpfen sehen«, sagte sie ruhig. »Und ihr wisst, dass ich nichts anfange, was ich nicht auch zu Ende bringen will. Das hat sich nicht verändert. Ich weiß, ihr kennt den Zauberer nicht, aber ihr könnt mir glauben, wenn ich euch sage, dass er mehr Grund als jeder andere von uns hat, Cedrych zu hassen, und dass seine Macht noch größer ist,

als selbst der Oberlord begreift. Wir brauchen allerdings eure Hilfe, damit wir in Cedrychs Hauptquartier eindringen können; Orris und ich werden dann den Rest erledigen.«

Jibb hielt den Atem an. Seine Männer wussten, wie er dachte, und wenn das alles gewesen wäre, dann wären sie ihm ohne weitere Fragen gefolgt. Aber das hier waren auch Premels Leute. Wenn Premel sich weigerte, würden die anderen in einen Konflikt geraten. Und wenn diese Einheit Melyor nicht folgte, würden die anderen es vermutlich auch nicht tun. So seltsam es schien, plötzlich hing alles von der Entscheidung eines einzigen Gesetzesbrechers ab.

Auch Melyor hatte das offenbar erkannt. »Ich erinnere mich noch an unsere erste Begegnung, Premel«, sagte sie und ging einen Schritt auf ihn zu. »Das war in dieser widerwärtigen Bar an der Grenze zwischen dem Vierten und dem Zweiten. Jibb und ich haben dich und deine besten zwei Männer mit nichts als euren Stiefelspitzen und dem Messer kämpfen sehen, und ich wusste sofort, dass ich euch in meiner Truppe haben wollte.« Sie zeigte auf Jibb. »Er musste erst überredet werden – er sagte, eure Technik sei zu unkonventionell und sie würde nicht zu der der anderen Männer passen, die er ausbildete. Aber ich habe ihn überredet.«

Jibb lächelte. Er erinnerte sich ebenfalls.

»Ich habe das nie bereut«, fuhr Melyor fort, »und das werde ich auch nicht tun, ganz gleich, wie du dich entscheidest. Aber ich möchte dich bitten, mir zu vertrauen, genau wie du es damals getan hast. Ich brauche dich, Premel.«

Der Gesetzesbrecher errötete leicht. Die anderen beobachteten ihn, und das wusste er wohl. Ein Augenblick ging vorüber. Dann ein weiterer. Immer noch hatte er nichts gesagt, aber nun holte er tief Luft. »Also gut«, sagte er schließlich und sah Jibb eine Sekunde lang in die Augen, bevor er den Blick wieder abwandte. »Also gut.«

Melyor lächelte strahlend. »Danke.« Sie warf den anderen Männern einen Blick zu. »Und ihr?«

Einer nach dem anderen taten sie kund, dass sie weiter für Melyor arbeiten würden, zwei davon mit offensichtlichem Widerstreben, aber Jibb kannte sie beide gut. Es waren fähige, verlässliche Männer. Wenn der Zeitpunkt gekommen war, würden sie tun, was Melyor oder er von ihnen wollte.

»Und was nun?«, fragte Jibb und fühlte sich plötzlich ein wenig schwindlig. Dob war immer noch Nal-Lord des Vierten, und Melyor hatte offenbar vor, sich mit dem gefährlichsten Mann in Lon-Ser anzulegen. Aber er und Melyor waren wieder zusammen, genau wie es sein sollte.

»Als Erstes sollten wir uns den Vierten zurückholen«, antwortete Melyor entschlossen.

Jibb nickte. »Selbstverständlich.«

»Du sagtest, Cedrych hätte Dob geholfen, den Bezirk einzunehmen. Hilft er ihm auch, ihn zu behalten?«

»Das kann ich mir nicht vorstellen«, erwiderte Jibb. »Wenn man bedenkt, was er sich aufgeladen hat, als er Durell, Wildon und Newell umbrachte, würde ich davon ausgehen, dass er all seine Männer wieder in seiner Nähe hat.«

»Du hast wahrscheinlich Recht«, erklärte sie. »Langfristig dürfte es Cedrych vollkommen gleich sein, ob Dob überlebt oder nicht. Er hat bereits erreicht, was er wollte.«

»Dir den Vierten abzunehmen?«

Melyor schaute ihn überrascht an. »Glaubst du wirklich, dass es darum ging?«

Jibb blinzelte, dann zuckte er die Achseln. »Ja. Warum hätte er es sonst tun sollen?«

»Du unterschätzt dich, Jibb.«
»Was?«
»Wie lange ist es her, seit Dob angegriffen hat?«
Der Gesetzesbrecher dachte einen Moment nach. »Ungefähr drei Wochen.«
»Etwa zur selben Zeit, als Cedrych Klinge angeheuert hat, um mich umzubringen. Er wollte mir den Bezirk nicht abnehmen; er ist damals davon ausgegangen, dass ich tot bin. Er hatte Angst vor dir oder davor, was du vielleicht tun würdest, wenn du erfährst, dass Cedrych mich hat umbringen lassen. Er nahm vermutlich an, dass Dob dich zumindest eine Weile beschäftigen würde, wenn er dich schon nicht umbringen konnte.«
Jibb schüttelte den Kopf. »Cedrych soll sich vor mir gefürchtet haben?«
»Zumindest so sehr, wie er sich vor jedem fürchtet.«
Wieder schüttelte er den Kopf, und dann standen sie einen Augenblick schweigend da.
Premel räusperte sich. »Nal- ... äh, ich meine Jibb.«
Jibb sah den Gesetzesbrecher an und lächelte mitfühlend. Das hier konnte für seine Männer nicht leicht sein. Bis vor wenigen Minuten war er ihr Nal-Lord gewesen. Nun war Melyor wieder da; kein Wunder, dass sie verwirrt waren.
»Was ist denn, Premel?«
»Nun, ich weiß, dass du und ...« Er warf Melyor einen Blick zu und schluckte. »Ich weiß, dass ihr beide viel zu besprechen habt, aber sollten wir uns nicht auf den Weg machen? Die anderen Patrouillen warten an der nächsten Abzweigung auf uns.«
Jibb und Melyor sahen einander an. Premel hatte selbstverständlich Recht.

»Danke, Premel«, erwiderte Melyor, wie es angemessen war. »Du hast vollkommen Recht. Geh voraus.«

Der Gesetzesbrecher grinste. »Ja, Nal-Lord«, erwiderte er unwillkürlich.

Premel und seine Männer gingen den Tunnel entlang, und Melyor und Jibb folgten ihnen. Jibb brauchte einen Augenblick, um zu begreifen, dass auch der Zauberer noch bei ihnen war, der nun mit seinem bernsteinfarbenen Kristall schwaches Licht auf die Tunnelwände warf.

»Hast du eine Ahnung, was Dob vorhat?«, fragte Melyor nach einiger Zeit.

»Premel sagt, es gibt Gerüchte, dass er selbst Oberlord werden will.«

»Oberlord?« Melyor lachte. »Das ist wirklich zu viel!« Sie schüttelte den Kopf und warf Jibb dann einen Seitenblick zu. »Ich hoffe, du nimmst dir kein Beispiel an ihm.«

»Keine Sorge«, sagte Jibb. »Ich würde es lieber wie Bowen machen.«

»Wer ist Bowen?«

»Der Gesetzesbrecher, der Dob beim Kampf um Savils Bezirk geschlagen hat. Er hat sich verpflichtet, Enrek zu unterstützen, der Oberlord werden will, im Austausch für den Zweiten und den Vierten, wenn Enrek den Herrschaftsbereich wirklich erobern kann.«

Melyor zog die Brauen hoch. »Macht dir das Sorgen?«

Er lächelte sie an. »Jetzt nicht mehr.«

Jibb hörte, wie der Zauberer mit seinem seltsamen Akzent Melyors Namen rief, und als sie sich nach ihm umsah, sagte der große, kräftige Mann etwas zu ihr. Melyor antwortete in Orris' Sprache, und der Zauberer nickte. Dann drehte Melyor sich wieder um.

Jibb hätte gerne gefragt, um was es da gegangen war, aber er stellte fest, dass er keinen Ton herausbrachte. Er hatte vollkommen unerwartet mit der Erkenntnis zu kämpfen, dass er eifersüchtig war. Er hatte keinen Grund anzunehmen, dass Melyor und der Zauberer eine Beziehung hatten, und sicherlich hatte er keinen Anspruch auf Melyor. Er wusste, dass sie während der Zeit, als er für sie arbeitete, mit mehreren Männern zusammen gewesen war. Aber plötzlich schien das alles nicht mehr zu zählen. Als er hörte, wie sie und der Zauberer miteinander sprachen, sah er die beiden zusammen, und schon die Vorstellung verursachte ihm Schmerzen in der Brust, als hätte man ihm mit einem Werfer direkt ins Herz geschossen.

»Alles in Ordnung?«, fragte Melyor, nachdem sie ein Stück weitergegangen waren.

»Sicher.« Er kämpfte gegen eine Welle von Übelkeit an und versuchte, sich zu einem Lächeln zu zwingen. »Ich habe nur darüber nachgedacht, was ihr beide da wohl miteinander besprochen habt.«

Sie sah ihn an, als hätte er den Verstand verloren. »Es wäre vielleicht einfacher gewesen, mich zu fragen.«

Er versuchte zu lachen. »Du hast Recht. Um was ging es also?«

»Das geht dich nichts an.«

Er starrte sie an und fragte sich, ob er richtig gehört hatte, und sie fing an zu lachen.

»Das war nur ein Witz, Jibb«, sagte sie kopfschüttelnd. »Du verlierst einen Bezirk, und plötzlich ist auch dein Sinn für Humor verschwunden?« Er schwieg, und einen Augenblick später fuhr sie fort, allerdings erst, nachdem sie noch einmal den Kopf geschüttelt hatte. »Damit der Plan funktioniert, den Orris und ich ausgeheckt haben, brauchen wir Hilfe von jemandem, dem Cedrych trauen wird. Ursprünglich dachte ich, du könntest vielleicht wissen, an wen wir uns wenden sollen, und Orris hat mich daran erinnert, dich zu fragen. Aber wie ich ihm gerade schon sagte, bin ich nicht mehr sicher, ob wir überhaupt einen Verbündeten brauchen.«

»Nein?«

Sie sah ihn mit diesem wunderbaren undurchschaubaren Lächeln an. »Nein. Ich glaube, wir haben schon jemanden, oder zumindest werden wir bald jemanden haben.«

Jibb starrte sie verständnislos an. *Zumindest werden wir bald jemanden haben.* Sie waren auf dem Weg zum Rest seiner Leute. Sprach sie von einem von ihnen?

»Du weißt, wen ich meine, oder?«

Er zuckte halbherzig die Achseln. »Nein. Ich ...« Er hielt inne und begriff so plötzlich, dass er tatsächlich stehen blieb und der Zauberer beinahe mit ihm zusammengestoßen wäre. »Das soll wohl ein Witz sein!«, sagte er, aber er begann bereits zu erkennen, worin ihr Vorteil bestehen würde. *Jemand, dem Cedrych vertraut.* Und, so hätte sie hinzufügen können, jemand, der ebenso große Angst haben würde, Melyors und Jibbs »Bitte« abzulehnen, wie er fürchtete, den narbengesichtigen Oberlord zu belügen.

»Begreifst du, wie es funktionieren könnte?«, fragte sie, und ihre Augen blitzten in dem scharlachroten Licht ihres Kristalls.

Er nickte, und er konnte den Blick einfach nicht von ihr abwenden. Sie war brillant und wunderschön, und er liebte sie. Was immer zwischen ihr und dem Zauberer sein mochte, er liebte sie. Und er konnte nichts dagegen tun.

»Ja«, brachte er schließlich heraus. »Ich begreife, was du meinst.«

»Der schwierige Teil wird darin bestehen, Dob davon zu überzeugen, dass er mit uns besser dran ist als mit Cedrych.«

»Nein«, korrigierte Jibb. »Der schwierige Teil wird darin bestehen, meine Männer davon abzuhalten, ihn umzubringen.«

13

Wieder muss ich an den Goldpalast denken. Ich weiß, das ist unverantwortlich von mir. Ich sollte mich auf die Initiative und die Erhaltung meines Herrschaftsbereichs konzentrieren. Das sind die Grundlagen für alles andere, was ich in Zukunft erreichen will. Und dennoch sitze ich hier und schmiede Pläne für den Tag, an dem ich endlich bereit bin zuzuschlagen. Ich brauche eine Strategie, nicht nur für die Übernahme des Palasts, sondern auch, um ihn halten zu können. Und schon beginnt sich in meinem Geist eine herauszubilden ...

Das erinnert mich an ein altes Sprichwort, das, wie ich glaube, aus der Zeit der Festigung stammt. »Chaos«, heißt es, »ist wie Feuer. Wehe den Feinden des Mannes, der es beherrschen kann. Und wehe dem, der es nicht kann.«

Aus dem Tagebuch von Cedrych i Vran, Oberlord des Ersten Herrschaftsbereichs von Bragor-Nal, Tag 6, Woche 7, im Frühjahr des Jahres 3060.

Das Warten war das Schlimmste. Er wäre lieber dort draußen gewesen, mitten in den Gefechten, den Werfer in der Hand, einen weiteren Kracher in eine Gasse schleudernd. Aber er hatte so viele Einheiten in so vielen verschiedenen Blocks, dass er es sich kaum leisten konnte, sich lange aus seinem Hauptquartier zu entfernen. Seit er Nal-Lord geworden war, hatten sich die Unabhängigen nur so darum gedrängt, für ihn zu arbeiten. Und so gut er mit einem Messer und einem Werfer sein mochte – seine Männer brauchten ihn nicht auf der Straße. Sie brauchten ihn hier, wo er war: in Melyors alter Wohnung, wo er ihre Aktivitäten koordinierte. Und das brachte ihn schier um den Verstand.

Noch während er jeden wachen Augenblick damit zubrachte zu planen, wie er den Herrschaftsbereich für sich gewinnen könnte, fragte sich Dob, ob er wirklich dazu geeignet war, Oberlord zu sein. Die Kämpfe draußen haben ihm gefallen. Es hat ihm gefallen, mit seinen Männern nach einem guten Kampf zu trinken und nach dem Besäufnis eine Uestra mit ins Bett zu nehmen. In einer leeren Wohnung zu sitzen, Einheiten zu koordinieren und jede zweite Minute über die Schulter zu spähen und auf den nächsten Attentatsversuch zu warten, war nicht gerade seine Vorstellung von Spaß. Er hatte seit dieser Nacht, als Cedrych ihn anrief, um ihm den Vierten anzubieten, keine Frau mehr gehabt und auch nicht mehr anständig geschlafen. War das nicht einfach ungerecht? Er hätte gerne das eine für das andere gegeben, aber auf beides zu verzichten ...

Er ging unruhig in der Wohnung auf und ab und schüttelte den Kopf. Es half nicht sonderlich, dass seine Aussichten ohnehin nicht gut waren. Wildon, Newell und der Herrscher waren erst vor einer Woche getötet worden, aber das hatte genügt, um zu entdecken, wie schlecht er darauf vorbereitet war, um den Herrschaftsbereich zu kämpfen. Er hätte es ja sein lassen und seine Verluste als Preis für die Lektion hingenommen, hätte Enrek Bowen nicht schon den Vierten angeboten gehabt. Das ließ ihm keine andere Möglichkeit als zu kämpfen, und im Augenblick kämpfte er nicht einmal für sich selbst. Es ging nur noch darum, Enrek und Bowen nicht gewinnen zu lassen. Er hatte ein paar Einheiten nach Süden geschickt, um Enreks Männer im Sechsten durcheinander zu bringen und die Nal-Lords zu unterstützen, die Enrek im

Achten und Zehnten bekämpfte, aber die meisten seiner Einheiten befanden sich jetzt im Zweiten, damit Bowen etwas zu tun hatte und Enrek nicht helfen konnte. Das schien die beste Strategie zu sein. Der Zweite lag näher als Enreks Sechster, und Dobs Männer kannten sich dort bestens aus. Also war ihm nur noch eine Einheit geblieben, die die Wohnung bewachte. Er wusste, das war ein bisschen unklug. Aber das war einer der wenigen Vorteile einer so schwachen Position: Keiner der anderen Nal-Lords kümmerte sich mehr sonderlich um ihn. Er war ihnen nicht die Aufmerksamkeit und die Anstrengung wert, die es gekostet hätte, eine weitere Bande von Attentätern zu schicken. Sicher, da war immer noch Jibb. Cedrychs Worte hallten in Dobs Kopf immer noch wie ein Alarm wider: *Wenn ihr ihn bis jetzt nicht gefunden habt, dann hat das keinen Sinn .... An deiner Stelle würde ich gut auf mich aufpassen.* Die Erinnerung an die Warnung des Oberlords hatte ihn nächtelang im Schlaf heimgesucht, und dennoch hatte er immer noch keine Spur von Melyors Leibwächter gefunden. Niemand hatte Jibb gesehen, seit er in den Tunneln entkommen und in Newells Herrschaftsbereich geflohen war. Mit jedem Tag, der verging, wuchs Dobs Überzeugung, dass sich Jibb ein für alle Mal abgesetzt hatte. Vielleicht war er tot, vielleicht hatten seine Männer ihn ja umgebracht, weil er sie in ein solches Desaster geführt hatte. Oder vielleicht war er zu der Ansicht gekommen, dass es bequemer war, in Alt-Trestor zu leben, als den Vierten zurückzuerobern. Was auch immer, Dob brauchte sich wegen Jibb keine Sorgen mehr zu machen.

Zumindest versuchte er nun, sich das einzureden. Er blieb stehen und spähte aus dem Fenster in die Nacht hinaus, als könnte er Jibb und seine Männer dort entdecken, falls sie sich der Wohnung näherten. Dann schüttelte er den Kopf über seine eigene Dummheit und begann, wieder auf und ab zu gehen. Selbst ohne dass sich Cedrychs Worte in seinem Kopf ständig wiederholten, würden seine Zweifel bleiben. Jibbs Ruf genügte, um jedem Angst einzujagen. Seine Männer würden sich nicht gegen ihn wenden: Ihre Loyalität gegenüber Jibb und Melyor war beinahe legendär. Und Jibb hätte auch nicht einfach aufgegeben. Ein Mann von seinen Fähigkeiten und seinem Mut, der auf der Straße aufgewachsen war, würde nie vor einem guten Kampf zurückschrecken. Dob hatte nicht die meisten seiner Leute weggeschickt, weil er wirklich glaubte, Jibb los zu sein. Er hatte es getan, weil unter diesen Umständen Bowen und Enrek die größere Gefahr darstellten.

Ein dreifaches Piepen riss ihn aus seinen Überlegungen und bewirkte, dass er rasch an den Schreibtisch zurückeilte, wo er mit klopfendem Herzen den Sprechschirm einschaltete. Erst als das Piepen wieder ertönte, begriff er, dass es der Handkommunikator war, von dem das Geräusch ausging, und nicht der Sprechschirm. Er holte das Gerät aus der Tasche und nestelte einen Augenblick daran herum, bis er den kleinen Knopf gefunden hatte. Er hasste diese kleinen Dinger, aber er konnte seine Leute schließlich nicht mit Sprechschirmen ausgerüstet in die Blocks schicken.

»Was ist?«, bellte er in den Kommunikator.

»Man hat uns zurückgeschlagen, Nal-Lord!«, erklang eine blecherne Stimme. Dob konnte andere Stimmen im Hintergrund hören, ebenso wie Werferfeuer.

»Wer ist da?«, wollte er wissen. »Wo bist du?«

»Hier spricht Honid, Nal-Lord! Einheit elf! Ich bin mit Einheit neun und zehn im Zweiten! Aber Bowen hat meine Einheit von den anderen abgeschnitten!«

Dob schnaubte. Honid war kein schlechter Mann. Er hatte Mut, und er konnte recht gut mit einem Werfer umgehen, wie alle von Dobs Leuten, aber es fehlte ihm an Phantasie. Wenn Dob ihn jetzt zurückschickte, würden er und die anderen vermutlich umkommen.

»Was ist mit neun und zehn?«, fragte er den Gesetzesbrecher.

»Ich ... ich weiß es nicht!«, antwortete Honid mit einer Spur von Panik.

»Also gut«, sagte Dob seufzend. »Macht, dass ihr da rauskommt. Ich könnte hier ohnehin ein paar Leute mehr brauchen.«

»Jawohl, Nal-Lord!«, antwortete Honid eindeutig erleichtert. »Sofort.«

Dob schaltete den Handkommunikator ab und warf ihn angewidert auf den Tisch. Wozu brauchte er die Sicherheitsleute hier? Der Vierte würde ihm ohnehin nicht mehr lange gehören.

»Klingt so, als hättest du einen schweren Tag«

Dob fuhr herum, als er die Stimme hörte. Er erkannte sie sofort und griff instinktiv nach seinem Werfer.

»Lass das, Dob«, befahl Melyor i Lakin ruhig.

Er hielt in der Bewegung inne, die linke Hand an der Waffe, die immer noch an seinen Oberschenkel geschnallt war.

»Jibb hier wartet nur auf eine Ausrede, damit er dich umbringen darf, Dob«, warnte Melyor, »ebenso wie die fünfzig Männer, die wir mitgebracht haben. Ich würde vorschlagen, du lieferst ihnen keine.«

Dob nickte, aber ansonsten regte er sich nicht.

»Zieh den Werfer mit der rechten Hand, lass ihn fallen und schieb ihn mit dem Fuß von dir weg.«
Langsam tat er, was sie ihm befohlen hatte, und dann wandte er sich ihr zu. Er hatte sie nur einmal zuvor gesehen, und damals war sie selbstverständlich als Uestra verkleidet gewesen. Kellyn hatte sie sich genannt. Er hatte sie damals hübsch gefunden, aber als er sie nun sah, erkannte er, dass die gefärbten Linsen und das kunstvoll frisierte Haar ihre Schönheit in dieser Nacht eher verborgen hatten. Sie stand nun in Hose und weitem Hemd vor ihm, mit einem Werfer am Oberschenkel. Ihre Augen waren leuchtend grün, und ihre bernsteinfarbenes Haar fiel ihr in Wellen auf die Schultern. Sie war, dachte er in diesem Augenblick, der Traum eines jeden Gesetzesbrechers: mutig, hinreißend und tödlich. Und er war überrascht, dass sein erster Gedanke danach war: *Savil hatte nie eine Chance.*
Als er näher hinsah, fiel Dob noch etwas auf. Sie hatte einen langen Holzstab in der Hand, auf dessen Spitze ein rot glühender Stein befestigt war. Und hinter ihr stand neben Jibb und mehreren anderen Männern ein Fremder, dessen reine Anwesenheit hier im Nal Dobs ganze Welt in einer Weise auf den Kopf stellte, wie er es nie für möglich gehalten hätte. Der Mann trug einen Stock mit einem Kristall, der dem von Melyor ähnlich war, nur dass der seine gelblich braun leuchtete, und er war in einen dunkelgrünen Kapuzenumhang gehüllt. Das fiel Dob allerdings nur nebenbei auf, denn sein Blick wurde von dem Geschöpf angezogen, das auf der Schulter des Mannes saß: Es war ein wunderschöner Vogel mit dunklem Gefieder, größer als jeder, den Dob je gesehen hatte, und mit einer Intelligenz und Wildheit im Blick, die beinahe etwas Anderweltliches

hatten. Ein Zauberer, dachte Dob voller Ehrfurcht und mit einem Hauch von Angst. Offensichtlich hatte der Verrückte, den er im Zweiten gefunden und zu Cedrych gebracht hatte, den Verstand doch nicht vollkommen verloren gehabt. Aber was machte dieser Mann hier mit Melyor, und wieso hatte sie auch so einen Stock? Er dachte daran zu fragen, aber dann ließ er es lieber bleiben. Schließlich hatte er andere Sorgen.

»Was hast du mit meinen Leuten gemacht?«, fragte er und verfluchte innerlich das Beben in seiner Stimme.

Melyor lächelte nachlässig und ein wenig spöttisch. Dob erinnerte sich an dieses Lächeln aus der Nacht, in der Savil gestorben war. »Das gefällt mir«, sagte sie offenbar ohne jede Ironie. »Du denkst als Erstes an deine Leute. Vielleicht hast du ja doch noch eine Zukunft als Anführer.«

Dob spürte, wie er rot wurde, und wie schon so oft im vergangenen halben Jahr wünschte er sich, er hätte eine Möglichkeit gefunden, Melyor umzubringen, als er die Gelegenheit dazu hatte. Er starrte sie wütend an, sagte aber nichts.

»Es geht deinen Männern gut, Dob«, sagte Melyor schließlich. »Wir haben ihnen die Waffen abgenommen und sie dann in den Stauraum unter der Wohnung gesperrt.« Wieder lächelte sie. »Um ehrlich zu sein, du solltest dir mehr Sorgen um dich selbst machen.«

Dob zuckte die Achseln und gab sich gleichgültig, aber er zitterte. »Ich habe Jibb angegriffen. Ich habe dir den Vierten abgenommen. Ich nehme an, ich bin tot, ganz gleich, was ich tue.«

Melyor ging lässig zu seinem Schreibtisch – oder genauer gesagt zu ihrem Schreibtisch – und setzte sich. »Das wäre zweifellos eine Möglichkeit«, sagte sie ruhig. »Normalerweise gäbe es da auch keine Frage, aber wie du weißt, sind das hier keine normalen Zeiten.«

Er konnte es kaum glauben. Er hatte angenommen, dass sein Leben zu Ende war, sobald er Melyor und Jibb in der Wohnung gesehen hatte, und er hatte versucht darüber nachzudenken, wie er die beiden und ein paar ihrer Männer mit in den Tod nehmen könnte. Aber nun bot sie ihm so etwas wie Hoffnung. »Was willst du?«, fragte er rasch und mit unverhohlenem Eifer.

»Als Erstes brauche ich ein paar Antworten«, sagte sie. »Weißt du, ob Cedrych sein Hauptquartier schon verlegt hat?«

»Ich möchte wissen, um was es hier geht«, erwiderte Dob. »Eine Amnestie? Oder hast du noch mehr zu bieten?«

Melyors Augen blitzten zornig, und sie beugte sich vor. »Ich biete dir im Augenblick noch gar nichts!«, sagte sie mit einer Stimme wie ein Werferblitz. »Und ich wäre mehr als glücklich dich umzubringen und einen anderen zu finden, der mir sagen kann, was ich wissen will!« Sie nickte Jibb zu, der vortrat, Dob an den Haaren packte und ihm einen Werfer an die Schläfe drückte. »Wirst du jetzt meine Fragen beantworten?«

Dob nickte.

»Gut«, sagte sie, lächelte wieder und lehnte sich zurück. »Hat Cedrych sein Hauptquartier schon verlegt?«

»Nein«, sagte Dob heiser. »Er ist immer noch im Ersten.«

»Warum das?«

Er hob beschwichtigend die Hände. »Ich weiß nur, was ich in den Blocks höre. Ich habe seit Tagen nicht mehr mit Cedrych gesprochen.«

Melyor verdrehte die Augen. »Ich glaube dir, Dob. Was hast du gehört?«

Er leckte sich nervös die Lippen. »Es gibt Leute, die sagen, er wartete darauf, dass der Herrscherrat offiziell zustimmt. Ich habe auch gehört, dass er den Goldpalast renovieren lässt und nicht einziehen will, ehe die Arbeit beendet ist.«
Melyor grinste höhnisch. »Das kann ich mir vorstellen«, sagte sie eher zu sich selbst als zu einem der Anwesenden. »Leiht er dir immer noch Männer aus?«, fragte sie einen Augenblick später.
Trotz allem musste Dob lachen, obwohl selbst er hören konnte, wie hysterisch es klang. »Was glaubst du wohl?«, fragte er und machte eine Geste, die die Wohnung einschloss. »Wenn ich Hilfe von Cedrych hätte, hättest du dann hier so einfach hereinspazieren können?«
Jibb packte Dobs Haar fester und drückte ihm den Lauf des Werfers noch fester gegen den Kopf. »Beantworte die Frage!«, knurrte der Leibwächter.
»Schon gut, Jibb«, sagte Melyor. »Er hat Recht, das war eine dumme Frage.«
Jibb lockerte seinen Griff ein wenig.
»Er hat mir seit Durells Tod keine Leute und kein Material mehr geschickt«, erklärte Dob.
»Wessen Idee war es, dass du dir den Vierten nimmst?«
»Seine«, sagte Dob schnell.
»Jede Wette«, kommentierte Jibb mit bitterem Sarkasmus.
Dob schloss einen Moment die Augen, schluckte und sah Melyor dann wieder an. »Ich schwöre bei allem, was mir in dieser Welt geblieben ist, dass es seine Idee war. Ich war damals noch dabei, um den Zweiten zu kämpfen. Ich nahm an, der Vierte würde Jibb gehören. Cedrych setzte sich mit mir in Verbindung und sagte, er würde Bowen den Zweiten geben, und bot mir den Vierten an.« Er zuckte die Achseln.

»Was hätte ich tun sollen? Nein sagen und zulassen, dass Bowen mich umbringt oder aus dem Bezirk vertreibt?«
»Hat er dir gesagt, wieso er das macht?« Melyor ignorierte seine Frage einfach.
»Nein.«
»Und nun«, sagte Melyor mit einem dünnen Lächeln, »warst du eine Woche Nal-Lord und denkst schon daran, Oberlord zu werden, nicht wahr?«
Er bemerkte wieder den Spott in ihrem Blick und wandte sich ab. Sie kannte die Antwort bereits, und sie schien eine ziemlich gute Vorstellung davon zu haben, wie es für ihn aussah. »So hat es angefangen«, sagte er leise. »Aber im Augenblick versuche ich nur noch, Bowen und Enrek davon abzuhalten, mir den Bezirk wieder abzunehmen.«
»Der Bezirk, den Cedrych dir gegeben hat«, höhnte sie.
»Moment mal!«, entgegnete Dob wütend und ignorierte, dass Jibb ihn wieder fester packte. »Ich habe schon zugegeben, dass ich ihn nicht ohne Cedrychs Hilfe hätte nehmen können, aber es ist nicht gerade so, als hätten er und ich diese Pläne zusammen ausgeheckt! Wenn man bedenkt, was er für das Nal im Sinn hatte, weiß ich nicht mal, wieso er sich mit mir und dem Vierten überhaupt abgegeben hat! Ich weiß nur, dass er mir keinen Gefallen getan hat, als er mich hierher schickte.«
Melyor zog die Brauen hoch und nickte. »Ich bin froh, das zu hören, Dob.« Sie grinste. »Sehr froh.« Sie stand auf und ging um den Tisch herum, bis sie direkt vor Dob und Jibb stand. »Wir brauchen deine Hilfe, Dob«, sagte sie. »Wir haben vor, Cedrych das Nal abzunehmen, und wir brauchen deine Hilfe.«
Zuerst dachte er, dass sie einen Witz machte, und fing an

zu lachen. Aber niemand sonst in der Wohnung lächelte auch nur, und Dob spürte, wie seine Heiterkeit so schnell wieder verschwand, dass er kaum mehr aufrecht stehen konnte. »Weißt du, was du da sagst?« Er schaute die anderen in der Wohnung flehentlich an, aber er erkannte an ihren Mienen, dass sie ihm nicht helfen würden. »Habt ihr denn alle den Verstand verloren? Wisst ihr überhaupt, von wem ihr da redet?«

»Selbstverständlich«, erwiderte Melyor gelassen. »Ich denke, ich kenne ihn besser als du.«

»Dann weißt du auch, wie verrückt dieser Gedanke ist!« Er begann abermals zu lachen und hoffte, dass sich die anderen diesmal anschließen würden. »Wir sprechen hier von Cedrych! Dem nimmst du nicht einfach das Nal ab, als wäre er ein ausgelaugter alter Unabhängiger!« Er kniff die Augen zusammen. »Ich weiß, dass du Savil getötet hast, und das war beeindruckend. Aber Cedrych ist etwas ganz anderes. Seine Leute sind die besten im Nal.« Er warf Jibb einen Seitenblick zu. »Ich weiß, dass deine Männer gut sind, aber du kennst Cedrychs Gardisten, und du hast gesehen, wie viele von ihnen er hat. Du kannst nicht allen Ernstes glauben, dass du mit ihm fertig wirst.«

Jibb erwiderte seinen Blick. »Sag ihr das und nicht mir«, erklärte er. »Ich bin ganz deiner Meinung.«

Dob starrte wieder Melyor an. »Selbst wenn ihr in den Ersten Bezirk reinkommt, was ich bezweifle, würdet ihr es nie auch nur in die Nähe seines Hauptquartiers schaffen. Und falls es euch doch irgendwie gelingen sollte, müsstet ihr immer noch mit seinem Waffenprüfer zurechtkommen.« Er wollte den Kopf schütteln, aber Jibb hielt ihn immer noch am Haar fest. »Es ist unmöglich«, schloss er.

»Deshalb brauchen wir dich, Dob. Du bist der Einzige, der uns in Cedrychs Büro bringen kann.«
»Ich?«, fragte Dob ungläubig.
»Ja«, sagte Melyor vollkommen ruhig. »Du brauchst nur zu behaupten, dass du uns gefangen genommen hast, als wir versucht haben, uns wieder in den Vierten zu schleichen. Der Zauberer und ich werden den Rest erledigen.«
»Du erwartest, dass ich mit dir in Cedrychs Büro gehe? Erinnerst du dich, was er mit den Gardisten gemacht hat, die am Tag dieses Bombenattentats ...«
»Dob ...«
»Ich werde es nicht tun!«, erklärte Dob entschlossen. »Ich werde niemals mit euch da reingehen.«
»Ich verspreche dir«, sagte sie, »dass unser Plan funktionieren wird. Du brauchst dir keine Sorgen zu machen.«
»Ich glaube dir aber nicht! Und ich werde dir nicht helfen! Nicht gegen Cedrych!«
»Also gut«, fauchte Melyor. »Dann stirbst du jetzt gleich!« Sie nickte Jibb zu und ging ohne ein weiteres Wort zur Tür.
»Muss ich es schnell erledigen?«, fragte Jibb und fletschte die Zähne zu einem grausamen Lächeln.
»Das ist mir egal«, sagte Melyor über die Schulter hinweg. »Lass dir ruhig Zeit; Orris und ich haben ohnehin noch etwas zu besprechen.«
Jibb lachte, und als Melyor und der Zauberer die Tür hinter sich schlossen, stieß der Leibwächter Dob zu Boden. Sofort packten drei von Jibbs Leuten den Gesetzesbrecher, rissen ihn wieder auf die Beine und drehten ihn um. Jibb baute sich vor ihm auf – immer noch lächelnd. Er hatte den Werfer weggesteckt und spielte mit einem langen Dolch. Dob

versuchte sich loszureißen, aber drei Männer hielten ihn an Armen und Beinen fest. Er konnte nichts tun.

»Du hättest ihr helfen sollen, Dob«, sagte Jibb.

»Gegen Cedrych?«, fragte Dob schwer atmend und starrte Jibbs Klinge an. »Ich bin doch nicht verrückt.«

»Mag sein«, erwiderte Jibb leise und drohend, »aber nichts, was Cedrych tun könnte, könnte schlimmer sein als das, was ich mit dir vorhabe.«

»Warte!«, flehte Dob. »Ich zahle dir alles, was du willst!«

»Mit dem, was du aus meinem Bezirk gestohlen hast?«, fragte Jibb und blieb dicht vor ihm stehen. »Das ist kein sonderlich gutes Angebot.« Und mit einer so raschen Bewegung, dass Dob kaum mehr als ein silbernes Blitzen aus dem Augenwinkel wahrnahm, riss Jibb den Dolch zu Dobs Wange hoch.

Der Gesetzesbrecher spürte einen kurzen, scharfen Schmerz, und einen Augenblick später fühlte er, wie ihm Blut am Kinn entlanglief. »Du bist vollkommen verrückt!«, flüsterte er und riss voller Angst die Augen auf.

»Das ist keine sehr nette Bemerkung«, erwiderte Jibb und schlitzte auch Dobs andere Wange auf.

»Ich habe eigenes Gold«, erklärte Dob verzweifelt. »Ich werde dir alles geben! Das schwöre ich!«

Jibb schwieg, ließ das Messer ein drittes Mal aufblitzen und schnitt ein Stück von Dobs Ohr ab.

»Also gut!«, jammerte Dob. »Also gut! Hol Melyor zurück! Vielleicht können wir einen Kompromiss finden!«

Jibb lächelte. »Zu spät!« Er hob die Klinge zu Dobs Augenwinkel und lachte.

Dob wandte den Kopf ab, aber Jibbs Männer packten ihn am Haar und zwangen ihn, wieder nach vorn zu schauen.

Er drückte die Augen fest zu. »Was immer ihr wollt!«, keuchte er. »Ich tue, was ihr wollt!«
»Gut«, sagte Melyor direkt hinter ihm. »Ich habe mir die Sache folgendermaßen vorgestellt ...«

Er steht in einer Gasse, die direkt von der Hauptstraße eines Blocks abzweigt, und lehnt sich an die kalte, glatte Wand eines Hauses, die Augen geschlossen, den Kopf zum Himmel erhoben. Wasser tröpfelt von einem schmalen Sims auf sein Gesicht, die letzten Reste des frühmorgendlichen Regens. Und für einen kurzen Augenblick stellt er sich vor, er wäre wieder in seiner Zelle in Tobyn-Ser und genösse ein Sommergewitter unter seinem kleinen vergitterten Fenster. Diese Wände hier sind nicht so rau, und es ist zu hell, aber wenn er sich ordentlich anstrengt, kann er es beinahe glauben.
Bis ein Transporter vorbeirollt und das laute Brummen und der Gestank den Traum zerstören. Er öffnet die Augen gerade noch rechtzeitig, um die verängstigten Gesichter zu sehen, die aus den Fenstern schauen, als erwarteten die Passagiere, dass im nächsten Augenblick ein Werferblitz das Glas zerschmettert. Das Nal ist im Krieg mit sich selbst, und die Menschen in diesem Transporter wünschen sich nur, einen weiteren Tag zu überleben.
Ebenso wie Baram.
Er weiß, dass der Herrscher tot ist, ebenso wie zwei der Oberlords. Er hat auch gehört, dass Cedrych immer noch lebt, und er versteht genug davon, wie das Nal funktioniert, um zu wissen, was das zu bedeuten hat: Cedrych hat sie alle umgebracht oder zumindest umbringen lassen. Und er erinnert sich an genug, um zu wissen, dass er in einer ähnlichen Situation vor mehreren Jahren zu einer dieser Banden

gehört hätte, die jetzt nachts durch die Straßen ziehen und sich Feuergefechte mit anderen Banden liefern.

Stattdessen läuft er nun vor ihnen davon, hält sich an die engen Gassen und die Treppen, die unter die Erde führen. Es wäre dort sicherer, er würde sich besser verstecken können. Aber er hat das bereits einmal versucht, als die Kämpfe begannen. Er erschaudert, als er sich daran erinnert. Er erinnert sich noch vage, wie er vor vielen Jahren als Unabhängiger in den Tunneln gearbeitet und das riesige Labyrinth benutzt hat, um den SiHerr zu entgehen. Und dennoch, als er diesmal versuchte, auf dieselbe Weise vor den Kämpfen zu fliehen, hat er sich verlaufen. Stunden-, ja vielleicht tagelang – er hat keine Ahnung, wie viel Zeit wirklich vergangen ist – hat er sich durch die trüb beleuchteten Gänge getastet und nach etwas Vertrautem oder auch nur einem Weg nach draußen gesucht. Dann hat er endlich eine Treppe gefunden, die ihn wieder nach oben brachte, und seitdem ist er auf der Straße geblieben.

Er erschaudert ein zweites Mal. Schon der Gedanke an diese Zeit unter der Erde bringt die Panik zurück, die sich in ihm staut wie Regen in einem verstopften Gully. Seine Kleidung stinkt immer noch, weil er sich selbst beschmutzt hat, obwohl er seitdem mehrmals versucht hat, sie zu säubern. Sein Magen knurrt laut, und er erinnert sich, dass er an diesem Tag noch nichts gegessen hat. Er geht auf die Hauptstraße zu. Dabei hört er die Silber- und Goldstücke, die Cedrych ihm gegeben hat, in seiner Tasche klimpern. Er hätte sie ausgeben sollen, er hätte neue Kleider kaufen sollen. Aber bisher hat er sich nur ein bisschen Essen und ein Bier geleistet. Den Rest des Gelds hat er behalten. *Betrachte es als Geste meines guten Willens,* hat der Oberlord gesagt.

Vielleicht werden die Geldstücke ihn ja davor schützen, umgebracht zu werden.
Er ist immer noch nicht wieder zum Oberlord gegangen, aber er ist im Ersten Bezirk geblieben und hat ihn seit seinem Gespräch mit Cedrych nicht verlassen – wenn man von den Stunden unter der Erde absieht; in dieser Zeit hätte er überall sein können. In den letzten Tagen hat er sich gefragt, ob Cedrych ihn überhaupt noch haben wollte. Es ist schon eine Weile her, seit sie sich unterhalten haben, und seitdem ist viel passiert. Aber solange er die Münzen in seiner Hosentasche hören kann, glaubt er, dass die Gelegenheit immer noch existiert. Und im Lauf der Zeit hat er den Gedanken, für Cedrych zu arbeiten, immer verlockender gefunden.
Dennoch, die Vorstellung macht ihm auch Angst. Cedrych ist niemand, der Versagen hinnimmt, und es ist lange her, seit Baram mit irgendetwas Erfolg hatte. Aber vielleicht sollte er es jetzt wieder versuchen. Am Abend zuvor hat eine Bande von Gesetzlosen ihn durch die Gassen verfolgt und an die Mauer eines Hauses gedrängt, aber dann haben sie die Werfer gesenkt, gelacht und auf ihn gezeigt, als sie ihn besser sehen konnten. Er hat hier in den Blocks keine Zukunft, jedenfalls nicht, solange er auf sich allein gestellt ist.
Die Münzen klingeln wie Glöckchen.
Er überquert die Hauptstraße und schlängelt sich durch weitere Gassen, und als er den nächsten Block erreicht, fängt es wieder an zu regnen. Als er zum Himmel schaut, fällt sein Blick auf das Blockzeichen, und er erkennt, dass er nur ein oder zwei Blocks von Cedrychs Hauptquartier entfernt ist. Er sieht sich um und kann Dutzende der Gardisten des Oberlords erkennen, alle mit Regentropfen-Flecken auf den steifen schwarzen Uniformen.

Baram geht auf einen von ihnen zu, einen großen, muskelbepackten Mann mit dunkler Haut und hellen grünen Augen. »Ich möchte mit Cedrych sprechen«, sagt Baram.
Der Mann sieht ihn von oben bis unten an, zieht die Nase kraus und starrt Baram angeekelt an. »Du stinkst!«, erwidert er, weicht einen Schritt zurück und wedelt mit der Hand vor seinem Gesicht herum.
»Ich will mit Cedrych sprechen«, wiederholt Baram. »Er hat gesagt, ich könnte jederzeit zu ihm kommen, und er würde mir Arbeit geben.«
»Hast du damals auch so gestunken?«, fragt der Mann und fängt an zu lachen.
Baram setzt zu einer Antwort an, aber dann schließt er den Mund wieder, weil er begreift, dass die Frage nicht ernst gemeint war.
»He, kommt mal rüber!«, ruft der Gardist seinen Freunden zu und winkt sie zu sich.
Mehrere andere Männer, alle in Schwarz, alle groß und kräftig, kommen auf sie zu. Baram fühlt sich neben ihnen wie ein Kind. *Sechzehn lang, zwanzig breit. Sechzehn lang, zwanzig breit.*
»Puh!«, ruft einer von ihnen und fächelt sich ebenfalls Luft zu, wie der andere es zuvor getan hat. »Wo hast du denn den her, Odell?«
»Wenn ihr mich fragt«, fügt ein anderer hinzu, »stinkt der Kerl da wie ein Haufen Scheiße.«
»Hört euch das an!«, sagt Odell. »Hört euch an, was er zu sagen hat.« Odell sieht Baram wieder an. »Mach schon. Sag ihnen, was du mir gesagt hast.«
Baram starrt aufs Straßenpflaster. Er hat jetzt die Hände in den Taschen, und mit der rechten Hand berührt er die

Münzen, die Cedrych ihm gegeben hat, obwohl er darauf achtet, dass sie nun nicht klimpern. »Ich will mit Cedrych sprechen«, wiederholt er.
Die anderen Männer lachen ebenfalls, aber das ist offenbar nicht die Reaktion, die Odell will. »Erzähl ihnen den Rest!«, befiehlt er barsch.
Baram kaut auf der Unterlippe. »Er hat mir gesagt, dass er mir Arbeit geben wird«, erklärt er schließlich beinahe im Flüsterton.
Diesmal lachen die Männer laut, und Baram blickt gerade lange genug auf, um Odell breit grinsen zu sehen, stolz, dass sein Witz funktioniert hat.
»Wann hat er das gesagt?«, fragt einer der Männer und schubst Baram mit dem Zeigefinger. »Bevor oder nachdem du angefangen hast zu stinken wie ein Abflussrohr?«
Sie lachen noch lauter.
»Vorher«, antwortet Baram, aber er ist nicht einmal sicher, dass sie ihn noch hören. Oder dass es sie interessiert. Er versucht, den Kreis, den sie um ihn gebildet haben, zu verlassen, aber sie lassen ihn nicht durch. *Sechzehn lang, zwanzig breit.*
»Nicht so schnell, kleiner Scheißer«, sagt ein anderer und schubst ihn zurück. »Wir haben den Befehl, Leute wie dich einzulochen.«
»Ja«, stimmt Odell ihm zu. »Aber welches Gefängnis würde den da schon haben wollen?«
»Wartet!«, ruft ein anderer. »Ich weiß! Wir können ihn zum Hof bringen und als Dünger verwenden!«
Die Männer lachen dröhnend. Einen Augenblick später schneidet eine andere Stimme durch dieses Lachen. »Was ist hier los?«

Die Männer schweigen sofort. Baram blickt wieder auf und sieht einen älteren Mann, der ebenfalls eine dieser schwarzen Uniformen trägt. Er ist kräftig gebaut, aber nicht so groß wie die jüngeren Gardisten. Sein Blick scheint sie allerdings gewaltig einzuschüchtern. »Ich habe euch etwas gefragt«, sagt er ungeduldig. »Was ist hier los?« Er nickt zu Baram hin. »Wer ist dieser Mann?«

»Ein Verrückter«, antwortete Odell. »Wir wollten ihn gerade in Gewahrsam nehmen.«

»Alle fünf?«, fragt der Kommandant skeptisch. »Komisch, mir kommt er nicht sonderlich bedrohlich vor.«

Odell schweigt, und die Männer stehen verlegen da und weichen dem Blick ihres Kommandanten aus.

»Nun?«, drängt der Offizier.

»Er behauptet, dass er den Oberlord kennt, Kommandant«, sagt Odell schließlich. »Er sagt, der Oberlord hat ihm Arbeit angeboten. Aber sieh ihn dir doch nur mal an!«

Der Kommandant tut das und kommt zu diesem Zweck ein Stück näher. Einen Augenblick lang schaut er angewidert drein, aber dann weicht dieser Blick einem anderen Ausdruck, und er späht neugierig in Barams Gesicht. Dann nickt er. »Ich erinnere mich an ihn.« Er wirft Odell einen Blick zu. »Er kennt den Oberlord tatsächlich. Ich weiß nichts von einer Arbeit, aber der Oberlord hat gesagt, wir sollen ihm geben, was immer er haben will.«

»Ich will mit Cedrych sprechen«, sagt Baram zu dem Kommandanten. Er weigert sich, die anderen anzusehen.

Der Kommandant holt tief Luft und sieht sich rasch um. »Also gut«, sagt er zu Baram. »Ich bringe dich zu ihm. Odell, du kommst mit.« Er sieht die übrigen Männer an. »Ihr anderen kehrt auf eure Posten zurück«, befiehlt er.

Die Gardisten verteilen sich rasch und sind offenbar sehr begierig, von Baram und dem Ärger, den er ihnen beinahe gemacht hätte, wegzukommen.
Odell und der Kommandant bringen Baram zu einem schwarzen Transporter und schieben ihn auf den Rücksitz, bevor sie sich nach vorn setzen. Odell reißt demonstrativ das Fenster auf, und obwohl der Kommandant ihn tadelnd ansieht, tut er anschließend dasselbe.
Der Weg zu Cedrychs Hauptquartier dauert nur ein paar Minuten, und die beiden Männer führen Baram rasch in das Gebäude und zu dem Sicherheitsposten nahe dem Haupteingang. Von dort aus ruft eine der Wachen den Oberlord an.
Der Sprechschirm piept mehrmals, bevor der Oberlord schließlich antwortet. »Was ist denn?«, fragt er ungeduldig.
Baram zuckt zusammen, als er den Tonfall hört. Der Oberlord klingt, als wäre er zornig. Baram schaut sich rasch um und fragt sich, ob es zu spät ist, wieder zu gehen.
»Hier ist jemand, der mit dir sprechen will, Oberlord«, sagt der Gardist demütig.
»Wer ist es?«
Der Mann sieht den Kommandanten an, der seinerseits Baram anschaut. »Wie heißt du?«, fragt er ihn.
»Baram.«
»Er sagt, er heißt Baram, Oberlord«, sagt der Mann in den Sprecher.
Das darauf folgende Schweigen dauert so lange, dass Baram sich schon fragt, ob das Gerät vielleicht kaputt ist. Die Männer sehen einander an.
Aber dann erklingt wieder Cedrychs Stimme, und diesmal hört er sich viel ruhiger an. »Schickt ihn rauf.«

Odell und der Kommandant bringen Baram zum Heber, und dann fahren die drei zum obersten Stockwerk des Gebäudes. Die Hebertür gleitet auf, und sie gehen den breiten Flur zum Waffenprüfer entlang. Barams Begleiter lassen ihre Werfer bei den Wachen, und dann gehen sie alle durch den Prüfer zur Tür von Cedrychs Büro. Der Kommandant klopft, und einen Augenblick später öffnet der Oberlord die Tür. Er ist genauso gekleidet wie bei seiner letzten Begegnung mit Baram: schwarze Hose, ein weites schwarzes Hemd und ein Werfer am Oberschenkel. Und wie zuvor stellt Baram fest, dass er den Blick nicht von der leeren, vernarbten Augenhöhle abwenden kann.

Der Oberlord winkt die drei herein. »Ich freue mich, dass du gekommen bist, Baram«, sagt er mit einem dünnen Lächeln und schließt die Tür hinter ihnen. »Das ist genau der richtige Zeitpunkt.«

Baram sieht ihn fragend an, und dann erkennt er, dass auch noch andere im Zimmer sind. Eine dieser Personen ist eine Frau, die er nicht kennt. Sie ist sehr schön, und sie betrachtet ihn mit einer seltsamen Mischung aus Überraschung und Angst, als hätte sein Eintreffen ihre gesamte Welt verändert. Dob, an den er sich nur zu gut erinnert, ist ebenfalls da und starrt ihn wütend an. Aber es ist die dritte Person, die Barams gesamte Aufmerksamkeit auf sich zieht, denn er hätte nie erwartet, diesen Mann wiederzusehen. Er fängt an, vor Angst und Wut zu zittern.

»Hallo, Baram«, sagt der Zauberer und versucht erfolglos zu lächeln.

14

Immer, wenn ich überlege, was bei Calbyrs Auftrag schief gegangen sein könnte, bin ich gezwungen, mein eigenes Urteilsvermögen und das des Nal-Lords erneut in Frage zu stellen. Ebenso, wie ich darauf hätte bestehen sollen, dass er ein besseres Kommunikationsgerät mitnimmt, hätte ich auch nie seiner Forderung nachgeben sollen, dass all seine Männer Steine von derselben Farbe erhalten. Zugegeben, es hat den Angehörigen seiner Truppe vielleicht erlaubt, einander zu erkennen und damit möglicherweise fatale Fehler zu vermeiden, aber alles, was ich über die Magier von Tobyn-Ser gehört habe, lässt darauf schließen, dass die Farbe des Steins eines Zauberers einzigartig ist. Es scheint durchaus möglich, dass das Auftauchen so vieler identischer roter Steine in Tobyn-Ser die echten Magier darauf aufmerksam gemacht hat, dass es sich bei meinen Leuten um Hochstapler handelt. Ich kann verstehen, wie Calbyr ein solcher Fehler unterlaufen konnte. Trotz seiner erstaunlichen Talente gehörte er nicht zu den Menschen, die auf solche Einzelheiten achten. Er war ein hervorragender Kämpfer, ein kluger Stratege und ein guter Anführer. Aber er war nicht unbedingt ein Mann von überwältigendem Intellekt. Ich allerdings hätte es besser wissen müssen.

Aus dem Tagebuch von Cedrych i Vran, Oberlord des Ersten Herrschaftsbereichs von Bragor-Nal, Tag 7, Woche 11, im Winter des Jahres 3059.

Sie hatten von Anfang an begriffen, dass ihre Erfolgschancen gering waren. Es gab so viele Faktoren, die gegen sie arbeiteten, und so viele Risiken, die sie eingehen mussten, um auch nur die geringste Hoffnung zu haben, den Oberlord besiegen zu können. Melyor wusste, wie vorsichtig Cedrych ihr und Orris gegenüber sein würde, und erwartete, dass er sie nur in seinem Arbeitszimmer empfangen würde, wo er dank des Waffenprüfers sicher sein konnte, dass er als Einziger einen Werfer oder ein Messer hatte. Aber was wichtiger war: Melyor wusste aus Erfahrung, wie schwierig es war, Cedrych auch nur ein einziges Mal anzulügen. Er war sehr klug und hatte die verstörende Begabung, die Gedanken von anderen erkennen zu können. Es wunderte sie immer noch, dass es ihr gelungen war, ihre Herkunft so lange vor ihm zu verheimlichen. Und dennoch, der Erfolg des Plans, den sie und Orris entwickelt hatten, hing nicht nur von einer oder zwei Lügen ab, sondern von vielen Schichten der Täuschung. Dass sie gezwungen waren, sich auf Dobs Mitarbeit zu verlassen, verstärkte Melyors Unsicherheit noch. Jibb hatte sie wiederholt davor gewarnt, dem dunkelhaarigen Gesetzesbrecher zu vertrauen, und Orris, der einen Instinkt für solche Dinge zu haben schien, tat dasselbe. Und Melyor selbst wusste, dass nichts Dob davon abhalten konnte, sie zu verraten, sobald sie sich in Cedrychs Arbeitszimmer befanden. Tatsächlich hatte sie sogar zu Orris gesagt, dass Cedrych Dob für einen solchen Verrat vermutlich mit unermesslichem Reichtum belohnen würde, der weit über die wildesten Phantasien eines jeden Gesetzesbrechers hinausging.

»Glaubst du, Dob weiß das?«, hatte der Zauberer früh am Morgen gefragt, als schwerer Regen aufs Nal fiel und Regentropfen gegen die Fenster ihrer Wohnung prasselten.

»Er müsste dumm sein, es nicht zu wissen.«

»Und das bedeutet, dass wir sogar noch dümmer sind, wenn wir ihm trauen, oder?«

»Mag sein«, hatte sie grinsend gesagt und gehofft, selbstsicherer zu wirken, als sie sich fühlte. »Wir müssen ihm irgendwie klar machen, dass du deinen letzten Atemzug darauf verwenden wirst, dafür zu sorgen, dass er mit dem Leben bezahlt.«

Orris hatte gegrinst. »Das ist kein Problem.«

Trotz all ihrer aufgesetzten Forschheit hätten beide den Plan gerne wieder aufgegeben, wenn ihnen nur eine Alternative eingefallen wäre. Aber es schien keine zu geben. Und Orris verstand offenbar ebenso gut wie Melyor, dass sie sich einen Aufschub nicht leisten konnten. Sobald Cedrych in den Goldpalast gezogen war und die SiHerr seiner bereits beeindruckenden Armee hinzugefügt hatte, wäre er einem Angriff gegenüber so gut wie immun. Sie mussten ihn sich jetzt holen, und daher musste es auf diese Weise geschehen.

Aus diesem Grund standen sie nun im Wohnzimmer des Oberlords, direkt neben einem blassen und nervösen Dob.

»Du hast sie alleine erwischt?«, fragte Cedrych Dob, und sein Misstrauen zeichnete sich nicht nur auf seinem vernarbten Gesicht, sondern in seiner gesamten Körperhaltung ab.

»Ja, Oberlord«, antwortete Dob. »Meine Männer und ich.«

Der Oberlord lächelte dünn. »Und woher hast du diese Schnitte auf den Wangen?«

Dob wurde dunkelrot und schwieg. Cedrych schüttelte den Kopf.

Melyor hätte Dob auch nicht geglaubt. Wenn er wirklich Melyor i Lakin und einen Zauberer gefangen genommen hätte, wäre er im Zimmer umherstolziert wie ein Unabhängiger nach seinem ersten Mord. Stattdessen sah er aus wie ein verängstigter Schuljunge, den man bei einer Lüge erwischt hat. Es würde niemals funktionieren. Sie warf Orris einen Seitenblick zu, aber er kümmerte sich nicht um das, was um ihn herum geschah. Sie begriff, warum, und das machte sie nur noch unruhiger.

»Es fällt mir schwer zu glauben, dass du dich so einfach hast fangen lassen«, bemerkte der Oberlord nun mit einem Blick zu Melyor. »Es sei denn, ich habe dich all die Jahre überschätzt.«

»Ich hatte nur eine Hand voll Männer«, erwiderte sie leise. »Ich habe damit gerechnet, dass der Zauberer im Stande ist, Dobs Vorteil auszugleichen. Aber einer von Dobs Leuten hatte Glück und hat Orris' Vogel getötet.«

»Ah ja«, sagte Cedrych und nickte weise. Er wandte sich Orris zu. »Wie fühlt man sich, wenn man seinen Falken verloren hat, Magier?«, fragte er in Tobynmir.

Orris reagierte nicht und starrte nach wie vor seltsam und distanziert vor sich hin.

»Magier?«, drängte der Oberlord.

»Was ist?«, fragte Orris, schüttelte den Kopf und konzentrierte den Blick auf Cedrychs vernarbtes Gesicht.

»Ich habe dich gefragt, wie es sich anfühlt, deinen Falken zu verlieren.«

Orris starrte ihn mit echter Feindseligkeit an. »Ich war schon öfter ungebunden«, antwortete er. »Das gehört dazu, wenn man Magier ist.«

Cedrych nickte und musterte ihn noch einen Moment. Dann ging er zu einem Tisch nahe dem großen Fenster des Zimmers und sah sich die beiden Stäbe, die dort lagen, genauer an.

»Du bist also jetzt eine Steinträgerin«, sagte er wieder in

Lonmir und griff nach dem älteren der beiden Stäbe. »Stimmt das, Melyor?«
Melyor warf Orris erneut einen Blick zu. Diesmal sah er sie bereits an, und sie lächelten beide kurz. Melyor wollte gerade Cedrychs Frage beantworten, als aus dem Büro des Oberlords das Summen des Sprechschirms erklang.
»Aricks Faust!«, fauchte Cedrych. Er starrte den Stab noch ein paar Sekunden an, dann legte er ihn wieder auf den Tisch und ging in sein Büro. Der Sprechschirm summte noch ein paarmal, bis Melyor schließlich hörte, wie der Oberlord antwortete. Sie konnte allerdings nicht verstehen, was er sagte, und nach etwa zwei Minuten kehrte er mit einem rätselhaften Lächeln auf den Lippen ins Wohnzimmer zurück. »Dieser Tag wird wirklich mit jedem Augenblick interessanter«, sagte er. Dann kehrte er ohne eine weitere Erklärung zum Tisch zurück und betrachtete erneut die beiden Stäbe. »Ich bin einfach neugierig, meine Liebe«, sagte er in Lonmir und ohne Melyor dabei anzuschauen, »Wie lange weißt du schon, dass du Gildriitin bist?«
»Seit Jahren«, antwortete sie, und es war in gewisser Weise eine Erleichterung, es ihm sagen zu können.
Er schaute sie an, und sie freute sich über seinen überraschten Blick. »Schon bevor du Nal-Lord wurdest?«
Sie gestattete sich ein Grinsen. »Ich wusste es schon, als ich noch ein kleines Mädchen war, obwohl ich es mir erst mit fünfzehn wirklich eingestanden habe.«
Er nickte, und dann wandte er seine Aufmerksamkeit wieder den Stäben zu. Es war klar, dass ihn etwas daran interessierte, er aber noch herausfinden musste, was es eigentlich war. Je länger er dazu brauchte, desto besser.
Früh an diesem Morgen, als sie Melyors Wohnung verließen,

hatte Melyor Orris die Steine austauschen lassen, und so befand sich nun sein bernsteinfarbener Kristall auf dem uralten Stab, den Gwilym ihr gegeben hatte, und ihr scharlachroter auf dem Stab, den Orris aus Tobyn-Ser mitgebracht hatte. Zu diesem Zeitpunkt hatte der Magier nicht gewusst, was das helfen sollte, aber Melyor hatte darauf bestanden.

»Er hat mich schon mit meinem Ceryll gesehen«, hatte Orris zu ihr gesagt. »Erinnerst du dich? An dem Tag, als wir zum Hof gefahren sind. Er weiß, welche Farbe zu mir gehört.«

»Er hat an diesem Tag zwei Steine gesehen«, hatte sie erwidert. »Deinen und den von Gwilym. Die Farben waren damals beinahe identisch, und jetzt hat sich eine von ihnen verändert. Die Tatsche, dass ich eine Steinträgerin bin, wird ihn verstören. Er wird einige Zeit brauchen, um das zu akzeptieren, und noch länger, um sich zu erinnern, welcher Stein welche Farbe hatte. Wir brauchen ihn auch nicht lange zu täuschen. Nur ein paar Minuten. Nur lange genug, damit du ihn töten kannst.«

Melyor wusste, dass sie Recht gehabt hatte. Cedrych war verwirrt, und obwohl er offenbar Dobs Behauptung, er hätte sie gefangen genommen, nicht glaubte, hatte er offenbar akzeptiert, dass Orris' Falke tot war. Ansonsten hätte er die beiden Steine inzwischen längst zerstört. Stattdessen beugte er sich darüber und betrachtete sie mit dieser Faszination, die er allem entgegenbrachte, was mit der Initiative und der Magie von Tobyn-Ser zu tun hatte. Genau wie Melyor vorhergesehen hatte. Alles verlief nach Plan.

Außer, dass Orris' Falke noch nicht da war. Melyor sah den Magier an und bemerkte, dass er wieder ins Leere starrte. Er hatte ihr das schon im Vorhinein angekündigt, damit sie sich keine Sorgen machte. Er versuchte, seinen Vogel zu erreichen, suchte nach der Verbindung. Aber der Falke war noch nicht nahe genug. Wenn er es gewesen wäre, wäre Cedrych schon tot.

Um die Illusion aufrechtzuerhalten, dass der Falke tot war, hatten sie Anizir fliegen lassen, als sie die Grenze zwischen Melyors Bezirk und dem von Cedrych erreichten. Dazu waren sie von der Höhe abgebogen und in eine schmale Gasse gefahren. Orris hatte das erst ein paar Blocks später tun wollen, aber Melyor hatte gefürchtet, dass sie den SiHerr oder den Männern des Oberlords begegnen könnten, sobald sie sich in Cedrychs Bezirk befanden. Sie wollte nicht mehr erklären müssen als unbedingt notwendig.

Aber es komplizierte die Dinge, dass sie Anizir so weit von ihrem Ziel entfernt freigelassen hatten. Orris musste dem Vogel mitteilen, wie er Cedrychs Hauptquartier finden sollte, aber der Zauberer kannte sich im Nal überhaupt nicht aus. Selbst nachdem er Melyors genaue Beschreibung des Wegs zum Palast des Oberlords gehört und sie an seine Vertraute weitergegeben hatte, machte Orris sich Sorgen, ob der Falke den Weg auch wirklich finden würde.

»Und selbst, wenn sie keine Probleme dabei hat«, hatte er zu Melyor gesagt, als Dob den Transporter wieder auf die Höhe lenkte, »werden wir lange vor ihr dort sein. Sie kann nicht so schnell fliegen.«

Darauf hatte Melyor in einem spielerischen Tonfall, den sie nun bedauerte, geantwortet: »Dann werden wir eben versuchen, Zeit zu schinden.«

Inzwischen hatten sie allerdings ihre Ideen so gut wie aufgebraucht. Mit jedem Augenblick, der verging, wurde es wahrscheinlicher, dass Cedrych herausfinden würde, welcher Stein Orris gehörte. Und dann würde er den Kristall vermutlich zerstören – und damit die einzige Chance, die sie hatten, um ihn zu besiegen.

Für längere Zeit herrschte Schweigen. Cedrych betrachtete weiterhin die Stäbe, und seine drei Gäste standen still im Wohnzimmer. Orris versuchte, seinen Vogel zu finden, Dob trat nervös von einem Fuß auf den anderen, und Melyor beobachtete den Oberlord sorgfältig und versuchte, seine Reaktion auf die Steine einzuschätzen. Sie zuckte heftig zusammen, als ein lautes Klopfen an der Tür die Stille unterbrach.

»Ah, da sind wir ja«, sagte Cedrych lächelnd, wandte sich vom Tisch ab und ging zur Tür. Er hielt inne, bevor er sie öffnete, und schaute über die Schulter zurück ins Zimmer, ein Lächeln auf den Lippen. »Was für wunderbare Zufälle es doch geben kann«, murmelte er leise. Dann öffnete er die Tür.

Melyor konnte nicht sehen, wer da gekommen war, und sie konnte auch nicht hören, was Cedrych zu den neuen Besuchern sagte. Aber als die beiden Gardisten und der vernachlässigt aussehende, übel riechende Mann, den sie eskortierten, ins Wohnzimmer kamen, hatte sie das Gefühl, als hätte ihr jemand einen Dolch ins Herz gestoßen. Das Letzte, was sie brauchten, waren noch mehr Komplikationen, vor allem in Gestalt von Cedrychs Männern. Sie brauchte einige Zeit, um zu begreifen, dass die beiden muskelbepackten Männer ihr geringstes Problem darstellten.

Der dritte Mann hatte langes, strähniges Haar und einen schmutzigen, verfilzten Bart. Seine Kleidung war fleckig und zerrissen, und er stank. Seine Augen waren hell und rund, und in seinem Blick stand eine Wildheit, die sie beunruhigend fand. Einen Augenblick später sah er sie direkt an. Es dauerte nur eine Sekunde lang, er wandte den Blick beinahe sofort wieder ab. Aber dieser Moment genügte, um Melyor begreifen zu lassen, dass sie es hier mit einem Wahnsinnigen zu tun hatten. Sie fragte sich, ob Cedrych das wusste.

Welche Verbindung der Oberlord auch immer zu dem Mann haben mochte, es war klar, dass Dob und der Fremde einander kannten. In den Augen des Gesetzesbrechers stand Abscheu, als er den Fremden betrachtete, und der Mann schien ein wenig zusammenzuzucken, als er Dobs Blick begegnete. Melyor warf Orris einen Blick zu, um zu erfahren, ob er all das bemerkt hatte, und war entsetzt über seine Miene. Es war, als starrte Orris einen Geist an. Er war bleich geworden, und seine Augen waren beinahe so groß und glasig wie die des Fremden. Und der Fremde schien sich noch mehr aufzuregen. Seine Hände zitterten und er fletschte die Zähne, als wollte er den Zauberer anknurren. Aber erst als Orris den Namen des Mannes nannte, begriff Melyor, welche Gefahr er darstellte.

»Baram«, sagte sie zu sich selbst, nachdem Orris den Namen genannt hatte. Sie bemerkte erst, dass sie laut gesprochen hatte, als der Fremde sie ansah.

»Ja«, erklärte Cedrych, »das hier ist Baram. Er ist ein Freund von mir. Baram, das ist Melyor. Ich glaube, du kennst Dob und Orris schon.«

Baram warf ihr einen zweiten flüchtigen Blick zu, nur lange genug, um zu zeigen, dass er Cedrych verstanden hatte. Er schien Orris nur ungern aus den Augen zu lassen.

Selbstverständlich, dachte Melyor. Baram. Orris hatte den Namen nur einmal erwähnt, aber sie erkannte den Fremden anhand der Beschreibung des Zauberers. Das hier war der Gefangene, den Orris mit nach Lon-Ser gebracht hatte, damit er ihm als Führer diente und als Beweis dessen, was Cedrych seinem Land angetan hatte. Irgendwie hatte Cedrych sich mit ihm angefreundet. Und irgendwie hatte das Schicksal oder eine Laune der Götter Baram zur gleichen Zeit wie Orris wieder in die Wohnung des Oberlords geführt. »Ein wunderbarer Zufall«, hatte Cedrych es zuvor genannt. Wohl kaum, dachte Melyor bitter. Und dennoch, sie fand auch eine gewisse Genugtuung in der Verwirrung des Oberlords, wenn auch nicht viel: Zumindest hatte Cedrych diese Begegnung nicht geplant. Zumindest hatte er nicht genug gewusst, um Baram hier für sie bereitzuhalten. Am Ende würde er sie durch pures Glück besiegen können.

Cedrych ging wieder zum Tisch, und Melyor warf Orris einen Blick zu. Der Zauberer sah sie bereits an und schüttelte grimmig den Kopf. Sie wussten beide, was nun geschehen würde.

»Komm doch bitte einen Augenblick her, Baram«, sagte der Oberlord und winkte dem Mann. »Ich möchte, dass du dir etwas ansiehst.«

Baram blieb reglos stehen und ließ Orris nicht aus den Augen.

Cedrych blickte auf und lachte leise. »Schon gut, Baram. Ich verspreche dir, dass er nicht verschwinden wird.«

Baram starrte weiterhin den Zauberer an, bevor er sich schließlich mit sichtlicher und offenbar schmerzhafter Anstrengung von der Stelle losriss, an der er gestanden hatte. Er schlurfte zu dem Tisch, an dem Cedrych stand, und schaute dabei noch mehrmals über die Schulter, als wollte er sich versichern, dass Orris nicht zu fliehen versuchte.

»Erkennst du einen davon?«, fragte der Oberlord und zeigte auf die Stäbe und die leuchtenden Steine.

Baram setzte sofort dazu an, auf einen von ihnen zu zeigen,

aber dann hielt er inne und beugte sich über den Tisch, um genauer hinzusehen. Minutenlang sagte er nichts, aber er unterbrach seine Untersuchung der Stäbe immer wieder, um nachzuschauen, ob Orris noch da war.
»Ich kenne diesen Stein«, sagte er schließlich, zeigte auf den bernsteinfarbenen Kristall und drehte sich dann um, um Orris einen bösen Blick zuzuwerfen, »aber er gehört nicht auf diesen Stock.«
Cedrych grinste triumphierend. »Danke, Baram. Das dachte ich auch, aber ich bin froh, dass du es bestätigen konntest.« Er schaute an dem Mann vorbei zu Orris und Melyor und hielt Gwilyms alten Stab hoch, so dass Orris' Kristall über seinem Kopf wie ein bernsteinfarbener Stern leuchtete. »Ein interessanter Trick«, sagte er in Tobynmir, damit der Zauberer ihn verstehen konnte. »Aber ich muss mich wirklich fragen, wieso ihr euch solche Mühe gebt, mich zu täuschen, wenn Orris' Vogel tatsächlich tot ist.« Sein Grinsen verschwand abrupt, und er sah Melyor und Orris mit zornig blitzendem Auge an. »Wo ist dein Vogel?«, fragte er barsch. »Wo ist dein Vogel?«
»Sie ist nicht hier«, antwortete Orris trotzig. »Wenn das der Fall wäre, hätte ich dich längst getötet.«
»Ist sie tot?«
Orris zögerte, was ihm einen weiteren bösen Blick des Oberlords einbrachte.
»Nein, das ist sie nicht!«, beantwortete Cedrych seine eigene Frage. »Deine Unsicherheit verrät dich, Magier!«
Immer noch schwieg Orris. Und als Melyor nun den Zauberer näher ansah, verstand sie, warum. Er spürte seinen Falken. Anizir war auf dem Weg, und er versuchte, eine Verbindung zu ihr herzustellen, zu ihr und zu dem Stein

auf dem Stab, den der Oberlord immer noch in der Hand hielt. Auch Cedrych schien zu begreifen, dass etwas nicht stimmte. Er kniff die Augen zusammen, trat einen Schritt vor und legte eine Hand auf den Griff seines Werfers.

»Achtung!«, rief einer der Gardisten, die mit Baram gekommen waren, und zeigte aus dem Fenster.

Melyor drehte sich in die Richtung, in die der Mann gezeigt hatte, und suchte den Himmel nach Orris' Falken ab. Zuerst konnte sie nichts sehen, aber dann entdeckte sie Anizir. Sie flog direkt auf das Fenster zu, die dunklen Flügel ausgebreitet, den Schnabel geöffnet, als würde sie schreien.

Melyor fuhr wieder zu Orris herum. »Mach schon!«, rief sie. »Bring ihn um!«

Der Zauberer hatte die Augen geschlossen, und helles Licht erfüllte das Zimmer.

Melyor hörte einen unartikulierten Schrei, der von Cedrych kam, und sie drehte sich gerade noch rechtzeitig um, um zu sehen, wie der Oberlord, dessen Hemd in Flammen stand, den Stab mit aller Kraft schwang und ihn zusammen mit dem leuchtenden bernsteinfarbenen Kristall auf das Fenster zu schleuderte. Magisches Feuer brach aus dem Stein, als er das Glas traf, und ließ das Fenster in tausend kleine Scherben zerbrechen. Aber dann schlug der Blitz harmlos in die Wand und ließ nur einen riesigen schwarzen Fleck zurück. Cedrych warf sich sofort zu Boden, rollte sich herum und löschte damit die Flammen, die begonnen hatten, sein Hemd zu verzehren.

Und Orris' Stab verschwand aus ihrem Blickfeld und stürzte sechzig Stockwerke tief auf die Straße vor dem Haus.

Als Cedrych wieder auf die Beine kam, hatte er die Waffe in der Hand. Er atmete schwer, und Orris konnte sehen, dass sein rechter Arm vom Handgelenk bis zum Ellbogen mit Blasen und verbrannter Haut überzogen war. Aber er war immer noch sehr lebendig, und in seinem eisblauen Auge stand kaum gezügelte Wut.

»Du hast dir gerade einen sehr schmerzhaften Tod verdient, Magier!«, sagte der Oberlord und richtete die Waffe auf Orris' Brust. Dann nickte er zu Melyor und Dob hin. »Und du hast dafür gesorgt, dass deine Freunde dein Schicksal teilen werden!«

Orris reagierte nicht. Stattdessen zeigte er Anizir, die vor dem Fenster flatterte, ein Bild.

»Als Erstes jedoch«, fuhr Cedrych fort, »werde ich diesen Falken da töten.«

Der einäugige Mann wandte sich dem Fenster zu, aber inzwischen hatte Anizir die Flügel angelegt und stürzte mit Schwindel erregendem Tempo auf ihn zu, die Krallen ausgestreckt. Cedrych riss den unverletzten Arm hoch, um den Angriff abzuwehren, und hatte zum Teil Erfolg. Eine Vogelkralle zerfetzte nur seinen Hemdsärmel. Die andere jedoch fand ihr Ziel und hinterließ drei parallele Wunden auf dem Schädel des Oberlords, die sofort anfingen, heftig zu bluten.

Der Oberlord fluchte, fuhr herum und schoss auf den Vogel. Er verfehlte Anizir nur knapp. Orris wollte sich auf ihn stürzen und verhindern, dass er noch einmal schoss, aber jemand packte ihn von hinten, warf ihn zu Boden und fiel schwer auf ihn. Der Magier versuchte sich wegzurollen, aber sein Angreifer – zweifellos einer der Gardisten, die Baram eskortiert hatten – drückte ihn auf den Boden. Orris spürte, wie ihm der Mann das Knie in die Nierengegend drückte und sich kräftige Hände um seinen Hals schlossen. Er versuchte, nach hinten zu greifen, aber er konnte nur die sehnigen Unterarme des Angreifers erreichen, die er nicht von der Stelle bewegen konnte. Die Finger des Gardisten drückten sich in seinen Kehlkopf.

Er konnte hören, dass Cedrych abermals schoss, und aus den Bildern, die Anizir ihm sandte, wusste Orris, dass sein Falke den Oberlord in Atem hielt. Er konnte auch Melyor und Dob hören, die mit Cedrychs anderem Gardisten kämpften, und Orris nahm an, dass es der ältere und kleinere der beiden Männer war, der ihn angegriffen hatte. Das war allerdings nur ein geringer Trost, wenn man bedachte, was der Mann gerade mit ihm tat.

Er hatte nur eine Chance. Er spürte, dass Anizir müde wurde, und das war nicht überraschend; sie hatte einen weiten Weg hinter sich. Ihre Schreie wurden immer drängender, und er spürte ihre wachsende Verzweiflung. Ohne seinen Ceryll konnten sie zusammen nicht viel erreichen, also wäre es besser, wenn Anizir floh, bevor einer der Blitze aus Cedrychs Waffe sie traf. Aber zuvor gab es noch etwas, was sie gemeinsam tun konnten.

Orris wurde selbst immer verzweifelter. Seine Lunge brannte, und der Gardist war kurz davor, seine Luftröhre zu zerquetschen. Er schloss die Augen, stellte sich ein Bild vor und tastete im Geist nach Anizir.

Die Hitze überraschte Orris, denn sie war sehr intensiv. Und als er die Augen öffnete, erkannte er, dass das Feuer sehr viel näher bei ihm ausgebrochen war, als er beabsichtigt hatte. Es hatte allerdings die erwünschte Wirkung. Sein Angreifer sprang sofort von ihm herunter, und das gestattete Orris, sich auf den Rücken zu drehen und mit aller

Kraft zuzutreten. Er war barfuß – Cedrychs Wachen hatten darauf bestanden, dass Melyor, Dob und er die Schuhe auszogen, bevor sie die Wohnung des Oberlords betraten –, aber er traf den Mann direkt zwischen die Beine.

Der Mann kippte vornüber und fiel auf die Knie. Orris versuchte, ihn noch einmal zu treten, diesmal gegen den Kopf, aber der Mann war bereit. Er wehrte den Tritt des Magiers ab und drosch seine Faust dann in Orris' Niere. Keuchend versuchte der Magier, auf die Beine zu kommen, aber der Gardist warf sich vorwärts, riss Orris wieder um und schlug dann auf seinen Kopf ein. Der Magier konnte die meisten Schläge abwehren, aber sonst nicht viel tun. Er konnte die Flammen neben sich spüren, die an seiner Haut und seiner Kleidung leckten, aber der Gardist schien nichts davon zu bemerken.

Schließlich gelang es Orris, die Handgelenke des Angreifers zu packen. Der Mann versuchte sich loszureißen, aber Orris hielt ihn fest. Der Gardist knurrte und riss dann den Kopf nach unten, als wollte er ihn in Orris' Gesicht rammen. Orris drehte den Kopf im letzten Moment zur Seite, und sein Angreifer traf stattdessen den Boden. Der Mann kam schnell wieder hoch, aber er war eindeutig betäubt. Orris nutzte die Gelegenheit, warf sich mit einem Ruck zur Seite und schleuderte den Mann von sich herunter ins Feuer. Der Gardist schrie auf und sprang sofort wieder aus den Flammen heraus. Sein Hemd brannte, ebenso wie ein Hosenbein. Aber immer noch griff er Orris an.

Inzwischen war der Magier auf die Beine gekommen, und als der Gardist auf ihn zustürzte, wich Orris seinem Schlag aus und drosch ihm die Faust in den Magen. Wieder sackte der Mann vornüber, und diesmal konnte Orris rechtzeitig das Knie hochreißen und traf das Gesicht des Mannes mit gewaltiger Wucht und einem Übelkeit erregenden Geräusch. Der Mann fiel zu Boden und blieb reglos liegen.

Als Orris aufblickte, sah er, dass sich die Flammen rasch auf dem Boden ausgebreitet hatten und Cedrych und Baram von den anderen abschnitten. Anizir versuchte immer noch, den Oberlord anzugreifen, aber ihre Schwanzfedern waren angesengt und qualmten. Sie hatte nicht mehr viel Zeit.

Anizir, flieg!, sendete Orris. *Sieh zu, dass du hier wegkommst!* Der Vogel stieß einen Schrei aus, aber dann tat er, was Orris ihm befohlen hatte, flog durch das zerbrochene Fenster und dann scharf nach oben. Cedrych drehte sich um und schoss noch zweimal auf den Falken, verfehlte ihn aber beide Male.

Orris schaute zur Seite und erkannte, dass Melyor und Dob mit dem zweiten Gardisten fertig geworden waren und ihn in der Mitte des Zimmers hatten liegen lassen, wo das Feuer sich nun über ihn hermachte. Er roch verbranntes Fleisch und widerwärtig ätzenden Qualm von dem Material, das den Fußboden bedeckte. Schließlich wandte er sich wieder dem Oberlord zu.

Er konnte sich gerade noch rechtzeitig zu Boden werfen, um einem Schuss aus Cedrychs Waffe auszuweichen. Sobald er lag, musste er sich zur Seite rollen, um einem weiteren roten Blitz zu entgehen, der durch die aufflackernden Flammen schnitt. Orris blieb geduckt und benutzte das Feuer als Deckung, um zu einem großen, schweren Sessel zu gelangen. Von dort aus spähte er zu Dob und Melyor und sah, dass auch sie hinter Möbelstücken Zuflucht gesucht hatten.

Cedrych feuerte weiter und immer schneller. Orris hatte nicht den Eindruck, dass der Oberlord wirklich zielte; er feuerte einfach durch die Flammen in der Hoffnung, Orris oder die anderen zu treffen. Der Magier nickte. Er hätte in dieser Situation wahrscheinlich das Gleiche getan. Der kahlköpfige Mann saß auf der anderen Seite der Wohnung fest, und es blieb ihm nichts anderes übrig, als verzweifelt und wütend um sich zu schießen.

Im nächsten Augenblick allerdings öffneten sich kleine Klappen in der Decke – Orris hatte sie zuvor nicht einmal bemerkt – und Metallgegenstände erschienen, aus denen nun Wasser ins Zimmer sprühte. Das Feuer hatte sich rasch ausgebreitet und begonnen, die Decke zu versengen, aber das Wasser wirkte sofort. Die Flammen wurden kleiner, zwar nur langsam, aber unaufhaltsam.

Irgendwo hinter dem Feuer lachte Cedrych, hörte aber nicht auf zu schießen.

»Bald, Magier!«, rief der Oberlord. »Du wirst dich nicht ewig verstecken können, und erst recht nicht, wenn das Feuer aus ist!«

Orris spähte zur Seite und sah, dass Melyor ihn anschaute. Ihr Haar war nass, und in ihrem Blick stand reine Verzweiflung.

»Was wirst du dann tun, Magier?«, höhnte Cedrych immer lauter. »Was wirst du ohne dein Feuer machen?«

Der Mann mit dem Narbengesicht schoss noch mehrmals. Einer der Schüsse traf den Sessel, den Orris als Schild benutzte, und schnitt hindurch wie ein Messer durch Fleisch. Orris konnte gerade noch ausweichen.

»Ich sage dir, was du tun wirst«, lachte Cedrych. »Du wirst sterben!«

15

Als der einzige Überlebende aus der Bande der Fremden ist Baram für die Menschen von Tobyn-Ser zu einem Symbol geworden. Er steht für die Verwüstung von Taima und die Massaker in Wasserbogen und Kaera. Und daher ist er vielleicht der am meisten gehasste Mann in der Geschichte unseres Landes, verhasster selbst als Theron. Tatsächlich haben bei all diesem Hass gegen ihn viele den Verrat des Eulenmeisters Sartol vergessen, dessen Verbrechen, wie ich denke, erheblich schrecklicher waren. Aber obwohl ich mich immer gegen eine Hinrichtung Barams ausgesprochen habe, kann ich verstehen, wieso viele ihn so hassen.

Für mich ist Baram allerdings mehr als nur unser Feind, mehr als nur »der Fremde«. Er ist der einzige lebende Mensch, der eine beträchtliche Zeit seines Lebens sowohl in Lon-Ser als auch in Tobyn-Ser verbracht hat. Er ist in gewisser Hinsicht eine Brücke zwischen unseren beiden Ländern, und ich habe gehofft, er könnte irgendwann in der Zukunft dabei behilflich sein, unsere Probleme mit Lon-Ser zu lösen. Ich fürchte allerdings, wenn er noch länger im Gefängnis bleibt, wird er uns, wenn dieser Zeitpunkt einmal kommen sollte, nicht mehr viel nützen. Ein Mensch kann nicht so lange eingesperrt sein, ohne dass sein Geist Schaden nimmt.

Aus Kapitel vier des »Berichts von Eulenmeister Baden über seine Verhöre des Ausländers Baram«, vorgelegt auf der 1014. Versammlung des Ordens der Magier und Meister, im Frühjahr des Gottesjahres 4625.

Es gab keinen Ausweg für Melyor und den Zauberer, das wusste Cedrych. Ja, sie waren in der Nähe der Tür. Aber da der Stein des Zauberers nun unten auf der Straße lag und sein Vogel weg war, würden sie gegen das Dutzend Gardisten draußen auf dem Flur nicht ankommen können. Also waren sie ebenso zum Untergang verurteilt, wie es Cedrych durch das Feuer gewesen war, das Orris irgendwie heraufbeschworen hatte. Der einzige Unterschied bestand darin, dass Cedrych eine Waffe hatte und sie nicht.

Aber all das würde nicht zählen, wenn das Löschsystem nicht funktionierte. Und während die Flammen höher und höher aufflackerten und sich über den Teppichboden ausbreiteten und Cedrych auf das zerbrochene Fenster zutrieben, fragte sich der Oberlord mit überraschender Distanz, wann er das System zum letzten Mal hatte warten lassen. Er war so sehr auf Attentatsversuche konzentriert gewesen – und das zweifellos aus gutem Grund –, dass er den anderen Alarmsystemen seit Jahren keine Aufmerksamkeit mehr geschenkt hatte. Feuer, Erdbeben, Wirbelstürme: All dies traf das Nal hin und wieder. Dennoch hatte Cedrych solche Naturgewalten ignoriert, als wollte er die Götter damit herausfordern.

Es wäre ihm nie eingefallen, dass jemand auf die Idee kommen könnte, seine Wohnung niederzubrennen, um ihn zu töten. Es war ein brillanter, wenn auch waghalsiger Gedanke. Cedrych konnte nichts tun, um sich zu retten. Er konnte nur blind durch die Flammen schießen und hoffen, Orris, Melyor und Dob zu treffen, bevor er selbst umkam. Und er konnte hoffen, dass das Löschsystem endlich ansprang. Aber ansonsten war er hilflos. Das war kein Gefühl, an das er gewöhnt war.

Als sich also endlich die Klappen in der Decke öffneten und das Wasser zu sprühen begann, war Cedrych begeistert. Ohne das Feuer würde er problemlos mit dem Zauberer und seinen Freunden fertig werden. Das war das Schöne am Waffenprüfer. Deshalb hatte er so viel Geld dafür ausgegeben, ihn entwerfen und bauen zu lassen.
Es war nicht Cedrychs Angewohnheit zu spotten, aber andererseits hatte er auch noch nie so kurz davor gestanden, in seinem eigenen Hauptquartier umgebracht zu werden. Und der Schmerz in seinem verbrannten Arm erinnerte ihn ununterbrochen daran, dass es Orris beinahe gelungen wäre, ihn zu töten. Man konnte es ihm nicht übel nehmen, wenn er seinen Sieg über den Magier feierte.
Orris jedoch reagierte nicht auf Cedrychs Bemerkungen. Zunächst nahm der Oberlord an, dass sich der Zauberer einfach weigerte zu antworten. Aber bald schon fragte er sich, ob er Orris mit einem seiner ziellosen Schüsse getroffen und bereits getötet hatte. »Willst du nicht um dein Leben flehen, Magier?«, rief er in Tobynmir und spähte durch die Flammen, weil er hoffte, Orris oder Melyor entdecken zu können. »Oder vielleicht um das Leben deiner Freunde?« Er konnte keinen von ihnen sehen. »Ich würde sie vielleicht am Leben lassen. Ich habe Melyor immer gemocht, und Dob hat mir in der Vergangenheit gute Dienste geleistet.«
Nichts. Die Flammen wurden unter dem stetigen künstlichen Regen immer kleiner, und Cedrych näherte sich dem Feuer und hielt weiter nach seinen Feinden Ausschau. War es tatsächlich möglich, dass er mit seinen Zufallsschüssen alle drei erwischt hatte? Eine verkohlte Leiche lag mitten im Zimmer, aber Cedrych war ziemlich sicher, dass es sich um einen seiner Gardisten handelte. Er konnte auch den

anderen sehen, der reglos hinter dem Feuer lag, das Gesicht mit gerinnendem Blut bedeckt. Aber wo waren Orris, Melyor und Dob?

Er hörte ein Keuchen hinter sich und drehte sich zu Baram um, der sich an die Wand neben dem Fenster duckte und zum Himmel starrte. Cedrych folgte seinem Blick und entdeckte Orris' Falken, der direkt vor dem Fenster flatternd verharrte. Der Oberlord hob die Waffe und schoss, aber der Vogel war bereits ausgewichen. Dann flatterte Anizir wieder an Ort und Stelle, diesmal höher, so dass er kaum ihren Schwanz sehen konnte. Cedrych ging zwei Schritte auf das Fenster zu und schoss ein zweites Mal. Er machte einen weiteren Schritt, und dann hielt er plötzlich inne und begriff, was er getan hatte. Oder genauer gesagt, wozu dieses widerwärtige Geschöpf ihn verleitet hatte.

Er fuhr so schnell herum, wie sein verkrüppeltes Bein es zuließ, aber es war bereits zu spät. Orris stürzte sich auf ihn, die Arme erhoben, die Zähne zusammengebissen gegen die Flammen, die nach seinen Haaren und dem Umhang griffen, als er durch das Feuer eilte. Cedrych hatte nicht mehr die Zeit, die Waffe auf den Magier zu richten, und er hatte sich zu rasch umgedreht, um sich gegen den Aufprall wappnen zu können. Er war hilflos.

Orris krachte so heftig gegen ihn, dass Cedrych spürte, wie seine Füße vom Boden gerissen wurden, als er rückwärts auf das Fenster zufiel. Der Werfer glitt ihm aus der Hand, und er griff verzweifelt nach dem Magier, nach seinem Haar, dem Gesicht, den Armen, der Kleidung – alles, was ihn davon abhalten könnte zu stürzen oder zumindest dafür sorgen würde, dass Orris mit ihm fiel. Er landete ungelenk auf dem Rücken und rutschte auf dem nassen Teppich,

der mit Glasscherben bedeckt war, ein oder zwei Fuß weiter. Dann blieb er mit der Schulter an dem Metallrahmen hängen, der das riesige Fenster gehalten hatte.
Orris war ein Stück von ihm entfernt gelandet und versuchte sofort, wieder auf die Beine zu kommen. Cedrych trat mit seinem gesunden Bein nach ihm, traf den Magier an der Schläfe und stieß ihn zurück auf den Boden. Mühsam richtete der Oberlord sich auf, aber als er das tat, spürte er einen scharfen Schmerz am Rücken. Er drehte sich um und sah, dass der Falke bereits wieder davonflog, die Krallen rot von seinem Blut. Und bevor er sich wieder dem Zimmer zuwenden konnte, spürte er, dass etwas gegen ihn stieß.
Er taumelte vorwärts und ruderte wild mit den Armen, um das Gleichgewicht zu halten. Aber er stürzte. Er wirbelte herum, griff mit dem unverletzten Arm nach hinten. Und er sah Melyor, die den Stab mit ihrem roten Stein schwang. Er spürte eine Explosion von weißem Schmerz an der Seite seines Kopfs und dann nichts anderes mehr als das Pfeifen der Luft, die an seinen Ohren vorbei und durch seine Kleidung peitschte. Schneller und schneller. Er sah, wie das Pflaster auf ihn zugerast kam, und er schloss die Augen und schrie.

Das Wasser tropft auf ihn wie Regen bei einem Gewitter, und der Wind, der durch das zerbrochene Fenster weht, lässt ihn erschaudern. Die Frau und der Magier stehen am Rand und starren hinunter auf Cedrychs Leiche, die mit seltsam verrenkten Armen und Beinen unten auf dem Pflaster liegt.
Aber Baram sieht etwas anderes, etwas viel näher Liegendes, Kostbareres. Man hat ihn geschlagen und gefesselt,

man hat ihn gezwungen, durch die Berge von Tobyn-Ser und den Dschungel der Landenge zu wandern, und ihn schließlich zurückgeworfen in die verstörende Vertrautheit dieses Nal, das einmal sein Zuhause war, es nun aber nicht mehr ist, und wo er von Gesetzesbrechern und Gardisten gleichermaßen verlacht und verhöhnt wurde. Und das alles ist geschehen, seit dieser Magier in sein Leben trat und ihn aus dem Frieden und der Sicherheit seiner Zelle zerrte.

Aber endlich, nur ein paar Fuß von dort entfernt, wo Baram mit dem Rücken an die Wand gedrückt steht, sieht er eine Möglichkeit, den Magier für immer loszuwerden. Auf dem Boden am Fenster, umgeben von winzigen Glassplittern, liegt Cedrychs Werfer. Er ist so nah, inzwischen viel näher an Baram als an der Frau oder dem Magier.

Ganz langsam, damit sie nicht auf ihn aufmerksam werden, geht er einen Schritt von der Wand weg, duckt sich und greift nach der Waffe. Er steht wieder aufrecht und hat den Werfer auf sie gerichtet, ehe sie auch nur begreifen, was geschehen ist.

Er sieht, wie sie erschrocken die Augen aufreißen, sieht, wie die Erleichterung über Cedrychs Tod der Angst vor ihm und dem Ding, das er in der Hand hält, weicht, und er muss laut lachen.

»Baram, tu das nicht!« sagt der Magier. »Bitte. Dafür gibt es keinen Grund.«

»Ich will, dass du stirbst«, antwortet Baram in der Sprache des Magiers. »Ich will, dass du für immer verschwindest!«

Der Magier nickt. »Ich weiß, und das kannst du haben.« Er zeigt auf das Fenster. »Cedrych ist tot. Ich habe keinen Grund mehr hier zu bleiben. Ich werde gehen, und du wirst mich nie wiedersehen.«

»Cedrych wollte mir Arbeit geben«, sagt Baram. »Und du hast ihn getötet.«

»Ich kann dir Arbeit geben«, sagt die Frau in Lonmir. »Ich werde viele Leute einstellen müssen.«

»Du bist eine Gildriitin«, meint Baram angewidert. »Wie sollst du mir Arbeit geben können?«

»Ich mag Gildriitin sein«, erwidert sie. »Aber ich bin auch Melyor i Lakin. Wenn ich sage, dass ich dir Arbeit geben kann, dann stimmt das.«

Melyor i Lakin, wiederholt er im Kopf. Er kennt den Namen aus der Zeit, bevor er nach Tobyn-Ser gegangen ist. Sie ist ein Nal-Lord – inzwischen vielleicht sogar mehr. Er fragt sich, was für eine Arbeit sie ihm geben kann, aber dann schüttelt er den Kopf. Es ist egal. Alles ist egal, solange der Magier noch lebt.

Ohne es zu bemerken, hatte er die Waffe gesenkt. Aber nun hebt er sie wieder und will auf den Magier schießen.

Bevor er den Knopf drücken kann, kracht jedoch etwas Schweres, Großes gegen seine Schulter und bringt ihn aus dem Gleichgewicht. Dob hat einen Stuhl nach ihm geworfen. Baram versucht, sich wieder aufzurichten, aber bevor er das tun kann, rempelt ihn der Gesetzesbrecher und lässt ihn auf den Abgrund zutaumeln. Baram rutscht aus, lässt den Werfer fallen und stürzt. Er kann sich gerade noch mit einer Hand am Rand der Fensteröffnung festhalten.

Der Magier ist sofort da und streckt die Hand nach ihm aus. Auch die Frau ist da.

»Nimm meine Hand!«, ruft der Magier über den tosenden Wind hinweg.

Baram schüttelt den Kopf. »Ich lasse mich nicht von dir umbringen!«, brüllt er zurück.

»Ich versuche nicht, dich umzubringen, ich versuche, dich zu retten!«, sagt der Magier. »Und jetzt nimm meine Hand, ich ziehe dich wieder rein!«
»Nein!«
»Sei doch nicht dumm, Mann!«, ruft der Magier. »Nimm meine Hand!«
Baram lächelt ihn an. »Ich heiße Baram«, sagt er. Und dann lässt er los und stürzt in die Tiefe.

Obwohl Cedrych tot war, wollte Melyor seinen Gardisten nicht unbewaffnet gegenübertreten. Zum Glück wusste sie dank jahrelanger Erfahrung mit dem Oberlord, dass das nicht notwendig sein würde. Cedrych hatte einen Werfer unten an der mittleren Schublade seines Schreibtischs befestigt, und nachdem die Flammen beinahe erloschen waren, ging sie in sein Arbeitszimmer und holte sich die Waffe.
Als sie ins Wohnzimmer zurückkehrte, sah sie, dass Dob und Orris einander schweigend gegenüberstanden. Dob betrachtete den Magier abschätzend, als wollte er herausfinden, ob er Orris bei einem Kampf besiegen könnte. Der Magier schien einfach nur zornig zu sein. Sein Falke war auf den üblichen Platz auf seiner Schulter zurückgekehrt.
»Sag ihm, ich wollte nicht, dass Baram stirbt«, erklärte Orris. »Es war nicht nötig, den Stuhl zu werfen.«
»Er dankt dir, dass du unser Leben gerettet hast«, sagte Melyor dem Gesetzesbrecher.
Dob warf ihr einen skeptischen Blick zu. »Das klang nicht nach einem Dank.«
Sie zuckte die Achseln. »Tobynmir ist eine seltsame Sprache.«

Sie holte ihren Stein und ging auf die Tür zu. Orris folgte ihr. »Du hast ihm nicht übersetzt, was ich gesagt habe«, beschwerte er sich. »Ich kenne das Lonmir-Wort für danke.«
Sie blieb so plötzlich stehen, dass er beinahe mit ihr zusammengestoßen wäre. »Nun, du hättest ihm selbst danken sollen!«, erwiderte sie zornig in seiner Sprache. »Baram hätte dich umgebracht.«
»Ich hätte es ihm ausreden können.«
»Nein!«, erklärte sie und schüttelte heftig den Kopf. »Er war wahnsinnig, und er hat dich gehasst! Nichts, was du hättest sagen können, hätte ihn aufgehalten!« Sie holte tief Luft. »Ich verstehe, dass du ihm helfen wolltest. Und ich nehme es dir nicht übel, dass du dich irgendwie für ihn verantwortlich gefühlt hast. Aber was Dob getan hat, war notwendig.« Sie sah ihn an, bis er schließlich nickte.
Er warf dem Gesetzesbrecher einen kurzen Blick zu. Sie konnte die Beule an seiner Schläfe sehen, wo Cedrych ihn getreten hatte. »Danke«, murmelte er.
Nach ein paar Sekunden nickte Dob, als hätte er verstanden.
Melyor ging weiter und öffnete ohne Zögern die Tür.
»Was ist passiert?«, fragte einer der Gardisten sofort. »Wo ist der Oberlord?«
»Cedrych ist tot«, erklärte sie. »Ich heiße Melyor i Lakin und ich bin jetzt Oberlord.«
Der Mann blinzelte, sagte aber nichts. Ein paar andere, die hinter ihm im Flur standen, begannen zu flüstern.
»Wer von euch hier bleiben und für mich arbeiten will, ist willkommen«, fuhr Melyor fort. »Wenn ihr lieber gehen möchtet, werde ich das ebenfalls gestatten. Ich bitte euch nur, alle Waffen, die ihr von Cedrych erhalten habt, zu-

rückzugeben.« Sie machte eine dramatische Pause. »Wenn einer von euch versucht, mich aufzuhalten, werde ich ihn töten.«

Sie blieb noch einen Augenblick stehen und ging dann an den Männern vorbei zum Heber. Orris und Dob folgten ihr.

»Was hast du ihnen gesagt?«, fragte Orris, nachdem sich die Hebertüren hinter ihnen geschlossen hatten.

»Ich habe gesagt, dass ich jetzt ihr neuer Oberlord bin«, erklärte sie. »Ich habe ihnen angeboten, entweder zu gehen, für mich zu arbeiten oder zu sterben.«

Der Magier zog die Brauen hoch. »Dein Name muss hier einiges wert sein.«

Sie grinste. »Ein bisschen, ja.«

»Was werden sie jetzt tun?«

»Ich denke, die meisten werden bleiben. Viele werden Probleme damit haben, für eine Gildriitin zu arbeiten, aber wenn man bedenkt, was Cedrych dem Nal angetan hat, ist der Zeitpunkt nicht gerade geeignet, um eine gute Arbeitsstelle aufzugeben.«

»Wird einer von ihnen dein Recht anzweifeln, Cedrychs Platz einzunehmen?«

Sie lächelte grimmig. »Sie sind davon überzeugt, dass ich ihn getötet habe. Das gibt mir einen rechtmäßigen Anspruch auf seinen Herrschaftsbereich.«

Orris antwortete nicht, aber nach einiger Zeit nickte er. Und in diesem Augenblick wurde sich Melyor schmerzhaft der Kluft bewusst, die ihre Welt und die des Magiers voneinander trennte. Zweifellos würde Orris das Nal nun bald verlassen.

Sie legten den Rest der Heberfahrt schweigend zurück. Als die Hebertür aufging und sie einer weiteren großen Gruppe von Cedrychs Männern gegenüberstanden, trat Melyor vor und sagte ihnen in etwa dasselbe wie den Gardisten vor der Wohnung des Oberlords. Dann ging sie mit ihren beiden Begleitern auf die Straße hinaus.

Cedrych lag mitten auf der Straße, sein Auge starrte blicklos zum schmutzigen Himmel hinauf, Arme und Beine standen in seltsamen Winkeln von seinem zerschmetterten Körper ab. Baram lag ganz in der Nähe, ebenfalls verrenkt und mit gebrochenen Gliedmaßen. Aber er hatte die Augen geschlossen, und man hätte seine Miene beinahe als gelassen beschreiben können.

Zwischen Cedrych und Baram lag Gwilyms uralter Stab mit Orris' Kristall. Oder genauer gesagt, was von ihnen übrig war. Der Stein war in tausend glitzernde Splitter zerbrochen, und der Stab hatte sich der Länge nach gespalten und wurde nur noch von ein paar Holzfasern zusammengehalten. An der Stelle, wo der Stein aufgeprallt war, hatte er eine tiefe Kerbe im Pflaster hinterlassen, und dünne spitze Splitter gingen von dieser Stelle in alle Richtungen aus.

Melyor und Orris standen reglos da und starrten schweigend die Kristallsplitter und den gespaltenen Stab an. Nach einiger Zeit stieß Anizir einen leisen Ruf aus, und Orris kraulte sie am Kinn.

»Das mit deinem Stein tut mir Leid«, sagte Melyor schließlich. Sie wusste nicht genau, wie weit der Verlust des Kristalls die Macht eines Zauberers beeinträchtigte.

Orris nickte, sagte aber nichts.

»Wirst du einen anderen finden können?«

Er nickte erneut. »Ich kenne einen Kaufmann aus Abborij, der manchmal welche verkauft. Und wenn es sein muss, kann ich auch zur Ceryllhöhle zurückkehren.«

Melyor sah ihren scharlachroten Stein an. »Wird dein nächster Stein dieselbe Farbe haben wie der erste?«
»Das weiß ich nicht«, antwortete Orris. »Magier verlieren im Lauf ihres Lebens mehrmals ihre Vögel, aber nur selten ihre Cerylle. Ich weiß nicht, was passieren wird.«
Sie bückte sich und hob den zerbrochenen Stab auf. »Ich hatte den Stein wieder auf dem Stab des Steinträgers befestigen wollen«, sagte sie kopfschüttelnd. »Sie gehören zusammen.«
»Das können wir immer noch tun«, sagte Orris.
»Sogar ohne deinen Stein?«
Er nickte. »Es wird ein bisschen schwieriger werden, und es wird vielleicht nicht ganz so aussehen wie früher, aber ich kann es versuchen.«
Sie lächelte ihn an. »Das würde mich sehr freuen.«
Sie reichte ihm Gwilyms Stab und seinen eigenen, auf dem sich immer noch ihr Kristall befand. Er ging ein Stück weiter, dann setzte er sich an den Straßenrand und legte sich den gespaltenen Stab quer über den Schoß. Anizir sprang von seiner Schulter und hockte sich neben ihn, und der Magier legte die Hände auf den Stab und schloss die Augen.
»Was macht er da?«, fragte Dob.
»Er repariert meinen Stab.«
Dob kniff die Augen zu. »Womit?«
Melyor lachte. »Er ist ein Zauberer«, sagte sie.
Dob brauchte einige Zeit, um zu begreifen, was sie ihm da sagte, und Melyor lächelte mitfühlend. Im Nal war wenig Platz für Magie, besonders in den Köpfen von Männern wie Dob. Tatsächlich schien er sich einen Augenblick später daran zu erinnern, dass sie eine Gildriitin war, und er wich vor ihr zurück.

»War das der Grund, wieso du mich an diesem Abend besiegt hast?«, fragte er. »Magie?« Das Wort klang seltsam aus seinem Mund.
»Gildriiten können keine Magie anwenden«, erklärte sie und lachte wieder. »Wir haben allerdings manchmal Träume, in denen wir die Zukunft sehen.«
Er wartete auf mehr. »Das ist alles?«, fragte er schließlich.
Sie nickte. »Das ist alles. Und deshalb sind die Gildriiten seit Jahrhunderten verfolgt worden.« Sie hielt inne und ließ ihm Zeit zu begreifen, was sie gesagt hatte. »Um deine Frage zu beantworten«, fuhr sie dann fort, »ich habe dich an diesem Abend besiegt, weil ich schlauer bin als du und besser mit dem Messer.« Und dann fügte sie beschwichtigend hinzu: »Aus diesem Grund konnte ich auch Savil besiegen.«
Dob starrte sie eine Weile gekränkt an. Dann wandte er sich ab und schluckte. Vielleicht nickte er sogar. »Ich kann also davon ausgehen, wenn du Oberlord wirst und Jibb den Vierten wieder übernimmt, heißt das Pech für mich.«
»Nicht unbedingt.«
Wieder sah er sie an, und in seinen blauen Augen stand so etwas wie nervöse Erwartung.
»Orris hat gehofft, Baram überreden zu können, uns nicht zu töten«, sagte sie in vertraulichem Ton und mit einem Blick zu dem Magier. »Aber ich glaube nicht, dass ihm das gelungen wäre. Baram wollte uns umbringen, und ich bin überzeugt, dass du uns das Leben gerettet hast, indem du den Stuhl nach ihm geworfen hast. Selbstverständlich hast du davor Jibb angegriffen und meinen Bezirk gestohlen.« Sie hielt inne, als müsste sie nachdenken. »Ich denke, das gleicht einander aus. Also ist alles in Ordnung.«
Er riss die Augen auf. »Wirklich?«

»Ja, immer vorausgesetzt, dass Jibb damit einverstanden ist. Er wird vielleicht Wiedergutmachung verlangen. Vielleicht wirst du ein paar Monate umsonst arbeiten müssen, bevor er anfängt, dich zu bezahlen.«

»Du sagst also, du lässt mich in deinem Herrschaftsbereich bleiben, als einen von Jibbs Gesetzesbrechern?« Man hätte glauben können, sie hätte ihm gerade einen ganzen Bezirk geschenkt. Und das war genau, was sie im Sinn hatte.

Sie grinste. »Du setzt deine Ziele zu niedrig an, Dob.«

Er sah sie fragend an und schüttelte den Kopf. »Das verstehe ich nicht.«

»Sagen wir mal so: Ich erwarte nicht, länger als ein oder zwei Tage Oberlord zu sein.«

»Warum nicht?«

»Weil ich erwarte, dann zum Herrscherrat zugelassen zu werden.«

Er brauchte einen Augenblick. Er war wirklich nicht sehr scharfsinnig. Aber er hatte treu zu Savil gestanden, und bei dem, was sie ihm geben wollte, konnte sie wohl erwarten, dass er auch ihr gegenüber loyal sein würde, und das wäre bei ihren Plänen sehr wichtig. »Also, wenn du Herrscherin bist, dann wird Jibb Oberlord, und ich ...« Er lächelte sie an, und trotz all seiner Muskeln und des markanten Gesichts wirkte er plötzlich wie ein kleiner Junge am Lontag. »Du gibst mir den Vierten?«, fragte er staunend. »Nach allem, was passiert ist, werde ich tatsächlich den Vierten bekommen?« Er legte den Kopf zurück und lachte laut. »Warte, bis Bowen sieht, was ich mit ihm vorhabe!«

»Nein!«, sagte sie streng und wischte ihm damit das Grinsen vom Gesicht. »Das wird es nicht mehr geben! Das Nal hat sich schon viel zu lange selbst zerstört! Nun wird sich hier einiges ändern: Ich werde keine Attentate und keine Kriege mehr zulassen! Was mich angeht, ist das alles mit Cedrych gestorben. Und wenn du dich nicht an meine Regeln halten kannst, dann bist du deinen Bezirk schnell wieder los und wirst nach Stib-Nal verbannt. Verstanden?«

Er starrte sie an. Dann nickte er. »Ja, Oberlord. Ich verstehe.« Wieder nickte er. »Das ist wahrscheinlich das Beste«, fügte er leise hinzu.

Melyor sah ihn forschend an und suchte nach einem Anzeichen, dass er ihr nur nach dem Mund redete. Aber seine Zustimmung schien echt zu sein, und sie fragte sich beinahe gegen ihren Willen, ob vielleicht doch mehr an ihm war, als sie gedacht hatte.

Dob nickte zur anderen Straßenseite hin. »Hier kommt dein Freund.«

Melyor drehte sich um und sah Orris auf sie zukommen. Er hatte seinen eigenen Stab in der einen Hand und Gwilyms in der anderen. Der uralte Stab schien wieder ganz zu sein, und auf seiner Spitze war der leuchtende scharlachrote Stein befestigt.

»Du hast es geschafft!«, sagte sie in Tobynmir und lächelte den Magier strahlend an. »Danke!«

»Gern geschehen«, erwiderte Orris. »Aber du solltest genauer hinsehen, bevor du dich zu sehr freust. Ich habe nicht alles reparieren können.«

Als er näher kam, sah sie, was er meinte. Am Stab entlang verlief eine dünne, dunkle Linie, wo er zuvor gespalten gewesen war, und am Rand, kurz unter dem Kristall, waren kleine Risse zu sehen.

Sie spürte, dass der Magier sie genau ansah, während sie

seine Arbeit begutachtete. »Es tut mir Leid«, sagte er. »Aber ich hatte es dir gleich gesagt.«

Schließlich blickte sie von dem Stab auf, griff nach Orris' Hand und drückte sie sanft. »Du brauchst dich nicht zu entschuldigen«, sagte sie zu ihm. »Er sieht wunderbar aus.« Sie ließ seine Hand wieder los und fuhr mit dem Finger über die dünne Linie in dem uralten Holz. »Das wird mich immer an dich erinnern.«

Der Magier wurde rot und wandte sich ab. »Worüber habt ihr beiden gesprochen?«, fragte er in dem Versuch, lässig zu wirken.

»Ich habe Dob von meinen Plänen erzählt, Herrscherin zu werden.«

Orris starrte sie mit großen Augen an. »Meinst du das ernst?«

»Wieso?«, fragte sie mit gespielter Entrüstung. »Willst du damit sagen, ich wäre eine schlechte Herrscherin?«

»Nein!«, antwortete der Magier schnell. »Das habe ich nicht ...«

Sie fing an zu lachen, und Orris schüttelte den Kopf.

»Du wirst wunderbar sein«, sagte er auf eine Weise, die sie erröten ließ. »Aber glaubst du, die Menschen von Bragor-Nal werden eine Gildriitin als Herrscherin akzeptieren?«

Sie zuckte die Achseln. »Es wird ihnen wohl nichts anderes übrig bleiben.«

16

Selbst wenn wir als Volk nach entsprechenden Überlegungen entscheiden, dass wir nicht mit den Anführern von Lon-Ser über die Zukunft unserer beiden Länder sprechen wollen, und wenn trotz der Schwierigkeiten, in denen Lon-Ser sich weiterhin befindet, unsere Feinde dort beschließen, Tobyn-Ser nicht mehr anzugreifen, müssen wir anerkennen, dass diese Angelegenheit einen gewaltigen Einfluss auf unser Land hatte und weiterhin haben wird. Ich beziehe mich dabei auf viel mehr als allein auf die Grausamkeiten, die wir ertragen mussten, und den Schock, nach so vielen Jahrhunderten des Friedens wieder gegen Eindringlinge kämpfen zu müssen, obwohl diese Dinge zweifellos Wunden hinterlassen haben, die noch jahrelang nicht heilen werden. Ich spreche mehr von den weniger offensichtlichen Dingen, die aber vielleicht viel tückischer sind. Unser Volk ist Zeuge der Kraft und Grausamkeit dieser Waffen aus Lon-Ser geworden. Die Menschen haben gesehen, wie diese seltsamen, schrecklichen Gegenstände ihre Häuser zerstörten und ihre Lieben töteten. Sie haben sich einer Kraft gegenübergesehen, die die Natur ebenso nachäfft, wie sie sie leugnet. So etwas erlebt zu haben, erfahren zu haben, dass es so etwas gibt, wird dazu führen, dass die Menschen unseres Landes die Welt nie wieder so betrachten können wie zuvor. Selbst wenn wir niemals wieder angegriffen werden sollten, werden wir nicht dieselben sein, nachdem wir solche Zerstörung erlebt haben.

Aus Kapitel zwei des »Berichts von Eulenmeister Baden über seine Verhöre des Ausländers Baram«, vorgelegt auf der 1014.

Versammlung des Ordens der Magier und Meister, im Frühjahr des Gottesjahres 4625.

Trotz der Forschheit, mit der sie Orris und Dob gegenüber davon gesprochen hatte, Herrscherin zu werden, hatte Melyor Zweifel. Tatsächlich hatte Orris nur die falsche Frage gestellt. Es zählte viel weniger, was die Bevölkerung des Nal von einer gildriitischen Herrscherin hielt, als was die Offiziere der SiHerr und die überlebenden Nal-Lords dachten. Und Melyor hatte eine ziemlich gute Vorstellung davon, was sie denken würden.

Wie sie dem Magier schon gesagt hatte, half es natürlich, dass sie Cedrych selbst getötet hatte. Ebenso wie der einäugige Mann sich zum Nachfolger von Durell gemacht hatte, indem er den Herrscher umbrachte, hatte Melyor sich zu Cedrychs Erbin gemacht, indem sie ihn tötete. Es erwies sich auch als hilfreich, dass ihr Ruf weit über den Vierten und sogar über die Grenzen von Cedrychs Herrschaftsbereich hinausgedrungen war. Sämtliche Nal-Lords und Gesetzesbrecher in Bragor-Nal hatten von Melyor i Lakin gehört. Sie war schlau, konnte mit Messer und Werfer hervorragend umgehen, und sie war ein fähiger Nal-Lord, der einen von Cedrychs profitabelsten Bezirken geführt hatte. Gut, es hatte sich auch bereits herumgesprochen, dass sie zusätzlich zu alldem Gildriitin und Steinträgerin war, aber sie hoffte, dass man sie zum Herrscherrat zulassen würde, bevor die Gerüchte sogar Trestor oder Alt-Merne erreicht hatten.

Wie sie schon angenommen hatte, blieben die meisten von Cedrychs Leuten bei ihr, was genügte, um eine imponierende Armee zu bilden, wenn sie sie mit Jibbs Leuten vereinte.

Die SiHerr und die anderen Nal-Lords blieben allerdings ein Problem, oder zumindest war Melyor dieser Ansicht. Als sie am Tag nach Cedrychs Tod die Papiere des Oberlords durchging und sich um die Reparaturen der Räume kümmerte, die zumindest für die nächsten Tage ihr Hauptquartier darstellen sollten, summte unerwartet der Sprechschirm auf Cedrychs Schreibtisch. Nach einem raschen Blick zu Jibb und Orris, die bei ihr im Büro waren, und einem kurzen Schulterzucken schaltete sie den Schirm ein. Das Gesicht, das einen Augenblick später vor ihr erschien, war eins, das sie schon oft auf Bildern gesehen hatte, aber persönlich hatte sie dem Mann noch nie gegenübergestanden. Er war beträchtlich gealtert, seit diese letzten Bilder gemacht worden waren. Sein Haar hatte nun die Farbe von Stahl, und seine Wangen waren faltig und hohl und ließen ihn ausgemergelt aussehen. Aber seine dunklen Augen ließen keinen Zweifel an seiner Intelligenz und seinem überragenden Selbstvertrauen, und in der adretten blauen Uniform der SiHerr, deren Kommandant er war, war der Mann immer noch von Furcht erregender Präsenz, sogar auf einem Schirm. Melyor blinzelte und versuchte, gegen die plötzliche Beschleunigung ihres Pulsschlags anzukämpfen.

»Guten Tag, Oberlord«, sagte der Mann mit einem Lächeln, das ihn wie ein grinsendes Gespenst aussehen ließ.

»Guten Tag, General Slevin«, erwiderte Melyor mit fester Stimme. »Womit kann ich dienen?«

»Tatsächlich hatte ich vor, dasselbe zu fragen.«

Melyor hätte beinahe staunend den Mund aufgerissen, und sie war nicht sicher, ob sie wirklich richtig gehört hatte. »Ich ... ich fürchte, ich verstehe nicht so recht.«

»Soll das heißen, dass du nicht vorhattest, um Zulassung

zum Rat nachzusuchen?«, fragte er, obwohl sein Tonfall deutlich machte, dass er es besser wusste.
Es hatte keinen Sinn, es abzustreiten. »Ich wollte den Antrag morgen einreichen«, sagte sie aufrichtig.
»Wie ich erwartet habe«, erwiderte er und grinste wieder.
Selbstverständlich hat er es erwartet, dachte sie. Er befehligte die SiHerr seit Jahren. Sie fragte sich, wann er zum letzten Mal von etwas, was im Nal geschah, überrascht worden war, und als sie dann kurz zu Orris hinschaute, erkannte sie, dass das vielleicht doch nicht so lange zurücklag. Es fiel ihr auch erst in diesem Augenblick ein, dass die SiHerr vielleicht Überwachungssysteme in Cedrychs Büro hatten. Der Gedanke amüsierte sie ebenso, wie er sie erschreckte.
»Ich wollte einfach nur sagen, Oberlord«, fuhr Slevin fort, »dass die Sicherheitskräfte dir zur Verfügung stehen, sobald der Antrag angenommen wurde.«
»Danke, Slevin. Es ist gut, das zu wissen.«
»In der Zwischenzeit«, fügte der hagere Mann hinzu, »helfe ich gerne, wenn es irgendetwas – ganz gleich was – zu tun gibt. Selbstverständlich inoffiziell.«
Er steckte wirklich voller Überraschungen. »Selbstverständlich, Slevin. Nochmals vielen Dank.«
Slevin nickte, und einen Augenblick später verschwand sein Bild von Melyor Schirm. Sie schaltete das Gerät ab und starrte Jibb erstaunt an.
»Um was ging es da eigentlich?«, fragte sie.
Der große, kräftige Mann zuckte die Achseln. »Du bist die mächtigste Person im Nal. So etwas sollte dich eigentlich nicht überraschen. So werden dich die Leute von nun an meistens behandeln.«

Sie winkte ab. »Gesetzesbrecher und Nal-Lords vielleicht, aber die SiHerr? Wir reden hier von Slevin!«

»Und du bist Melyor i Lakin«, entgegnete er. »Und du bist eine Steinträgerin.«

»Was hat das damit zu tun?« Sie kniff die Augen zusammen.

»Die Leute haben Angst vor dir, Melyor. Sie wissen nicht, was es bedeutet, dass du Gildriitin bist. Sie wissen nur, dass du Cedrych umgebracht hast.« Er nickte zu Orris hin. »Und du hast es mit der Hilfe eines Zauberers getan. Leute wie Slevin und Bren und Enrek verstehen nicht, was das bedeutet. Sie wissen nur, dass sie dich lieber nicht gegen sich aufbringen sollten. Ich garantiere dir, dass Slevin nicht der Letzte sein wird, der dir seine Unterstützung anbietet. Tatsächlich würde es mich nicht überraschen, wenn niemand deinen Anspruch auf den Goldpalast anficht.« Er hielt einen Augenblick nachdenklich inne. »Aber ich kann dir auch noch etwas versprechen: Jeder, der dir jetzt seine Hilfe verspricht, wird auch versuchen, eine Möglichkeit zu finden, dich umzubringen. Slevin eingeschlossen.«

Melyor starrte ihn noch lange an, nachdem er fertig war. Wie immer hatte er Recht. Sie hatte ihre Herkunft als störend betrachtet, und in vielerlei Hinsicht war sie das auch. Dass sie Gildriitin war, machte sie zum Ziel von Verfolgung und Spekulationen. Aber kurzfristig, und auf eine Weise, die sie nie erwartet hätte, gab es ihr auch einen Vorteil.

Sie lächelte Jibb zu. »Das bedeutet, dass ich Oberlords brauchen werde, denen ich vertrauen kann«, sagte sie anzüglich.

»Ja. Aber ich will keiner davon sein.«

Sie konnte nicht glauben, was sie da hörte. »Wie bitte? Aber selbstverständlich willst du das!«
Er schüttelte ernst den Kopf »Ich habe darüber nachgedacht. Ich kann meine Arbeit nicht machen, wenn ich Oberlord bin.«
»Deine Arbeit?«
»Auf dich aufpassen.«
Sie hätte beinahe gelacht, aber als sie sah, dass er es ernst meinte, verkniff sie es sich. »Was schlägst du also vor?«
»Slevin hat sich heute mit dir in Verbindung gesetzt, weil er sich Sorgen um seine Position macht. Und das sollte er auch. Neue Herrscher bringen für gewöhnlich ihre eigenen Leute mit, die die SiHerr befehligen. Und das ist es, was ich will.«
Eigentlich hätte sie das nicht überraschen sollen. Wenn sie darüber nachgedacht hätte, hätte sie es sicher kommen sehen. »Ich gebe dir jede Stellung, die du willst, Jibb«, sagte sie. »Das weißt du.« Sie verzog das Gesicht. »Aber willst du wirklich die SiHerr?«
Er lachte. »Es ist das Beste für mich«, sagte er. »Sicherheitsarbeit ist meine Spezialität. Und außerdem werde ich auf diese Weise ein Auge auf dich haben können.«
Etwas an der Art, wie er das sagte, ließ sie innehalten. Aber nur einen Augenblick. Bei jedem anderen Mann hätte sie sich nun gefragt, ob das tatsächlich seine Gründe waren, aber nicht bei Jibb.
»Wenn du unbedingt willst«, sagte sie, »kannst du es haben.«
Jibb nickte. »Danke.« Er warf einen kurzen Blick zu dem Zauberer, der aus dem Fenster starrte und ihr Gespräch ignorierte. »Ich sollte jetzt lieber gehen«, sagte er, wenn es

auch widerwillig klang, als traute er Orris plötzlich nicht mehr. »Premel hat versucht, Cedrychs Leuten unser Sicherheitssystem beizubringen, aber sie sind ein bisschen widerwillig.«

»Dann geh«, sagte sie. »Wir kommen schon zurecht.«

Wieder nickte er und sah Orris noch einmal an. Dann verließ er Cedrychs Wohnung ohne ein weiteres Wort.

Melyor ging zu Orris und schaute ebenfalls aufs Nal hinaus. »Was siehst du da?«, fragte sie ihn in Tobynmir.

»Nichts«, antwortete er, ohne sich umzudrehen. »Für mich sieht das alles gleich aus. Es ist, als starrte ich in den Nebel: Ich versuche, den Blick auf eine Einzelheit zu konzentrieren, aber er geht einfach nur von einem Ding zum nächsten.«

Sie schluckte. Sie wollte die nächste Frage nicht stellen, aber sie hatte keine Wahl. »Wann wirst du abreisen?«

Nun sah er sie an, und ihre Blicke begegneten sich für einen Moment, bevor er sich wieder dem Nal zuwandte. »Morgen, denke ich. Vielleicht übermorgen. Ich habe einen weiten Weg vor mir, und ich habe meinen Leuten viel zu erzählen.«

Sie räusperte sich. »Sobald der Rat meinen Antrag akzeptiert hat, werde ich das Nal eine Weile verlassen. Ich will Gwilyms Siedlung finden und seiner Frau erzählen, was passiert ist.« Sie warf ihm einen Seitenblick zu und befeuchtete ihre Lippen, die sich plötzlich trocken anfühlten. »Ich hatte gehofft, du würdest mitkommen.«

Orris holte tief Luft. »Das würde ich gerne tun«, sagte er. »Aber ich habe es eilig, nach Hause zu kommen.«

Melyor nickte. Sie hatte gewusst, was er sagen würde, aber sie hatte es versuchen müssen.

»Ein Teil von mir möchte bleiben, Melyor«, fuhr er zu ihrer Überraschung fort. »Ich hoffe, du weißt das.« Er machte eine kleine, hilflose Geste, die bei einem solch großen, kräftigen Mann seltsam wirkte. »Aber dieser Ort ...« Er schüttelte den Kopf. »Es ist einfach zu anders.« Er griff nach oben und streichelte das Gefieder auf dem Rücken seines Falken. »Und Anizir könnte hier nicht lange überleben.«

»Das stimmt«, sagte Melyor. »So, wie sie frisst, werden bald keine Tauben mehr übrig sein.«

Das war nicht sonderlich komisch, aber sie lachten beide.

»Darf ich dich wenigstens in meinem Lufttransporter bis zur Landenge bringen?«, fragte sie.

Er zögerte. Er fuhr nicht einmal gern in Landtransportern, und das wusste sie.

»Bitte«, drängte Melyor. »Es ist das Mindeste, was ich tun kann, und es wird deine Rückreise verkürzen. Außerdem ist die Benutzung eines Lufttransporters eines der Vorrechte von Herrschern. Und ich will es versuchen.«

Er holte tief Luft, dann lächelte er. »Also gut.«

»Und es gibt noch etwas, worüber ich mit dir sprechen wollte«, fuhr Melyor fort, trat vom Fenster weg und zwang sich, den Zauberer einfach nur als Geschäftspartner zu betrachten. »Als wir mit Shivohn sprachen, hast du von Handelsbeziehungen zwischen deinem Land und Oerella-Nal gesprochen.«

»Ich sagte ihr, das könnte vielleicht möglich sein«, verbesserte Orris schnell. »Und ich habe versucht ihr klar zu machen, dass es vermutlich Jahre dauern würde, bis es dazu kommt. Es wird lange dauern, bis die Menschen in Tobyn-Ser so etwas auch nur in Erwägung ziehen. Ich habe keinerlei feste Zusagen gemacht.«

»Das verstehe ich«, sagte Melyor lächelnd. »Ich möchte nur wissen, ob dieselbe Möglichkeit auch für Bragor-Nal besteht.«

»Ich weiß es nicht, Melyor. Nach allem, was Cedrych unserem Land angetan hat, kann ich dir nichts versprechen.«

»Du kannst versprechen, es zu versuchen.«

Orris schwieg eine Weile, aber er starrte sie weiterhin an. Schließlich nickte er. »Gut, ich verspreche, dass ich es versuchen werde.«

»Danke«, murmelte Melyor.

Sie standen noch eine Weile schweigend da, dann wandte sich Orris wieder dem Fenster zu, und Melyor kehrte an den Schreibtisch zurück und machte sich daran, weiter Cedrychs Akten durchzusehen.

Wie Jibb vorhergesagt hatte, wurde Melyor im Lauf des Tages noch von mehreren anderen angesprochen, darunter sechs Nal-Lords und einer Anzahl der erfolgreicheren Gesetzesbrecher von Bragor-Nal. Alle boten ihr ihre Dienste an, und Melyor erkannte, während sie ihnen zuhörte, dass keiner es wirklich ernst meinte. Die Gefahr eines Attentats hatte stets ihr Leben geprägt. Ein Nal-Lord, der das nicht begriff, war entweder dumm oder eine Leiche. Aber Melyor verstand nun, dass sie diese Gefahr als Herrscherin noch ernster nehmen musste als je zuvor. Nun war der Gedanke, dass Jibb weiter für ihre Sicherheit sorgen würde, ausgesprochen tröstlich.

Gleichzeitig fand sie sich allerdings auch in der vertrauten Situation wieder, dass die Einschränkungen, die er ihr auferlegen wollte, sie ärgerten. Er sprach sich heftig dagegen aus, dass sie Gwilyms Siedlung aufsuchte, und wies sie darauf hin, dass eine Wanderung durch unvertrautes, ge-

fährliches Gelände sie ausgesprochen verwundbar machen würde.
»Du weißt nicht einmal, wo diese Siedlungen sind!«
»Nein«, erwiderte sie, »aber ich habe Kontakte im Netzwerk, und dort weiß man es.« Er wollte mehr sagen, aber sie schnitt ihm das Wort ab. »Ich werde es tun, Jibb!« Sie hob den Stab und zeigte auf den leuchtenden roten Kristall an seinem Ende. »Ich muss es tun!«
»Dann lass mich wenigstens mitkommen!«, drängte er. »Wir nehmen fünf oder sechs Einheiten meiner besten ...«
»Nein«, sagte sie. »Ich brauche dich hier. Ich kann niemandem sonst das Nal anvertrauen, solange ich weg bin.«
»Also gut«, erwiderte Jibb. »Dann kann Premel die Einheiten anführen oder einer der anderen.«
Melyor schüttelte den Kopf. »Ich weigere mich, irgendwen mit in die Berge zu nehmen. Glaubst du nicht, das würde unnötig Aufmerksamkeit erregen? Wäre es nicht sicherer, wenn ich allein ginge? Niemand würde das auch nur bemerken.«
Jibb setzte zum Widerspruch an, aber dann zögerte er. »Das ist ein interessanter Punkt«, gab er schließlich zu. »Eine kleine Gruppe von Leibwächtern wäre vielleicht besser.«
»Und gar keine Leibwächter wären das Beste«, erklärte sie beharrlich.
»Das kommt überhaupt nicht in Frage.«
»Kommt nicht in Frage?«, wiederholte sie. »Du vergisst wohl, dass ich Herrscherin sein werde! Du arbeitest für mich!« Sie bedauerte die Worte, sobald sie sie ausgesprochen hatte. So etwas hatte sie noch nie zu ihm gesagt.
»Das weiß ich«, erwiderte er gekränkt. »Aber entweder du

lässt mich meine Arbeit als Kommandant deiner Sicherheitskräfte machen, oder du suchst dir einen anderen.«
Damit war die Auseinandersetzung zu Ende. Melyor stimmte zu, eine Eskorte von Jibbs drei besten Männern mitzunehmen, und sie schickte Shivohn eine Botschaft mit der Bitte, mit ihrem Lufttransporter über Oerella-Nal hinweg bis zum Rand des Dhaalmar-Gebirges fliegen zu dürfen. Aber selbst nachdem Melyor sich für ihre Worte entschuldigt und Jibb ihr versichert hatte, dass er nicht mehr böse war, spürte sie, dass eine gewisse Verlegenheit zwischen ihnen herrschte und ihre Freundschaft beeinträchtigte.
Am nächsten Tag, als sie und Orris über das Nal nach Süden zur Landenge flogen, dachte sie immer noch daran. Sie versuchte sich einzureden, dass alles wieder gut sein würde, sobald sie aus Gwilyms Siedlung zum Nal zurückgekehrt wäre, aber sie konnte das unangenehme Gefühl nicht loswerden, dass sie die Beziehung zu Jibb mit ihren Worten für immer verändert hatte.
»Du bist so still«, sagte Orris, während sie über die Gebäude der Blocks flogen und die Propeller auf beiden Seiten des Transporters leise surrten.
Sie schaute den Zauberer an und versuchte zu lächeln, aber es hatte keinen Sinn. Erst hatte sie sich mit ihrem besten Freund gestritten, und nun verließ Orris sie. Sie war nicht sicher, was schlimmer war. Dieser Mann hatte sie allein durch seine Existenz gezwungen, ihre gildriitische Herkunft zu akzeptieren. Er hatte ihr Leben für immer verändert, und dabei hatte er ihr geholfen, ihr ehrgeizigstes Ziel zu erreichen. Seinetwegen stand sie kurz davor, Herrscherin von Bragor-Nal zu werden. Und dennoch zählte

nichts so sehr wie die Tatsache, dass er demnächst sie und das Land verlassen würde. Sie war nie zuvor verliebt gewesen, also konnte sie nicht sicher sein, aber »verliebt« war vermutlich eine ganz gute Beschreibung für das, was sie empfand.

»Jibb und ich haben uns gestern gestritten«, erklärte sie und hoffte, er würde akzeptieren, dass dies der einzige Grund für ihre Stimmung war. »Ich habe etwas zu ihm gesagt, das ich nun sehr bedaure.«

»Um was ging es bei dem Streit?«

»Er will nicht, dass ich allein in die Berge gehe.«

Orris nickte und warf einen Blick auf das Nal. »Jibb ist ein weiser Mann.«

Sie schnaubte und wandte sich ab. »Ich hätte den Mund halten sollen«, sagte sie verärgert.

»Du kennst dich in den Bergen nicht aus, Melyor«, fuhr der Zauberer unbeirrt fort. »Und niemand sollte sich allein auf eine solche Reise begeben.«

Sie warf ihm einen wütenden Blick zu. »Du tust so etwas dauernd!«

Er grinste und kraulte mit dem Zeigefinger das Kinn seines Falken. »Ein Magier ist nie allein!«

Sie starrte ihn an, dann nickte sie. Vor ein paar Wochen noch hätte sie das nicht verstanden, aber seitdem hatte sie viel gelernt. Die Situation entbehrte nicht einer gewissen Ironie. Als Anführerin der Initiative hätte sie für das Wissen, das sie nun über Tobyn-Ser und Orris und seine Macht hatte, buchstäblich getötet. Und dennoch hatte sie, gerade weil sie nun so viel mehr wusste, die Initiative verhindert und den Mann, der dafür verantwortlich war, umgebracht. Und das alles wegen Orris. Er hatte alles verändert. Sie

schaute ihren Stab mit dem leuchtenden scharlachroten Kristall an und holte tief Luft.
»Jibb versucht nur, auf dich aufzupassen«, sagte Orris, »und das kann nicht leicht sein.«
Gegen ihren Willen musste sie lachen. »Nein, das ist es wohl nicht. Ich wünsche nur, er würde seine Arbeit weniger ernst nehmen.«
»Das hat nichts mit Arbeit zu tun.«
»Wie meinst du das?«, fragte sie. »Selbstverständlich hat es das.«
Er lächelte auf seltsame Art. »Du siehst es wirklich nicht, wie?«
»Ich sehe was nicht?«
»Dass Jibb in dich verliebt ist.«
Sie starrte ihn schweigend an. Noch vor ein paar Wochen hätte sie gelacht, aber angesichts von Jibbs seltsamem Verhalten in den letzten Tagen klang das, was der Zauberer sagte, ganz vernünftig. »Was soll ich tun?«, fragte sie.
Orris zuckte die Achseln. »Folge deinem Herzen.«
Sie schüttelte den Kopf. »Wenn ich meinem Herzen folge, werde ich in Tobyn-Ser enden.« Sie hielt inne. Die Worte waren ihr einfach so herausgerutscht. *Dumme Kuh!,* tobte sie innerlich. Sie hatte nun schon zweimal in kürzester Zeit etwas gesagt, ohne nachzudenken. Aber zumindest hatte sie diesmal niemandem wehgetan.
»Ich gehöre nicht hierher, Melyor«, sagte Orris sanft. »Ebenso wenig, wie du in mein Land gehörst.«
Sie nickte, aber sie konnte ihn immer noch nicht ansehen.
Sie näherten sich dem Schutzsumpf. Es würde nun nicht mehr lange dauern. Melyor begann zu zittern.

»Wirst du je hierher zurückkehren?«, fragte sie ihn impulsiv.
»Ich weiß es nicht.« Er zeigte zum Nal. »Das hier ist ein ... schwieriger Ort. Ich gehöre nicht hierher«, sagte er abermals.
»Es wird sich verändern«, erklärte sie überzeugt. »Ich werde es verändern.«
Sie sahen einander an, und diesmal zwang sich Melyor, nicht wegzuschauen. Schließlich nickte er. »Ich glaube dir.«
Sie hätte ihn beinahe gefragt, ob das nun bedeutete, dass er zurückkehren würde, aber sie bremste sich. Im Grunde wollte sie die Antwort lieber nicht wissen.
Der Pilot landete den Transporter am Südrand des Sumpfes, nur ein paar hundert Schritte vom Waldrand entfernt. Melyor und der Zauberer stiegen aus und wurden sofort von Stechmücken belagert. Zumindest wird es ein schneller Abschied, dachte Melyor.
»Leb wohl, Melyor«, sagte Orris und ergriff ihre Hand. »Ich werde dich nie vergessen.« Er zögerte, und dann lächelte er bedauernd. »Und wenn du es unbedingt wissen musst: Jibb ist nicht der Einzige, der dich liebt.«
Es war erstaunlich, dass ein einziger Satz ihr so wehtun und sie gleichzeitig zum Lächeln bringen konnte. Es gab nichts mehr zu sagen. Sie trat einen Schritt vor, küsste ihn leicht auf die Lippen und versuchte sich dann loszureißen.
Sie wollte sich in die Sicherheit des Transporters zurückziehen, aber Orris ließ ihre Hand nicht los. Widerstrebend sah sie ihn wieder an. Er war ernst geworden. »Sag Gwilyms Verwandten, dass es mir Leid tut und dass ich stolz bin, dass der Steinträger zu meinen Freunden zählte.«
Sie nickte. »Das werde ich tun.«

Nun ließ er ihre Hand los und ging davon, den Falken auf der Schulter, einen Rucksack voller Vorräte auf dem Rücken und den steinlosen Stab in der Hand. Melyor sah ihm nach, bis er die Bäume erreicht hatte. Dann stieg sie in den Transporter und befahl dem Piloten, sie zurück zum Hauptquartier zu bringen.

Melyor und ihre Eskorte erreichten die erste gildriitische Siedlung vier Wochen später. Die Menschen dort beäugten sie und Jibbs Männer gleichzeitig erschrocken und fasziniert, aber niemand bezweifelte die Echtheit ihres Stabs. Sie zögerten allerdings, sie zu Gwilyms Siedlung weiterzuleiten. Das Oberhaupt des Dorfes, ein hoch gewachsener, weißhaariger Mann namens Oswin, der einen hellblauen Stein hatte, stellte ihr zahllose Fragen über Gwilym und darüber, was ihm zugestoßen war. Sie antwortete offen und ehrlich und hoffte, sein Misstrauen überwinden zu können, aber er und die Dorfbewohner, die bei dem Gespräch zuhörten, machten nicht den Eindruck, als ob sie ihr vertrauen wollten. Jahrhunderte der Verfolgung hatten ihren Preis, selbst hier oben im Dhaalmar-Gebirge.

»Du bist also gekommen, um seinen Stein zurückzubringen?«, fragte Oswin nach einiger Zeit.

»Nein«, sagte Melyor. »Ich will den Stein behalten. Er hat die Farbe verändert, als Gwilym ihn mir gegeben hat. Ich glaube, das bedeutet, dass er nun mir gehört.«

Der weißhaarige Mann nickte widerstrebend. »Warum bist du dann gekommen?«, fragte er.

»Ich möchte Gwilyms Familie sehen. Ich möchte ihnen erzählen, was geschehen ist, und ihnen sagen, wie Leid es mir tut, dass ich das Leben des Steinträgers nicht retten konnte.«

»Ich werde es ihnen ausrichten.«
Erschöpft von ihrer Reise und verärgert von Oswins Sturheit wandte Melyor sich ab und schnaubte. Dann drehte sie sich um, um weiter zu streiten, aber dabei bemerkte sie aus dem Augenwinkel einen großen, muskulösen Mann unter den Dorfbewohnern. Er wirkte in dieser Siedlung seltsam fehl am Platz, und Melyor starrte ihn längere Zeit an.
Oswin wandte sich ebenfalls in diese Richtung, und dann nickte er. Er winkte den Mann zu sich. »Komm her, Kham. Vielleicht kannst du uns helfen. Kham wohnte früher in deinem Nal«, erklärte Oswin, als die Menge sich teilte und den großen Mann durchließ. Dann stand Kham vor ihnen. Melyor bemerkte die verkrüppelte rechte Hand. »Kennst du diese Frau, Kham?«, fragte der Steinträger.
Der Mann strich sich das lange blonde Haar aus dem Gesicht und sah Melyor forschend an. »Ich bin nicht sicher.«
»Vielleicht hast du meinen Namen gehört«, sagte sie. »Ich bin Melyor i Lakin.«
Kham riss die Augen auf.
»Kennst du sie?«, fragte Oswin erneut.
»Ja«, sagte der Mann leise. »Sie ist ein Nal-Lord aus Bragor-Nal.«
»Tatsächlich bin ich inzwischen Herrscherin.«
»Herrscherin?«, flüsterte Kham. Er warf Oswin einen Blick zu. »Ich weiß nicht, was ich dir sagen soll, Steinträger«, erklärte er. »Sie hat den Ruf, einer der gefährlichsten Nal-Lords zu sein. Aber wenn sie die Wahrheit sagt und sie tatsächlich sowohl Herrscherin als auch Gildriitin ist, dann sind die Dinge im Nal inzwischen ganz anders als zu dem Zeitpunkt, als ich dort weggegangen bin. Ich kann dir nicht helfen.«

»Dein Freund hat Recht«, sagte Melyor. »In vielerlei Hinsicht. Ich war immer gut mit Messer und Werfer, und ich habe Menschen getötet. Aber ich habe mich verändert, seit ich diesen Stein habe, und als Herrscherin plane ich, das Nal ebenfalls zu verändern.«

Oswin starrte Melyor lange Zeit an, als wollte er ihre Worte abwägen. Dann kam er offenbar zu einem Entschluss. »Ich werde dir unter einer Bedingung sagen, wie du zu Gwilyms Siedlung gelangst.«

»Und die wäre?«

»Du wirst deine Waffen und deine Begleiter hier lassen. Kham wird dich begleiten.«

»Herrscherin, tu das nicht!«, bat einer von Jibbs Männern.

Aber Melyor ignorierte ihn. »Das ist akzeptabel. Danke, Steinträger.«

Gwilyms Siedlung befand sich nur einen Tagesmarsch entfernt. Melyor und Kham erreichen das kleine Dorf kurz vor Sonnenuntergang und waren sofort von neugierigen Menschen umringt. Dann erkannte einer von ihnen Melyors Stab, und sie schwiegen abrupt.

Gleichzeitig kam eine Frau direkt auf Melyor zu. Sie war rundlich und hatte dunkelbraune Augen und weiche Züge. Ihr Haar war braun mit dünnen grauen Strähnen, und ihre Kleidung war schlicht und nicht anders als die der anderen Leute aus der Siedlung. Tatsächlich unterschied sie nichts von den anderen. Und dennoch wusste Melyor, dass sie Gwilyms Frau vor sich hatte.

»Mein Mann ist tot«, sagte die Frau leise.

»Ja.«

»Und sein Stein gehört nun dir.«

Mehrere Dorfbewohner begannen zu widersprechen, aber die Frau brachte sie mit einem Blick zum Schweigen.

»Das hat er mir gesagt, kurz bevor er starb.«

Die Frau nickte, und eine einzelne Träne lief ihr über die Wange. »So soll es sein«, erklärte sie. Sie legte Melyor einen Arm um die Schultern und führte sie zu einem Zelt ganz oben im Dorf. »Ich heiße Hertha«, sagte sie. »Ich habe geträumt, dass du kommen würdest.«

17

Alle Mitglieder der Liga von Amarid sollen zum Zeitpunkt ihres Eintritts schwören, sich an die Gesetze zu halten, die in dieser Satzung niedergelegt wurden. Sie sollen sich darüber hinaus verpflichten, sich an die Gesetze Amarids in der von Amarid selbst schriftlich fixierten Form zu halten, mit der folgenden Ausnahme: Amarids Drittes Gesetz besagt: »Magier sollen niemals ihre Macht gegeneinander einsetzen. Streitigkeiten unter Magiern werden vom Orden geschlichtet.« Hiermit ändern wir das Dritte Gesetz folgendermaßen ab: »Magier der Liga sollen niemals ihre Macht gegeneinander einsetzen. Streitigkeiten unter Ligamitgliedern werden von jenen Mitgliedern der Liga geschlichtet, die nicht in den fraglichen Streit verwickelt sind.«
Zusätzlich ergänzen wir hiermit Amarids Gesetze durch eine fünfte Regel, die folgendermaßen lautet: »Magier der Liga sollen, wenn möglich, davon absehen, ihre Macht gegen andere Magier einzusetzen. Falls Magier der Liga jedoch feststellen, dass sie bei der Einhaltung ihres Schwurs, das Land zu schützen, gegen andere Magier vorgehen müssen, sollten sie dies mit Zurückhaltung und in einer Weise tun, die das Volk von Tobyn-Ser möglichst keinerlei Gefahren aussetzt.«
Aus Artikel zwei der »Satzung der Liga von Amarid«, niedergeschrieben beim Ersten Konklave der Liga von Amarid, im Frühjahr des Gottesjahres 4626.

Das Wetter blieb während der ganzen Zeit, die sie auf der Landenge verbrachten, mild, und das gestattete es Orris und Anizir, rasch voranzukommen. Die schweren nachmittäglichen Regenfälle versorgten die Reisenden mit genügend Wasser und brachten erfreuliche Abkühlung, aber Orris folgte dennoch lieber der gewundenen Küstenlinie der Landbrücke, statt sich der Sommerhitze im Dschungel auszusetzen. Obwohl dies seinen Weg länger machte und obwohl Orris so versessen darauf war, bald nach Tobyn-Ser zurückzukehren, genossen der Magier und sein Falke diese Wanderung. Befreit von den bedrückenden Schatten und der übel riechenden Luft der Nals freute sich Orris über den Duft von Aricks Meer und das Gefühl der Sonne auf seiner Haut. Anizir jagte und flog mit einer Begeisterung, die Orris noch nie zuvor bei ihr erlebt hatte, und obwohl der Magier auch einiges von dem langweiligen Essen zu sich nahm, das Melyor ihm mitgegeben hatte, lebten er und sein Vogel für gewöhnlich von den Enten und anderen Vögeln, die Anizir von ihren kurzen Ausflügen in den Dschungel oder zum Wasser zurückbrachte.

Nachts, wenn er neben seinem Treibholzfeuer saß, dachte der Magier an Melyor, fragte sich, ob sie Gwilyms Siedlung wohl inzwischen gefunden hatte, und versuchte sich vorzustellen, was es bedeutete, Herrscher eines gesamten Nal zu sein. Er bedauerte es nicht, Lon-Ser verlassen zu haben, aber er wusste, dass es einige Zeit dauern würde, bis er eine andere Frau ansehen konnte, ohne an Melyor zu denken.

Sie erreichten das östliche Ende der Landenge im Frühherbst, als bereits kühlere Winde von Norden her einsetzten. Glücklich, wieder in seiner Heimat zu sein, wandte sich der Magier nach Norden, in den Wald von Ducleas Tränen, und beschleunigte sein Tempo. Nun wollte er unbedingt

bald zu Jaryd, Alayna und seinen anderen Freunden gelangen, und er lechzte nach Nachrichten vom Orden.
Er hielt sich an die Westseite der Seeberge und war zwei weitere Tage unterwegs, bevor er auf die erste Ansiedlung stieß. Es war ein kleines Dorf, das sich direkt am Ansatz des Unteren Horns an einen schmalen Bach schmiegte. Als Orris sich den kleinen Holzhäusern näherte, konnte er den Rauch der Kochfeuer riechen. Auf der andern Seite des Bachs befand sich eine Lichtung mit dem Gemeinschaftsgarten, und er hörte in der Ferne den Klang eines Schmiedehammers. Mehrere Leute waren auf dem Dorfplatz unterwegs, aber zunächst bemerkte ihn niemand. Orris lächelte und beschleunigte seine Schritte. Er war zu Hause. Er kannte nicht einmal den Namen dieses Dorfes, aber er war zu Hause.
Und dennoch, als er an den ersten Häusern vorbeikam, bemerkte er etwas, das ihn innehalten ließ. Ein rechteckiges, schlichtes blaues Tuch hing über der Tür eines jeden Hauses und wehte leicht im Wind. Als Orris zum Dorfplatz schaute, sah er, dass auch am höchsten Turm des Aricktempels ein solches Tuch hing. Es war von demselben Blau wie die anderen und ebenfalls rechteckig, aber viel größer als die an den Häusern.
Orris spürte plötzlich, wie sich sein Magen unerklärlicherweise zusammenzog, und er wünschte sich nicht zum ersten Mal, seit er Bragor-Nal verlassen hatte, dass er einen Ceryll auf seinem Stab hätte. Anizir, die seine Unruhe spürte, stieß einen leisen Ruf aus. Orris kraulte ihr zerstreut das Kinn.
Alles in Ordnung, sandte er ihr instinktiv, aber er selbst war ganz und gar nicht überzeugt davon. Er ging weiter, bewegte sich aber ein wenig vorsichtiger.

Er hatte nur ein paar Schritte zurückgelegt, als einer der Dorfbewohner ihn sah und den anderen etwas zurief. Sofort bildete sich eine Menschenmenge. Eine Frau in einem silbergrauen Gewand kam aus dem Tempel und sprach kurz mit den Dorfbewohnern, die sich dort versammelt hatten, bevor sie gemeinsam mit ihnen auf Orris zukam.

»Das hier kann nichts Gutes bedeuten«, murmelte der Magier und blieb stehen. Anizir stieß abermals einen Ruf aus.

»Ich grüße dich, Hüterin!«, rief Orris und zwang sich zu einem Lächeln. »Ich bin Falkenmagier Orris. Ich habe ...«

»Was willst du hier?«, fragte die Hüterin streng und blieb ein paar Schritte vor Orris stehen. Sie war eine zierliche Frau mit kurzem braunem Haar und großen, weit auseinander stehenden Augen. Sie konnte nicht viel älter sein als Jaryd und Alayna.

»Ich habe eine lange Reise hinter mir«, erklärte Orris, aber das Lächeln war ihm vergangen. »Ich hatte gehofft, hier etwas zu essen und ein Bier bekommen zu können. Selbstverständlich im Austausch für meine Dienste.«

»Das hier ist ein Ligadorf«, sagte die Frau zu ihm. »Siehst du nicht die blauen Flaggen?«

Orris schaute wieder zu den Häusern hin und nickte. »Ja, ich sehe sie«, sagte er. »Aber ich verstehe nicht, was sie bedeuten. Vielleicht könntest du so freundlich sein ...«

»Das hier ist ein Ligadorf!«, wiederholte die Hüterin. Sie klang zornig, aber in ihren Augen stand Furcht. »Du musst sofort gehen.«

Der Magier schloss kurz die Augen und holte tief Luft. Er war nie ein sonderlich geduldiger Mensch gewesen. »Ich war lange weg aus Tobyn-Ser«, sagte er. »Ich weiß nicht, was diese Liga ist, aber vielleicht kannst du es mir erklären.«

»Dein Umhang ist grün«, sagte die Frau.

Orris starrte sie lange an. Hatte sie den Verstand verloren? Waren alle hier im Dorf wahnsinnig? Orris hatte davon gehört, dass so etwas manchmal einem ganzen Dorf passieren konnte. »Ja«, erwiderte er bedächtig. »Mein Umhang ist grün.«

»Also gehörst du zum Orden.«

»Selbstverständlich.«

»Und ich sage dir«, fuhr die Frau mit einer Spur von Gereiztheit fort, »dass das hier eine Ligastadt ist.«

»Was in Aricks Namen ist diese Liga?«, brüllte Orris.

Sie starrte ihn an, als hätte er den Verstand verloren. Die anderen taten dasselbe. »Die Liga von Amarid«, sagte sie, als erklärte das alles. »Sie wurde vom Ersten Meister Erland und der Ersten Magierin Cailin gegründet.«

Die Liga von Amarid. Der Erste Meister Erland. Aber selbstverständlich. Nun verstand er. Nur das mit Cailin begriff er nicht. Orris dachte einen Augenblick lang nach und nickte dann. Nun verstand er auch das. Und ihm wurde schlecht.

»Es gibt also Ligadörfer und Ordensdörfer?«, fragte er tonlos.

»Ja«, sagte die Frau. »Du weißt wirklich nichts davon?«

Genau das habe ich versucht dir zu sagen!, hätte er am liebsten gebrüllt. Aber plötzlich hatte er nicht mehr die Kraft. Er war nicht einmal sicher, ob er noch laufen konnte. Er würde sich hinsetzen müssen, hier, mitten auf die Straße. Aber noch mehr wollte er dieses Dorf verlassen. Er musste nur noch ein bisschen mehr in Erfahrung bringen.

»Wie lange schon?«, brachte er hervor. Er schluckte. Er hatte Angst, sich übergeben zu müssen.
»Seit dem Ende des Frühjahrs«, antwortete sie. Sie sah ihn forschend an. »Die Liga steht allen Magiern offen. Ich bin sicher, dass der Erste Meister Erland dich willkommen heißen würde.«
Erst seit dem Frühjahr. Orris erinnerte sich daran, mittels *Ceryll-Var* mit Baden gesprochen zu haben. Auch das war im Frühjahr gewesen. »Erland hat erfahren, was du getan hast«, hatte der Eulenmeister an diesem Tag gesagt. »Er ist überzeugt, dass du zu einer Verschwörung gehörst, und er hat vor, dich des Verrats anzuklagen.« Ging es also darum? Orris wusste, dass Jaryd und Alayna nie zugelassen hätten, dass Erland und seine Verbündeten ihn des Verrats anklagten. Und das würde Erland davon überzeugt haben, dass auch diese beiden Verräter waren. Orris schüttelte den Kopf. War das alles seine Schuld? War er verantwortlich für die Spaltung des Ordens?
»Was ist mit Cailin?«, fragte er. »Ist sie schon lange in der Liga?«
Die Frau nickte. »Beinahe von Anfang an, ja. Kennst du sie?«
Er schüttelte den Kopf, »Nicht sonderlich gut.« Er hatte Cailin seit Jahren nicht gesehen, nicht seit sie die Große Halle verlassen und sich in die Obhut der Kinder der Götter begeben hatte. Aber er konnte sich immer noch an ihr Gesicht erinnern, und er erinnerte sich immer noch an den Abend, als er von dem Angriff auf ihr Dorf erfahren hatte. Er war mit Jessamyn und Peredur und dem Rest der Delegation bei Therons Hain gewesen. Und er hatte Baden die Schuld gegeben.

»Danke«, sagte er zu der Frau. »Dann werde ich euer Dorf nun verlassen.«
Er drehte sich um, um zu gehen.
»Warte!«, rief die Hüterin.
Orris schaute zu ihr zurück.
»Wirst du dich der Liga anschließen?«
Der Magier versuchte zu lächeln. »Ich glaube nicht, dass sie mich wollen.«
Er verließ das Dorf so schnell er konnte und zog weiter nach Norden, weil er Jaryd und Alayna so schnell wie möglich finden wollte, aber nun hatte er andere Gründe für seine Eile.
Mehrere Tage später sah er das Wasser der Südbucht und wandte sich landeinwärts, um dem Ostufer der Bucht zu folgen. Er war seit seinem Gespräch mit der Hüterin an mehreren anderen Dörfern vorbeigekommen, aber sie hatten alle blaue Flaggen gehabt. Er fragte sich, ob es überhaupt noch Ordensdörfer gab.
Es dauerte noch weitere anderthalb Tage, bis er das Dorf erreichte, das Jaryds und Alaynas Zuhause am nächsten lag, und er war erleichtert zu sehen, dass zumindest diese Ortschaft waldgrüne Fahnen aufgehängt hatte. Er eilte durch das Dorf und folgte dann einem schmalen Pfad durch den Wald, der zum Haus seiner Freunde führte. Trotz allem klopfte sein Herz nun plötzlich vor Aufregung bei dem Gedanken, sie wiederzusehen.
Das Haus war genau, wie er es in Erinnerung hatte: klein, aber gemütlich und mit einem schönen Blick auf die Südbucht und einer dünnen grauen Rauchfahne, die aus dem Schornstein aufstieg. Orris blieb eine Weile am Ende von Jaryds und Alaynas Garten stehen und schaute einfach nur

das Haus an. *Endlich*, sendete er zu Anizir. *Wir sind endlich wieder zu Hause.*

Nach einiger Zeit kam Alayna mit einem Eimer voll schmutzigem Wasser aus dem Haus. Sie hatte das lange dunkle Haar zurückgebunden, und die Muskeln ihrer schlanken Arme waren angespannt. Ihr wunderschöner grauer Falke saß auf ihrer Schulter, und es war der Vogel, der Orris als Erster bemerkte.

Alayna sah ihn einen Augenblick später. Eilig stellte sie den Eimer ab, rief nach Jaryd und lief so schnell zu Orris, dass ihre Falken beide auffliegen mussten, um nicht zerdrückt zu werden, als die beiden sich umarmten.

»Bei den Göttern!«, flüsterte Alayna und umarmte ihn fest. »Bei den Göttern!«

Orris brachte kein Wort heraus. Er hielt sie einfach nur ganz fest.

»Alayna?«, rief Jaryd aus dem Haus. »Was ist –«

Orris schaute über Alaynas Schulter und sah Jaryd wie erstarrt in der Tür stehen. Einen Augenblick später war er ebenfalls da und nahm Orris und Alayna beide in die Arme. So standen sie lange Zeit da, als wollten sie einander nie mehr loslassen.

»Was muss ein Gast hier eigentlich tun, um etwas zu essen zu bekommen?«, fragte Orris schließlich.

Seine Freunde lachten, und Alayna ließ ihn los und trat einen Schritt zurück. Ihre Wangen waren tränenfeucht.

»Wir haben schon gegessen«, sagte sie. »Aber es ist noch viel übrig. Selbst für einen Esser wie dich.«

Sie führten ihn ins Haus und setzten sich mit ihm an den Tisch. Während sie ihm etwas zu essen hinstellten, überschütteten sie ihn mit Fragen. Er beantwortete so viele er konnte, berichtete kurz, was in Bragor-Nal geschehen war, und machte klar, dass die Gefahr für Tobyn-Ser mit Cedrych gestorben war. Aber dann hob er die Hand und schnitt Jaryd mitten in einer weiteren Frage das Wort ab.

»Lasst mich doch erst mal essen!«, sagte er, was ihm ein spöttisches Lächeln von beiden einbrachte. »Ich erzähle euch später mehr, wenn ich fertig bin!« Er trank einen Schluck Wein. »In der Zwischenzeit könnt ihr mir ja von der Liga erzählen.«

Jaryd und Alayna wechselten einen Blick. Ihr Lächeln verschwand sofort, und dann berichteten sie, was bei der Versammlung geschehen war, die Sonel im vergangenen Frühjahr einberufen hatte. Sie sprachen abwechselnd, und beide strengten sich an, das Offensichtliche nicht auszusprechen. Also war Orris am Ende gezwungen, das selbst zu tun.

»Das alles ist passiert, weil ich Baram mitgenommen habe, nicht wahr?«

Die jungen Magier sahen einander nervös an.

»Es hatte sich schon einige Zeit vorher abgezeichnet«, sagte Jaryd schließlich.

»Ich weiß. Aber das ist keine Antwort auf meine Frage.«

»Ich glaube, Erland hat schon eine Weile auf eine passende Gelegenheit gewartet«, sagte Alayna. »Du hast ihm nur die Ausrede geliefert, die er brauchte.«

Orris dachte darüber nach, dann nickte er. »Wie schlimm ist es?«, fragte er.

Jaryd zuckte die Achseln. »Das ist schwer zu sagen. Viele Dörfer und Städte wissen noch nicht, wie sie sich entscheiden sollen. Im Augenblick gibt es allerdings mehr Ligaorte als solche, die sich für den Orden entschieden haben.«

»Das ist sogar mir schon aufgefallen«, erklärte Orris.

»Bist du an Ducleas Tränen vorbeigekommen?«, fragte Alayna.
Orris nickte.
»Es ist nicht überall so. Es gibt immer noch Regionen, in denen der Orden den meisten Siedlungen dient: auf der Nordebene, in der Nordhälfte von Tobyns Wald und im größten Teil der Großen Wüste. Jaryd hat Recht: Die Liga wurde vielleicht von der Mehrheit der Ortschaften im Land anerkannt, aber es ist nicht so einseitig, wie es hier aussieht.«
»Und was passiert mit den Ordensmagiern, die in Gegenden dienen, die von der Liga dominiert werden?«
»Das ist unterschiedlich«, antwortete Jaryd. »Jene, die im Orden bleiben wollen, finden üblicherweise einen neuen Bereich.«
Orris zog die Brauen hoch. »Und die anderen?«
»Die anderen schließen sich der Liga an.«
Er wollte nicht fragen, aber es blieb ihm nichts anderes übrig. »Wie viele haben wir noch?«
Jaryd schüttete den Kopf und schwieg.
»Fünfundzwanzig«, sagte Alayna. »Bestenfalls dreißig.«
Orris stieß einen leisen Pfiff aus. »Fünfundzwanzig wäre weniger als die Hälfte.«
Alayna nickte. »Ich weiß.«
Orris stand auf und ging zur Tür. Draußen war es inzwischen dunkel. Sterne glitzerten am Himmel, und er konnte Leora erkennen, die sich in ihrem endlosen Tanz drehte. »Ich fühle mich, als hätte ich den Orden zerstört.«
»Nach allem, was du uns bisher erzählt hast«, erwiderte Jaryd, »kommt es mir eher so vor, als hättest du Tobyn-Ser gerettet.«

Orris wandte sich ihnen wieder zu. Er wollte ihnen nur zu gerne glauben. Er wollte glauben, dass nicht er die Schuld an dieser Entwicklung trug. Aber er wusste es besser. Es war seine Schuld. Vielleicht wussten Jaryd und Alayna das ja ebenfalls. Aber wenn das der Fall war, dann verbargen sie es.

»Glaub ihm«, sagte Alayna nun, als hätte sie Orris' Gedanken gelesen. »Es ist nicht deine Schuld!«

Orris lächelte widerwillig. »Ihr beiden habt mir gefehlt.«

Alayna grinste. »Du uns auch.«

Er seufzte. Er wollte das Thema wechseln. »Wie geht es Baden und Trahn?«

»Es geht ihnen gut. Trahn wird erwarten, dass wir uns bald mit ihm in Verbindung setzen.«

»Ihr erhaltet das Netz immer noch aufrecht?«

Jaryd lachte leise. »Wenn man es so nennen kann. Ohne dich und Baden sind wir nur noch zu sechst. Ich bin nicht sicher, wie wirkungsvoll unsere Arbeit ist.«

Alayna sah ihren Mann an. »Ich denke, das können wir uns jetzt sparen, oder?«

Jaryd erwiderte ihr Lächeln. »Ich glaube schon.«

»Einen Moment«, warf Orris ein. »Baden ist nicht mehr mit dabei?« Er wurde plötzlich von Angst gepackt. »Geht es ihm gut?«

Jaryd nickte. »Sicher. Aber er ist jetzt Sonels Erster. Er verbringt den größten Teil seiner Zeit in der Großen Halle.«

»Was ist aus Toinan geworden? Als ich das Land verließ, war sie Sonels Erste.«

»Sie ist jetzt Mitglied der Liga.«

Orris schüttelte den Kopf. Er war erleichtert zu erfahren, dass es Baden gut ging, aber der Schaden, den er mit der

Befreiung Barams angerichtet hatte, schien kein Ende zu nehmen. »Könnt ihr mir denn gar nichts Gutes erzählen?«, fragte er. »Gibt es keine Nachrichten, die nicht mit der Liga und mit Erland zu tun haben?«

Wieder wechselten die beiden Magier einen Blick, und Orris spürte, wie sein Herz vor Freude überfloss, als er das bemerkte.

»Wir haben tatsächlich Neuigkeiten«, sagte Alayna mit einem strahlenden Lächeln.

Orris wusste sofort, was sie sagen würde, und er bemerkte, dass er ebenfalls grinste.

»Wir bekommen ein Kind.«

Er sah Jaryd an, der grinste wie ein Idiot. »Das ist wunderbar«, sagte Orris. Er wollte mehr sagen – er sah, dass sie es von ihm erwarteten –, aber ihm fiel nichts weiter ein. Normalerweise hätte er eine Bemerkung darüber gemacht, dass dieses Kind sicher ein Magier werden würde, wahrscheinlich sogar ein Eulenweiser, aber unter den derzeitigen Umständen schien das nicht angemessen. Es war gut möglich, dass es keinen Orden mehr geben würde, wenn das Kind alt genug war, um Magier zu werden. Er konnte sich Tobyn-Ser nicht ohne den Orden vorstellen. Er hatte es bisher nicht einmal versucht. Bisher. Selbst das, dachte Orris zornig und gequält. Ich habe sogar das kaputtgemacht.

Sie warteten, beobachteten ihn. Er musste etwas sagen. »Das ist wunderbar«, wiederholte er schließlich, und er hoffte, dass diese Worte für seine Freunde nicht so hohl und leer klangen wie für ihn.

18

Orris' Bericht über diese erstaunlich erfolgreiche Reise nach Lon-Ser ist so faszinierend, dass ich der Ansicht war, auch die Hüter von Aricks Tempel und die Mitglieder deiner Liga sollten die Gelegenheit erhalten, ihn zu lesen. Also habe ich mir die Freiheit genommen, ein paar weitere Abschriften anfertigen zu lassen, die ich dir hiermit als Zeichen des guten Willens des Ordens übersende.

Wie du sehen wirst, haben wir heute trotz der schlimmen Vorhersagen darüber, was als Ergebnis von Orris gut gemeinten, aber eigensinnigen Aktionen geschehen könnte, weniger von Lon-Ser zu befürchten als je zuvor. Der Mann, der für die Angriffe auf unser Land verantwortlich war, wurde getötet. Die neue Herrscherin von Bragor-Nal hat geschworen, sich um die Missstände zu kümmern, die überhaupt erst zu den Angriffen auf Tobyn-Ser geführt haben. Die Herrscherinnen von Oerella-Nal und Bragor-Nal haben ihr Interesse an friedlichen Beziehungen mit unserem Land bekundet. Und schließlich ist auch Baram gestorben, und obwohl mich diese letzte Entwicklung traurig macht, gebe ich zu, dass dies zumindest einer schmerzlichen und von Uneinigkeit erfüllten Episode der Geschichte unseres Landes ein Ende machen wird.

Kurz gesagt, all die Themen, über die wir in den letzten Jahren so uneins waren, haben sich erledigt. Ich hoffe, wenn du diesen Bericht gelesen hast, wirst du mir zustimmen, dass die Zeit gekommen ist, den Bruch zwischen uns zu heilen.

Brief von Eulenmeister Baden, Erster der Weisen des Ordens der

Magier und Meister, an Eulenmeister Erland, Erster Meister der Liga von Amarid, im Frühjahr des Gottesjahres 4627.

Das Zwitschern von Rotkehlchen und Finken wehte durch sein Haus wie Löwenzahnsamen und rief ihn in den Garten hinaus. Die Regenzeit des Frühlings war vorüber. Die Gräser und Bäume draußen schwelgten in der Sonne. Er hätte sich um seine Stauden kümmern und die Rosen beschneiden sollen. Aber Erland konnte nicht aufhören, den Bericht des Verräters und den triumphierenden Brief anzustarren, den Baden mitgeschickt hatte.

Trotz Badens gegenteiliger Behauptungen und seiner Bitte um Versöhnung hatten Orris' angebliche Erfolge überhaupt nichts geändert. Der Falkenmagier hatte sich dem Willen des Ordens widersetzt. Er hatte einem Feind des Landes geholfen. Der Fremde hatte die Hinrichtung verdient, und stattdessen hatte Orris ihn freigelassen und nach Hause zurückgebracht. Dass Baram dort gestorben war, sprach Orris nicht von seinem Verbrechen frei. Zumindest sagte sich Erland das.

Aber eine Stimme in seinem Hinterkopf, leise, aber zu beharrlich, um ignoriert zu werden, flüsterte immer wieder: *Das ändert alles.*

Die Liga hatte nun fünfunddreißig Mitglieder, vielleicht sogar mehr; das würde er erst beim nächsten Konklave sicher wissen. Aber er war überzeugt, dass die Liga mindestens zehn Mitglieder mehr hatte als der Orden. Und die Kluft wuchs weiter. Erland ging davon aus, dass der Orden zu Mittsommer die Behauptung, dem ganzen Land dienen zu wollen, aufgeben musste. Wie konnten zwanzig Magier – oder vielleicht sogar weniger – hoffen, ein so großes Land versorgen zu können? Es war unmöglich. Sonel und Baden würden die Westküste aufgeben müssen. Zwischen Ducleas Tränen und Leoras Wald standen nicht einmal mehr zehn Dörfer loyal zum Orden, zum Teil, weil die Menschen an dieser Küste sich gegenüber Angriffen besonders verwundbar fühlten. Und da nun mehr und mehr Magier den Orden verließen, konnten es sich Sonel und Baden nicht leisten, ihre wenigen Mitglieder in einer Region einzusetzen, die für sie ohnehin nicht mehr zu retten war. Sicher, der Orden war in der Großen Wüste, in Teilen von Tobyns Wald und auf der Nordebene immer noch stark, aber die Westküste gehörte der Liga, und der Rest von Tobyn-Ser würde bald folgen. In einem Jahr gab es vielleicht gar keinen Orden mehr. Zumindest wollte er das gerne glauben.

Er schüttelte den Kopf, als reagierte er auf etwas, das seine Eule gesagt hatte. Es fiel ihm schwer, sich vorzustellen, wie ein einziger Magier in einem Land, das so fremd war, wie Badens aufgeblasener Bericht behauptete, solche Veränderungen bewirken konnte. Wie konnte Orris so sicher sein, dass diese Melyor, von der er so viel schrieb, nicht zu ihren alten Gewohnheiten zurückkehren und die Angriffe auf Tobyn-Ser fortsetzen würde? Welche Sicherheiten hatte sie ihm schon geben können? Und wenn diese Anführerin von Oerella-Nal – Herrscherin Shivohn hatte der Falkenmagier sie genannt – tatsächlich so viel Mitgefühl mit Tobyn-Ser hatte, wie der Magier behauptete, warum hatte sie dann nicht versucht, die früheren Angriffe zu verhindern? Erland glaubte kein Wort von diesem Zeug. Und selbst wenn Orris in dieser Hinsicht Recht haben sollte, konnte sich Erland nicht vorstellen, dass es keine anderen in Lon-Ser gab, die bereits daran arbeiteten, Cedrychs Erbe anzutreten.

Diese Menschen lebten in Städten, die das gesamte Land bedeckten. Sie hatten Waffen geschaffen, die ganze Dörfer innerhalb von Minuten zerstören konnten. Solchen Menschen konnte man nicht vertrauen. Jeder, der noch bei Verstand war, musste das begreifen.

Und zweifellos taten die Leute in Tobyn-Ser das auch. Sie wollten nichts mit Herrscherinnen und Nals und ihren Waren zu tun haben. Und genau deshalb hatten sie sich der Liga zugewandt. Sie wussten, dass es besser für Tobyn-Ser war, den Prinzipien zu folgen, die schon Amarid vertreten hatte und die so mutig von Fordel, Decla und Glenyse verteidigt worden waren. Der Erste Magier und die drei Adlerweisen des Landes hatten ihr Leben dem Schutz von Tobyn-Sers Unabhängigkeit gewidmet. Aber mehr als das, sie hatten dafür gesorgt, dass es keinerlei fremde Einflüsse auf die Bräuche und die Kultur des Landes gab.

Die Angriffe durch die Fremden hatten gezeigt, wie gefährlich es war, von diesen Prinzipien abzuweichen. Keines von Badens Argumenten konnte diese grundlegende Wahrheit verbergen. Der sicherste Kurs für Tobyn-Ser bestand nicht darin, sich über Aricks Meer hinauszuwagen, um diesen Ungeheuern die Hand zu reichen, sondern darin, die Grenzen des Landes mit erneuter Wachsamkeit zu schützen, um nicht wieder solchen Schandtaten zum Opfer zu fallen.

Die Menschen von Tobyn-Ser waren schlicht, aber weise. Sie verstanden das, selbst wenn der Orden es nicht verstand. Sie mussten es einfach verstehen. Zu viel stand auf dem Spiel. Lon-Ser, das wussten sie, war bevölkert von Barbaren und beherrscht von einem System, das Grausamkeit und Gewalttätigkeit hervorbrachte. Aus diesem Grund würde die Liga sich durchsetzen – sie musste sich einfach durchsetzen.

»Die Menschen wenden sich vom Orden ab«, sagte Erland laut, was ihm einen Blick seiner Eule einbrachte, die auf dem Kaminsims gesessen und geschlafen hatte. »Der Orden mag vielleicht noch eine Weile überleben können, aber am Ende wird die Liga die einzige Wahrerin von Amarids Erbe sein.«

Er starrte seinen Vogel an, als forderte er ihn heraus, ihm zu widersprechen. Die Eule erwiderte seinen Blick einen Moment, dann plusterte sie sich ein wenig auf und schloss wieder die Augen.

Der Eulenmeister musste zugeben, dass der Orden durch Orris' Erfolge wahrscheinlich Unterstützung zurückgewinnen würde. Für viele würde das Ende der Bedrohung durch Lon-Ser – falls man Orris' Bericht tatsächlich glauben konnte – den Verrat des Magiers rechtfertigen. Es war tatsächlich möglich, vielleicht sogar wahrscheinlich, dass die Liga einige ihrer neueren Mitglieder verlor, die ohnehin nie wirklich glücklich über ihre Entscheidung gewesen waren, den Orden zu verlassen.

Aber für jeden Magier, der bereit war, Orris zu verzeihen, würde es einen anderen geben, der wollte, dass er starb. Für jede Siedlung im Land, das sich ein letztes Mal dem Orden anvertraute, würde es eine andere geben, die nie wieder einen Mann oder eine Frau in einem grünen Umhang willkommen heißen würde. Das Überleben des Ordens hing davon ab, ob er in der Lage sein würde, die Zweifel und Ängste der Menschen von Tobyn-Ser zu überwinden. Die Liga brauchte diese Zweifel nur zu nähren und dann abzuwarten.

Und Orris' Bericht lieferte Erland und seinen Verbündeten eine gute Möglichkeit, genau das zu tun. Es war ein eigentlich unwichtiger Punkt, versteckt im letzten Abschnitt dieses Berichts. Aber er hatte die Aufmerksamkeit des Eulenmeisters sofort erregt, wie es ein Unkraut zwischen seinen Rosen getan hätte.

Erland schlug den Bericht noch einmal auf und las die entsprechende Stelle.

»Ich sollte auch erwähnen«, hatte Orris geschrieben, »dass ich mit den Herrscherinnen von Oerella-Nal und Bragor-Nal über eine Möglichkeit gesprochen habe, Handelsbeziehungen zwischen Lon-Ser und Tobyn-Ser zu knüpfen. Ich habe ihnen nichts versprochen, und ich habe deutlich gemacht, dass solche Beziehungen, wenn überhaupt, noch in ferner Zukunft liegen. Aber ich glaube tatsächlich, dass unser Land irgendwann einmal vom Handel mit unserem westlichen Nachbarn profitieren könnte, ebenso, wie es vom Handel mit Abborij profitiert.«

Erland war überrascht, dass Orris die Dreistigkeit besessen hatte, über so etwas mit den Herrscherinnen zu sprechen. Zweifellos hatte der Mann nicht das geringste Gespür für Autorität und Anstand. Aber dass er es sogar in seinem Bericht erwähnte, konnte den Eulenmeister nur vermuten lassen, dass Orris entweder ungeheuer arrogant oder erstaunlich dumm war. Selbst der zögernde Vorschlag, mit Lon-Ser Handel zu treiben, würde bei jedem klar denkenden Menschen in Tobyn-Ser Hohn und Spott hervorrufen, vor allem so bald nach den Angriffen. Ein Waffenstillstand war eine Sache, aber Handelsbeziehungen waren etwas ganz anderes. Die Menschen würden das niemals hinnehmen. Und wenn Baden, Orris und die anderen zu sehr darauf bestanden, würde das den Orden nur noch schneller zerstören.

Das ändert alles.

»Nein«, flüsterte Erland. »Ganz bestimmt nicht.«

Seine Eule öffnete ein Auge und schloss es wieder.

Der Eulenmeister schüttelte den Kopf, nahm sein Rosenmesser vom Tisch, wo es neben Orris' Bericht gelegen hatte, und ging hinaus in den Garten. Er würde später weiter über den Bericht nachdenken, nachdem er sich um seine Blumen und Kräuter gekümmert hatte. Er wusste, es würde irgendwo eine Antwort geben. Es gab eine Möglichkeit, dies alles zu Gunsten der Liga zu nutzen. Er brauchte nur ein wenig Zeit, um wieder klar denken zu können. Als er die Sonne auf dem Gesicht spürte, blieb er stehen und schloss die Augen. Er holte tief Luft und versuchte, sich von der Wärme und dem Duft der Rosen trösten zu lassen. Er konnte immer noch die Rotkehlchen und Finken hören, und er hoffte, dass ihre Lieder laut genug sein würden, um die Stimme in seinem Hinterkopf zu übertönen.

Das Abenteuer geht weiter in
Die Chroniken von Amarid 5:
Der Adlerweise